Oliver Wiese

All Their Sins
Thriller

AF185056

Besuchen Sie den Autor im Internet.
www.wiese-books.com
oder auf Instagram:
@o.wiese_books

IMPRESSUM

1. Auflage
© 2024, Oliver Wiese
Auf dem Sandberg 34
41539 Dormagen

ISBN: 978-3-98595-770-5

Lektorat & Korrektorat:
Lisa Kanigowski – Kismetbooks – www.kismetbooks.de
Theresa Solderits – Kismetbooks – www.kismetbooks.de

Covergestaltung: Constanze Kramer,
coverboutique.de
Bildnachweise:
©Larina Marina, AVA Bitter – shutterstock.com,
rawpixel.com, elements.envato.com

Druck & Bindung: Booksfactory

Bestellung & Vertrieb: Nova MD GmbH, Vachendorf

Oliver Wiese

All Their Sins

Für Conny.

Danke, dass Du immer hinter mir stehst.

Prolog

Beitrag aus dem Forum Bloodonourstreets.com

Thr04tCutter_77:

Heute ist es traurige Gewissheit. Unser Land wird einen ganz Großen verlieren.

Stanley Harper, unser Robin Hood, der Mann, der unsere Straßen von Korruption und den reichen Bastarden gesäubert hat, wurde zum Tode verurteilt. Am 31. Oktober, an Halloween des kommenden Jahres, wird Stanley Harper durch die Giftspritze hingerichtet werden. Durch ihn hatten wir, das hart arbeitende Volk von Amerika, wieder Hoffnung. Hoffnung, dass die Ungerechtigkeit da draußen, die Macht, das Geld, die unsichtbaren Verbrechen, endlich ein Ende finden. Durch ihn konnten wir voller Zuversicht sein, dass wir eines Tages alle gleichberechtigt behandelt werden. Nun erwartet ihn die Todesstrafe. Dabei hat er nichts Falsches getan. Im Gegensatz zu denen, die wirklich beseitigt werden müssen.

Cops, Richter, Anwälte, Vorstände großer Konzerne. Stanley Harper sollte frei sein und uns alle retten. Es ist seine Bestimmung, sie alle zu töten.

Lasst ihn frei!

Lasst ihn seine Arbeit machen.

#FreeRobinHood

Kill'emALL:

Schöne Worte. Ich werde für ihn beten.
  #FreeRobinHood

My-Knife-is-my-Wifey69:

Seine Methoden waren unangefochten. Die akribische Vorbereitung, die Namen auf der Haut der Opfer, das Verhöhnen der Behörden … Ich werde nach Texas fahren und ihm zeigen, dass er nicht allein ist. Wer ist dabei?
  #FreeRobinHood

G00dN8J4N3DOE:

Er ist noch nicht fertig. Er hat noch so viel zu tun.
  Es gibt noch so viele, die er töten muss. Zeigen wir ihm unsere Solidarität! Zeigen wir ihm, dass er nicht allein ist. Er wird unsere Unterstützung brauchen. Und Geld. Was immer wir tun können, wir sollten es tun.
  #FreeRobinHood

Kapitel 1

Huntsville, Texas
22. April
02:37 Uhr Ortszeit

Es kam ihm wie ein Traum vor. Surreal und gleichzeitig sehr echt. Er bewegte sich durch eine Fantasiewelt.

»Harold?« Jemand rüttelte an ihm und das malerische Gebilde über seinem Kopf geriet ins Wanken.

»Mhm?«

»Harold.« Wieder wurde er grob angestoßen.

»Mhm.«

»Harold Benjamin Porter! Wenn du nicht sofort aufstehst und dieses schreckliche Gebimmel abstellst, dann schwöre ich bei Gott, kannst du die nächsten Wochen auf der Couch schlafen.«

Er erwachte. »Ist ja schon gut.« Harold setzte sich schlaftrunken auf und rieb sich die Augen. Es dauerte einige Augenblicke, bis er sich orientiert hatte, dann schmatzte er laut, um den schalen Schlafgeschmack im Mund loszuwerden. »Leg dich wieder schlafen, Liebes«, murmelte er seiner Frau zu. Er rieb sich erneut die müden Augen und langte nach seiner Brille. Als er sie aufsetzte, bekamen die dunklen Umrisse ihres gemeinsamen Schlafzimmers langsam schärfere Konturen.

Er unterdrückte ein Gähnen und blinzelte anschließend mehrere Male. Dann tastete er nach dem wohl klingelnden Handy auf dem Nachttisch und erst, als er es in der Hand hielt, nahm er Vibration und Ton wahr.

Ob sich irgendetwas im Gefängnis ereignet hat?

Er blickte auf das Display. *Unbekannte Rufnummer.* Nicht ungewöhnlich, wenn man Direktor in einem der ältesten Gefängnisse des ganzen Landes war. Gut möglich, dass ein Reporter gerade jetzt auf die Idee kam, ihm zu dieser späten Stunde etwas über die Zustände der Anstalt zu entlocken oder, um ihm vorzuwerfen, der Umgang mit den Häftlingen wäre unmenschlich. Harold hatte schon die eine oder andere Morddrohung erhalten und zu Beginn seiner Karriere waren er und seine Familie mehrfach umgezogen.

Doch heute sah er das Ganze anders. Viele dieser Anrufe waren kaum ernst zu nehmen und der verschwindend geringe Prozentteil, der wirklich bedrohlich wirkte, bereitete ihm schon lange keine schlaflosen Nächte mehr.

»Wenn Kathy wegen dir wach wird, kannst du dich warm anziehen, Harold«, grummelte seine Frau, Betty. »Ich habe dich bereits mehrfach gebeten, dieses grässliche Ding nachts auszuschalten. Du weißt, dass sie viel Ruhe nach dem Eingriff benötigt.«

»Ich weiß«, antwortete er verlegen und blickte in die Richtung, in der Betty neben ihm im Bett lag. Er streckte die Hand nach ihr aus, um sie zu berühren, hielt aber inne und kratzte sich stattdessen an der Brust. »Ich werde es in Zukunft nachts abstellen. Versprochen.«

»Gut«, sagte sie. »Und du weißt auch, dass *ich* meinen Schlaf brauche. Meine Schüler tanzen mir sonst auf der Nase rum.« Die Bettdecke raschelte, als sie sich von ihm wegdrehte.

Harold verdrehte beiläufig die Augen, dann nahm er das Gespräch entgegen. »Hallo?«, fragte er mit gedämpfter Stimme, während er die Beine aus dem Bett schwang und langsam aufstand. Ein Anflug von Schwindel machte sich in seinem Kopf breit und ließ helle Punkte vor den Augen tanzen.

Er unterdrückte ein Stöhnen, kniff die Augen zusammen und wartete, bis das Gefühl verschwunden war. »Was auch immer das Anliegen für Ihren Anruf ist, ich hoffe, dass Sie …«

Ein lautes Knacken auf der anderen Seite ließ ihn zusammenfahren, dann ertönte ein heiseres Röcheln und eine gedämpfte Stimme antwortete: »Harold Benjamin Porter. Sie sind der Direktor der Texas State Penitentiary, alias Huntsville Unit.«

Keine Frage, sondern eine Feststellung. Also kein Reporter. Harold wurde hellhörig. »Das ist korrekt, aber wer …«

»Harold?«, fragte Betty. Er konnte hören, wie sie sich langsam aufrichtete.

»Hören Sie mir genau zu, Harold Benjamin Porter«, fuhr die

Stimme völlig ruhig fort. »Sie werden genau tun, was ich Ihnen sage.«

»Wer zum Teufel sind Sie?«, zischte Harold. Die Frequenz seines Herzschlags erhöhte sich.

»Jemand, der weiß, dass Ihnen das Wohl ihrer Tochter am Herzen liegt«, antwortete der Fremde. Harolds Herz setzte einen Schlag aus und kalter Schweiß bildete sich auf seiner Stirn. »So ein operativer Eingriff. Und das in diesem Alter. Da kann es sehr leicht zu Komplikationen kommen.«

Harold stieß ein Keuchen aus. Was hatte der Unbekannte gerade gesagt? War jemand wirklich bereit, einer Sechsjährigen, einem herzkranken Mädchen etwas anzutun? Harold taumelte aus dem Zimmer und prallte dabei gegen den Türrahmen. Ein dumpfer Schmerz pochte in seiner Schulter. Auf dem Flur wandte er sich nach links.

So schnell und so leise es ihm möglich war, schlich er zu Kathys Zimmer und spähte durch die angelehnte Tür.

»Keine Sorge«, sagte die Stimme und machte eine Pause. »Sie ist da. Noch.«

Harold atmete erleichtert aus, als er im diffusen Nachtlicht seine Tochter in ihrem Bett liegen sah.

»Habe ich nun Ihre Aufmerksamkeit?«

»Woher haben Sie diese Nummer? Wenn das ein Scherz sein soll, so ist er nicht lustig.« Angst, Herzrasen, Panik. Harold schien von seinen Gefühlen übermannt zu werden. Es fühlte sich so an, als würde er in einen tiefschwarzen Abgrund stürzen.

»Ich versichere Ihnen, dies ist kein Scherz. Ich scherze nicht, wenn es um Menschenleben geht. Niemals.« Der Unbekannte redete nun deutlich schneller, als schien er ungeduldig zu werden. »Doch ich bin bereit, bis ans Äußerste zu gehen, sollten Sie mir nicht zuhören. Das müssen Sie wissen.«

»Was wollen Sie?«, fragte Harold zittrig und hob die Hand vor seinen Mund, damit Kathy nicht wach wurde. Ein eiskalter Schauer lief ihm über den Rücken.

»Ich will, dass Sie mir aufmerksam zuhören, Harold«, sagte der Fremde nun wieder vollkommen ruhig. Doch nun lag ein beängstigender Unterton darin, der Harold den Ernst der Lage klarmachte.

»Schalten Sie die Polizei ein, ist Ihre Tochter tot. Informieren Sie die Medien, ist Ihre Tochter tot. Merke ich, dass Sie versuchen, hinter meinem Rücken zu agieren, ist Ihre Tochter tot. Sollten Sie irgendetwas tun, das nicht meinen Anweisungen entspricht, ist Ihre Tochter tot. Haben Sie das verstanden?«

Harold nickte und benötigte all seine Kraft, um sich auf den zitternden Beinen zu halten.

»Haben Sie verstanden?«, fragte der Unbekannte erneut. Dieses Mal klang seine Stimme bedrohlicher.

»J- … ja«, antwortete Harold und fuhr sich mit der Zunge über die Oberlippe. Er schmeckte Salz. »Ich … ich habe verstanden. Was wollen Sie?« Mittlerweile bebte sein gesamter Körper so stark, dass seine Zähne klapperten, ganz so, als stünde er nackt im tiefsten Schnee. Ihm war eiskalt und er spürte ein schwaches Kribbeln in seinen Zehen. »Hören Sie. Bitte, wer auch immer Sie sind, ich mache alles, was Sie wollen. Nur lassen Sie meine Tochter aus dem Spiel. Sie …«

Tränen schossen ihm in die Augen, seine Stimme brach. »Sie hat doch schon so viel durchmachen müssen und verdient es nicht, dass sie noch weiter …«

»Dann hören Sie, was ich Ihnen jetzt sage.« Die Stimme klang zufrieden. »Es ist eine kleine, wenn auch nicht ganz einfache Aufgabe, die ich für Sie habe, Harold.« Wieder machte der Anrufer eine dramatische Pause. »Ich will, dass Sie Stanley Harper bei seiner Flucht helfen.«

»Was?«, keuchte Harold so laut, dass Kathy aufschreckte.

»Daddy?«, fragte sie und blickte ihn durch den schmalen Türspalt an. »Daddy, was ist denn?«

»Sie haben schon verstanden«, sagte die Stimme und kostete jeden winzigen Augenblick aus. Sie troff vor Überlegenheit. »Sie sollen Stanley Harper zur Flucht verhelfen.«

»Das können Sie unmöglich ernst meinen.«

»Daddy?«

»Das ist mein voller Ernst.« Der Anrufer atmete tief aus. »Denken Sie immer an das Wohl Ihrer Tochter. Ich melde mich wieder mit weiteren Anweisungen.« Dann legte der Anrufer auf.

Harold Benjamin Porter ließ sein Telefon aus der Hand gleiten, stieß die Tür zu Kathys Zimmer auf und stürmte hinein.

Tränen liefen über sein Gesicht, als er vor ihrem Bett auf die Knie sank und sie schluchzend in die Arme schloss.

Kapitel 2

Gräuliches Mondlicht brach in unregelmäßigen Abständen durch kleine Lücken im ansonsten dichten Wolkengeflecht und warf seinen Schein auf das verfallene zweigeschossige Gebäude am Rande der großen Stadt. Eine stillgelegte Tierklinik, in der seit Jahren schon nicht mehr praktiziert wurde. Das Gelände war von einem maroden Bauzaun umgeben, die Außenwände waren mit Tags beschmiert. Die meisten Fenster waren eingeworfen und Türen aus den Angeln gerissen worden. Unzählige Glasflaschen, deren Etiketten kaum noch zu erkennen waren, lagen auf dem Rasen vor der Klinik verstreut. Dornenbüsche hatten sich uneingeschränkt entfaltet und wucherten über den verwitterten Gehweg. Über dem Eingang des Gebäudes ließen sich noch die letzten Reste eines Schriftzuges erahnen.

Einst ein Ort voll Hoffnung und Trauer, war das Gelände schon vor langer Zeit in Vergessenheit geraten.

Privatermittler John Greyson schaltete die Taschenlampe ein und setzte vorsichtig einen Fuß in das Gebäude. Sein Herz schlug wie verrückt und sein Atem, den er zu kontrollieren versuchte, zitterte. Atemwölkchen bildeten sich vor seinem Gesicht, während der Lichtkegel der Taschenlampe über den Boden und die Wände huschte. Staub und Dreck bedeckten die rissigen und teilweise gesprungenen Fliesen.

Rostige Apparaturen, umgestürzte Plastikstühle, ein verwaister Empfang und das fahle Mondlicht, das hier und da durch die zersprungenen Fensterscheiben eindrang, verliehen der Szenerie etwas Schauriges. Johns Blick fiel auf die Spuren, die sich vor ihm im Staub abzeichneten.

Eine deutlich erkennbare Schneise war auf den Fliesen zu sehen. Sie führte in den hinteren Teil der Tierklinik. Mit einem Klicken, das in diesem Moment widernatürlich laut klang, entsicherte er seine halbautomatische Smith & Wesson M&P Shield und hielt sie wie einen Schutzschild vor sich. Langsam bewegte er sich weiter.

Im Schein der Taschenlampe tippelte eine Ratte über den Boden und verschwand in einer Transportkiste für Tiere, die jemand zurückgelassen hatte. Darüber an der Wand hing ein zerbrochener Spiegel. John erkannte zwei blinde Flecken, als er hineinblickte, und zuckte unweigerlich zusammen, als ihn sein eingefallenes Gesicht anstarrte. Dunkle Ringe lagen unter seinen Augen, seine Haut wirkte ungesund, fast gräulich und sein Bart, den er früher immer sauber getrimmt hatte, war viel zu lang. Die dunkelgraue Lederjacke, die schon seit einem Jahrzehnt in seinem Besitz war, war zu groß und schlackerte an den Schultern.

John blinzelte und richtete den Blick wieder auf den Boden. Vor gut drei Monaten hatte ihm Rick Myers, ein alter Bekannter und pensionierter Polizist, die Akten seines einzigen ungeklärten Falls gezeigt. Kiora Grace, ein siebzehnjähriges Mädchen, das vor mehr als sieben Jahren verschwunden war. John hatte sich die Kisten voller Ordner und Unterlagen angeschaut. Abschriften der Befragungen von Eltern und Freunden, Aufzeichnungen der Gegenstände, die sich in ihrem Zimmer befanden, sowie Browser- und Chatverläufe auf Kioras Laptop und Handy.

Gemeinsam mit Rick war John außerdem zu den Eltern des verschwundenen Mädchens gefahren und hatte sich ein Bild von ihrem Zimmer gemacht.

Auf den ersten Blick hatte alles darauf hingedeutet, dass sie von zuhause weggelaufen war. Rick hatte John erzählt, wie streng Kioras Eltern sie erzogen hatten und dass sie das Mädchen in ein vorgefertigtes Leben pressen wollten. Die Tochter der philippinischen Einwanderer hatte Medizin studieren, eine eigene Praxis eröffnen, einen jungen Mann aus einer angesehenen Familie heiraten und mindestens zwei Kinder bekommen sollen.

Ihr Leben war bis ins kleinste Detail durchgeplant gewesen. Weswegen die Polizei schließlich der Auffassung gewesen waren, dass Kiora nicht durch Fremdeinwirken verschwunden war.

Doch der Fall hatte Rick niemals wirklich losgelassen.

In ihrem Zimmer hatten Kioras Eltern alles so gelassen, wie es am Tag ihres Verschwindens war. Die Poster an den Wänden, die Kleider in ihrem Schrank, sogar Handy und Laptop, die von der Polizei zur Prüfung mitgenommen, danach aber wieder an die Familie ausgehändigt wurden, lagen am selben Ort, wie John es auf den Fotos in der Fallakte gesehen hatte.

Sämtliche Spuren schienen ins Nichts zu laufen. Als John die Polizisten befragte, die gemeinsam mit Rick an dem Fall gearbeitet hatten, wurde ihm klar, dass alle derselben Meinung waren. Teenager verschwanden eben. Manchmal tauchten sie wieder auf, manchmal nicht.

Doch John spürte, dass Kiora Grace nicht einfach weggelaufen war, sondern, dass mehr dahinterstecken musste.

Ein Teenager, der ohne sein Handy aus dem Haus ging? Der abhaute, ohne seinen Freunden etwas zu sagen? Der kein Geld mitnahm? Wohl kaum. Es war ein nagendes Gefühl, das ihn in seiner Vergangenheit beim FBI schon oft beschlichen hatte und dem er vertrauen konnte. Zu Zeiten, als er sein eigenes Team geleitet und Serienmörder gejagt hatte, hatte er gelernt, seiner Intuition zu folgen.

Also führte er seine eigenen Recherchen durch, forderte Gefallen von früheren Kollegen beim FBI ein und erhielt Zugriff auf VICAP, das Violent Criminal Apprehension Program. Eine Datenbank des FBI, die sich mit der Analyse serieller Gewalt- und Sexualverbrechen befasst. John fand heraus, dass in den vergangenen fünfzehn Jahren mehr als dreißig Teenager zwischen zwölf und siebzehn Jahren in den USA verschwunden waren, deren Lebensläufe und Profile sich erstaunlich ähnelten. Auch ihre Wege schienen, wie der von Kiora, vorbestimmt zu sein, weswegen die Cops stets davon ausgegangen waren, dass die Jugendlichen einfach abgehauen waren.

Doch das waren sie nicht.

Kioras Handy und Laptop waren noch in ihrem Zimmer, genau wie Kleidung, Kosmetikartikel und ihr Portemonnaie.

Das Mädchen hatte nichts mitgenommen, hatte niemandem Bescheid gesagt. Kein Abschiedsbrief. Keine Spuren. Nichts. Also ließ sich John von den Eltern ihren Laptop aushändigen und durchstöberte gemeinsam mit einem alten Bekannten, einem IT-Experten der CIA, die Festplatte und Browserverläufe. Es dauerte nicht lange, bis sie fanden, was die Forensiker der Polizei übersehen hatten: Einen geheimen Chatroom, in dem sich Jugendliche aus ganz Amerika austauschten. MeetMe. John stieß in einem Verlauf, der sich über Monate hinzog, nicht nur auf eine vollständige Konversation, die vieles erklärte, sondern auch auf Bilder eines jungen Mannes, der sich Marc Dark nannte. John erfuhr, dass sich Kiora und Marc Dark zu einem Realtreffen verabredet hatten. Das Date war für den Tag ausgemacht worden, an dem Kiora nach der Schule nicht nach Hause gekommen war.

John jagte die Bilder des Kerls durch sämtliche Suchmaschinen und fand schließlich heraus, dass sie in Wahrheit das isländische Fotomodell Sven Rasmussen zeigten. Mit blonden Haaren, stahlblauen Augen und einem Lächeln, das heller strahlte als die Sonne selbst.

John hatte die Agentur, die Sven Rasmussen vertrat, kontaktiert und so ein Telefonat mit ihm ausmachen können. Natürlich hatte der Mann keine Ahnung gehabt, dass seine Bilder auf diese Weise genutzt wurden, um jungen, naiven Mädchen etwas von hoffnungslos falscher Liebe vorzumachen. Zum Zeitpunkt von Kioras Verschwinden hatte er sich nachweislich auf einer Modemesse in Mailand befunden, was ihn als Entführer ausschloss.

Für John war schnell klar, dass er einen Schritt weiter gehen musste. Er erstellte sich mit Hilfe des IT-Experten ein Profil, um direkt mit dem Entführer zu kommunizieren, der auch sieben Jahre später noch aktiv schien.

So sicher fühlte er sich offenbar …

Tagelang trieb sich John auf MeetMe als Lucy_Park15 herum, ließ sich über das Leben unter der Fuchtel eines kontrollsüchtigen Vaters aus und wollte gerade aufgeben, als Marc Dark ihn anschrieb.

Sie hatten eine Weile gechattet und schließlich ein Treffen am heutigen Tag in einem Dunkin'Donuts ein paar Meilen von hier vereinbart. Ein harmloser Ort für ein erstes – und vermutlich auch letztes – Date. Aus sicherer Entfernung hatte John beobachtet, wie ein großgewachsener Mann in einem schwarzen Kapuzenpullover am vereinbarten Treffpunkt herumgelungert hatte.

Als die nichtexistierende Lucy Park auch nach einer Stunde nicht aufgetaucht war, hatte sich der Mann in einen dunkelgrauen Lieferwagen zurückgezogen und war davongefahren. John war ihm gefolgt, was ihn schließlich an den Rand des Geländes der verlassenen Tierklinik gebracht hatte.

Er hatte in seiner Vergangenheit beim FBI häufig mit Menschen wie diesem zu tun gehabt. Obwohl er nicht wusste, ob Mensch die richtige Bezeichnung war. Vielleicht eher: Kreaturen, die im Untergrund operierten. Es war für John eine schreckliche Routine, die niemals leichter wurde. Ganz im Gegenteil. Serienmörder, Vergewaltiger, Widerlinge mit rassistischen, rituellen oder niederen Motiven. Die Liste war schier endlos und John hatte schon vor langer Zeit damit aufgehört, sich zu fragen, ob zwischen diesen Verbrechern ein Unterschied herrschte. Es war eine jener Fragen, auf die es keine Antwort gab.

Und nun war er hier. In einem zum Abriss freigegebenen Gebäude, umringt von Dreck, Scherben, verrosteten Apparaturen und Ratten. Sowohl tierischer wie auch menschlicher Natur.

Vorsichtig trat John in den breiten Durchgang, der vom Empfangsbereich tiefer in das Gebäude führte, und hielt kurz inne. Mit angehaltenem Atem lauschte er in die verfallene Tierklinik hinein. Es stank nach Schimmel, Urin und süßlicher Fäule. Irgendwo konnte er das leise Tropfen von Wasser hören.

Vor etwas mehr als zwei Stunden hatte er gesehen, wie der Mann, von dem John glaubte, er sei Marc Dark, das Gebäude betreten und nicht wieder verlassen hatte. Er selbst hatte die Polizei verständigt und war dem Verdächtigen gefolgt. Die Taschenlampe, die John mit der linken Hand unter dem Lauf seiner Waffe hielt, zuckte flackernd über die grauen und rissigen Betonwände. Er unterdrückte ein Frösteln und richtete sie wieder auf den vor ihm liegenden Gang. Er atmete den grässlichen Gestank des Gebäudes ein, straffte die Schultern und begab sich weiter in die stillgelegten Räumlichkeiten der Tierklinik. So leise, wie es seine dunklen Winterboots ermöglichten, setzte John einen Fuß vor den anderen, folgte der sichtbaren Spur im Staub und drang tiefer in das verschachtelte Labyrinth aus Gängen und Fluren ein. Teilweise geschlossene, teilweise offene Türen säumten zu beiden Seiten seinen Weg. John nahm im Augenwinkel alte Käfige, Operationssäle und Behandlungszimmer wahr. Unmittelbar vor ihm machte der Gang einen Knick.

Für einen Sekundenbruchteil schien das Licht seiner Taschenlampe im Nichts zu verschwinden. Dann führten vier Stufen in einen breiteren und von einer schief in den Angeln hängenden Tür gesäumten Gang hinein. Teils verbeulte und rostige Abflussrohre hingen von der Decke.

Der Gestank von Urin und Schimmel war hier so durchdringend und einnehmend, dass John die Nase für einen kurzen Moment in der linken Armbeuge verbergen musste. Die Wände waren mit miesen Graffitis und Schimpfwörtern beschmiert und an einigen Stellen glaubte John, sogar Blut oder andere Hinterlassenschaften zu erkennen. Eine Vielzahl von schweren Metalltüren, die einen krassen Kontrast zum Rest der Klinik bildeten, war in dem alten Gemäuer eingelassen. Die meisten von ihnen waren in einem fürchterlichen Zustand.

Vorsichtig, mit zum Zerreißen gespannten Muskeln und Sinnen, ging John weiter, achtete dabei auf jede noch so kleine Veränderung in seiner Umgebung. Er hatte in seinem Leben schon etliche Male dabei zugesehen, wie gestandene Männer, in Situationen wie diesen, die Nerven verloren. Und fast noch häufiger hatte er vergleichbare Momente am eigenen Leib erfahren.

Doch immer hatte er sich auf die Rückendeckung seiner Leute verlassen können und niemals zuvor war er an einem Ort wie diesem allein gewesen. Umso wichtiger war es, dass all seine Sinne geschärft blieben.

John atmete flach, während er den Gang entlang schlich. Die Taschenlampe richtete er abwechselnd auf die Wände, den Boden und die Türen; sein Blick folgte wachsam dem Lichtkegel. Hier fühlte er sich wie in einer anderen Welt; wie auf dem Grund des Ozeans, wo die Zeit stillzustehen schien. Das Licht reichte kaum weiter als einen Schritt, dichte Staubpartikel waberten wie unbekannte Lebewesen umher.

Und dann spürte er es. Eine Veränderung in der Luft. Eine warme Barriere, eine Wand aus Hitze, die sich vor ihm aufgebaut hatte.

Die Hitze, die er auf seiner Haut spürte, wirkte unnatürlich künstlich und fast schon erdrückend. John hielt den Atem an und blieb stehen. Dann hörte er die Musik, die leise und gedämpft an seine Ohren drang. John wusste nicht, wann die Polizei eintreffen würde. Und es spielte keine Rolle. Er konnte nicht länger warten. John wandte sich nach links, öffnete vorsichtig die schwere Metalltür, die überraschend leicht aufging, und blickte in einen breiten Raum.

Der Boden war peinlich sauber, die Fliesen glänzten und die Gerüche von Bleiche und Desinfektionsmittel stieg John in die Nase. An der gegenüberliegenden Wand befand sich eine einzige Tür, ein halbes Dutzend polierter, großer Käfige stand rechts und links an den Wänden. Neben jedem von ihnen stand ein Heizstrahler. Bis auf zwei von ihnen waren sie jedoch ausgeschaltet. John schluckte, als das Gefühl von Wut und Ekel in ihm aufstieg und sich als saure Galle auf seine Zunge legte. Die Türen der Käfige, die nicht von den Heizstrahlern beleuchtet waren, standen offen. Darin erkannte John gewaschene Bettlaken, Kissen und Decken.

Der Geruch der frischen Wäsche mischte sich mit dem Gestank des Desinfektionsmittels und ließ John erschaudern.

Er schluckte, presste die Lippen aufeinander und schlich langsam weiter. Die Kiefer mahlten, während er sich leise durch diese verstörende Welt bewegte. Sein Herz pochte schmerzhaft und ein Kribbeln breitete sich in seinem Magen aus. Übelkeit und Hitze stiegen in ihm auf. Ein dünner Schweißfilm stand auf seiner Stirn und sein Atem ging stoßweise und flach. Die Musik, die er draußen gehört hatte, dudelte jetzt lauter.

Der Blick huschte über die beiden vom orangeroten Licht der Heizstrahler beschienenen Käfige. Er hörte ein Wimmern, nahm eine Bewegung wahr. Ihm stockte der Atem.

In den Käfigen war jemand. Zwei Kinder, ein Junge und ein Mädchen, die mit weit aufgerissenen Augen und offenstehenden Mündern unter ihren Bettdecken lagen und ins Nichts starrten. Ihre Gesichter waren sauber, ihre Haare frisch gewaschen und der Geruch von Seife legte sich wie dichter Nebel auf Johns Sinne. Er senkte Taschenlampe und Pistole und ging neben einem der Käfige in die Hocke.

»Hey«, sagte er leise zu dem Mädchen. »Alles wird gut. Kannst du mir sagen, wie du heißt?«

Sie reagierte nicht.

Ihre Augen waren weiter ausdruckslos und starr auf die kahle Betonwand gerichtet.

John wartete einige Augenblicke auf eine Reaktion, dann schüttelte er traurig den Kopf und stand langsam auf. »Alles wird gut«, flüsterte John noch einmal mit heiserer Stimme und wandte sich dem Käfig zu, in dem der Junge lag. Auch dieser rührte sich nicht, als er ihn ansprach.

John schloss einen kurzen Moment die Augen und ließ seiner Wut und seiner Trauer freien Lauf. Als er die Lider wieder öffnete, spürte er, wie seine rechte Hand zitterte. Dann blickte er zu der Tür, legte den Kopf schief und lauschte. Die Melodie erinnerte ihn an jene aus Warteschleifen oder Fahrstühlen. Nichtssagend, begleitend.

Er schaltete die Taschenlampe aus und ließ sie in die Jackentasche gleiten. Vorsichtshalber überprüfte er, ob seine Waffe korrekt geladen und entsichert war, dann ging er langsam auf die Tür zu. Das Blut rauschte in seinen Ohren und das Adrenalin, das durch seinen Körper jagte, ließ seine Finger kribbeln.

Vor der schweren Metalltür blieb er stehen, atmete tief ein und drückte vorsichtig die Klinke hinunter.

Kapitel 3

John trat in den Raum und ihm stockte der Atem. Musik, Wärme, Desinfektionsmittel. Mit fest aufeinandergepressten Lippen ließ John seinen Blick schweifen. Er befand sich in einem völlig steril wirkenden Raum, der gute vierzig Quadratmeter groß sein musste. Auch hier standen vier Heizstrahler, die die Luft mit ihrer künstlichen Wärme stickig machten.

In der Mitte des Raumes befand sich ein großer Schreibtisch, auf dem zwei Computermonitore nebeneinander standen, und eine wilde Abfolge von Schriften und Zahlen zeigten. John hatte so etwas schon früher einmal gesehen. Es handelte sich um eingehende Angebote und getätigte Verkäufe. Eine Auktion, die bereits in vollem Gange war. Vor dem Schreibtisch saß der Mann, Marc Dark, den John bis hierher verfolgt hatte. Er hatte schwarze Haare, trug ein Headset mit heruntergeklapptem Mikrofon und schaute konzentriert zwischen den beiden Monitoren hin und her. Als John seinen Blick in den hinteren Teil des Raumes lenkte, zog sich sein Magen krampfhaft zusammen. Vier Teenager, drei Jungen und ein Mädchen, befanden sich am Ende des Raumes in großen Käfigen. John schätzte das Mädchen auf zwölf, den ältesten Jungen auf siebzehn. Wie Kiora vor mehr als sieben Jahren.

Die Jugendlichen wirkten frisch gebadet und adrett hergerichtet. Die Jungs waren in weiße Hemden und dunkelblaue Hosen gekleidet, das Mädchen trug ein Ballkleid. Scheinwerfer hingen an der Decke über ihren Köpfen und warfen grelles Licht auf sie. Wie in einem Operationssaal oder auf einer Theaterbühne standen sie in einem grotesk wirkenden Rampenlicht und legten eine eigenartige Performance ab. Sie räkelten sich in abgehackten Bewegungen zur begleitenden Melodie der Fahrstuhlmusik. Ihre Blicke waren leer und als sich die Augen eines Jungen auf John richteten, ging es ihm durch Mark und Bein. Es war, als würde der Junge geradewegs durch ihn hindurchsehen.

Sie waren Marionetten, die an Fäden hingen.

Ein Gefühl der Ohnmacht ergriff von John Besitz und paarte sich mit unbändiger Wut. Wie konnte ein Mensch nur dazu im Stande sein, unschuldigen Kindern so etwas anzutun? Sein Magen krampfte sich erneut zusammen. Die dudelnde Musik wurde für einen Augenblick so unglaublich laut, dass es schmerzte. Und all das – der klinische Raum, die fein hergemachten Teenager, die Käfige, der Gestank von Desinfektionsmittel – erreichte seinen grausamen Höhepunkt, als der Mann vor den Monitoren seine Stimme erhob: »Gute Wahl, der Herr«, sagte er. »Die Ware wird vorbereitet und Sie werden diese in Kürze erhalten. Vielen Dank für Ihren Kauf. Und viel Freude damit.« Seine Stimme klang abgestumpft, teilnahmslos und beinahe schon routiniert. Als er eine Taste auf seiner Tastatur betätigte, erlosch der Scheinwerfer über einem der Jungen.

Der Hass, den John bereits im Korridor gespürt hatte, erreichte ein nie gekanntes Ausmaß. Und als er sich vorstellte, dass eines der Mädchen möglicherweise seine eigene Tochter hätte sein können, stürmte er vor, riss Marc Dark das Headset vom Kopf, drehte ihn auf dem Stuhl um und schlug ihm den Griff seiner Smith & Wesson mit brachialer Gewalt ins Gesicht.

Der Mann stieß einen unterdrückten Schmerzlaut aus, sein Kopf ruckte in den Nacken und dunkles Blut sprudelte aus seiner Nase. Mit Freuden vernahm John das Knacken, mit dem sie brach. Dark schüttelte sich, Tränen schossen aus seinen Augen und mit einem Knurren wollte er sich aufbäumen, doch John packte seine Haare und drückte ihm den Lauf seiner Waffe unters Kinn.

»Versuch es ruhig«, presste John mit zusammengebissenen Zähnen hervor.

Dark schien kurz zu überlegen, blickte John einen Augenblick lang hasserfüllt an, sagte jedoch nichts und ließ sich in seinen Stuhl sinken.

Er leckte sich über die blutverschmierten Lippen.

»Die Auktion ist beendet«, zischte John. Seine Stimme bebte und er musste sich regelrecht zusammenreißen, damit keine Tränen der Wut aus seinen Augen liefen. Dann drehte er den Stuhl wieder zurück und donnerte den Kopf des Mannes mit voller Wucht auf den Tisch. Marc Dark sackte bewusstlos in sich zusammen, während John knurrte: »Du elendes Schwein wirst für den Rest deines Lebens im Gefängnis sitzen. Und du wirst jeden einzelnen Tag so leiden, wie diese Kinder gelitten haben. Dafür werde ich sorgen.«

Kapitel 4

Der Schock saß tief. Wie der Stachel einer Hornisse bohrten sich die Bilder aus dem Keller tief unter Johns Haut und in seine Gedanken.

»Danke, John«, hörte er Ricks Stimme aus seinem Smartphone. Sie klang so entsetzlich weit weg. »Ohne dich hätte ich diesen Fall niemals abschließen können.«

»Vielleicht findet ihr Kiora noch«, antwortete er. »Aber mach dir lieber keine Hoffnung. Du weißt, dass sieben Jahre eine verdammte Ewigkeit sind.«

»Ich weiß. Danke.«

John legte auf, steckte sein Handy weg und sah dabei zu, wie die sechs jugendlichen Opfer von einem Dutzend Sanitätern ärztlich versorgt wurden.

Einer der Hilfskräfte, ein älterer Mann mit schütterem Haar und wachsamen Augen, hatte John erklärt, dass die Entführten vermutlich über mehrere Wochen mit Opium gefügig gemacht worden waren. John wusste nicht, wie lange die Opfer schon in der stillgelegten Klinik in Käfigen gelebt hatten. Doch eines wusste er: Dass es Jahre und unzählige Sitzungen bei Psychiatern benötigen würde, um den erlebten Horror zu verarbeiten. Wenn sie es überhaupt jemals schafften.

Nachdem John Marc Dark ausgeknockt und anschließend mit Kabelbindern gefesselt hatte, hatte er den ärztlichen Notdienst gerufen und auf die Kollegen der Polizei gewartet, die, mit Spurensicherung und Kriminaltechnikern im Schlepptau, keine fünf Minuten später aufgetaucht waren. Danach hatte er den gefesselten Marc Dark, der noch immer aus der Nase blutete, einem

Officer übergeben und die völlig zugedröhnten Teenager nacheinander aus dem Gebäude getragen. Zu ihrem und seinem Glück waren sie so weggetreten, dass sie sich nicht gewehrt hatten. Danach hatte er seine eigene Aussage gemacht und natürlich die Genehmigung für seine Waffe und seinen Ausweis vorzeigen müssen. Alles streng nach Vorschrift.

Einer der Jungen, der in unmittelbarer Nähe zu John behandelt wurde, brabbelte etwas Undeutliches und wollte sich über das Gesicht wischen, doch sein Arm fiel kraftlos auf seine Brust. John schenkte ihm ein kurzes Lächeln, drückte seine Schulter und nickte den Sanitätern knapp zu. Dann trat er einen Schritt zurück und sah dabei zu, wie die beiden Männer in ihren blauen Uniformen die Trage in den Krankenwagen einluden. Nachdem sich die Türen geschlossen hatten und der Wagen losgefahren war, schloss John die Augen, atmete die kalte Nachtluft ein und kramte in seiner Jackentasche nach der Zigarettenschachtel. Eigentlich hatte er sich das Rauchen schon vor mehr als zwanzig Jahren abgewöhnt, doch an einem Tag wie diesem griff er immer wieder zu Kippe und Feuerzeug, um die Nerven zu beruhigen. Andere tranken Unmengen an Hochprozentigem, flaschenweise Whisky, Wodka oder Rum. Er rauchte.

Mit zitternden Fingern zog er eine Zigarette aus der Packung und steckte sie sich mit seinem Sturmfeuerzeug an. Der erste Zug war eine Wohltat. Als er spürte, wie sich der Rauch in seinen Lungen ausbreitete, bemerkte er sofort, dass die Anspannung von ihm abfiel. Er behielt den Rauch einige Momente in sich, pustete ihn dann in den Nachthimmel von Washington D.C. und beobachtete, wie die kleine Wolke vom Wind erfasst und fortgetragen wurde.

Nach und nach löste sich das Gewusel aus Polizei, Spurensicherung und Krankenwagen auf. Wie Ameisen drängten sie in das Gebäude oder fuhren einer nach dem anderen in Richtung Krankenhaus davon. John hingegen schien in seiner eigenen Zeitschleife gefangen zu sein. Die Blaulichter, die zuvor den Himmel am Rande der Stadt grell erleuchtet hatten, wurden immer weniger. Nach mehr als zwei Stunden war der letzte Wagen verschwunden und John Greyson war endlich allein. Er drehte sich langsam um, um zu seinem Auto zu gehen. Noch einmal hielt er inne und warf einen letzten Blick auf die leerstehende Tierklinik. Ein Schandfleck in der Geschichte dieser Stadt, den er am liebsten mit seinen eigenen Händen abgerissen hätte.

Eine Vibration am linken Handgelenk ließ ihn einhalten. Mit einer weiteren Zigarette im Mundwinkel schob er den Ärmel der Jacke zurück und blickte auf die Smartwatch, die er trug. Ein Geschenk seiner Tochter Cameron. Er selbst hätte sich so etwas niemals gekauft. Aber Cam fand, dass es ein überaus nützliches Utensil war. Als er die Mitteilung auf dem kleinen Display las, stieß er ein leises Schnauben aus.

Herzlichen Glückwunsch. 10.000 Schritte. Du hast dein Tagesziel erreicht.

Ein letztes Mal zog er an der Zigarette, dann ließ er den Stummel auf den Boden fallen und trat die Glut mit seinem Stiefel aus. Die Mitteilung seiner Smartwatch würde ihn nicht dazu bringen, dass er sich besser oder gesünder fühlte. Sie war einfach nur dazu da, um noch mehr Zeit des Tages vor Bildschirmen zu verbringen, als es ohnehin schon der Fall war. Vor gar nicht allzu langer Zeit hatte er sogar jemanden gesehen, der mit einer Smartwatch telefoniert hatte. Es sah einfach nur lächerlich aus. Und obwohl seine Uhr diese Funktion auch besaß, würde er niemals auf den Gedanken kommen, sie zu nutzen. Kopfschüttelnd wischte er die Nachricht mit dem Zeigefinger zur Seite, während er an Camerons Worte dachte, als sie ihm diese Uhr zu seinem fünfzigsten Geburtstag geschenkt hatte: *Vielleicht fühlst du dich damit nicht ganz so alt, Dad.*

Die Uhrzeit erschien in grellen Ziffern auf dem Display und blendete ihn. Zeitgleich holte sie ihn jäh in die Wirklichkeit zurück. 21:16 Uhr. John atmete tief ein und bereute es in dem Moment, seine Zigarette bereits aufgeraucht zu haben. Ein Zittern ergriff von ihm Besitz.

Er schloss die Augen, ballte die Hände so fest zu Fäusten, dass seine Knöchel knackten, und legte den Kopf in den Nacken. Einen Moment die Luft anhaltend, stand er in der kalten Nacht, dann atmete er hörbar aus.

Es ist vorbei, dachte er. *Er ist tot.*

Die Abendluft strich sanft über Johns Gesicht, als wollte sie seine traurigen Gedanken mit sich nehmen.

Fünf Jahre hatte er auf diesen Tag gewartet. Fünf Jahre voller Trauer, voller Zweifel, voller Selbsthass. Fünf Jahre ohne seine geliebte Caroline. John öffnete die Augen wieder und wischte sich eine einsame Träne von der Wange. Eigentlich hatte er bei der Hinrichtung dabei sein wollen. Er hatte sehen wollen, wie das Leben aus dem Mann wich, der ihm alles genommen hatte, was John liebte. Er hatte bezeugen wollen, wie das Gift sich langsam durch die Zellen fraß und wie das Herz seines schlimmsten Feindes zu schlagen aufhörte. John hatte einen Flug für den vorangegangenen Tag gebucht, hatte seine Tasche gepackt und war zum Flughafen gefahren. Doch dort angekommen, hatte er nicht aus seinem Auto aussteigen können. Er ertrug den Gedanken nicht, dem Mann noch einmal gegenüberzutreten, der Caroline ermordet hatte.

Johns Glieder versteiften sich, als er an seine Frau dachte. An ihre schulterlangen blonden Haare, ihre strahlend grünen Augen und ihre schmale Hüfte, die er so gern berührt hatte. Er dachte an ihre Lippen, ihre Zunge, die sie immer in die Mundwinkel legte, wenn sie sich konzentrierte, und an das Gefühl, dass er alles um sich herum vergaß, wenn sie ihn küsste.

John holte tief Luft und ging dann langsam zu seinem nachtblauen 1967er Chevrolet Impala. Er hatte erwartet, sich besser zu fühlen, sobald der Zeitpunkt der angesetzten Hinrichtung vorüber war. Doch alles, was er spürte, war eine eigenartige Leere, die ihn bis in jeden Winkel seines Körpers auszufüllen schien. Es war ein Gefühl, mit dem er nicht gerechnet hatte.

Als er seinen Wagen erreichte und die Tür öffnete, wurde ihm eiskalt. Er zog den Reißverschluss seiner Lederjacke bis ganz nach oben und ließ sich mit einem schweren Seufzen auf die lederne Sitzbank fallen. Das alte Polster knarzte unter seinem Gewicht und die Federung des Wagens gab ein Stück nach. John zog die Tür eine Spur fester als beabsichtigt zu und legte die Hände so fest um das abgegriffene Lenkrad, dass seine Fingerknöchel weiß hervortraten. Das Gesicht von Carolines Mörder tauchte in seinem Geist auf, nahm alles ein. Es verdrängte die schönen Erinnerungen. Das Gefühl der eigenartigen Leere erlosch und für einen unendlich lang andauernden Moment verspürte John nur noch tiefe Trauer.

Und dann schrie er.

Er schrie und drosch mit den flachen Händen mehrfach auf das Lenkrad ein, als wäre es persönlich für sein Leid verantwortlich. Nach einigen Schlägen – von denen er sich erhofft hatte, sich danach besser zu fühlen – kramte er keuchend sein Handy aus der Hosentasche, entsperrte es und öffnete den Messengerdienst. Er wollte gerade Cameron eine Nachricht schreiben, als ein Anruf einging.

Mahmut Nasser stand auf dem Display. John lächelte, wischte sich über das Gesicht und atmete tief ein. Mahmut war ein ehemaliger Kollege vom FBI und für ihn das, was einem besten Freund am nächsten kam. Sie hatten sich vor fünfzehn Jahren bei einer Mission im Südsudan kennengelernt. Mahmut hatte damals verdeckt für die CIA gearbeitet und war nach etwas Überzeugungsarbeit in Johns Team zum FBI gewechselt. Die Freundschaft der beiden wurde über die Jahre hinweg so innig, dass John sogar Mahmuts Trauzeuge und Pate seiner beiden Kinder wurde. Nach Carolines Tod war Mahmut einen ganzen Monat jeden Tag und jede Nacht an Johns Seite gewesen. Und die Freundschaft hielt auch, als John dem FBI nach Carolines Tod den Rücken gekehrt hatte und Mahmut von Washington D.C. nach Quantico versetzt wurde, um dort die Ausbildung der neuen Agenten zu übernehmen.

»Mahmut, du alter Hund«, eröffnete er das Gespräch.

»John, mein Freund. Wie geht es dir?«

»Den Umständen entsprechend, würde ich sagen.« John zuckte mit den Schultern, lehnte den Ellbogen gegen die Fahrertür und fuhr sich durch die kurzgeschnittenen Haare. »Und dir? Wie geht es Latifa und den Kindern? Alles im Lot?«

»Alles wie immer«, antwortete Mahmut knapp. Im Hintergrund konnte John ein mechanisches Dröhnen hören. Als wäre Mahmut in einem Auto oder in einem Flugzeug. »Sie richten ihre Grüße aus.«

»Danke. Grüß sie gern zurück. Und der Job in Quantico? Hast du noch Spaß daran, die Neuen zu quälen?« John lachte leise und auch Mahmut stieß ein verhaltenes Lachen aus, ließ die Frage aber unbeantwortet. »Wie dem auch sei«, sagte John. »Ich freue mich, dass du anrufst. Ich habe überlegt, mir ein paar Tage frei zu nehmen und dich und deine Familie zu besuchen. Ich könnte wirklich etwas Abstand von all dem hier gebr-«

»Du hast es noch nicht gehört, oder?«, unterbrach ihn Mahmut sofort. In seiner Stimme lag eine Mischung aus Trauer und Unglauben.

»Gehört?«, fragte John. »Was denn?« Er setzte sich kerzengerade hin. Seine Gedanken begannen zu rasen und er spürte, wie sein Herz schneller schlug. »Ist bei der Hinrichtung etwas schiefgelaufen?«

Mahmut seufzte und John stellte sich vor, wie sein Freund mit dem Kopf schüttelte. Plötzlich stieg in John ein schrecklicher Verdacht auf, der sich wie ein düsterer Nebel auf sein Gemüt legte. »Fuck, Mahmut. Rück endlich mit der Sprache raus. Was ist los?«

Mahmut sagte betont langsam: »Es … es hat keine Hinrichtung gegeben.«

»Was redest du da?« Johns Brust schmerzte. »Was soll das heißen? Was ist passiert?«

»Du solltest dich lieber hinsetzen.«

»Verdammte Scheiße, Mahmut, ich sitze. Spuck es endlich aus!« Mahmut schnalzte mit der Zunge und machte eine lange Pause. Als er weitersprach, war seine Stimme von tiefer Betroffenheit erfüllt.

»Es tut mir so leid, John. Stanley Harper ist entkommen.«

Kapitel 5

Washington D.C.
02. November
20:00 Uhr Ortszeit
Fünf Jahre zuvor

»Ich befinde mich hier an dem Ort, an dem Stanley Harper vor zwei Tagen festgenommen wurde. Im Hintergrund sehen Sie das Haus der Familie Greyson, wo sich am vergangenen Halloween-Abend Tragisches ereignete.

Stanley Harper, der Robin-Hood-Killer, kam in das Haus des FBI-Agenten John Greyson und tötete dessen Frau in ihrem Schlafzimmer.

Kaum ein Fall hat so polarisiert und das Land so gespalten wie dieser. Seit Harpers Festnahme kamen etliche Menschen her, legten Blumen vor dem Haus ab und trauerten. Dabei formieren sich jedes Mal zwei Lager. Eines, das auf Seiten von John Greyson und den Behörden steht und den Tod von Caroline Greyson betrauert, das andere und weitaus Größere, das gutheißt, was Stanley Harper getan hat. Es gab bereits gewaltsame Ausschreitungen, die nur durch den Einsatz der Polizei beendet werden konnten. Nie hat die Frage von Recht und Unrecht, von Selbstjustiz und Exekutive die Lager so aufgespalten, wie in diesem Fall.

Wir halten Sie über die weiteren Entwicklungen auf dem Laufenden. Das war Damian Perkins für NBC4 Washington, Ihr Lokalsender vor Ort.«

Kapitel 6

John hatte seinen Impala nie zuvor so schnell durch die Straßen von D.C. gejagt. Immer wieder klingelten Mahmuts Worte in seinen Ohren.

Stanley Harper ist entkommen.

Stanley Harper, der Mann, der Johns Frau umgebracht und seit fünf Jahren im Todestrakt von Livingston in Texas gesessen hatte. Stanley Harper, der mehr als zwanzig Menschen in ihren Apartments ermordet, ihre Leichen verstümmelt und entwürdigt liegen gelassen hatte. Stanley Harper, der Grund, dass Johns früheres Leben so abrupt geendet hatte.

Sein persönlicher Alptraum.

Ein Gefühl beklemmender Enge schnürte John die Brust zu. Eine Flut an Gefühlen, in der er zu ertrinken glaubte, brach über ihn herein. Er schnappte nach Luft, Tränen füllten seine Augen und trübten seine Sicht.

Er dachte an Caroline. An ihr bezauberndes Lächeln, ihr helles Lachen, an den Duft ihrer Haare, an glänzende Wassertropfen auf ihrer Haut, an die kleinen Grübchen auf ihren Wangen. Und an ihr Blut. An entsetzlich viel Blut. Johns Hände zitterten, sein Gesicht wurde taub und dann brachen die Tränen aus seinen Augen.

»Fuck!«

Stanley Harper war entkommen.

Wie konnte das nur passiert sein? Alle wussten doch, was für ein Schwein Harper war. Warum hatte man ihn dann nicht besser bewacht? Wer hatte zugelassen, dass Harper entkommen konnte? Jemand musste die Schuld dafür tragen! John stieß einen wütenden Schrei aus und wischte sich die Tränen von den Wangen. Der Wagen heulte auf, als er das Gaspedal durchtrat und ihn durch die Straßen Washingtons lenkte.

Sein Ziel: der Ronald Reagan Washington National Airport. Der Flughafen lag im Süden der Stadt, wo Mahmut und ein kleiner Jet auf ihn warten sollten. Mahmut hatte John am Telefon mitgeteilt, dass sein altes Team bereits auf dem Weg nach Texas sei und sich die Zelle von Stanley Harper ansehen werde, um den Fall erneut zu bearbeiten.

Die Direktorin des FBI, Erin Willson, hatte Mahmut praktisch dazu gedrängt, John als externen Berater hinzu zu ziehen. Durch seine persönliche Bindung zu diesem Fall erhoffte sie sich eine rasche Lösung.

Es war grotesk.

Seine persönliche Bindung? Wenn John gekonnt hätte, hätte er sich totgelacht. So aber wollte er nur kotzen. John kannte und schätzte Erin Willson für ihre Geradlinigkeit, doch in diesem Fall war er absolut anderer Meinung. Das war keine persönliche Bindung, das war Befangenheit – und die führte nie dazu, dass Dinge ein gutes Ende fanden.

Und obwohl sich alles in John dagegen wehrte, seine alten Wunden wieder zum Bluten zu bringen – und obwohl er es eigentlich besser wusste –, hatte er zugestimmt, sich zumindest die Zelle in der Strafanstalt von Huntsville, Texas anzusehen, in der Stanley Harper die letzten fünf Jahre seines Lebens verbracht hatte. Eventuell gab es dort ja irgendetwas, was dem Team weiterhelfen konnte.

Als John auf dem Parkplatz des Ronald Reagan Airport eintraf, wurde er bereits von zwei Agenten in schwarzen Jacken erwartet, auf deren Rücken sich der bekannte gelbe FBI-Schriftzug befand. »John Greyson?«, fragte ihn einer der Männer, nachdem John neben ihnen gehalten und das Fenster hinuntergekurbelt hatte.

»Ja.« Seine Stimme zitterte und ihm wurde bewusst, dass er sich nur an Bruchstücke der Fahrt erinnern konnte. Stanley Harper hatte von seinen Gedanken Besitz ergriffen. Erneut.

Und wieder hörte er Mahmuts Stimme im Ohr, die beinahe brach, als er sagte: »Stanley Harper ist entkommen.«

»Sie werden bereits erwartet«, sagte der Agent und wies mit der linken Hand in die Richtung, die er meinte. »Fahren Sie mit Ihrem Wagen zum Ende des Parkplatzes. Dort befindet sich ein Tor, das für Sie geöffnet wird. Sobald Sie auf dem Flughafengelände sind, halten Sie sich rechts. Der Jet steht im dritten Hangar.«

»Danke«, sagte John knapp, nickte den beiden Männern zu und fuhr los. Dabei drehten die Reifen durch und quietschten laut in der kühlen Nachtluft.

Als er den beschriebenen Hangar erreichte und seinen Impala darin abgestellt hatte, stieg er aus, ging um den Wagen herum und öffnete den Kofferraum. Darin befand sich – neben einer Brechstange, einer größeren Taschenlampe, einer Warnweste und einem Ersatzreifen mit passendem Werkzeug – ein dunkelgrüner Seesack, in dem John einige Sachen aufbewahrte, die er bei möglichen Observierungen benutzte.

Darin: frische Kleidung, einige Müsliriegel, eine Zahnbürste und einen Deostick. Er schwang sich den Seesack über die Schulter, schlug die Heckklappe deutlich fester als beabsichtigt zu und zuckte bei dem Geräusch, das von den Wänden der metallenen Halle zurückgeworfen wurde, zusammen. Dann schloss er den Wagen ab und ließ den Schlüssel in der Innenseite seiner schwarzen Lederjacke verschwinden. Kurz überlegte er, ob er sich noch eine Zigarette anstecken sollte, um seine flatternden Nerven zu beruhigen, als die Tür des Jets langsam aufging.

»Das Detektivleben scheint dir gut zu bekommen«, sagte Mahmut und grinste breit. Er trug eine dunkelblaue Jeans, ein schwarzes Shirt und ein offenes rot-schwarzes Karohemd, das er bis zu den Ellbogen hochgekrempelt hatte. Seine krausen schwarzen Haare waren kurz und die Augen von einem fast so markanten Braun wie die Haut. Ein dichter schwarzer Bart zierte sein Gesicht, der die Lachfalten um Mahmuts Mund aber nicht ganz verdecken konnte.

»Das Ausbilderleben dir wohl nicht«, rief John von unten herauf und ging auf die Treppe zu, die mit einem dumpfen Laut auf dem Boden des Hangars aufsetzte. »Du bist ziemlich fett geworden.« John grinste und stieg die Treppe hinauf und für einen kurzen Augenblick vergaß er den schrecklich faden Beigeschmack auf der Zunge und das dumpfe Pochen im Schädel, das seit Mahmuts Anruf gegen die Innenseite seiner Stirn drückte. »Was ist aus dem durchtrainierten Triathleten von früher geworden?«

»Du klingst wie meine Frau«, antwortete Mahmut nicht weniger breit grinsend und öffnete die Arme, als John die oberste Stufe erreicht hatte. »Trotzdem bin ich noch immer jünger als du.«

»Nur auf dem Papier. Und was sind schon vier Jahre?«

»Manchmal eine ganze Menge.«

John ließ die Tasche auf den Boden des Jets fallen und erwiderte die Umarmung seines Freundes. Sie fühlte sich vertraut an. So, als würde weder die Zeit noch die Entfernung zwischen ihnen stehen.

»Es ist schön, dich zu sehen, Grey«, sagte Mahmut leise, drückte sich dann von John weg und hielt ihn an den Schultern, während er ihm besorgt in die Augen blickte. »Es tut mir ehrlich und aufrichtig leid«, sagte er. »Ich wünschte, unser Wiedersehen hätte einen freudigeren Grund.«

»Das wünschte ich auch«, erwiderte John knapp und spürte, wie der fade Beigeschmack in seinem Mund wieder die Oberhand gewann. »Das wünschte ich auch.« Er beugte sich vor, hob den Seesack auf und schob sich dann an Mahmut vorbei ins Innere des Jets.

Gut zwanzig Personen hätten im Rumpf Platz finden können. Es gab lederne Sitze mit genug Beinfreiheit und kleine Tische aus poliertem Holz. Der Jet erinnerte John an die Zeit, in der er noch beim FBI gewesen war. Damals hatten sie für einige Fälle einen ähnlichen, wenn auch nicht ganz so edel wirkenden Flieger zur Verfügung gestellt bekommen.

Als John sich umblickte, erinnerte er sich an den Fall der sechzig Jahre alten Martha Snippet, einer ehemaligen Geburtshelferin, die im Umland von Denver gelebt und gearbeitet hatte.

Mehrere hundert Babys hatten mit ihrer Hilfe das Licht der Welt erblickt. Sie hatte ein schönes Haus, eine kleine Familie und eine Hypothek, die sich aber gut abbezahlen ließ. Doch dann schlug das Schicksal zu, als eines Tages ihr Sohn mit seiner Frau und seinen beiden Säuglingen bei einem Autounfall tödlich verunglückte. Von da an begann sie, Neugeborene zu entführen.

Sie erdrosselte sie mit Plastiktüten und warf sie anschließend in Müllcontainer. Als das Team ihr auf die Spur kam, hatte sie bereits mehr als ein Dutzend Kinder umgebracht. Auf die Frage, warum sie das getan hatte, lautete ihre Antwort: »Weil ich nicht wollte, dass andere Menschen den Schmerz durchmachen müssen, den ich erleiden musste.«

John schauderte, warf die Tasche auf einen der Sitze und zog die Jacke aus. Anschließend ließ er sich auf den freien Platz neben der Tasche fallen. Er kramte das Handy aus der Jackentasche, legte es vor sich auf den Tisch und faltete die Hände auf der Platte. Sie fühlte sich unnatürlich kalt an.

»Was hast du in letzter Zeit getrieben?«, wollte Mahmut wissen und setzte sich auf den Sessel gegenüber von John. »Ich habe kaum etwas von dir gehört.«

»Ich war viel mit neuen Fällen beschäftigt.« John zuckte mit den Schultern.

»Wirklich? Oder hast du dich nicht viel mehr blind hineingestürzt?«

»Gibt's da einen Unterschied?«

»Einen ziemlich großen sogar«, sagte Mahmut. »Ich glaube ja, dass du deine Zeit viel besser mit Helen verbringen solltest, anstatt über vergilbten Akten zu brüten. Wie geht es ihr eigentlich?«

Helen war seit einem guten Jahr Johns Lebensgefährtin. Er hatte lange gebraucht, um sich auf etwas Neues einzulassen, und was als regelmäßiger und unverfänglicher Sex begann, entwickelte sich mit der Zeit zu etwas Festem.

Die beiden hatten sich bei einem Seminar für Trauer- und Verlustbewältigung kennengelernt, zu dem John nur gegangen war, weil ihn ein Freund von Caroline, Ralph Cleansom, dorthin geschleppt hatte. Helen hatte in der Gruppensitzung vom Krebstod ihres Mannes berichtet, der sie tief getroffen hatte.

»Soweit ganz gut«, beantwortete John die Frage und blickte aus dem Fenster.

Die Dunkelheit, die im Hangar herrschte, schien sich langsam, aber sicher auf den Jet zu legen.

»Weiß sie Bescheid?«

»Über Harper?« John schüttelte mit dem Kopf. »Was er getan hat, ja. Aber nicht, dass er wieder auf freiem Fuß ist.«

Mahmut machte ein schnalzendes Geräusch. »Vielleicht solltest du sie anrufen.«

»Das kann warten. Zuerst müssen wir ihn finden.« John blickte wieder zu Mahmut und sah, wie sein Freund die Stirn runzelte. John stöhnte. »Ich hasse es, wenn du mich so ansiehst.«

»Weil du weißt, dass ich recht habe?«

»Weil es nervt.«

»Du bist zu verschlossen. Vergraul sie nicht.« Mahmut verschränkte die Arme vor der Brust. »Ich weiß ohnehin nicht, was sie mit einem abgerockten Kerl wie dir will.«

Das wusste John auch nicht. »Wie geht es den anderen?«, fragte er schließlich. Ihr Team hatte bei ihrem letzten gemeinsamen Fall sieben Mitglieder umfasst, Mahmut und John eingeschlossen.

Daniela Hoyd, Selina Troy, Steve O'Donell, Dean Colt und Martin Schwartz. Nach Johns Ausstieg hatte das Team noch zwei oder drei Fälle bearbeitet und war endgültig auseinandergebrochen, als Mahmut nach Quantico gegangen war.

Und nach Martins Tod.

Nur wenige Wochen nach Stanley Harpers Festnahme starb er bei einem Autounfall mit einem betrunkenen Fahrer. John war damals zu sehr in seiner eigenen Trauer gefangen gewesen und hatte weder Martins Witwe sein Beileid ausgesprochen, noch war er bei der Beerdigung seines Kollegen und Freundes gewesen.

Ein Fehler, den er sich nie verziehen hatte.

»Der Kontakt ist ein wenig eingerostet«, sagte Mahmut. »Leider. Hin und wieder höre ich bei den anderen nach, wie es ihnen geht. Dieser Fall hat alles verändert. Das weißt du selbst am besten. Selina ist zurück zu ihren Wurzeln gegangen. Sie ist jetzt beim FBI in New York. Daniela und Steve sind in Washington geblieben, aber bei anderen Einheiten. Sie fragen immer noch nach dir.« Er holte tief Luft, als würde er noch etwas sagen wollen, schüttelte dann aber den Kopf. »Eigentlich solltest du wissen, wie es ihnen geht. Auch sie haben unter allem gelitten und es ist nur fair, wenn du dein Einsamer-Wolf-Gehabe sein lässt. Wenn du mich fragst, glaube ich, dass uns Martins Tod endgültig auseinandergerissen hat. Nachdem Caroline gestorben ist, konnten wir alle nicht mehr viel verkraften.«

John vermied es, darauf zu antworten, und presste die Lippen aufeinander. »Und Dean?«, fragte er stattdessen.

»Interessiert es dich wirklich?«

»Keine Ahnung.« John zuckte mit den Schultern und blickte aus dem Fenster.

»Hätte mich auch gewundert. Aber du lenkst damit vom Thema ab«, sagte Mahmut. »Und das nicht einmal besonders geschickt.«

John seufzte und sah Mahmut wieder an. »Du bist ein elender Gutmensch. Ist ja schon gut. Ich rufe Helen an, wenn wir gelandet sind.« Er schwieg einige Augenblicke, dann holte er tief Luft. »Kommen wir zur Sache. Was wisst ihr über Harpers Ausbruch?« John beobachtete jede von Mahmuts Bewegungen; jede noch so kleine Regung in seinem Gesicht, während er auf eine Antwort wartete.

»Einiges. Und vieles davon wirft mehr Fragen auf, als wir beantworten können«, sagte Mahmut und seufzte. Mit einem Mal wirkte er deutlich älter als siebenundvierzig. Dunkle Ringe lagen unter seinen Augen. »Ein erstes Gespräch mit den Verantwortlichen hat ergeben, dass er ein vorbildlicher Häftling war, der sich mit seiner Strafe abgefunden hatte. Er hat nie Andeutungen für einen Ausbruch gemacht, und keiner hätte je eine Erpressung in Betracht gezogen.«

»Erpressung?« John wurde hellhörig. »Wovon sprichst du?«

Mahmut schüttelte den Kopf und beugte sich vor, als wollte er John ein Geheimnis verraten. »Er hat den Direktor von Huntsville erpresst, damit er ihn freilässt.«

»Du machst Witze.«

»Ich wünschte, es wäre so«, antwortete Mahmut.

»Aber … aber wie? Ich meine, sitzen die zum Tode Verurteilten nicht in der Allan B. Polunsky Unit in Livingston? Wie zum Teufel konnte er entkommen? Das kann ja nur bei der Überführung passiert sein.«

»Ja.« Mahmut nickte. »Harper hatte eine Pistole. Nur Gott allein weiß, woher er sie bekommen hat. Der Vorfall ereignete sich auf halbem Weg zwischen Livingston und Huntsville. Harper hat die beiden Wärter, die bei ihm hinten im Transporter saßen, wohl mit der Waffe überwältigt. Sie sind tot. Einer durch zwei Schüsse in die Brust, der andere durch eine Kugel in den Kopf. Anschließend, als der Wagen angehalten hat, hat er noch Fahrer und Beifahrer erschossen.« Er hob die Hand, als wollte er seine Worte mit einer Geste untermalen, entschied sich dann aber anders und fuhr sich über das Kinn. »Keiner von ihnen war schnell genug, um seine Waffe ziehen zu können.« Er atmete hörbar aus. »Zum Teufel, Grey. Harper ist noch keinen halben Tag draußen und schon gibt es vier weitere Tote. Vier weitere Menschen, deren Tod absolut sinnlos ist. So wie damals bei Caroline.«

John starrte auf sein Gesicht, das sich in der polierten Oberfläche des Tisches spiegelte. »Bei Caroline«, wiederholte er ihren Namen und ein Schauer jagte ihm über den Rücken.

Das, wovor er sich die letzten fünf Jahre unbewusst gefürchtet hatte, war nun eingetreten. Harper lief wieder frei rum und würde weiter morden. »Damals wollte er mich verletzen«, sagte John heiser. »Er wollte mir das Liebste nehmen, was ich besaß. Er hat meine Welt zerstört, weil ich ihn gejagt habe. Sie war weg. Einfach so.« John schnippte mit den Fingern und blickte Mahmut an. Der öffnete den Mund, um etwas zu sagen, doch John schüttelte mit dem Kopf und fuhr sich durch die kurzgeschnittenen Haare. Ein dumpfes, schmerzhaftes Pochen legte sich hinter seine Augen und ließ ihn blinzeln. »Er hätte vermutlich sogar Cameron getötet, wenn sie zuhause gewesen wäre.«

»Wie kommt sie mit Harpers Ausbruch zurecht?«

John zog eine Grimasse und schüttelte widerwillig mit dem Kopf.

»Du willst mich doch verarschen, oder? Auch sie weiß es noch nicht? Großer Gott, Grey.« Mahmuts Stimme klang anklagend. »Du stürzt dich Hals über Kopf in Schießereien und in die Gedankengänge von Serienkillern, schaffst es aber nicht, deiner Freundin oder deiner *Tochter* die wohl schlimmste Nachricht seit Jahren zu überbringen?«

»Alles andere ist eben einfacher!«, fuhr John hoch. »Außerdem hat Cameron genug mit ihrem Job und den Hochzeitsvorbereitungen zu tun. Da will ich sie nicht unnötig belasten.«

Cameron lebte seit drei Jahren mit ihrem Freund Andrew in Madrid und arbeitete bei einer amerikanischen Unternehmensberatung, die sich darauf spezialisiert hatte, in den USA ansässigen Firmen bei der Expansion nach Europazu helfen. Ihr Verlobter, Andrew, war Profifußballer und galt als das vielversprechendste amerikanische Talent seit Landon Donovan.

John konnte ihn nicht leiden.

Nach Carolines Tod und Johns Phasen des Selbsthasses und der Trauer hatte sich Cameron in Andrews Arme geflüchtet und war mit ihm umgezogen, als das Angebot aus Madrid kam. Er hatte sie ihm weggenommen. Und weil John zu sehr mit sich selber beschäftigt gewesen war, hatte er es nicht einmal bemerkt.

»Es geht aber um den Mörder ihrer Mutter.« Mahmut beugte sich vor. »Da sollte sie es wissen, meinst du nicht?«

»Wahrscheinlich.«

»Ganz sicher. Falls du noch mehr kluge Ratschläge brauchst, empfehle ich dir einen Termin bei mir mit einer Flasche Scotch. Wahlweise einen Kalender mit Motivationssprüchen.« Mahmut zuckte mit den Schultern und grinste schelmisch. »Glückskekse gehen auch.«

»Sehr witzig.« John wurde nach einem unfreiwilligen Lächeln wieder ernst. »Ich muss …«

»Ich weiß, was du willst, Grey«, fiel Mahmut ihm ins Wort und schüttelte den Kopf. »Du willst mit dem Mann sprechen, der Harper zurück auf die Straße gelassen hat. Aber das ist leider nicht möglich. Der Chef des Gefängnisses hat sich erschossen, kurz nachdem Harper weg war. In seinem Büro. Er hinterlässt eine Frau und eine Tochter. Und er hat einen Abschiedsbrief geschrieben.« Er lachte bitter.

»Dann sind es also schon achtundzwanzig Opfer«, sagte John leise schockiert, aber nicht wirklich überrascht, »die auf das Konto dieses Monsters gehen.« Bilder des kalten, blutüberströmten Körpers Carolines fluteten seinen Geist. Alles um ihn herum begann sich zu drehen.

Schwindel überkam ihn und ihm wurde schlecht. Die Gefühle wurden so überwältigend, dass John die Augen schloss. Er lehnte sich in den Sessel zurück.

»*Monster*? Das ist noch nett ausgedrückt«, schnaubte Mahmut verächtlich. »Mir fallen ganz andere Bezeichnungen für ihn ein. Hurensohn, zum Beispiel. Oder räudiger Köter.«

Mir auch, dachte John.

»Wir haben getan, was in unserer Macht steht«, fuhr Mahmut nach einer kurzen Pause fort und lehnte sich in den Sitz, der leise knarzte. »Wir haben keine Zeit verloren. Vier Stunden sind seit seinem Ausbruch vergangen. Die Behörden vor Ort sind informiert, ebenso die Presse und wir haben Straßensperren auf jeder einzelnen Route errichten lassen. Er kommt nicht aus Texas raus. FBI, CIA, die örtliche Polizei. Alle arbeiten auf Hochtouren, um dieses Schwein zu finden. Es gibt sogar Hundestaffeln, die die Umgebung durchkämmen.«

»Du weißt, dass Harper wie eine Kakerlake ist, Mut«, antwortete John, seufzte leise und öffnete die Augen. »Wir werden ihn nicht finden. Nicht, bis er es nicht will. Er hat schon einmal mit uns gespielt und er wird es wieder tun. So wie in New Orleans, als wir auf seine falschen Fährten reingefallen sind. Weißt du noch, wie er Obdachlose dafür bezahlt hat, uns mit Anrufen über seine angeblichen Sichtungen zu bombardieren?« John wurde plötzlich schmerzlich bewusst, dass er nicht hier sein wollte.

Er wollte nichts mehr mit Harper zu tun haben; wollte einfach nur alles verdrängen. Doch nun hatte ihn seine Vergangenheit eingeholt. Am liebsten wäre er aufgestanden und einfach davongestürmt. Aber unsichtbare Fesseln hielten ihn an dem Sitz fest und zwangen ihn, Mahmuts Worten zu lauschen.

Was Caroline wohl dazu sagen würde?

»Das mag sein, aber dieses Mal sind wir vorbereitet«, antwortete Mahmut grimmig. »Wir kennen ihn und sein Vorgehen. So etwas wie damals wird nicht noch einmal passieren.«

Ich wünschte, du hättest recht, schoss es John in den Kopf. »Tun wir das wirklich?«, fragte er mehr sich selbst und schloss die Augen wieder. Mit einem Mal war er unendlich müde.

Es entstand eine kurze Pause, in der John und Mahmut ihren eigenen düsteren Gedanken nachgingen. Als Mahmut das Wort wieder ergriff, zuckte seine Stimme wie ein aufblitzendes Messer durch Johns Geist und zwang ihn, die Lider zu heben.

»Wie lange haben wir dieses Arschloch gejagt? Sieben Monate? Acht? Oder war es fast ein ganzes Jahr? Wie viele Tote hat es gegeben, bis wir sein Gesicht kannten? Wie viele schlaflose Nächte hatten wir?« Mahmut schüttelte den Kopf. »Wie viele Fälle haben wir erlebt, nach denen wir einfach nach Hause gegangen sind und weitergemacht haben? An deren Ende wir so getan haben, als würde es den ganzen Gräuel in der Welt nicht geben? Fälle, nach denen wir unsere Partner geküsst und unsere Kinder umarmt haben?«

»Zu viele«, antwortete John. »Es waren einfach zu viele.«

Mahmut nickte. »Wann wurde dir bewusst, dass dieser Fall, dass Harper unser Leben für immer verändern würde?«

»Direkt nach seinem ersten Mord in Washington. Als man uns dazu holte.« John schloss erneut die Augen und lehnte sich in den Sessel zurück. »Als ich die mit dem Messer eingeritzten Namen auf der Haut gesehen habe. Die aufgeschlitzte Kehle und das viele Blut.«

»Bei mir war es ein paar Wochen später. Nach dem Mord an Charlize Weaver. Hast du jemals einen Namen vergessen? Jemals eines ihrer Gesichter nicht gesehen, wenn du deine Augen zugemacht hast?«

»Nein.«

»Ich auch nicht«, flüsterte Mahmut und fuhr nach einer kurzen Pause fort. »Woran denkst du?«

John öffnete die Augen und sah seinen Freund mit ernster Miene an. »Keine Ahnung. In erster Linie daran, dass ich ein paar wirklich unschöne Telefonate führen muss«, antwortete er, entsperrte sein Display und suchte die Nummer seiner Tochter heraus.

Mahmut presste die Lippen kurz aufeinander, nickte und erhob sich. »Ich sage dem Piloten, dass wir starten können. Im Bad ist ein elektrischer Rasierer. Falls du dich wieder etwas in Form bringen möchtest.« Er lächelte schwach. Es sollte vermutlich aufmunternd sein, verfehlte seine gewollte Wirkung jedoch deutlich. Mahmut drückte Johns Schulter. »So traurig dieser ganze Umstand auch ist, Grey, es ist doch schön, dass du dabei bist. Die anderen freuen sich auf dich.«

John rang sich ein schwaches Zucken der Mundwinkel ab und wählte dann die Nummer von Cameron.

Während das Freizeichen ertönte, geisterte das Gesicht von Charlize Weaver durch seine Gedanken.

Kapitel 7

Charlize Weaver war eine Frau, die von den meisten Männern begehrt wurde.

Sie war nicht groß, aber so groß, dass sich andere in ihrer Gegenwart klein fühlten. Sie war athletisch, aber nicht zu muskulös und sie war so wunderschön, dass sie die Blicke aller auf sich zog. Sie war klug, erfolgreich und ihr glockenhelles Lachen war ansteckend.

Doch für ihren Erfolg hatte sie hart arbeiten müssen.

Charlize hatte immer mehr getan als alle anderen; hatte sich niemals von abwertenden Kommentaren oder abfälligen Blicken einschüchtern lassen; hatte immer ihre Ziele vor Augen gehabt: Reichtum, Macht, Erfolg. Auch dann, wenn es ihr schwergefallen war, morgens aus dem Bett aufzustehen und weiterzumachen.

Und weiß Gott, es hatte viele solcher Tage gegeben. Tage, an denen sie am liebsten alles hingeschmissen hätte, an denen sie den Menschen, die sie immer kleingeredet hatten, am liebsten recht gegeben hätte. Doch sie war keine Frau, die einfach aufgab. Sie war eine Frau, die sich durchbiss; die immer einmal mehr aufstand, als sie hinfiel.

Charlize Weaver stieg an diesem Abend aus der Dusche ihres Penthouses im zwanzigsten Stock, hoch über den Dächern von Georgetown und direkt am Potomac River gelegen. Von hier oben hatte man eine grandiose Aussicht über das Zentrum der Stadt bis hin zum Weißen Haus. Charlize liebte ihr Zuhause und alles, wofür es stand. Für ihre Macht, ihren Reichtum und ihre Skrupellosigkeit. Sie war 37 und bereits Milliardärin.

Vor etwas mehr als sieben Jahren hatte sie sich einen Namen in der Branche der KI – der künstlichen Intelligenz – gemacht und war schneller aufgestiegen als eine Rakete in Cape Canaveral. Es hatte etliche Berichte in der Times, dem Forbes Magazine und im Fernsehen über sie gegeben und der Börsengang ihres Unternehmens, KI Autonomics, hatte eingeschlagen wie eine Bombe.

Binnen vierundzwanzig Stunden war das Portfolio jedes Investors, der ihre Aktien gekauft hatte, um zweiunddreißig Prozent gestiegen.

Charlize lächelte, während sie sich die letzten Wassertropfen von ihrem nackten Körper wischte. Sie hatte viel getan, um an diesen Punkt in ihrem Leben zu kommen. Sie war über Leichen gegangen.

Nicht nur metaphorisch, sondern buchstäblich.

Ihren Über-Nacht-Aufstieg, den sich niemand wirklich erklären konnte, hatte sie mit Tränen, Schweiß und Blut bezahlt. Und zwar nicht nur mit ihrem eigenen Blut, sondern mit dem ihrer Mitarbeiter und dem ihrer Konkurrenten. Denn, was niemand über die attraktive Frau mit dem außerordentlichen Geschäftssinn wusste, war, dass sie insgeheim ein Netz aus Lügen und Intrigen gesponnen hatte, das ihren Aufstieg begünstigte. Sie hatte dafür gesorgt, dass einer ihrer größten Feinde, ebenfalls in der KI-Branche tätig, mit seinem autonom gesteuerten Ferrari eine Klippe hinabgestürzt war. Kurz darauf fielen die Aktienkurse seiner Firma ins Bodenlose.

Sie war auch diejenige gewesen, die die Quartalsberichte eines anderen Unternehmens abgefangen und derart verfälscht hatte, woraufhin die Firma schließen musste und mehr als fünftausend Menschen ihren Job verloren.

Doch trotz ihres Erfolgs lief auch in ihrer Firma nicht alles glatt. Zwei ihrer Ingenieure hatten bemerkt, dass ihr eigenes KI-Programm zur Steuerung von Personenbeförderungsmitteln fehlerbehaftet war. Insbesondere die Software ließ bei siebzig Prozent der Simulationen die Flugzeuge nach exakt dreihundert Meilen abstürzen. Sie hatten vorgeschlagen, dass das Programm noch einmal überarbeitet werden solle, ehe es im letzten Quartal dieses Jahres auf den Markt kam. Charlize war da anderer Meinung gewesen. Sie hatte einen strikten Plan, der keine Verzögerungen gebrauchen konnte. Als die beiden Männer drohten, die ganze Sache auffliegen zu lassen und an die Presse zu geben, entschloss sie sich kurzerhand, sie aus dem Weg zu räumen.

Heute erinnerte sie sich nicht einmal mehr an ihre Namen. Und im Prinzip war es ihr auch egal. Charlize würde jeden aus dem Weg räumen, der ihre Pläne, das stärkste KI-Unternehmen der Welt zu führen, gefährdete. Es war nur noch eine Frage der Zeit, bis die ersten Regierungsaufträge für KI-gesteuerte Drohnen auf ihrem Tisch liegen würden. Und sie würde sie mit Freuden annehmen. Dafür war ihr jedes Mittel recht.

Charlize lächelte in den vom heißen Dunst getrübten Spiegel in ihrem Badezimmer. Der Rahmen war in Gold eingefasst und die zwölf kreisrunden LED-Lichter, die darin eingelassen waren, waren mit kleinen Diamanten umrahmt. Eine Sonderanfertigung, die sie mehrere zehntausend Dollar gekostet hatte. Doch was machte das schon, wenn man auf dem Weg war, die reichste und mächtigste Frau der Welt zu werden?

Sie wischte mit der Hand über die glatte Oberfläche, um sich und ihr makelloses Gesicht genauer betrachten zu können. Eine schmale Nase, volle Lippen und tiefblaue Augen, die von pechschwarzen Haaren betont wurden. Dazu ein langer Hals, ein schmales Kinn und hohe Wangenknochen. Ihre Stimme war melodisch und zugleich bestimmend.

Charlize wusste, was sie wollte. Und sie bekam es.

Immer.

Sie ließ das Handtuch fallen und betrachtete lächelnd ihren nackten Körper. Die täglichen Stunden im Fitnessstudio lohnten sich. Genauso wie der medizinisch nicht notwendige Eingriff an ihren Brüsten. Charlize strich sanft mit den Fingerspitzen ihren Hals entlang und wanderte langsam ihren Körper hinab.

Sie schloss die Augen und atmete tief und genussvoll ein.

Eigentlich hatte sie heute ausgehen wollen, um ihren erfolgreichen Börsengang zu feiern. Doch in diesem Moment stand ihr der Sinn nach einer etwas delikateren Gesellschaft. Sie nahm ihr Smartphone in die Hand, das auf dem Waschtisch lag und öffnete eine Website im Browser. Natürlich im Inkognito-Modus.

Eine Frau von ihrem Stand hatte zwar Bedürfnisse, die aber niemals ans Tageslicht kommen durften, wollte sie ihren Ruf und den ihres Unternehmens nicht gefährden. Die Website, die sie besuchte, erforderte eine Benutzerkennung, die sie mittels anschließender Zwei-Faktor-Authentifizierung bestätigen musste. Sie gab den sechsstelligen Code ein, der als SMS auf ihr Handy geschickt wurde, und meldete sich an. Es dauerte einige Sekunden, ehe die Startseite geladen hatte. *Willkommen bei Secret Needs. Dem erstklassigen Escortservice für alle, die auf der Suche nach dem Besonderen sind.*

Charlize lächelte erneut und verlor keine Zeit. Mit zwei Klicks war sie auf ihrem Konto und wählte die Rubrik *Meine Bestellungen* aus. Noch war sie sich nicht sicher, welchen Mann sie sich bestellen würde. Entweder Sam, den gut gebauten, netten Kerl von nebenan, der sie mit Schmeicheleien umgarnte und mit dem der Sex voller Emotionen und Gefühle war; mit dem sie sich immer in Stunden der Ekstase verlor, ehe sie ihn fortschickte.

Oder vielleicht doch Leroy? Der schwarze, bullige Typ, der die Zügel in der Hand hielt und sie hart und wild nahm? Kurzerhand checkte sie die Verfügbarkeit von Leroy. *Heute Abend verfügbar*, stand hinter seinem Namen. Darunter befanden sich ein Bild seines nackten Oberkörpers und eine Liste seiner Services inklusive aller Gebühren. Charlize wählte die Zusatzoption *All Night Long* aus und schloss die Bestellung ab.

Eine kurze Nachricht auf ihr Handy ließ sie wissen, dass Leroy in einer Stunde bei ihr vor der Tür stehen würde.

Charlize Weaver hatte die vergangene Stunde gut genutzt und sich für ihren anstehenden Besuch in Schale geworfen. Sie hatte ihre Haare geföhnt, ihren Körper mit einer Feuchtigkeitscreme eingeschmiert und ein intensives und betörendes Parfüm auf Hals und Handgelenke aufgetragen. Einen Spritzer hatte sie sogar zwischen ihren Brüsten aufgetragen. Danach war sie in ihr Schlafzimmer gegangen, hatte die Kissen und Tagesdecke weggeräumt und Kondome sowie Gleitmittel auf den Nachttisch gelegt.

Zum Schluss hatte sie sich gut zwanzig Minuten in ihrem begehbaren Kleiderschrank aufgehalten, verschiedene Dessous anprobiert und sich schließlich für einen weißen Seidenkimono mit aufgestickten roten Kirschblüten entschieden, der gerade lang genug war, um ihren Po zu bedecken. Sie liebte es, sich sexy zu kleiden und mit den Reizen ihres makellosen Körpers zu spielen. Und sie wusste, dass es den Männern gefiel. Leroy war da keine Ausnahme. Profi hin oder her. Er war ein Mann, der das Extravagante schätzte. Und je extravaganter ihr Outfit, desto hemmungsloser der Sex.

Nachdem der Kimono zu ihrer Zufriedenheit saß, schlüpfte sie in ein Paar Jimmy Choos Sandaletten mit zehn Zentimeter hohen Absätzen, die mit Strasssteinen besetzt waren, und ging noch ein letztes Mal ins Bad. Auf dem Weg dorthin blieb sie an ihrer hauseigenen Bar stehen, öffnete sich eine Flasche Rotwein, ein Teso la Monja, Jahrgang 2017, aus Spanien, und goss sich ein Glas ein. Sie wartete einige Augenblicke, ließ den Wein atmen und sog genüsslich die vollmundigen und schweren Aromen von Erde, dunklen Beeren und feinen floralen Noten ein.

Sie schwenkte das Glas in der Hand, wartete einen weiteren Moment und nippte daran. Das fruchtig erdige Bouquet explodierte kurz darauf an ihrem Gaumen und brachte sie noch weiter in Stimmung. Charlize lächelte, nahm einen weiteren Schluck und stellte das Glas auf den Couchtisch aus Teak, der zwischen der Sitzgarnitur aus hellbraunem Echtleder und der ebenfalls hellbraunen Récamiere stand. Dabei machten die Absätze ihrer Schuhe widerhallende Geräusche auf dem Boden. Dann ging sie zurück zur Bar, öffnete eine Flasche Rum, nahm einen Tumbler und stellte beides ebenfalls auf den Tisch. Viele Männer mochten Whisky, vorwiegend Scotch.

Leroy stand auf Rum.

Sie richtete alles an, natürlich auf passenden Untersetzern, nahm noch einen Schluck von ihrem Wein und schlenderte dann ins Bad, um ihrem Gesicht einen letzten Feinschliff zu verpassen. Wimperntusche, dezentes Rouge auf den Wangen und einen blutroten Lippenstift. Als sie fertig war, wusch sie sich die Hände, schaltete das Licht aus und verließ das Badezimmer. Dann schaute sie auf die Uhr, die über dem Kamin hing. 22:30 Uhr. *Perfekt. Leroy müsste jeden Augenblick eintreffen.* Ihr wurde ganz warm, als sie an die vielen Orgasmen dachte, die sie mit diesem Mann bereits erlebt hatte und die noch dazukommen würden. Zügellose, wild, hart. All diese Dinge erregten sie. Und Leroy besaß jede einzelne dieser Eigenschaften.

Er wusste, wie man eine Frau um den Verstand brachte. Mit Worten, den Berührungen seiner Hände, den wilden Küssen und dem durchtrainierten Körper.

Charlize begab sich zu ihrem Couchtisch, auf dem eine Fernbedienung lag, mit der sie alles Mögliche in ihrem Penthouse steuern konnte. Unter anderem auch den elektrischen Kamin. Nachdem sie den entsprechenden Knopf gedrückt hatte, wurde das Zimmer mit dem prasselnden Knistern des Feuers erfüllt. Nach einigen Minuten strich die wohlige Wärme sanft über ihren Körper und jagte ihr einen Schauer über den Rücken. Der unterschwellige Geruch von Brennpaste stieg ihr in die Nase. Dann entriegelte sie mit einem weiteren Knopf die Tür und schaltete die Alarmanlage aus, damit Leroy direkt eintreten konnte. Zu guter Letzt schenkte sie den Rum in den Tumbler, nahm ihr Weinglas in die Hand und legte sich in einer erotischen Pose auf die Récamiere. Ihr Date sollte direkt sehen, was ihn erwartete.

Sie koppelte ihr Handy via Bluetooth mit der eingebauten Stereoanlage und wählte eine Playlist, die sie extra für Augenblicke wie diese erstellt hatte. Sie trug den schlichten Namen: *F_ME*.

Darauf waren Songs etlicher Rockbands, die die Stimmung gut aufheizen konnten. Sie wählte eine Lautstärke, die in dem Bereich lag, dass man die Musik zwar wahrnahm, sich aber nicht auf sie konzentrierte, und drückte auf Play.

Als die ersten Akkorde aus den Boxen drangen, kribbelte es vor Erregung und freudiger Erwartung in ihrem Unterleib. Charlize nahm einen Schluck und blickte wieder zu der Uhr über dem Kamin. 22:35 Uhr. Untypisch, dass Leroy zu spät kam. Vielleicht gab es Probleme mit dem Pförtner. Kein Grund zur Sorge. *Er wird schon kommen*, dachte sie sich. *Und dann wirst du kommen. Viele, viele Male.* Sie lächelte erneut, nahm einen weiteren Schluck von ihrem Wein und betrachtete den schwachen Lippenstiftrand, der sich am Glas abgesetzt hatte.

Charlize leckte sich über die Lippen und fuhr sich durch die langen schwarzen Haare. Sie verzehrte sich. Nach Luxus, Reichtum, Macht und Sex. Und dann, als ihre Stimmung gerade dabei war, zu kippen, klopfte es an der Tür. Sie lächelte, stellte das Glas auf den Tisch und nestelte ein wenig am Saum ihres Seidenkimonos, um ihre Brüste besser zu präsentieren.

Nicht zu viel, nur gerade so, dass man erahnen konnte, was sich unter dem Stoff befand. »Es ist offen«, sagte sie in einer Tonlage, die zu ihrer Stimmung passte. Sie hauchte es mehr, aber dennoch so laut, dass Leroy auf der anderen Seite es hören musste.

Die Tür schwang auf und ein eiskalter Windstoß drang ins Penthouse, der sie frösteln ließ und das elektrische Kaminfeuer zum Flackern brachte. »Du hast dir aber reichlich Zeit gelassen«, sagte Charlize und blickte mit einem kecken Augenaufschlag zur Tür. »Du solltest wissen, dass …« Sie riss die Augen auf und stieß ein Keuchen aus. »Wer zum Teufel sind Sie?«

Der Mann, der in der Tür stand, war nicht Leroy. Er war weder groß noch muskulös oder gar schwarz.

Er war unscheinbar, gedrungen und obwohl er einen offenbar hochwertigen Anzug trug, schien er nicht wirklich hineinzupassen. In der linken Hand hielt er einen alten Gegenstand und über seine Schultern hatte er sich die Riemen eines Rucksacks gelegt. Er sah ein bisschen aus, als würde er von einer anstrengenden Reise zurückkehren.

»Das wäre doch nicht nötig gewesen, Mrs Weaver«, sagte der Mann mit einer schneidenden Stimme, in der eine gewisse Verzückung mitschwang. Er deutete mit der rechten Hand zuerst auf Charlize, anschließend auf das Ambiente, das sie geschaffen hatte. Er trat ein, schloss vorsichtig die Tür hinter sich und blickte sich um, wie ein Tourist in einem Schloss.

»Wer zum Teufel sind Sie?«, wiederholte sie. Charlize, im ersten Moment wie gelähmt, gewann nun langsam die Kontrolle über ihren Körper zurück und sprang von der Récamiere auf. Mit der rechten Hand griff sie nach ihrem Handy, während sie mit der Linken den Kimono zusammenhielt. Angst stieg in ihr auf. »Verschwinden Sie von hier. Sofort … Oder ich rufe die Polizei.« Ihre Stimme hatte jegliche Erotik verloren.

»Bitte«, sagte der Mann, wandte sich um und schloss die Tür ab. »Das sollten Sie lassen.«

Er drehte sich wieder zu Charlize um und hatte plötzlich eine Waffe in der rechten Hand.

Sie zuckte zusammen, als sie in den kalten Lauf starrte. Ihr Körper versteifte sich und eine eiskalte Hand packte sie im Genick. Ihre Knie begannen zu zittern und sie wollte sich die feuchten Handflächen an ihren Oberschenkeln abwischen, konnte sich aber nicht rühren.

»Ich möchte vermeiden, dieses lästige Ding hier einzusetzen.« Er machte eine abwertende Handbewegung mit seiner Waffe. Ein leises klackerndes Geräusch ertönte, bei dem Charlize glaubte, ihre Knie würden nachgeben. »Sie ist zwar nützlich, um die eigenen Ziele zu erreichen, aber ansonsten mag ich sie nicht. Sie beendet Leben zu schnell, wissen Sie.« Er sah sich in Charlizes Penthouse um. »Ich mag Messer lieber. Sie erfordern Feingefühl, sowohl auf körperlicher wie auf seelischer Ebene.« Sein Blick blieb zuerst am Kamin, dann am Couchtisch hängen, wo die beiden Gläser und die Rumflasche standen. »Bitte legen Sie das Handy weg, Mrs Weaver.«

»Was wollen Sie?« Ihre Stimme zitterte. Charlize sah den Mann voller Unglauben an, der sich in ihrem Penthouse umschaute, als würde er etwas suchen.

»Für den Anfang, dass Sie diese schreckliche Musik ausmachen. Und bitte, würden Sie endlich die Freundlichkeit besitzen, das Handy wegzulegen? Ich würde wirklich ungern zu früh gewalttätig werden.« Er bedeutete ihr mit der Waffe – dieses Mal mit mehr Nachdruck –, seinen Forderungen nachzukommen. Charlize spürte, dass er ungeduldig wurde.

Und das machte ihr noch mehr Angst.

»Schon gut«, sagte sie. »Schon gut.« Sie hob die Hände hoch und zeigte ihm so, dass es keinen Grund gab, die Waffe zu benutzen. Mit langsamen Schritten ging sie zu dem Couchtisch, legte das Handy darauf ab und schaltete die Musik aus. Dann machte sie vorsichtig wieder einige Schritte rückwärts und dachte fieberhaft nach. Sie versuchte, einen flüchtigen Blick auf die Uhr über dem Kamin zu werfen. Die Angst, eine unbedachte Bewegung zu machen, hielt sie fest gepackt.

»So ist es doch schon viel angenehmer. Diese Stille. Wie auf dem Meer, bevor der Sturm losbricht. Ein herrliches Gefühl.« Er öffnete die Augen wieder und sah Charlize direkt an. »Haben Sie das schon einmal miterlebt? Eine solche Ruhe vor einem derartigen Sturm?« Die Gläser seiner Brille fingen das Licht des Kaminfeuers ein, das seine erotisierende Wirkung verloren hatte.

Mit einem Mal wirkte es so, als würde es geradewegs aus der Hölle stammen. Die Flammen spiegelten sich auf den Gläsern und ließen es so wirken, als stünden seine Augen in Flammen.

In dieser Sekunde bekam Charlize Panik. Todesangst vor diesem Mann. Vor diesem unscheinbaren Mann, den sie auf der Straße vermutlich niemals eines Blickes gewürdigt hätte.

»Wo bleiben nur meine Manieren, Mrs Weaver? Ich möchte mich Ihnen vorstellen. Mein Name ist Stanley Harper. Und meine Anwesenheit hat einen Grund. Ich bin hier, um Sie zu töten. Darf ich?«, fragte er, ohne seine vorherigen Worte wirken zu lassen, und deutete auf den Tisch.

Doch ihre Wirkung setzte so schnell ein wie eine Vollnarkose. Charlize stieß ein Keuchen aus, ihr Magen verkrampfte sich und sie spürte, wie saure Galle ihren Hals hinaufstieg und sich Tränen in ihren Augen sammelten. Ohne ihre Antwort abzuwarten, ging Stanley Harper zu dem Couchtisch hinüber, legte den Revolver darauf ab und stellte den alten Gegenstand daneben. Erst jetzt erkannte sie, dass es sich um ein Grammophon handelte. Es klickte einige Male, Charlize zuckte bei jedem dieser Geräusche zusammen. Sie waren unnatürlich laut, als hätte sich ein Schuss aus der Pistole gelöst.

Ihre Gedanken waren wie leergefegt, ihr Körper wie gelähmt.

Sie starrte auf Stanley Harpers Rücken, der nun langsam den Rucksack von seinen Schultern gleiten ließ. »Sir«, sagte sie flehentlich und spürte, wie sie zu zittern begann. Niemals wäre sie auf den Gedanken gekommen, dass *sie* mal das Opfer eines Verbrechens – eines Mordes – werden würde. »Wenn es hierbei um Geld geht, ich kann Sie versorgen. Ich …«

»Bitte, Mrs Weaver. Ich denke, dass Sie schon begriffen haben sollten, dass es mir nicht um materielle Dinge geht.« Er blickte von dem Grammophon-Koffer auf und drehte sich betont langsam zu ihr um. Die Verzückung in seinem Blick war etwas anderem gewichen. Etwas, das im ersten Moment wie eine Kränkung aussah.

Stanley Harper strich mit einer sanften Geste, als würde er eine Geliebte berühren, über die scharfen Kanten des Grammophons und nahm die Pistole wieder vom Tisch.

Langsam richtete er sie auf Charlize und bedeutete ihr mit einer entschiedenen Geste, dass sie zu ihrem Esstisch gehen und auf einem der Stühle Platz nehmen sollte.

Als sie sich in Bewegung setzte, zitterten ihre Beine so stark, dass sie kaum laufen konnte. Schweiß trat ihr auf die Stirn und sie suchte panisch nach einer Möglichkeit, dieser Lage zu entkommen. Aber ihr fiel nichts ein. Immer wieder geisterte eine einzige Frage durch ihren Kopf: *Warum ich?*

»Sie sollten wissen«, sagte sie mit zitternder Stimme und warf einen Blick über die Schulter zu Harper, »dass ich Besuch erwarte. Er sollte jeden Moment eintreffen.«

Harper hatte sich seinen Rucksack geschnappt und stand gut zwei Meter hinter ihr. Sein Gesicht war ausdruckslos, hatte jede vorherige Verzückung verloren. Er lachte feixend. »Sie meinen den gutaussehenden schwarzen Mann, den sie für die Nacht gebucht haben? Darum habe ich mich bereits gekümmert. Ich habe ohnehin noch nie verstanden, was Menschen am Sex finden. Der Mensch ist von Grund auf verdorben. Wozu also noch mehr von uns machen?«

Sie blieb vor dem Tisch stehen. »Was haben Sie mit ihm gemacht?« Ihr Herz schlug wie verrückt und die Übelkeit wurde mit jeder Sekunde schlimmer. Tränen liefen ihr über die Wangen, sammelten sich am Kinn und tropften auf den Kimono. »Haben Sie ihn umgebracht?«

»Natürlich nicht, Mrs Weaver«, sagte Harper und war sichtlich schockiert. »Dieser Mann hat nichts Unrechtes getan. Sein einziges Verbrechen besteht darin, dass er Liebe verkauft, wo es keine gibt. Doch dafür mache ich ihm keinen Vorwurf.« Mit einem Mal wirkte er bedrohlich. Nahezu unberechenbar. »Unsere Gesellschaft ist krank, Mrs Weaver«, fuhr er fort. »Sie ist kaputt. Unwiderbringlich zerstört durch Korruption, Lügen, Macht und Geld. Geld, das mit dem Blut der hart arbeitenden Schicht verdient wird, auf deren Rücken so viel aufgebaut worden ist.«

Charlize fiel die Narbe an seiner Stirn auf, die in dem feurigen Licht des Kamins aussah, als wäre sie ein Lavastrom.

»Das muss aufhören, Mrs Weaver. Doch mit Worten und Verfahren kommen wir nicht weiter. Ich habe es bereits mehrfach ausprobiert.« Er schüttelte den Kopf und es wirkte so, als würde er das, was nun kommen sollte, auf keinen Fall genießen.

Charlize schluckte. Die Erkenntnis, dass dieser Mann sie töten würde, traf sie wie ein Blitz. Wie ein Schlag ins Gesicht. Sie würde sterben.

Und es gab nicht viel, was sie dagegen tun konnte.

Außer …

Sie griff in einer einzigen raschen Bewegung nach dem Kerzenleuchter auf dem Tisch. Eine der weißen Kerzen brach ab und landete mit einem dumpfen Laut auf dem Tisch. Der Übergang zu ihrem nächsten Handeln war fließend. Mit einem verzweifelten Schrei schleuderte sie Harper den Kerzenleuchter entgegen.

Harper, vollkommen von ihrem plötzlichen Mut überrascht, schaffte es gerade noch, den Kopf zu drehen. Das schwere Wurfgeschoss schrammte an seiner Stirn entlang und hinterließ einen blutigen Kratzer auf seiner Haut. Er stieß ein wütendes Knurren aus, Charlize schrie, dann sprang sie vor, die Hände zu Fäusten geballt.

Sie würde um ihr Leben kämpfen. Sie würde diesem Mann die Waffe entreißen und ihn erschießen.

Sie würde …

Der Knall, mit dem sich der Schuss löste, war so laut, dass Charlize glaubte, ihre Trommelfelle würden reißen. Sie verharrte mitten in der Bewegung, stieß ein Keuchen aus und blickte auf den Boden zu ihren Füßen. Die Kugel hatte sie um wenige Zentimeter verfehlt. Eine schwarze Kerbe befand sich vor ihr auf dem hellen Marmorboden. Mit weit aufgerissenen Augen starrte sie hinab.

»Das, was nun folgt, bedaure ich sehr«, sagte Harper keuchend und kam auf sie zu. Blut strömte über sein Gesicht. »Aber ich habe keine andere Wahl. Nur so wird man mich hören und verstehen.« Er holte mit der Waffe aus und donnerte sie gegen ihre Schläfe.

Dann wurde es schwarz um Charlize.

Kapitel 8

Die Sonne stand tief und strahlte auf das rote Backsteingebäude, den Haupteingangsbereich des Staatsgefängnisses von Huntsville, Texas und beleuchtete die große Uhr, die sich unter dem Giebeldach befand.

Auf einen Außenstehenden, einen Unwissenden, hätte dieses Gebäude beeindruckend und zugleich wunderschön gewirkt. Das markante Rot der Backsteine stach heraus und täuschte einen einladenden Eindruck vor. Das Texas State Penitentiary at Huntsville – umgangssprachlich Huntsville Unit genannt – war das älteste Staatsgefängnis im US-Bundesstaat Texas.

Es war vor allem für seine zahlreichen Hinrichtungen bekannt, die hier häufiger durchgeführt wurden als in jedem anderen Staat des Landes. Mehr als 1700 Häftlinge konnten in den Zellenblöcken untergebracht werden. Eine furchterregende Zahl.

Bei dem Gedanken daran lief es John eiskalt den Rücken herunter. Sein Blick wanderte zu der großen Uhr über dem Eingang. 8:15 Uhr.

Rechnete man die Stunde Zeitverschiebung ein, die zwischen Texas und Washington lag, hätte Stanley Harper vor zwölf Stunden die Injektion mit der Giftspritze bekommen sollen und wäre, unter den Augen der Angehörigen seiner Opfer, der Presse und anderen Schaulustigen gestorben.

Man glaubte kaum, wie viele Unbeteiligte vom Tod anderer angezogen wurden. Es war überall dasselbe. Ganz gleich, ob man die Todesanzeigen in Zeitungen las, oder bei Unfällen auf dem Highway gaffte. Der Tod faszinierte die Menschen.

Nur vor dem eigenen fürchteten sie sich.

»Alles okay?«, fragte Mahmut. Er ging ein Stück vor John und drehte sich langsam zu ihm um. »Du kannst hier warten, wenn du ...«

»Nein«, fiel John ihm unwirsch ins Wort. »Nein«, setzte er sanfter an. Sein Gesicht juckte von der Rasur, die er sich im Flugzeug verpasst hatte. »Es geht schon.« Er schloss zu Mahmut auf und überholte ihn auf der Treppe, die zum Eingang hinaufführte. »Bringen wir es hinter uns. Je schneller, desto besser. Dieser Ort löst Beklemmungen in mir aus.«

Mahmut nickte und folgte John, der das klimatisierte Gebäude bereits betreten und sich rasch einen Überblick verschafft hatte. Sie befanden sich in einer großen Empfangshalle.

John schätzte, dass hier mindestens dreihundert Menschen Platz gehabt hätten. Es gab Sitzbänke, Absperrungen für Warteschlangen und eine kleine Glasfront zu seiner Rechten, an der sich die Besucher an drei Schaltern anmelden konnten. Zu seinem Erstaunen waren John und Mahmut die einzigen, die an diesem Morgen ins Gefängnis wollten. Er hätte geglaubt, dass das Gefängnis von zahlreichen Schaulustigen und Fans des Serienkillers belagert werden würde. Denn Anhänger von Gefängnisinsassen, insbesondere von zum Tode verurteilten Serienkillern, gab es mehr, als ein normaldenkender Mensch sich ausmalen konnte.

Unmittelbar hinter der automatischen Tür, durch die sie das Gefängnis betreten hatten, wurden sie von einem Wärter empfangen, der sich ihnen als Edward Hamilton vorstellte. Er war groß und muskulös. Sein Gesicht war von tiefen Aknenarben gezeichnet, die ihm etwas Grobes und zugleich Angsteinflößendes verliehen.

John schätzte ihn auf etwas über vierzig.

»Gut, dass Sie da sind«, sagte Hamilton und reichte erst John, dann Mahmut die Hand. »Wir haben Sie sofort verständigt, nachdem wir ...« Er räusperte sich. »Nachdem wir den Toten gefunden haben.«

»Mahmut Nasser, FBI«, stellte sich Mahmut vor und zeigte dem Mann seinen Ausweis. »Das ist mein Kollege John Greyson.«

Der Wärter nickte den beiden Männern knapp zu, machte jedoch keine Anstalten, Mahmuts Ausweis genauer unter die Lupe zu nehmen, sondern steckte die Daumen in den Gürtel seiner grauen Uniform, an dem sich ein Schlagstock und einige Gummigranaten befanden. Der Schock über das Erlebte stand ihm noch immer ins Gesicht geschrieben und John bildete sich ein, dass die Unterlippe Hamiltons zitterte. »Wir haben nichts angefasst«, begann er, bevor Mahmut oder John fragen konnten. »Die Polizei von Huntsville war zwar kurz da und hat sich alles angeschaut, aber als sie gehört haben, dass das FBI schon auf dem Weg ist, haben sie alles stehen und liegen gelassen. Nur Mr Porters Leiche wurde gestern Abend noch abgeholt. Man hat aber darauf geachtet, den Raum nicht mehr zu betreten, bis Sie da sind.« Er machte eine einladende Geste in das Innere des Empfangsgebäudes hinein. »Bitte, folgen Sie mir.« Dann marschierte er mit so schnellen Schritten los, dass John und Mahmut im ersten Moment Probleme hatten, ihm zu folgen.

»Was können Sie uns sagen?«, fragte John bestimmt, nachdem er zu Hamilton aufgeschlossen hatte.

»Im Grunde nicht viel«, antwortete dieser direkt und zuckte mit der linken Schulter, während sie die Eingangshalle durchquerten. »Harold Porter ist, Verzeihung, war ein friedliebender Mann. Gleichermaßen beliebt bei Insassen wie auch Mitarbeitern.« Er zuckte wieder mit den Schultern. »Sie müssen wissen, dass er es geschafft hat, die Häftlinge mit Respekt und Würde zu behandeln. Ganz gleich, wie schwer ihre Verbrechen auch waren. Er sieht das in ihnen, was wir anderen oft nicht sehen: den Menschen dahinter.« Edward Hamilton seufzte und nickte dem Wärter zu, der am Schalter hinter einer der dicken Glasscheiben saß. Der Mann nickte zurück und betätigte den verborgenen Summer unter seinem Tisch, der die Tür zum Zellenblock entriegelte. Ein lautes Klingeln ertönte, dann wurde sie von Hamilton mit einem Ruck geöffnet. Er ließ John und Mahmut den Vortritt, folgte ihnen und zog die Tür hinter sich zu. Anschließend schob er sich zwischen Mahmut und John hindurch und übernahm wieder die Führung. John verschaffte sich erneut mit wenigen raschen Blicken einen Eindruck der neuen Umgebung. Es war eine Eigenschaft, die er sich während seiner Ausbildung in Quantico angeeignet hatte. Einer seiner damaligen Mentoren hatte immer zu sagen gepflegt: *Sei immer derjenige im Raum, der jeden einzelnen toten*

Winkel kennt. Sie befanden sich am Anfang eines breiten Korridors, von dem mehrere Stahltüren abgingen, die, so vermutete es John, zu den Besuchsräumen und dem Trakt führten, in dem die Todesurteile vollstreckt wurden.

Blendend weißes Licht drang aus etlichen Deckenstrahlern, flutete den Korridor, der in schlichtem Grau gehalten war, und verlieh ihm eine gespenstische Aura. Die Luft hier drin war abgestanden und John musste unweigerlich an seinen letzten Auftrag denken, der ihn in die verlassene Tierklinik geführt hatte. Ein Schauer kroch über seinen Rücken und ließ ihn frösteln. Links von ihnen führte eine breite Treppe ins Ober- und Untergeschoss der Huntsville Unit.

»Bitte, hier entlang«, sagte Hamilton, was in Johns Ohren eher wie eine Floskel klang. Der Vollzugsbeamte deutete auf die Treppe, drehte sich um und ging mit schnellen Schritten los. Als sie bei der Treppe ankamen, wurde die Tür zur Eingangshalle mit einem Klicken wieder verriegelt.

Plötzlich fühlte sich John wie eingesperrt. In seiner aktiven Zeit beim FBI hatte er es – wann immer es ihm möglich gewesen war – vermieden, Gefängnisse zu besuchen. Zwei oder drei Mal, insbesondere nach Harpers Verhaftung, hatte es sich jedoch nicht vermeiden lassen und jedes Mal, wenn John einen Fuß auf das Gelände einer solchen Einrichtung gesetzt hatte, war er von dem völlig erdrückenden Gefühl der Hoffnungslosigkeit übermannt worden.

»Was können Sie uns zur Flucht des Gefangenen berichten?«, fragte Mahmut, der hinter John die Treppe hinaufging. Seine Stimme wurde als kaltes Echo von den Wänden zurückgeworfen.

Das Gefühl der Beklommenheit in Johns Brust nahm zu.

Hamilton zuckte wieder mit den Schultern. »Wir sollten um vier Uhr nach Livingston fahren, den Insassen aus dem Todestrakt holen und in unser Gefängnis bringen. Alles reine Routine. Henkersmahlzeit; Beten mit dem Priester; Überführen in die Kammer.«

Makaber, dachte John, *dass man vom geplanten Töten eines Menschen als Routine spricht.* »Aber irgendetwas war an diesem Tag anders, nicht wahr?«, fragte er. Die Treppe machte einen Knick und das obere Ende kam bereits in Sicht.

»Allerdings«, antwortete Hamilton. Seine Stiefel quietschten auf dem PVC-Belag. »Mr Porter hat kurz vor der Überführung die Zusammensetzung der Mannschaft geändert. Eigentlich sollten Stewart und ich den Gefangenen aus dem Todestrakt holen und ihn während der Fahrt im Auge behalten. Martin Guild wäre unser Fahrer gewesen, Alexander Eaton sein Beifahrer. Wir vier sind ein eingespieltes Team, müssen Sie wissen. Wir haben schon einige dieser Fahrten gemacht, die meisten in den letzten fünfzehn Jahren, und haben eine ungefähre Vorstellung von dem, was auf uns zukommt. Wir kennen die Verhaltensmuster der Gefangenen. Manche von ihnen weinen, andere wehren sich, der Großteil ist jedoch still und scheint sich mit seinem Schicksal abgefunden zu haben.«

»Haben Sie irgendeine Ahnung, weshalb Sie und Ihre Kollegen abgezogen wurden?«, schaltete sich Mahmut ein.

»Mr Porter war der Auffassung, dass bei jemandem mit der Vergangenheit des Häftlings der Andrang der Zuschauer größer sein könnte, als erwartet. Deshalb wollte er, dass Stewart und ich die Kammer sichern.«

»Und stattdessen schickte er zwei unerfahrene Männer wissentlich in den Tod«, murmelte John.

»So scheint es«, sagte Hamilton, dem der Gedanke offenbar nicht gefiel, dass sein Boss Teil der Freilassung eines zum Tode verurteilten Mörders war.

»Und Sie haben sich nichts bei der Planänderung gedacht?«, fragte Mahmut. »Ein eher ungewöhnliches Vorgehen, oder?«

»Was wollen Sie damit sagen?« Hamilton blieb auf der letzten Treppenstufe stehen. Mit zusammengekniffenen Augen drehte er sich zu John und Mahmut um. »Wollen Sie andeuten, dass ich etwas damit zu tun habe?«

»Hören Sie«, sagte John und hob die Hände. »Wir wollen nur verstehen, wieso das alles passieren konnte. Wieso jemand entkommen konnte, der über zwanzig Menschen ermordet hat, und wieso die Sicherheitsvorkehrungen in letzter Sekunde geändert wurden. Wir müssen diese Fragen stellen. Das wissen Sie doch.«

Hamilton seufzte. »Ja, natürlich. Bitte entschuldigen Sie meinen Ausbruch. Es ist nur …« Er schüttelte den Kopf und wandte sich wieder um.

»Es ist nur, was?«, fragte John und folgte dem Mann weiter, der die Treppe verließ. Hamilton wandte sich nach rechts. Der obere Korridor war im Vergleich zum unteren von Licht durchflutet und das erdrückende Gefühl von Hoffnungslosigkeit nicht so einnehmend. Auch gab es hier oben weitaus weniger Stahltüren. John schätzte, dass dieser Teil des Gefängnisses der Verwaltung und Archivierung diente und Häftlinge hier nicht hinkamen. Es roch sogar anders. Angenehmer, frischer.

»Keiner von uns versteht, wieso Mr Porter etwas derart Schlimmes getan haben soll. Ich habe immer geglaubt, dass Mr Porter ein guter Mensch sei. Jemand, der seinen Job ordentlich macht, dann nach Hause geht und sich daran erfreut, dass seine Tochter noch am Leben ist. Stattdessen lässt er jemanden wie Harper raus.«

Es war das erste Mal, dass Hamilton den Namen des Entflohenen erwähnte. An der Art und Weise, wie der Wärter den Namen ausspuckte, konnte John erkennen, wie sehr sich Hamilton für das hasste, was vorgefallen war. Er gab sich die Schuld für etwas, das überhaupt nicht in seiner Verantwortung lag.

Ein typisches Verhalten, das John schon oft gesehen hatte.

»Was wissen Sie über Porters Tochter?«, hakte Mahmut nach.

»Sie ist herzkrank, seit ihrer Geburt. Vor einigen Monaten hat man ihr in einer komplizierten Operation einen Herzschrittmacher eingesetzt. Und das mit gerade einmal sechs Jahren.« Hamilton schüttelte den Kopf. »Ein so liebes Kind, das diesen Mist nicht verdient hat. Sie können sich die Erleichterung Mr Porters sicherlich vorstellen, als man ihm sagte, die Operation sei gut gelaufen.«

John und Mahmut warfen sich einen kurzen, aber wachsamen Blick zu.

»Einen Herzschrittmacher?«, wiederholte Mahmut.

»Ja«, antwortete Hamilton und blickte ihn fragend an. »Einen der neusten Generation. Soweit ich weiß, sendet er alle möglichen Daten an die zuständigen Ärzte.« Wieder ein kurzer Blick zwischen den beiden Ermittlern. »Aber ich kenne mich damit zu wenig aus. Denken Sie, dass das wichtig ist?« Als weder John noch Mahmut darauf antworteten, drehte sich Hamilton schulterzuckend um und blieb vor einer roten Tür stehen.

»So hat er Porter vermutlich unter Druck gesetzt«, sagte John leise. »Über den Herzschrittmacher der Tochter. Harper kennt sich sehr gut mit IT aus. Und wenn der Herzschrittmacher, der Porters Tochter eingesetzt worden ist, wirklich der neusten Generation angehört, wird er mit Sicherheit gedroht haben, ihn zu hacken.«

Mahmut nickte knapp. »Aber warum hat Porter nichts unternommen? Wieso es einfach hinnehmen und Harper befreien, um sich dann am Ende selbst zu erschießen, anstatt zur Polizei zu gehen?«

»Angst«, sagte John. »Was würdest du tun, wenn das Leben deiner Töchter bedroht werden würde? Wenn man dir damit drohen würde, sie umzubringen?«

Mahmut presste die Lippen fest aufeinander. »Wie ich sie hasse, die neuen Killer von heute. Die kennen sich mit Technik aus und wissen, wie man kaum Spuren hinterlässt, weil sie alle drei Millionen Folgen von CSI, NCIS und was es sonst noch so gibt geschaut haben.« Er schaute grimmig zu Hamilton herüber.

»Das ist Harold Porters Büro?«, fragte John und nickte in Richtung einer Tür, vor der sie stehen geblieben waren.

Der Wärter wirkte so, als wäre er für einen kurzen Moment gedanklich woanders gewesen. »Mh? Oh, ja. Dort haben wir Mr Porter gestern Abend gefunden. Der Doc konnte aber nur noch seinen Tod feststellen.« Hamilton blieb zwei Schritte vor der Tür stehen. Er warf einen schnellen Blick über die Schulter, ehe er ungeduldig von einem Bein auf das andere trat. Die Autorität, die er zuvor ausgestrahlt hatte, war plötzlich aufkommender Nervosität gewichen. Er wollte nicht hier sein und John konnte es verstehen.

»Ich muss Sie warnen«, sagte er, als John die Hand auf den Türknauf legte. »Der Anblick ist grauenvoll.«

»Ich denke, damit kommen wir klar.« John nickte knapp. Er öffnete die Tür und betrat den Raum.

Der beißende Gestank von Blut und Tod schlug ihm entgegen. Der Geruch war so durchdringend, so alles einnehmend, dass er sich wegdrehen musste und hörbar ausatmete.

Tränen schossen ihm in die Augen und erschwerten ihm die Sicht. Er brauchte einige Sekunden, um sich wieder zu fangen, dann strich er sich mit dem Handrücken über die Nase und blickte sich um. John hatte in seinem Leben schon viele Leichen und noch mehr Blut gesehen und für gewöhnlich machte es ihm kaum etwas aus. Doch der Anblick von Harold Benjamin Porters Büro war einer der schlimmsten.

»Durch den Mund atmen«, flüsterte Mahmut so leise, dass nur John ihn verstehen konnte, und reichte ihm ein Paar schwarzer Latexhandschuhe.

John nahm die Handschuhe entgegen, streifte sie sich über die Finger und schloss für einen kurzen Moment die Augen. Er atmete den Gestank des Blutes und Todes ein und fokussierte sich und seine Gedanken auf das vor ihm liegende Büro.

Harold Benjamin Porter hatte es geschmackvoll eingerichtet. Der Eichenholzboden war auf Hochglanz poliert und verlieh dem Raum ein fast adeliges Ambiente. Die vollgestellten Bücherregale an der rechten Wand und der dunkelgrüne Teppich, der in der Mitte unter dem großen Sekretär lag, zeugten von Stil und strahlten Eleganz aus. Dahinter befand sich ein großes Fenster, durch das die Sonnenstrahlen des noch jungen Morgens eindrangen. An der linken Wand hingen Bilder einer glücklichen Familie. Viele von ihnen zeigten Porter, seine Frau und seine Tochter im Urlaub oder bei Freizeitaktivitäten. Es hätte ein schöner Morgen in einem schlichten Büro mit geschmackvoller Einrichtung sein können. Ein Morgen, an dem man gern seiner Arbeit nachging.

Wäre da nicht das viele Blut gewesen.

»Ein scheußlicher Anblick«, sagte Mahmut und betrachtete den Raum mit verschränkten Armen. Dann ging er an John vorbei zum Schreibtisch. »Sie denken immer, dass Selbstmord der einzige Ausweg ist, um sich und ihre Familie zu schützen. Aber in Wahrheit haben sie nur Angst vor dem Gefängnis.« Er presste die Lippen zusammen und deutete mit dem Kinn auf den Sekretär. »Hier, Grey.«

John ging langsam um den Schreibtisch herum und blickte sich um. Er kam der Quelle des metallischen Gestanks immer näher. Sein Magen rumorte und John musste dem Drang widerstehen, das Fenster aufzureißen. Doch als er die Waffe auf dem Boden liegen sah, mit der Harold Porter sich in den Kopf geschossen hatte, verflog die Übelkeit schlagartig.

Eine 357er Magnum. Eine Waffe, die selbst einem tobenden Stier den Schädel weggerissen hätte. John wollte sich nicht ausmalen, wie Porters Kopf ausgesehen haben mochte, als man ihn fand.

Er warf einen flüchtigen Blick zu Hamilton, der noch immer zwei Schritte von der Tür entfernt stand, und empfand Mitleid. Niemand sollte jemals einen Menschen finden, der sich selbst umgebracht hatte. Und erst recht nicht, wenn er dabei eine Waffe mit einer solchen Durchschlagskraft benutzt hatte. John atmete tief ein, wandte den Blick von dem Gefängniswärter ab und sah sich auf dem Schreibtisch um. Überall war Blut. Drei Stifte, die akkurat der Größe nach sortiert auf der Arbeitsfläche lagen; ein aufgeschlagener Collegeblock; das Handy des Toten; und ein Bild in einem Rahmen, auf dem Frau und Tochter von Harold Porter abgelichtet waren.

Letzteres hatte er mit einer Plastikfolie umhüllt, damit die Gesichter der beiden nicht mit Blut besudelt wurden. Eine wundervolle Geste, wie John fand. Sie änderte zwar nichts daran, dass eine Frau zur Witwe wurde und eine Tochter ohne ihren Vater aufwuchs, doch sie zeugte von der Liebe, die Porter für seine Familie empfunden hatte. Auf dem Tisch befand sich der von Mahmut angesprochene Abschiedsbrief. Auch er steckte in einer Plastikfolie, damit man ihn nach dem Ableben des Direktors noch lesen konnte.

»Er hat an alles gedacht«, sagte Mahmut grimmig und nahm den Brief vorsichtig aus der blutigen Hülle. Rasch las er ihn sich durch und reichte ihn dann an John weiter.

»Und?«, fragte John, als er den Brief entgegennahm.

»Harper hat alle Register gezogen, um freizukommen«, antwortete Mahmut, zuckte mit den Schultern und stieß ein verächtliches Schnauben aus. »Diesem Wichser ist dabei wahrscheinlich einer abgegangen.« Dann zog er eine durchsichtige Plastikhülle aus der Innentasche seiner Jacke, in der er Porters Handy verstaute. »Vielleicht können wir so herausfinden, wie oft die beiden telefoniert haben«, sagte er mehr zu sich, als zu John.

Seine Stimme klang resignierend, doch John hörte ihn kaum. Er blickte starr auf den Brief, Spuren von Tränen hatten einige der handschriftlichen Wörter verwischt.

Sein Herz schlug wie verrückt und der schale Geschmack von saurer Galle legte sich wieder auf seine Zunge, als er die wenigen Zeilen las, die Harold Benjamin Porter vor seinem Ableben geschrieben hatte:

Es tut mir leid.

Ich wollte nicht, dass er freikommt. Doch er hat damit gedroht, meiner Tochter das Leben zu nehmen.

Meiner geliebten Kathy.

Sie ist doch noch so jung, so unschuldig und so, so krank. Und jetzt, wo sie endlich eine Chance hat, ein normales Leben, ohne die ständige Angst, führen zu können, drohte er, sie umzubringen, wenn ich ihm nicht gehorche.

Ich habe nur getan, was jeder getan hätte, der seine Familie liebt.

Bitte denkt nicht schlecht von mir. Ich schäme mich.

Harold Benjamin Porter

PS: Sagt meiner Familie, dass sie nun in Sicherheit ist. Sagt ihr, dass ich sie liebe.

John drehte den Brief in den Händen und blickte dann fragend zu Mahmut. In seinem Blick erkannte er derselben Ausdruck, den Mahmut schon vor Jahren gehabt hatte, wenn er über den nächsten Schritt nachdachte.

»Livingston?«, fragte er und reichte Mahmut den Brief, damit er ihn fein säuberlich wieder in die Hülle packen und zurück auf den Tisch legen konnte.

»Livingston«, antwortete Mahmut.

Kapitel 9

In einem Bächlein helle, da schoss in froher Eil' die launische Forelle vorüber wie ein Pfeil.

Charlize Weaver blinzelte. Was war das nur für eine eigenartige Melodie? Und der Text dazu. War das Deutsch? Ihr Schädel fühlte sich so an, als hätte man ihr mit voller Wucht einen Baseballschläger gegen die Stirn gedonnert. Der Schmerz war brutal.

Sie stöhnte, wollte sich an den Kopf fassen, ertasten, woher die Schmerzen kamen, doch sie konnte es nicht. Sie konnte ihre Arme nicht bewegen.

Panik flammte in ihr auf. Nacktes Entsetzen ergriff sie, packte ihr Herz und drückte es zusammen. Sie blinzelte schneller, wollte den Schleier vor ihren Augen verdrängen, endlich wieder sehen, wollte schreien. Doch auch das konnte sie nicht. Etwas befand sich in ihrem Mund.

Ich stand an dem Gestade und sah in süßer Ruh, des muntern Fischleins Bade im klaren Bächlein zu.

Und plötzlich traf sie die Erkenntnis wie ein Schlag in die Magengrube. Sie keuchte, rang verzweifelt um ihre Stimme, schrie und zerrte an den Fesseln. Sie war zuhause. Sie war in ihrem Penthouse und sie war nackt. An einen Stuhl gefesselt, gedemütigt, wie ein Schwein auf der Schlachtbank. Hektisch blickte sie sich um.

Alles war noch so, wie sie es in Erinnerung hatte. Das Feuer im elektrischen Kamin knisterte, auf dem Couchtisch standen ihr Rotweinglas und der Rum, den sie für Leroy geöffnet hatte. Und das Grammophon.

Dieses schwarze, alte Grammophon, das Stanley Harper mitgebracht hatte, als er in ihr Penthouse eingedrungen war.

»Wehren Sie sich nicht, meine Liebe.« Harpers Stimme drang über den blechernen Lärm der Musik zu ihr herüber. »Sie werden die Fesseln nicht lockern können. Sie sollten sich Ihre Kräfte sparen. Bei dem, was ich mit Ihnen vorhabe, werden Sie sie noch brauchen.«

Charlize drehte den Kopf und blickte zum Kamin. Stanley Harper stand davor, bis auf die Unterhose entkleidet, hatte den rechten Arm gegen die Fassade gestützt und starrte gedankenverloren in die Flammen. Sein Gesicht war eine steinerne Miene aus Freude und Furcht, sein Körper war von länglichen Narben gezeichnet, als hätte man ihn in seiner Kindheit tagtäglich mit einem Rohrstock geschlagen. Besonders an den Rippen und auf dem Rücken erkannte Charlize die Narben. Sie hatte fast Mitleid mit ihm. Doch dann wurde sie sich ihrer Situation wieder bewusst. Sie zerrte erneut an den Fesseln.

Ein Fischer mit der Rute wohl an dem Ufer stand, und sah's mit kaltem Blute, wie sich das Fischlein wand.

Harper seufzte, schüttelte den Kopf und kam zu ihr herüber. Er legte seine Hände auf ihre Unterarme und blickte ihr tief in die Augen. Charlize konnte darin Verzweiflung und Trauer erkennen. Galten diese Gefühle ihr? Oder Harper selbst? Aber wenn sie ihr galten, warum tat er ihr dann so etwas an?

»Sie sollten sich wirklich schonen, Mrs Weaver«, sagte er und in seiner Stimme schwang etwas Melancholisches mit. »Die Nacht ist noch jung und wir stehen gerade erst am Anfang.« Ein Pflaster klebte an der Stelle, an der ihn der Kerzenleuchter getroffen hatte, der noch immer auf dem hellen Marmorboden lag. Die Pistole, mit der Harper sie in Schach gehalten hatte, war verschwunden. Vermutlich hatte er sie wieder in den Rucksack gesteckt, der, mitsamt seiner fein säuberlich zusammengelegten Kleidung, auf einem Stuhl lag.

Charlizes Kopf zuckte vor, in dem verzweifelten Versuch, ihm einen Stoß zu verpassen, doch Harper wich rechtzeitig zurück.

»Wissen Sie«, begann er langsam und funkelte sie wütend an. »Ich habe Situationen wie diese schon mehrfach erlebt. Sie sind bei weitem nicht meine Erste.« Er stieß ein kurzes Lachen aus, bei dem sich ihre Nackenhaare aufstellten. »Und Sie werden nicht meine Letzte sein.« Er drehte sich um und ging zügig zu dem Stuhl, auf dem seine Sachen lagen.

Sie konnte seine raschen Atemzüge hören und nahm mit Entsetzen ungezügelte Vorfreude in seinem Blick wahr, als er ihr kurz den Kopf zuwandte.

So lang dem Wasser helle, so dacht' ich, nicht gebricht, so fängt er die Forelle mit seiner Angel nicht.

Er öffnete seinen Rucksack, holte eine beigefarbene Akte und ein braunes Lederetui heraus, welches er sich unter den Arm klemmte. Langsam zog er den Reißverschluss zu, blieb einen Augenblick nachdenklich stehen und kam dann wieder zu Charlize herüber. Seine nackten Füße machten leise schmatzende Geräusche auf dem Boden. Der Schock kroch Charlize in den Körper und lähmte sie. Sie zitterte mittlerweile am ganzen Leib.

Doch nicht vor Kälte, sondern vor Furcht.

Er blieb zwei Schritte vor ihr stehen, öffnete die Akte und las sich in aller Seelenruhe das durch, was auch immer darin geschrieben stehen mochte.

Dann öffnete er den Mund, sah sie an und schüttelte nachdenklich den Kopf.

»Das hier liest sich wirklich wie ein Kriminalroman«, sagte er. »Sie müssen wissen, dass ich mir meine Opfer nicht leichtfertig aussuche. Ich nehme nur die, die schon alles haben und trotzdem noch mehr wollen. So wie Sie.« Er deutete mit der Akte auf Charlize und lächelte.

»Schülersprecherin, ausgezeichnete Abschlussnoten, Stipendiatin, Studium der Informatik, der Schritt in die Selbstständigkeit.« Er machte eine anerkennende Geste. »Bis hierhin haben Sie alles richtig gemacht. Doch dann kam die Gier, nicht wahr? Sie merkten, dass Sie mit Ihrem Produkt der künstlichen Intelligenz etwas Außerordentliches geschaffen hatten. Doch Sie mussten einige andere Menschen aus dem Weg räumen. Oder?« Er blätterte um.

Doch endlich ward dem Diebe die Zeit zu lang. Er macht das Bächlein tückisch trübe, und eh ich es gedacht, so zuckte seine Rute, das Fischlein zappelt dran.

Stanley Harper klappte die Akte zu, hielt seinen Zeigefinger aber als Lesezeichen darin und schloss die Augen. Dann legte er den Kopf schief. »Jetzt kommt die beste Stelle«, sagte er und sang mit: »*Und ich mit regem Blute sah die Betrogene an.*«

Es war grotesk und erneut stellten sich Charlizes Nackenhaare auf.

Er öffnete die Augen wieder und schüttelte sich kurz in einem Schauer der Erregung. »In gewisser Weise sind wir wie die Personen in diesem wunderbaren Stück. Sie sind die Forelle und ich bin der Fischer.« Er ging langsam zu dem Grammophon und setzte die Nadel neu auf. »Sie tun alles, um friedlich in Ihrem Bächlein zu schwimmen. Jeden Tag. Doch Ihre wahren Machenschaften bleiben vor der Welt verborgen.«

Ihre Augen zuckten hektisch umher. Wie nur sollte sie sich aus dieser Lage befreien? Was konnte sie tun, um diesem Wahnsinnigen zu entkommen, der scheinbar ihre ganzen Vergehen in seiner Hand hielt?

»Lass mich gehen, du Arschloch!«, brüllte sie, doch durch den Knebel in ihrem Mund drang nur Kauderwelsch.

»Bitte«, sagte Harper und kam zu ihr zurück. Das Lied spielte von vorn. Erneut diese kratzende, schrille und blecherne Melodie, die sie fast um den Verstand brachte. »Ich möchte Ihnen etwas erzählen.« Harper öffnete die Akte wieder. »Hier steht, dass einer Ihrer Konkurrenten, ein gewisser Bartholomew Crouch, mit seinem KI-gesteuerten Wagen von der Straße abkam und noch am Unfallort starb. Ein Fehler, der eigentlich nicht hätte passieren dürfen. Denn sein Programm war fehlerfrei. Natürlich haben Sie Ihre Spuren verwischt, damit man Ihnen den Mord nicht nachweisen kann. Clever, wirklich. Doch in der heutigen Zeit bleibt nichts verborgen. Das sollten Sie doch am besten wissen.« Er blätterte um. »Bestechung von Fremdfirmen ist Ihnen auch ein Begriff, wie mir scheint. Ebenso die der Börsenaufsicht und«, er stieß wieder einen leisen Pfiff aus, »sogar des Kartellamtes.«

Woher weiß dieser Kerl das nur alles, fragte sie sich. Sie zerrte erneut an ihren Fesseln, mit demselben Ergebnis.

»Und dann erst die Geschichte mit Ihren beiden Ingenieuren.« Er schüttelte den Kopf und blätterte um. »Wann immer Sie auch nur den Hauch von Gefahr gespürt haben, haben Sie alles getan, um sie zu beseitigen.« Seine Augen glänzten feucht. Es sah aus, als würde er jeden Moment zu weinen anfangen.

Aber Charlize wusste, dass das nicht passieren würde.

Stanley Harper blickte von der Akte auf und sah sie direkt an. Die dünnen Äderchen auf seinen Wangen schienen mit jedem Wort, das er sprach, dunkler zu werden und zu pulsieren. Die Musik der Schallplatte und das Knistern des Feuers im Hintergrund ließen sie an einen Horrorfilm denken – mit tödlichem Ende. Charlize wusste, dass sie an diesem Abend sterben würde. Und obwohl sie alles dafür hätte tun müssen, dieser Situation zu entkommen, konnte sie einfach nur still dasitzen und an den Lippen dieses Psychopathen hängen.

War das vielleicht ihr Schicksal? War das die Gerechtigkeit, die ihr widerfahren sollte? Abgeschlachtet von einem wilden und blutrünstigen Tier?

Nein! Sie presste die Zunge gegen den Knebel in ihrem Mund; spannte sie an, bis sich die Muskeln verkrampften. Sie hatte Geld und Macht. Sie konnte ihm beides geben.

Charlize machte quiekende Geräusche, wand sich auf dem Stuhl, warf den Kopf hin und her und stemmte sich gegen ihre Fesseln. Doch sie waren zu stark.

Harper legte den Kopf schief. »Möchten Sie etwas sagen, Mrs Weaver?« Dann kam er zu ihr herüber und nahm ihr den Knebel aus dem Mund.

Charlize drehte ruckartig den Kopf und rang nach Luft. Ihr Mund war trocken, ihr Kiefer schmerzte. »Bitte«, krächzte sie. »Sie müssen das nicht tun. Ich … ich habe Geld. Ich kann Ihnen geben, was auch immer Sie wollen. Ich …«

»Sie verstehen nicht, Mrs Weaver«, sagte Harper und schüttelte beinahe traurig den Kopf. »Ich brauche Ihr korrumpiertes Geld nicht. Und ich denke, Sie wissen, dass es für Sie keinen Ausweg gibt.«

»Nein, bitte, nicht. Ich …« Doch weiter kam sie nicht. Harper zwängte ihr den Knebel wieder in den Mund. Sie sackte in sich zusammen und spürte, wie Tränen erneut über ihre Wangen rollten.

Dieser Mann, das begriff sie nun, war anders als die, von denen hin und wieder in den Nachrichten berichtet wurde.

»Sie haben unzählige Leben durch Ihr korrumpiertes Handeln zerstört und etliche auf dem Gewissen. Eigentlich müssten Sie mehrere Verfahren am Hals haben und für den Rest Ihres Lebens im Gefängnis sitzen.« Er machte eine Pause; als er weitersprach, war seine Stimme vollkommen ruhig. Nahezu monoton und auf eine gewisse Art und Weise irre.

Er legte die Akte auf den Boden, kniete sich hin und entrollte das Lederetui, das er die ganze Zeit unter seinem Arm geklemmt hatte. »Wir beide wissen aber, dass Sie sich eine Vielzahl von Anwälten kaufen würden. Dazu vermutlich noch die Geschworenen, die Richter, die Medien. Sie würden Ihren guten Ruf behalten, vermutlich würde Ihr Aktienkurs einbrechen, doch nur für kurze Zeit.« Er schüttelte den Kopf, unterbrach sein Tun und stemmte die Hände in die Hüften. In diesem Moment wirkte er wie ein trotziges Kind.

Doch das war er nicht. Er war ein Mann, der einem Plan folgte. »Sie würden sich erheben wie der Phönix aus der Asche. Sie würden gestärkt daraus hervorgehen, noch mehr Geld scheffeln und weitere Leben zerstören, auf Ihrem Weg bis ganz nach oben. Diese Informationen hier«, er strich fast schon zärtlich über die Akte, »sind vor Gericht nicht zulässig. Da haben Sie ganze Arbeit geleistet.«

Charlize schluchzte und atmete hörbar ein, während die blecherne Musik weiterspielte, als wäre nichts gewesen und als wäre dieser späte Februarabend der schönste seit Langem.

»Bitte, weinen Sie nicht«, sagte Stanley Harper beinahe mitfühlend. »Ich töte Sie nicht, weil es mir gefällt. Ganz im Gegenteil.« Er schüttelte erneut heftig den Kopf und fuhr dann damit fort, das lederne Etui auszurollen. Darin befand sich ein messingfarbenes Messer mit geschwungener Klinge und einem dunkelbraunen fast schwarzen Griff. »Ich tue das, weil ich es tun muss. Verstehen Sie das, Mrs Weaver? Außer mir gibt es niemanden, der sich dieser Aufgabe annimmt.« Er griff das Messer ehrfürchtig mit beiden Hände, hob es hoch und schloss die Augen.

Die Sekunden flossen zäh dahin, Charlizes Herz drohte ihr aus der Brust zu springen, während sie Harper unablässig und ohne zu blinzeln anstarrte. Mit einem Ruck riss er die Lider auf, das Kaminfeuer spiegelte sich in seinen Augen und erweckte den

Anschein, sie würden brennen. Plötzlich hatte sie einen anderen Mann vor sich.

»Was nun passiert, wird uns beiden wehtun. Ihnen mehr als mir. Was jetzt geschehen wird, ist Folgendes: Ich werde Ihnen langsam die Namen der Menschen, die Sie auf Ihrem Weg nach oben aus dem Weg geräumt haben, in Ihr Fleisch schneiden. Wie tief es geht, wie viel Blut fließt, hängt von Ihnen ab. Und wenn ich fertig bin, werde ich Sie von Ihrem Leid erlösen. Am Ende werde ich Ihre Kehle durchschneiden und dabei zusehen, wie Blut und Leben aus Ihrem Körper weichen.«

Stanley Harper stand auf, die Lippen fest aufeinandergepresst und zu einem wahnsinnigen Lächeln verzerrt, die Augen weit aufgerissen.

»Es muss sein!«, rief er so laut, dass sie zusammenzuckte.

Doch ihr kam es vor, als würde er es mehr zu sich selbst sagen. Als wäre es eine Rechtfertigung für das Kommende. Er atmete tief ein, sie tat es auch.

Sie roch Seife, Deo, den schwachen Duft von Rosenwasser und erschauderte. Doch sie wehrte sich nicht. Charlize konnte es nicht.

Und sie wollte es nicht.

Sie konnte nur starr dort sitzen und zusehen, wie er die Spitze des zeremoniellen Dolches auf ihren Oberschenkel legte.

Als die Klinge die Haut berührte, durchfuhr sie ein brennender Schmerz; sie war scharf und schnitt sofort in ihr straffes Fleisch. Sie zuckte zusammen, atmete stoßweise und sah dabei zu, wie das Blut in einer dünnen Bahn ihre Haut hinablief. Dann gewann sie schlagartig die Kontrolle über sich zurück. Ihr kam es so vor, als hätte die eisige Umklammerung des Todes, die sie gelähmt hatte, ihren Griff etwas gelockert.

Sie wollte nicht sterben.

Nicht jetzt, nicht heute. Sie hatte noch so viel vor.

Charlize Weaver bäumte sich auf, zappelte, schrie. Doch es war zwecklos. Die Fesseln waren zu stramm, der Knebel zu fest. Niemand würde sie hören. Niemand würde kommen und sie retten. Sie war allein und sie würde allein sterben.

»Bitte«, sagte Harper fast schon flehentlich. »Machen Sie es nicht noch komplizierter.«

Sie warf ihm einen angsterfüllten Blick zu, starrte auf die grässliche Narbe an seiner Stirn, unmittelbar unter dem Haaransatz und anschließend in seine ausdruckslosen Augen.

Und dann begann er, mit der Klinge ihr Fleisch zu zerteilen.

Kapitel 10

Das Summen an Johns Handgelenk ließ ihn aus seinen düsteren Gedanken hochschrecken. Blinzelnd und mit dem Gefühl, als hätte er sich eine Handvoll Sand in den Mund gestopft, schob er den Ärmel seiner Jacke zur Seite und blickte auf seine Smartwatch.

Trinkst du genug?

John schnaubte fast schon verächtlich und hätte die Uhr am liebsten aus dem Fenster des schwarzen Camaros geworfen, in dem er und Mahmut saßen. Er musste während der Fahrt, die eine knappe Stunde gedauert und sie über den Highway 190 am Lake Livingston vorbeigeführt hatte, an das viele Blut und den Abschiedsbrief in Porters Büro denken. Die Menschen waren bereit, alles für ihre Familien zu tun.

Insbesondere für ihre Kinder.

Er erinnerte sich an einen Fall, der vor neun Jahren großes Aufsehen erregt hatte. Damals hatte die Polizei eine Reihe von Gewaltverbrechen gegen Truckerfahrer untersucht, die auf Rastplätzen um Washington D.C. brutal zusammengeschlagen und anschließend dort zurückgelassen worden waren.

Meist mit schrecklichen Schädelhirntraumata, die der Täter ihnen zugefügt hatte. Alle Opfer entsprachen demselben Profil: Groß, Mitte bis Ende vierzig, überwiegend tätowiert und weiß. Die Polizei hatte lange vergeblich versucht, den Täter zu finden. Es gab keine Zeugen, keine Videoaufzeichnungen und die Fahrer selbst konnten sich kaum an etwas erinnern – sofern sie nach dem Überfall nicht ohnehin nur noch Gemüse im Kopf hatten. Und dann hatten sie Glück gehabt, was ein großes Wort für eine schreckliche Tat war. Bei einem weiteren Vorfall konnte die Begleiterin des Opfers, die in der Fahrerkabine geschlafen hatte, aber vom Täter nicht bemerkt worden war, einen Blick auf das Kennzeichen seines wegfahrenden Wagens erhaschen.

Sie war geistesgegenwärtig genug, sich die Kombination aus Ziffern und Buchstaben zu merken, und rief sofort die Polizei an. Für das Opfer kam jede Hilfe zu spät, aber immerhin schnappten sie so den Täter. Er war ein Familienvater, dessen jüngster Sohn einige Jahre zuvor von einem LKW überfahren worden war.

Und dann dachte er an Caroline.

Wie John ihr kurz nach Camerons Geburt versprochen hatte, dass auch er alles für sie tun würde. Caroline, die, vollkommen erschöpft, aber überglücklich in ihrem Krankenhausbett lag, die Augen halb geschlossen, und die Haut in ihrem Gesicht vom Schweiß der Anstrengung glänzend. Und Cameron, die so klein, so unbeholfen, so schutzbedürftig in Johns Armen lag und schrie. Noch nie hatte John einen Moment so vollkommenen Glücks gefühlt. Er hatte ihnen damals versprochen, dass er alles Übel, alles Böse von ihnen fernhalten würde.

Er hatte versagt.

»Alles in Ordnung?« Mahmuts Stimme drang wie durch Watte gedämpft an Johns Ohren. »John?«

Unter dem Klang seines Namens zuckte er heftig zusammen und blinzelte seinen Freund verstört an, der den Wagen gerade auf den Parkplatz der Allan B. Polunsky Unit gelenkt hatte. Er parkte in einer der markierten Buchten und stellte den Motor ab. Dann sah er John mit gerunzelter Stirn an. »Alles in Ordnung?«, fragte er noch einmal. »Du wirkst so abwesend.«

»Fuck, nein«, antwortete dieser bissig und lehnte mit einem Seufzen den Hinterkopf gegen die Stütze des Beifahrersitzes.

Mit einem Mal brodelte es in ihm und er konnte den Blick seines Freundes auf der Wange spüren. Trotz der milden Temperaturen, die zu dieser Jahreszeit in Texas herrschten, fühlte sich das Leder unangenehm kalt auf der Haut an.

In seinem Schädel rasten die Gedanken. »An dieser ganzen Sache ist irgendetwas faul. Der Mord an Caroline passte nicht in Harpers Profil und entsprach nicht der bisherigen Vorgehensweise. Er hat ihn fertig gemacht. So sehr, dass er auf mich gewartet und sich gestellt hat. Das mit dem Herzschrittmacher von Porters Tochter passt einfach nicht.«

Mahmut schwieg, doch der Blick, den er John zuwarf, sprach Bände. Er war derselben Meinung.

»Wir sollten nicht hier sein«, sagte John. »*Ich* sollte nicht hier sein.«

»Willst du, dass ich allein gehe?« Mahmuts Stimme klang ernsthaft besorgt.

»Das wäre wohl das Beste.« John öffnete die Tür und stieg aus. Er konnte die Besorgnis und das Mitleid in Mahmuts Blicken und Worten nicht mehr ertragen. Ganz gleich, wie ernst sie auch gemeint sein mochten. In dem Augenblick, da er den Fuß auf den Asphalt setzte, summte es an seinem Handgelenk erneut.

John blickte mit gerunzelter Stirn auf die Smartwatch und sah die Nachricht seiner Tochter: Dad, alles in Ordnung?

Er stieß einen leisen Fluch aus, kramte sein Handy aus der Hosentasche hervor und schrieb ihr eine kurze Antwort.

Alles okay, Cam. Sind gerade unterwegs. Melde mich später.

Werdet ihr ihn schnappen?, kam die Antwort nur einige Sekunden später.

Das Team wird alles in seiner Macht Stehende versuchen, um ihn zu kriegen. Bis später, Cam. Er zögerte kurz, ehe er die Nachricht abschickte. Sein Daumen verharrte über dem Absenden-Button, dann setzte er ein: Ich liebe dich hinterher und schickte sie ab.

»Cameron?«, fragte Mahmut.

John nickte, sah jedoch nicht auf.

»Wie kommt sie zurecht?«

John ließ das Mobiltelefon in seiner Tasche verschwinden und zuckte zur Antwort kurz mit den Schultern. »Sie ist stärker, als ich es bin«, meinte er leise. »Cam schafft das.«

»John.« Mahmut legte ihm mitfühlend die Hand auf die Schulter. »Ich …«

»Lass gut sein, Mut. Bringen wir es hinter uns, damit ihr ihn euch endlich holen könnt. Meine Emotionen und Gedanken spie-

len keine Rolle. Das habe ich zumindest damals in Quantico gelernt. Kontrolliere deine Emotionen. Und das lehrst du doch
auch, oder nicht?« John warf seinem Freund einen knappen Blick
zu und versuchte sich an einem Lächeln, das aber deutlich miss-
lang. »Gehen wir«, sagte John knapp, straffte die Schultern und
stapfte los.

Kapitel 11

Die Formalitäten im Gefängnis hatten einiges an Zeit in Anspruch genommen und selbst nach mehrfachem Hinweisen Mahmuts hatte sich Arthur Pollard, der Beamte am Empfang, in seinem Tun nicht hetzen lassen. Erst, als Mahmut ihm gedroht hatte, dass er niemals etwas anderes, als diesen Empfangsbereichs sehen würde, hatte er sich beeilt und die Direktorin des Gefängnisses gerufen.

Nach mehr als zehn Minuten war Gregoria Lang bei John und Mahmut angekommen. Sie war eine schlanke, großgewachsene Frau mit kalkweißer Haut, kurzen schwarzen Haaren und einem schmalen Gesicht. Nach einer kurzen Entschuldigung hatte sie die beiden in den Todestrakt der Allan B. Polunsky Unit geführt.

Das erdrückende Gefühl, das John bereits in Huntsville verspürt hatte, war hier um ein Vielfaches stärker und ein unangenehmes Kribbeln kroch ihm über Rücken, Arme und Nacken. Hier stank es regelrecht nach Angst, Reue und Hoffnungslosigkeit. Die grauen Wände, an denen sich grelle Neonröhren befanden, schienen Johns Gefühle wie ein Echo zu verstärken und zurückzuwerfen. Ihm kam es so vor, als würde er ein Stück seiner Seele an diesem Ort zurücklassen, während sie tiefer und tiefer in den Todestrakt hineinmarschierten. Er musste an Dante denken, der in der *Göttlichen Komödie* immer tiefer in die Kreise der Hölle hinabsteigt. Ein makabres Gefühl, bedachte man den Grund von Johns Besuch.

»Es ist eine Schande«, begann die Direktorin mit schneidender Stimme und riss John aus den finsteren Gedanken.

Sie ging vor ihnen und drehte sich halb zu ihnen um. Die Absätze ihrer Schuhe klackten auf dem glatten Boden. In regelmäßigen Abständen passierten sie schwere graue Stahltüren, hinter denen die Insassen des Todestrakts saßen. Eine schmale Klappe befand sich in jeder Tür, durch die das Essen gereicht wurde. Hin und wieder vernahm John einen schwachen Laut aus einer der Zellen, aber sonst wurden sie nur von den Geräuschen ihrer Schritte begleitet.

»Was ist eine Schande?«, griff Mahmut die Frage der Direktorin auf und warf John einen raschen Blick zu.

»Das alles«, sagte sie und machte eine ausladende Geste mit der Hand. »Die Flucht von Stanley Harper, der Tod von Harold Porter, die vier Wachmänner, dass Sie hier sind. Im Allgemeinen ist diese Situation ziemlich unschön.«

»Unschön?«, fragte John. »Diese Situation ist eindeutig mehr als bloß unschön. Stanley Harper hat mittlerweile siebenundzwanzig Menschen kaltblütig ermordet. Eine weitere Person hat wegen ihm Selbstmord begangen.« John holte tief Luft, als ihn die Gefühle erneut zu übermannen drohten.

»Was mein Kollege sagen möchte«, übernahm Mahmut und legte John kurz die Hand auf den linken Unterarm, ohne, dass Lang diese Geste mitbekam, »ist, dass Sie uns sagen sollten, was Sie wissen.«

Gregoria Lang blieb vor der einzigen geöffneten Zellentür stehen und drehte sich betont langsam zu John und Mahmut um. Sie verschränkte die Arme vor der Brust, ihr Gesichtsausdruck sprach Bände. »Nicht viel«, sagte sie. »Wir haben Transporte wie diese schon unzählige Male gemacht und nie ist etwas schiefgelaufen. Die Wärter von Huntsville kamen mit dem Wagen an, wir überstellten den Gefangenen und warteten, bis sie ihn untergebracht hatten und vom Gelände gefahren waren. Sie mussten ihn durch den Wäschekeller hinausbringen, weil der Ansturm der Schaulustigen zu groß war. Viele von ihnen haben sogar vor dem Gefängnis übernachtet, um einen letzten Blick auf einen der gefährlichsten Männer des Landes zu erhaschen.«

»Und Harper?«, fragte John. »Wie war er an diesem Tag?«

»Harper war am Tag selbst zunächst ziemlich in sich gekehrt. Mir kam es so vor, als hätte er seinen Frieden mit der Situation und seinem Tod geschlossen. Viele Häftlinge verhalten sich an ihrem letzten Tag ruhig. Manche weinen, andere wiederum wehren sich gegen die Überführung und wieder andere sagen kein Wort.« Sie zuckte mit den Schultern und atmete tief ein. »Als wir Harper nach draußen gebracht haben, hat er plötzlich gelächelt und angefangen, leise Worte vor sich hin zu murmeln.«

»Was für Worte?«, fragte Mahmut.

»Ich habe sie nicht genau verstanden. Aber, sie klangen wie Italienisch oder Latein.«

John und Mahmut schauten sich kurz an.

»Dante?«

John nickte und ignorierte den fragenden Blick, mit dem die Leiterin ihn betrachtete. »Haben Sie eine Ahnung, woher Harper die Waffe gehabt haben könnte, mit der er die Wärter getötet hat?«, wollte John stattdessen wissen.

»Nein.« Gregoria Lang schüttelte entschieden den Kopf, wobei sich eine ihrer schwarzen Haarsträhnen aus der zurückgelegten Frisur löste und ihr auf die Stirn fiel. Sie strich sie zurück. »Bei uns herrscht ein strenges Verbot tödlicher Schusswaffen, an das sich meine Wärter halten. Nur Gummigeschosse sind erlaubt. Von wo auch immer er die Pistole hatte, von uns sicher nicht.«

»Ist das seine Zelle?« Mahmut deutete mit der Hand auf die offenstehende Tür. Gregoria Lang nickte. »Dürfen wir?«

Ohne eine Antwort abzuwarten, schob er sich an der Frau vorbei und trat ein. John folgte ihm. Dabei fiel ihm ein dezenter Duft von Vanille auf, der von der Direktorin ausging.

Er konzentrierte sich auf die Zelle und erschauderte. Der Raum war kalt und abweisend. Drei mal drei Meter, grauer Beton, erdrückend. Gegenüber der Tür befand sich ein kleines Fenster in der Wand, durch das spärliches Licht drang. An der rechten Seite stand ein klappriges Bettgestell aus Metall. Die Matratze war vergilbt und durchgelegen. Es gab ein dünnes Kopfkissen, eine noch dünnere Decke und die silberne Metallschüssel, die an der Wand angebracht war und als Toilette diente, war verschmutzt und ranzig. Es stank abscheulich nach der Verzweiflung eines todgeweihten Insassen; zumindest redete sich John das ein. Aber eigentlich roch es nur nach faulen Eiern. Auf einem kleinen Klapptisch, der an der Wand gegenüber dem Bett angebracht war, lagen zwei Bücher. Davor stand ein schlichter Klappstuhl. In einem Regal neben dem Tisch befanden sich einige Gegenstände von Harper. Eine Zahnbürste, ein grauer Overall, Zettel und Stift.

John hatte absolut keine Vorstellung davon, wie sie hier etwas finden sollten.

Mahmut ging zu dem Tisch herüber und betrachtete die beiden Bücher. »Die Bibel und eine Ausgabe von *The Grapes of Wrath*.« Mahmut blätterte rasch die Seiten durch und legte die Bücher wieder auf den Tisch zurück. Dann betrachtete er die Gegenstände im Regal. »Nichts«, sagte er schulterzuckend. »Das ist wie die verfluchte Suche nach der Nadel im Heuhaufen.«

»Na ja. Eher das Gegenteil«, knurrte John mit einem Blick auf die trostlose, karg eingerichtete Zelle. Wie fand man etwas im Nichts?

Er warf ebenfalls einen kurzen Blick auf die Bücher und drehte sich dann um, um sich die Toilette anzusehen, die mit vier massiven Schrauben an der Wand festgemacht war.

»Auch nichts«, sagte er, nachdem er die Schrauben inspiziert hatte. Es war ein bekanntes Geheimnis, dass viele Häftlinge es irgendwie schafften, die Toiletten von der Wand zu lösen und in den Hohlräumen zwischen den Abflussrohren alle möglichen Dinge zu verstecken. Doch die Schrauben hier wirkten auf den ersten Blick fest und unberührt. John stand wieder auf und schaute Mahmut an. Sein Freund sah so aus, wie er sich fühlte. Hilflos und mit mehr Fragen als Antworten im Kopf.

»Grey, ich denke nicht, dass wir hier etwas finden, dass uns weiterhilft.«

»Etwas muss hier sein. Er hinterlässt immer etwas. Eine Spur, einen Hinweis, irgendetwas. Er hält das alles für ein Spiel. Er würde niemals verschwinden, ohne uns seine Überlegenheit zu demonstrieren.«

»Vielleicht verrennst du dich in den Details von damals.« Mahmut kam auf ihn zu und legte ihm beide Hände auf die Schultern. Er blickte ihm tief in die Augen.

Da war er wieder: dieser Ausdruck von Mitleid, den John so sehr verabscheute.

»In den letzten fünf Jahren hat sich einiges verändert. Wir finden ihn. Das verspreche ich dir. Und dieses Mal werden wir persönlich dafür sorgen, dass er seine gerechte Strafe erhält. Ein für alle Mal. Er wird nie wieder das Tageslicht sehen. Doch hier finden wir nichts.«

»Doch«, beharrte John und schlug Mahmuts Hände eine Spur härter als beabsichtigt weg. »Etwas muss hier sein. Und das weißt du. Und wenn ich die ganze Zelle auseinandernehmen muss. Wir werden …« John stockte und brach mitten im Satz ab. Ein Geräusch hatte seine Aufmerksamkeit auf sich gezogen. Ein Geräusch, das aus dieser Zelle kam.

»Was zum Teufel ist das?«, fragte er laut in den Raum.

»Was?« Mahmut sah ihn verwirrt an, doch John hob die Hand und legte den rechten Zeigefinger an die Lippen. »John, was …«

Und dann hörte Mahmut es auch. Das Geräusch, als wäre plötzlich ein Bienenschwarm aufgetaucht. Ein Summen, das langsam anschwoll.

»Ist das …«

»Ein Vibrationsalarm«, platzte es aus John heraus. Sein Blick fiel auf die Matratze und ohne ein weiteres Wort beugten sich John und Mahmut gleichzeitig vor und drehten sie um. Als er die Unterseite sahen, gefror John das Blut in den Adern.

»Beim Allmächtigen«, entfuhr es Mahmut, als er die Worte las, die mit Blut auf die Matratze geschrieben worden waren.

Lasciate ogni speranza, voi ch'entrate.

»Was ist das?«, fragte Gregoria Lang von der Tür. Ihre Worte waren leise. »Was hat das zu bedeuten?«

»Ihr, die ihr eintretet, lasset alle Hoffnung fahren«, übersetzte John das Geschriebene.

Die Frau sah ihn ungläubig an. »Woher wissen Sie das?«

Mahmut knurrte: »Der Satz begegnet uns nicht zum ersten Mal.«

»Er stammt aus Dante Alighieris Göttlicher Komödie«, fügte John hinzu und plötzlich bekam sein Gefühl, in die Tiefen der Hölle hinabzusteigen, eine ganz andere Bedeutung. »Das sind die Worte, die laut Alighieri über dem Eingang zur Hölle stehen. Harper hat sie mit dem Blut seiner Opfer an den Tatorten hinterlassen.« Dann streckte er die Hand aus und löste vorsichtig das Klapphandy, das mit Panzertape an der Unterseite der Matratze befestigt war. Mit einem Ruck zog er das Tape vom Handy und blickte Mahmut an, der ihm mit zusammengepressten Lippen und weit aufgerissenen Augen anstarrte.

Ein Zittern überkam ihn und er fuhr sich durch den kurzen Bart. Plötzlich waren die alten Gefühle zurück. Die Wut, die Trauer, der Hass und die Verzweiflung.

Wie alte Freunde schmiegten sie sich an Johns Innerstes, an seine Seele. John Greyson atmete tief ein, dann nahm er den Anruf entgegen.

Kapitel 12

Rebecca Riley:

Governeur Newton, seit ihrer Wiederwahl haben Sie sich extrem
dafür eingesetzt, dass zu Unrecht verurteilte Insassen in Ihren
Staatsgefängnissen einen neuen Prozess bekommen.
	Wie entscheiden Sie, wer zu Unrecht verurteilt wurde?

Liam Newton:

Zu diesem Zweck habe ich eine Task-Force eingerichtet, die sich
explizit mit dieser Frage beschäftigt. Es ist doch allgemeinhin bekannt, dass Korruption und gefälschte Beweise ein großes Manko
sind. Nicht nur bei uns oder in anderen Staaten der USA, sondern auch in vielen anderen Ländern der Erde. Ich möchte mit
gutem Beispiel vorangehen und dafür sorgen, dass unser Rechts-
staat seinen Namen auch verdient.

Rebecca Riley:

73 Gefangene haben seitdem einen neuen Prozess bekommen
und mehr als zwei Drittel von ihnen sind wieder auf freiem Fuß.
Und nicht jeder in Arizona teilt Ihren Enthusiasmus. Was werden
Sie unternehmen, um die Meinung der Menschen zu ändern?

Liam Newton:

Es ist doch so, dass jeder eine zweite Chance verdient hat. Natürlich gilt es hier immer abzuwägen. Aber, angenommen Sie oder ich werden zu Unrecht verurteilt und sitzen im Gefängnis. Eventuell sogar lebenslänglich, und Sie bekommen plötzlich einen neuen Prozess, in dem Ihre Unschuld festgestellt wird, würden Sie dann nicht alles tun? Alles, um wieder ein Teil der Gesellschaft zu werden? Ich denke, dass diejenigen, die durch mein Programm wieder die Freiheit erlangt haben, wertvolle Mitglieder unserer Gemeinschaft sind.

Rebecca Riley:

Sie haben eben die Korruption angesprochen. Natürlich muss ich dann fragen, was Sie von Stanley Harpers Verurteilung halten. Würde jemand wie er, der als der von vielen im selben Atemzug mit Charles Manson oder Ted Bundy genannt wird, eine zweite Chance bekommen?

Liam Newton:

Stanley Harpers Fall liegt nicht in meiner Zuständigkeit. Aber natürlich habe ich mit meiner Task-Force über einen möglichen Fall wie diesen gesprochen.

Rebecca Riley:

Und zu welchem Schluss sind Sie gekommen?

Liam Newton:

Wir sind zu dem Schluss gekommen, dass ein möglicher Stanley Harper in unserem Staat mit besonderer Gewissheit betrachtet werden würde. Fakt ist doch, dass sein Handeln ein Tanz auf der Rasierklinge war. Natürlich war es falsch, dass er so viele Leute umgebracht hat. Besonders, als diese arme unschuldige Frau getötet wurde. Andererseits kann man sein Tun auch als durchaus sinnvoll erachten. Schließlich hat er viel Gutes bewirkt. Männer und Frauen, die vorher auf hohen Posten gesessen und die ihre Macht missbraucht haben, wurden so durch nicht korrumpierte Nachfolger ersetzt.

Rebecca Riley:

Also sagen Sie, dass Sie sein Handeln gutheißen und sich für eine Freilassung von Harper einsetzen würden?

Liam Newton:

Das sage ich.

Kapitel 13

»Gebt mir etwas, irgendetwas.« John tigerte unruhig in dem Raum auf und ab, den er und sein Team als Operationsbasis nutzten. Die Luft war warm, abgestanden und stickig. In seinem Kopf rasten die Gedanken unkontrolliert; das Blut rauschte ihm so laut in den Ohren, dass er kaum etwas verstand. Seit fast einem Jahr jagten sie nun den Serienkiller Stanley Harper.

Doch immer, wenn sie glaubten, sie wären ihm einen Schritt voraus, belehrte er sie eines Besseren und warf sie um zwei Schritte zurück. Es hatte Wochen gedauert, bis sie seine Spur aufgenommen und herausgefunden hatten, wie er tatsächlich vorging. Zeit war bei jedem seiner Verbrechen für Harper die ausschlaggebende Konstante. Zwischen den Morden vergingen teilweise Wochen, in denen er sich sein nächstes Opfer aussuchte und alles über sie oder ihn in Erfahrung brachte. Dabei spielten weder ethnische noch staatliche Grenzen eine Rolle.

Für ihn mussten seine Opfer eine grausame Vorgeschichte haben. Die Männer und Frauen, die er sich aussuchte, waren keinesfalls unschuldig. Sie hatten vergewaltigt, gemordet, Kinder misshandelt. Allesamt gehörten sie zu den Reichsten der Reichen, was es ihnen leicht machte, ihre Verbrechen mit Schmiergeld zu vertuschen und ihre Spuren so zu verwischen, dass ihnen niemand auf die Schliche kam. Nicht einmal das FBI. Doch irgendwie – und nur der Teufel wusste, wie er das anstellte – schaffte Harper es immer, sich die nötigen Informationen über sie zu beschaffen. So waren unter seinen bisherigen Opfern bereits ein Senator, ein Medienmogul, eine Bürgermeisterin und drei

Geschäftsführer und Geschäftsführerinnen großer und namhafter Unternehmen. Sogar eine Richterin hatte er kaltblütig ermordet.

Und das alles bei den Opfern zu Hause. Dort, wo sie sich am sichersten gefühlt hatten.

An jedem Tatort hatten John und sein Team ein kleines Dossier gefunden, in dem Harper ihnen die grausamen Taten der Opfer zusammengestellt hatte. Bis ins kleinste Detail.

Die Presse hatte ihm den Spitznamen »Der Robin-Hood-Killer« gegeben und viele fanden das, was Harper tat, richtig. Sogar John hatte sich hin und wieder bei dem Gedanken erwischt, dass man Harper einfach gewähren lassen sollte. Doch sein Pflichtgefühl belehrte ihn eines Besseren.

»Also?«, brüllte er fast in den kleinen Raum, als niemand antwortete.

Es war drei Wochen her, dass Stanley Harper das letzte Mal aufgetaucht war und gemordet hatte. Doch dieses Mal, dessen war John sich sicher, würden sie ihn fassen. Und zwar, bevor er wieder ein Leben beenden konnte.

Sie kannten jetzt seine Vorgehensweise. Sie hatten ihn analysiert. Sie wussten, dass er einige Tage vor einem Mord immer ein Grammophon sowie eine Schallplatte des österreichischen Komponisten Franz Peter Schubert stahl. Vorwiegend mit den Titeln *Die Forelle*, *Der Fischer* oder *Die Fischerweise*. Dabei unterschied er nicht zwischen Privatpersonen oder Antiquitätenhändlern. Einmal hatte er sogar ein Museum überfallen, was es John und seinem Team nahezu unmöglich machte, ihm zuvorzukommen.

Harper nahm das Grammophon und die Schallplatte immer zu seinen Opfern mit, wenn er sie in ihrem Zuhause überraschte und ermordete. Er zog sie nackt aus, fesselte sie an einen Stuhl und ritzte ihnen die Namen der Menschen, deren Leben sie zerstört hatten, mit einem Messer ins Fleisch. Dann schnitt er ihnen die Kehle durch. Bei dieser ganzen Prozedur ließ er sich Zeit. Oft vergingen Stunden. Zahlreiche Minuten, in denen Stanley Harper die Menschen quälte, sie leiden ließ, bevor er ihnen endlich die Gnade zuteilwerden und sterben ließ.

»Leute, los.« John blieb stehen und blickte von seinem Handy auf sein sechsköpfiges Team. »Wo stehen wir? Harper wird wieder morden, vermutlich heute Nacht. Er weiß, dass wir ihm unmittelbar auf den Fersen sind, und kann sich nicht mehr so viel Zeit lassen.«

Der Hinweis einer völlig verzweifelten Frau bei der Polizei hatte sie zurück nach Washington D.C. geführt. Das Grammophon ihres verstorbenen Mannes sei gestohlen worden. Geistesgegenwärtig hatte der zuständige Polizist, Christopher Duncan, John und sein Team informiert.

»John«, sagte Mahmut. »Wir tun alles, was wir können.«

»Ich will keine Ausreden hören«, fuhr John ihn an. »Ich will Ergebnisse. Zwei Tage sind vergangen, seit dieses Schwein das Grammophon gestohlen hat. Und wir haben immer noch keine Ahnung, wo er sich aufhält, oder wer sein nächstes Opfer wird. Das kann doch nicht euer Ernst sein.«

»John.« Selina Troy drehte sich von der Pinnwand zu ihm um, an der sie die letzten Tage Beweise gesichert hatten. Für Stanley Harper war das alles nur ein perfides Spiel. Und er war dabei, zu gewinnen. »John«, sagte Selina erneut. »Polizei und FBI durchkämmen jedes Haus, jeden Winkel im Umkreis von zehn Blocks um die Wohnung der Frau. Wenn diese Ratte sich irgendwo versteckt hält, werden wir ihn finden.«

»Scheiße!«, fluchte John laut. »Selina, du weißt genauso gut wie ich, dass Harper kein gewöhnlicher Psychopath ist. Er lässt sich nicht von seinen Gefühlen leiten, ist nicht unbeherrscht und ändert sein Muster von Zeit zu Zeit, was es uns nahezu unmöglich macht, ihn zu fassen.

Das Einzige, was wir wirklich mit Sicherheit wissen, ist, dass er Grammophone und Schallplatten von allen möglichen Quellen stiehlt. Privatpersonen; Antiquitätenhändler; sogar ein Museum hat er bestohlen. Wir müssen den Radius ausweiten. Der anfängliche Umkreis ist zu klein. Zwei Tage sind seit dem Überfall auf die alte Dame vergangen und nichts ist passiert. Womöglich hat er schon gemordet und ist bereits sonst wo. Wir …«

Das Handy in Johns Hand begann zu klingeln. Alle im Raum hielten den Atem an, starrten zu ihm herüber. Und als John mit zitternden Fingern das Handgelenk drehte, um auf das Display zu schauen, wurde ihm speiübel.

Unbekannte Nummer. Und dennoch wusste er, wer sich auf der anderen Seite der Leitung befand.

»Er ist es«, keuchte er und zeigte das Handy seinem Team. »Das ist Harper.« Er blickte zu Dean Colt, der am Computer saß. Sie hatten auf diesen Anruf gewartet. So lief es immer ab. Aber insgeheim hatte John gehofft, dass ihnen dieses Mal noch mehr Zeit bleiben würde.

»Triangulation läuft, sobald du annimmst, John«, sagte Dean mit ernster Miene und hob den Daumen der rechten Hand. Auf dem Monitor tauchte die Karte von Washington D.C. auf.

John schluckte. Er nahm den Anruf entgegen und hoffte, durch dieses Vorgehen den Standort Harpers ausfindig machen zu können.

Kapitel 14

»Hallo?« Johns Stimme zitterte. Jede Faser seines Körpers war zum Zerreißen gespannt, während er darauf wartete, dass sich Harper meldete. Dabei achtete er auf jedes noch so kleine Hintergrundgeräusch. Etwas, das ihm verraten könnte, wo sich der entflohene Serienkiller aufhielt. Einige quälend lange Augenblicke vergingen, dann hörte John ein leises Knacken.

»John Greyson«, erklang Harpers Stimme durch das Telefon.

Ein eiskalter Schauer jagte ihm über den Rücken. Er hätte nicht geglaubt, Harper noch einmal zu hören.

»Es ist schön, mit Ihnen zu sprechen. Wie ich sehe, haben Sie mein kleines Präsent gefunden. Wie geht es Ihnen und Ihrer Tochter? Ich hoffe doch sehr, dass Sie beide den Schock von damals überwunden haben.« Harper wirkte kühl, emotionslos, eintönig.

Seine Stimme war exakt so, wie John sie in Erinnerung hatte.

Er warf Mahmut einen kurzen Blick zu, den dieser mit einem angedeuteten Schulterzucken beantwortete. »Das Wohl von mir oder meiner Tochter geht Sie nichts an, Harper«, sagte der Ermittler und spürte, wie sich seine freie Hand um den Griff seiner Smith & Wesson legte. »Sie haben uns in jener Nacht alles genommen. Sie haben kein Recht, nach unserem Wohl zu fragen.«

»Es mag wohl sein, dass ich Ihnen alles genommen habe, John. Dennoch vergeht kein Tag, an dem ich nicht bereue, was ich Ihnen angetan habe.« Harper atmete laut aus. »Ich hoffe inständig, dass Sie mir vergeben können. Ihre Frau war unschuldig. Ich dachte zu diesem Zeitpunkt, ich müsste ein Exempel statuieren. Ich war blind vor Wut gegenüber Ihnen und Ihrem töricht aufrichtigen Pflichtbewusstsein. Es hat mich wütend gemacht, dass Sie mich so akribisch gejagt haben, anstatt mit mir zusammenzuarbeiten. Wo doch so viele Menschen der Meinung waren, ich würde das Richtige tun. Und viele denken das noch immer. Damals habe ich geglaubt, Sie müssten einen annähernd ähnlichen Schmerz erfahren, wie ich ihn erleiden musste, damit Sie endlich die Augen aufmachen. Wie damals, als er mir meine Mutter nahm. Mein Licht in der Dunkelheit, meinen Fels in der Brandung. Ich hatte viel Zeit, um über mein Handeln nachzudenken. Und heute weiß ich, dass ich mich falsch verhalten habe, was Ihre Frau anging.«

Wieder hörte John dieses Knacken und ein leises Rattern. Was zum Teufel war das?

»Ich soll Ihnen vergeben?«, platzte es aus ihm heraus. »Ihnen? Sie haben mir meine Frau genommen und meiner Tochter ihre Mutter. Sie haben unsere Welt zerstört. Und nun wollen Sie, dass wir uns die Hand reichen? Caroline war unschuldig!« Johns Körper bebte vor Hass und Tränen des Zorns liefen ihm über das Gesicht. Seine Hand legte sich so fest um den Griff der Waffe, dass seine Finger knackten.

»Ja«, sagte Harper und seufzte. Es klang traurig. »Ja, das war sie. Und es tut mir aufrichtig leid, dass ich Ihnen das angetan habe. Ich wünsche mir nichts sehnlicher, als in die Vergangenheit zu reisen und mich davon abzuhalten, Ihnen dieses Leid zuzufügen. Aber da wir beide wissen, dass eine solche Reise nicht möglich ist, wünsche ich mir nur eines: Ihre Vergebung.«

»Die werden Sie niemals bekommen«, zischte John, wischte sich das Gesicht an der Schulter trocken und entsicherte seine Waffe, als würde Harper unmittelbar vor ihm stehen. »Eher sterbe ich, bevor ich Ihnen vergebe.«

»Es ist schade, dass Sie so denken.« Harper klang plötzlich aufrichtig enttäuscht. »Wirklich jammerschade. Doch ich kann es verstehen. Vielleicht überdenken Sie Ihren Standpunkt noch einmal.«

»Wenn Sie mir sagen, wo Sie sind, Harper, können wir von Angesicht zu Angesicht reden. Und vielleicht vergebe ich Ihnen dann.«

Harper stieß ein leises, kurzes Lachen aus.

Es ging John durch Mark und Bein.

»Netter Versuch. Doch so einfach mache ich es Ihnen nicht. Sie werden schon etwas arbeiten müssen, wenn Sie mich sehen wollen. Und wenn es dann so weit ist, dann werden Sie mir vergeben, John. Auf die eine oder auf die andere Weise.«

Harpers Worte machten John immer wütender. »Niemals werde ich das«, zischte er. »Sie werden niemals meine Vergebung erhalten. Man wird Sie finden, Sie kleines Stück Scheiße. Und dann wird man Sie in das finsterste Loch sperren, das auf diesem Planeten existiert. Sie werden als der wahnsinnige Serienmörder sterben, der Sie sind. Das alles werden Sie bekommen. Doch eines ganz sicher nicht: Meine Vergebung.«

Stanley Harper atmete hörbar aus. »Wir werden sehen.«

Sekunden, die sich wie eine Ewigkeit anfühlten, vergingen.

John versuchte, seinen Zorn zu zügeln. Seine Emotionen halfen ihm nicht weiter. Er löste die Hand vom Griff seiner Waffe und zwang sich, ruhig zu sprechen. »Was haben Sie vor?«, fragte er leise. »Wieso haben Sie Porter erpresst? Wissen Sie, dass er sich das Leben genommen hat? Seine Tochter da mit reinzuziehen, das ist mehr als feige. Und wieso haben Sie diese vier Wachmänner kaltblütig erschossen? Sie waren auch unschuldig!«

Harper stieß ein Geräusch aus, das entfernt an ein verächtliches Schnauben erinnerte. »Natürlich hat er sich umgebracht. Die Schuld über ein derartiges Vergehen überwiegt. Und wenn Sie nachforschen, werden Sie feststellen, dass keiner dieser fünf Männer wirklich unschuldig war. Nichts ist so, wie es scheint, John. Es wird immer erst schlimmer, bevor es besser wird. Das sollten Sie doch am besten wissen.«

Da war sie wieder. Die kühle, unberechenbare Stimme Harpers, die wie Benzin für Johns feurigen Zorn war und seinen Körper zum Zittern brachte. »Geben Sie mir einen Hinweis, Stanley.« John schüttelte sich vor Ekel, als er den Vornamen des Mannes aussprach und so tat, als würde er sich mit ihm auf eine Stufe stellen.

»Oh, John«, erwiderte Harper, »Sie müssen schon ein wenig gute, alte Polizeiarbeit leisten. Das war schließlich einmal Ihr Job. Es war übrigens schön zu hören, dass Sie sich nach dem bedauerlichen Vorfall wieder berappelt haben und zurück auf die Beine gekommen sind. Ich hoffe, dass das Geschäft als freier Detektiv gut läuft?«

»Woher wissen Sie das?«

»Nun, sagen wir, ich habe meine Quellen«, erwiderte Harper kühl. »Ich hätte es auch gern von Ihnen persönlich gehört. Aber als Insasse im Todestrakt hatte ich leider nur wenig Rechte. Außerdem wusste ich, dass unsere gemeinsame Zeit nach meiner Verhaftung vorbei war. Zu schade, dass Sie sich nicht am Verhör Ihrer Kollegen beteiligt haben. Unter uns gesagt: Sie sind wirklich stumpfsinnig. Nicht so, wie Sie und ich. Zu gern hätte ich Ihnen den einen oder anderen Brief geschrieben. Sie glauben gar nicht, wie lange ich gebraucht habe, um an ein Handy zu kommen.«

»Ich hätte keinen einzigen Ihrer Briefe gelesen«, knurrte John. Die Wut war wieder da. Harper spielte mit ihm. So wie damals auch schon. »Und wenn Sie glauben, dass wir so etwas wie Freunde sind, sind Sie wahnsinniger, als ich dachte.«

John wusste, dass man Menschen mit Harpers Gemüt nicht als irre oder wahnsinnig betiteln durfte. Eine der vielen Lektionen in Quantico. Doch in diesem Moment brannten ihm die Sicherungen durch. Er wollte, dass Harper wusste, wie John über ihn dachte.

»Seien Sie nicht albern. Insgeheim wünschen Sie sich doch, dass Sie tun könnten, was ich mache. Ich habe Ihnen damals die Hand gereicht, weil ich in Ihnen etwas gesehen habe. Ich habe den Funken in Ihnen gesehen, den es braucht, um wirklich zu tun, was notwendig ist. Sie tragen es in sich, John. Sie kennen den Unterschied zwischen Richtig und Falsch.« Harper stieß ein leises wahnsinnig klingendes Kichern aus. »Sie sollten froh sein, dass ich Ihnen ein Stück ihrer Arbeit abgenommen habe.«

»Ich …«

»Keine Sorge, John. Sie werden schon früh genug wieder von mir hören. Sehen Sie zu, dass mein kleines Präsent immer aufgeladen ist. Dies wird unser Endspiel. Bis bald, alter Freund.« Harper legte auf.

John riss sich das Klapphandy vom Ohr und starrte es an, als wäre es ein widerwärtiges Insekt.

Ein Wurm, den er gerade noch davon abhalten konnte, ihm in den Schädel zu kriechen.

Der Wunsch, es gegen die Wand zu werfen, wurde fast schon überwältigend. Schweigend hielt er es Mahmut hin.

»Was wollte er?«, fragte Mahmut und streckte die Hand aus, um das Telefon entgegenzunehmen, doch John überlegte es sich anders und steckte es ein.

Er schloss die Augen. »Meine Vergebung. Er will, dass ich ihm den Mord an Caroline vergebe. Er scheint noch wahnsinniger als beim ersten Mal.« Dann öffnete er die Augen wieder und sah Mahmut direkt an.

Der Syrer nickte. »Ich hätte niemals gedacht, dass wir ihn noch einmal jagen müssen.«

»Ich auch nicht.«

Kapitel 15

Die Unterkunft, in der das FBI John und die Mitglieder seines ehemaligen Teams einquartiert hatte, war ein nichtssagendes Motel am Rande einer Bundesstraße, in das sich nur wenige Menschen verirrten. Der Parkplatz war mit feinem Schotter ausgelegt, brackiges Regenwasser stand in den tiefen Schlaglöchern.

Die Fassade hätte einen neuen Anstrich vertragen können und einige Risse in ihr zeugten davon, dass das Gebäude seine besten Jahre längst hinter sich gelassen hatte. Die Wände, die die Zimmer voneinander trennten, waren so dünn, dass man jedes gesprochene Wort, jedes Schnarchen und jede Klospülung hören konnte. Die Matratze des Bettes in Johns Zimmer war durchgelegen und die Vorhänge vor dem Fenster hatten schon bessere Zeiten gesehen. Der graue Teppich auf dem Flur war ausgetreten und jeder Schritt erzeugte ein leises Kratzen. Kein Ort, an dem John freiwillig Urlaub gemacht hätte, aber für eine Nacht würde er es aushalten können.

Der einzige Ort in diesem Gebäude, der nicht alt und abgeranzt wirkte, war das hauseigene Fitnessstudio im Keller. Die meisten Geräte waren zwar verstaubt und der breite Spiegel, der sich über die gesamte Länge einer Wand erstreckte, wies zahlreiche blinde Flecken auf. Doch ansonsten schien dies der beste Ort zu sein, um sich auf andere Gedanken zu bringen.

Zumindest für eine kurze Zeit.

Es gab sogar einen Fernseher, den John einschaltete, als er sich auf das Ergometer setzte und zu treten begann. Glücklicherweise hatte er in seinem Seesack immer ein Sportoutfit. Nachdem John die erste Meile auf dem Fahrrad hinter sich gebracht hatte

94

und im Fernseher eine Dokumentation über Pinguine und Wal-
rösser zu sehen war, schaltete er um. Vielleicht lief ja irgendwo
ein Footballspiel oder eine andere Sportveranstaltung, von der er
sich beschallen lassen konnte. Nachdem John nicht fündig geworden war und das Display des Ergometers bereits mehr als drei
Meilen anzeigte, beendete er seine Fahrt, stieg ab und wollte sich
mit einem hartgewaschenen Handtuch, das er in einem Regal neben dem Eingang gefunden hatte, über das Gesicht wischen, entschied sich dann aber – angesichts des muffigen Geruchs – dagegen und wischte sich den Schweiß mit seinem Oberteil von der
Stirn. Dann blickte er sich in dem Raum um und entschied sich
für ein kleines Ganzkörperworkout.

John besaß im Keller seines Apartments einige Fitnessgeräte
und legte dort hin und wieder, jedoch in viel zu unregelmäßigen
Abständen, eine kleine Einheit ein. Er stand mehr auf das Training in privater Atmosphäre als auf die testosterongesteuerten
Schwanzvergleiche in einem Gym. Die Gespräche, wer wie viel
Gewicht wie oft stemmte, waren ihm schon immer zuwider gewesen.

Außerdem mochte er weder den Geruch noch die Musik
dort. Allerdings war ihm schon vor Jahren die Motivation ab-
handengekommen, weswegen er deutlich abgenommen hatte und
ihm die meisten seiner Klamotten nicht mehr passten. Aber, sich
dazu durchzuringen, sich von ihnen zu trennen und sie durch
neue zu ersetzen, schaffte er nicht. Viele dieser Kleidungsstücke
hatte er mit Caroline zusammen gekauft. Oftmals nur ein Shirt
oder eine Hose, während sie tütenweise Kleider, Blusen und Un-
terwäsche nach Hause geschleppt hatte. Doch jedes dieser Kleidungsstücke verband er mit einer Erinnerung. Mit einem Lächeln,
mit einem Zwinkern, mit einem simplen Nicken, mit dem Hoch-
ziehen einer Augenbraue, wenn sein Hintern in einer Jeans besonders gut aussah. Sie hatte seinen Hintern immer gemocht.

Als John sich die ersten Gewichtsscheiben auf die Stange ge-
schoben hatte und mit dem ersten Satz Bankdrücken fertig war,
wurde die Dokumentation über Pinguine, zu der er zurückge-
schaltet hatte, durch eine Sondernachrichtensendung unterbrochen. John blickte schwer atmend auf und sah in roten Lettern
die Worte *Breaking News* über den Bildschirm fliegen.

Kurz danach wurde eine Frau Mitte dreißig eingeblendet, die, mit einem dunkelroten Hosenanzug bekleidet, vor einem roten Backsteingebäude stand. John presste die Zähne so fest aufeinander, dass sein Kiefer schmerzte, als er die Huntsville Unit hinter der Frau erkannte.

Und wieder wurde er sich bewusst, dass er eigentlich gar nicht hier sein wollte. Er machte den Ton lauter. *Serial Killer Escaped*, wurde unter der Reporterin in einem kleinen gelb hinterlegten Kasten eingeblendet.

»… bestätigten Informationen zufolge ist Stanley Harper, besser bekannt als der Robin-Hood-Killer, am Abend des 31. Oktober seiner Hinrichtung durch die Giftspritze entkommen.«

John machte ein verächtliches Geräusch. Natürlich mussten sie ihn bei dem lächerlichen Namen nennen, den sie ihm vor fünf Jahren gegeben hatten. Immer wieder versuchte man, den Medien einzuschärfen, Menschen wie Harper nicht durch Spitznamen zu vermenschlichen und ihnen so die Aufmerksamkeit zu geben, nach der sie sich so sehnten. Doch ganz gleich, wie oft man es ihnen sagte, sie hörten einfach nicht zu.

»Seine Flucht ereignete sich während der Überführung aus dem Todestrakt in Livingston nach Huntsville, wo ihn die Hinrichtung durch die Giftspritze erwartete und wo ich mich derzeit befinde«, sie deutete mit dem rechten Arm hinter sich, lächelte aber weiter unpassend in die Kamera, »und wo sich gestern Abend um kurz nach neun Uhr ein wahres Drama ereignet hat. Einer geheimen Quelle zur Folge hatte der Robin-Hood-Killer bei seiner Flucht Hilfe von niemand Geringerem als Harold Benjamin Porter, dem Gefängnisdirektor der Huntsville Unit. Kurz nach der Flucht des Serienkillers soll sich Porter in seinem Büro in der Unit erschossen haben.«

John schnaubte und wollte gerade den Fernseher mit der Fernbedienung ausschalten, als ein Bild von seinem Gesicht eingeblendet wurde. Es stammte aus einer Zeit, zu der John noch deutlich besser ausgesehen hatte. John knurrte, als ihm der Spiegel vorgehalten wurde.

»Unseren Informationen zur Folge soll John Greyson, ein ehemaliger FBI-Agent, am Tatort gesichtet worden sein. Er hat eine besondere Verbindung zu Stanley Harper. Denn der Robin-

Hood-Killer war derjenige, der Greysons Frau in ihrem eigenen Haus brutal abgeschlachtet hat.«

Wut stieg in John auf, seine Lippen wurden trocken und das Blut rauschte in seinen Ohren. Es war ein gewohntes Gefühl. Ein Gefühl, das ihn wissen ließ, dass er nur knapp von einer Dummheit entfernt war. Ein leises Knirschen ertönte aus seiner linken Hand, in der er die Fernbedienung hielt.

»John Greyson, der nach Harpers Festnahme vor fünf Jahren dem FBI den Rücken kehrte, arbeitet nun als privater Ermittler im Raum Washingtons.«

Johns Foto verschwand vom Bildschirm und ließ der Reporterin wieder das volle Rampenlicht. Noch immer grinste sie unpassend in die Kamera und John wurde das Gefühl nicht los, dass sie einzig und allein ihn so frech anlächelte.

»Stanley Harper, der in der Gesellschaft wie kaum ein anderer polarisiert und dessen Handeln eine regelrechte Grauzone geschaffen hat, erfreute sich nach seiner Inhaftierung und der Offenlegung seiner Taten großer Beliebtheit. Die Meinung, dass die Auswahl seiner Opfer richtig gewesen sei, zieht sich durch sämtliche Schichten. Selbst in der Politik – so heißt es – wird Harper für das angesehen, was er getan hat. Ganz gleich, wie sich diese Geschichte entwickelt, welche Wendungen der Fall um Stanley Harper und John Greyson nehmen wird, hier erfahren sie es als Erstes. Wir halten sie auf dem Laufenden. Das war Sandra Montgomery, live vor Ort von der Huntsville …«

Doch weiter kam die Frau nicht mehr, als John mit voller Wucht die Fernbedienung auf den Bildschirm schleuderte, die eine faustgroße Delle in den Flachbildfernseher riss.

Das Bild erlosch sofort und ließ einen hellen Fleck in Spinnennetzoptik auf dem Schwarz des Fernsehers zurück. Genau an der Stelle, an der zuvor noch die Reporterin gestanden und John angegrinst hatte.

»Verdammte Scheiße«, fluchte er, stand hastig auf und tigerte vor der Hantelbank, auf der er gesessen hatte, auf und ab. Seine Gedanken rasten.

»Du sagst es«, ertönte eine ihm bekannte weibliche Stimme. »Dabei wollte ich mir doch beim Training meine absolute Lieblingssoap ansehen.«

John drehte sich um und konnte sich eines kurzen aufrichtig gemeinten Lächelns nicht erwehren. Sein Zorn ebbte ein kleines bisschen ab. »Selina«, sagte er, als er die Frau erblickte, die lässig an den Türrahmen gelehnt stand. Sie trug Sportkleidung, hatte sich ein Handtuch über die Schulter geschlungen und die Arme vor der Brust verschränkt. Die blondgefärbten Haare trug sie kurz und im rechten Flügel ihrer spitzen Nase befand sich ein kleiner metallener Ring. Die nackten Arme waren mit Tattoos verziert und die dunkelgrünen Augen blitzten schelmisch zu John herüber.

»Hey, du«, erwiderte sie grinsend und kam dann zu ihm herüber. »Es ist schön, dich zu sehen. Trotz allem.« Sie umarmte ihn. »Tut mir leid, dass wir uns auf diese Weise wiedersehen.« Sie ließ ihn los und musterte ihn mit unverhohlener Neugier. »Du hast abgenommen«, stellte sie fest. »Die Muskeln haben dir besser gestanden.« Dann deutete sie mit dem Kopf auf den zerstörten Fernseher. »Wie ich sehe, hast du dein Temperament immer noch nicht gezügelt. Das gefällt mir.« Sie lächelte und zwinkerte ihm zu.

»Und wie ich sehe, entgeht dir immer noch nichts«, gab John zurück und drückte ihre Schulter. »Tut mir leid, dass ich dir das Training versaut habe.«

»Keine Sorge, das hast du nicht«, gab sie lachend zurück. Dabei erhaschte John einen Blick auf ihr Zungenpiercing. Selina war schon immer eine Frau gewesen, die nicht ins Schema passte und die gern gegen den Strom schwamm. Vermutlich war sie deshalb so gut in dem, was sie tat. Als John sie vor acht Jahren in das Team geholt hatte, stand sie kurz davor, aus Quantico geworfen zu werden. Sie hatte sich schon damals nicht um Regeln gekümmert und sah Vorgesetzte eher als Leute an, denen man um jeden Preis Widerworte geben sollte, anstatt ihren Befehlen zu gehorchen. Anfangs hatten sich John und Selina mehrmals in die Haare bekommen. Doch nach einiger Zeit hatte sie sich in ihrer Rolle als gleichgestelltes Mitglied eines gut funktionierenden Teams gefunden und John musste akzeptieren, dass die junge Frau ihren eigenen Kopf hatte.

»Was hältst du von einer kleinen Push-Einheit, ehe wir uns mit den anderen treffen? Brust und Schultern? Würde dir guttun.«

Sie deutete vielsagend in das Gym hinein. »Nur, um dich abzulenken.«

John lachte knapp. »Damit du mich wieder so fertig machst, wie früher?« Er schüttelte den Kopf. »Nein, danke. Ich weiß auch ohne deine Kraftdemonstration, dass ich alt bin.«

»Ach, komm schon«, erwiderte sie und schob in gespielter Trauer die Unterlippe vor. »Um der alten Zeiten Willen.« Sie grinste und zwinkerte ihm erneut zu. »Ich verspreche dir, ich halte mich auch zurück.« Sie ging an ihm vorbei und setzte sich auf die Bank, auf der er zuvor gesessen hatte.

John seufzte und nickte. Er wusste genau, dass Selina sich nicht zurückhalten würde. »Na schön. Aber nur ein paar Sätze.«

Kapitel 16

John stöhnte und rieb sich die rechte Schulter. Er wurde alt, eindeutig. Wieso musste er auch immer versuchen, mit Selina mitzuhalten? Er schüttelte leicht verärgert den Kopf und steckte sich eine Zigarette in den Mundwinkel. Er schloss die Augen und genoss die frische Nachmittagsluft, die sanft über sein Gesicht strich.

John befand sich vor dem Motel und wollte gleich den Rest seines ehemaligen Teams treffen. Doch zuvor musste er Cameron anrufen.

Er stieß ein tiefes Seufzen aus, entsperrte das Display seines Handys, rieb sich erneut über die Schulter, die sich anfühlte, als würde sie jeden Moment abfallen und wählte die Nummer seiner Tochter. Es dauerte einige Sekunden, ehe sein Handy die Verbindung nach Spanien hergestellt hatte, dann ertönte das Freizeichen. Es klingelte oft, bis endlich Camerons Stimme aus dem Telefon drang.

»Dad?«

»Hey, Sweetie«, antwortete John.

»Hast du eine Ahnung, wie spät es ist?«, ranzte Cameron ihn an und John bemerkte, dass sie müde klang.

»Ich …«, begann er und schaute auf seine Uhr, »ähm, sorry, nein.«

»Kurz vor Mitternacht, Dad.« John hörte ein Rascheln, als würde sie aufstehen. Dann hörte er sie gedämpft etwas sagen. Es dauerte einige Momente, bis sie wieder am Telefon war. »Andrew hat morgen ein wichtiges Spiel«, erklärte sie.

»Ja, natürlich. Soccer.«

»Dad, du weißt, dass es hier Fußball heißt. Wann wirst du das endlich lernen?«

Er zuckte mit den Schultern. »Vermutlich nie. Ich will dich auch gar nicht lange stören. Nur …«

»Jetzt bin ich ja schon wach. Was ist denn?«, unterbrach sie ihn. »Habt ihr eine Spur zu ihm?«

»Noch nicht«, sagte er knapp. »Ich treffe gleich das Team. Aber ich denke nicht, dass ich das kann, Cam.« Er seufzte schwer und legte den Kopf in den Nacken. »Weißt du, es wühlt einfach zu viel auf. Und ich bin nicht dazu bereit, das alles noch einmal durchstehen zu müssen.«

Stille.

Vielsagende Stille.

»Cam? Bist du noch da?«

»Bin ich«, antwortete sie und atmete hörbar ein. »Dad, ich kann das verstehen. Das, was mit Mom passiert ist …« Sie brach ab; schwieg für einige Sekunden. Als sie weitersprach, war ihre Stimme nur noch ein schwaches Wispern. »Dad, du kannst nicht einfach aufgeben. Du musst verhindern, dass er das, was er uns angetan hat, auch noch anderen antut. Du musst ihn schnappen. Du musst es sein. Für Mom.«

John schloss die Augen und biss sich auf die Zunge, als er den Schmerz in Camerons Worten hörte.

Er hatte nie wirklich mit ihr über den Tod ihrer Mutter gesprochen. Er hatte niemals wirklich hingesehen. Ein schrecklicher Fehler, den er hoffte, bald beheben zu können. Und er betete, dass es dafür noch nicht zu spät war. »Ich … ich kann nicht …«, sagte John leise und schloss die Augen, als er spürte, wie sich diese mit Tränen füllten.

Carolines Gesicht tauchte vor ihm auf, die ihn anklagend ansah.

»Doch, du kannst. Ich bitte dich. Denk noch einmal über deine Entscheidung nach. Niemand kennt ihn so gut wie du. Du kannst dich am besten in ihn reinversetzen.«

Und genau das macht mir Angst, hätte John am liebsten gesagt. Stattdessen sagte er: »Ich denke noch einmal darüber nach. Doch vorher muss ich erst mit dem Team und dann mit deiner Mom sprechen.«

»Denkst du immer noch, mit ihrem Grab zu reden, gibt dir Antworten?«

»Das denke ich. Du solltest sie auch mal wieder besuchen«, antwortete John. »Sie vermisst dich.«

Cameron seufzte auf der anderen Seite. »Ist gut, Dad«, erwiderte sie knapp und John wusste, dass sie das nur sagte, damit er Ruhe gab.

»Grey, kommst du?« John drehte sich um und sah Mahmut im Eingang des Hotels stehen. Sein Gesichtsausdruck war ernst, seine Stimme zitterte leicht. »Die anderen warten schon.«

John nickte ihm knapp zu und drehte sich dann wieder um, um das Gespräch mit Cameron zu beenden. »Cam, ich …«, begann er, doch sie würgte ihn ab.

»Schon gut. Geh ruhig und tu, was du am besten kannst. Finde diesen Bastard.«

Kapitel 17

Als John den Raum betrat, der mehr an ein ausrangiertes Hotelzimmer erinnerte als an einen vernünftig ausgestatteten Konferenzraum, hatte er ein mulmiges Gefühl im Magen.

Außer Mahmut und Selina hatte er den Rest seines Teams zum letzten Mal am Tag von Carolines Beisetzung gesehen. Und bis auf zwei Ausnahmen waren sie alle vor Ort.

Selina Troy saß im hinteren Teil des Raumes an einem Tisch. Sie hatte ihre Beine darauf abgelegt und ihre Sportkleidung durch eine schwarze Jeans mit Lederoptik, ein weites Top mit dem Logo von Guns N' Roses, eine schwarze Lederjacke und schwarze Stiefel ersetzt. Ihre Haare waren von der Dusche noch klamm und sie hatte sich geschminkt. In ihrer rechten Hand hielt sie eine Akte in einem hellbraunen Umschlag, in der Linken befand sich ihr Smartphone. Als sie John sah, grinste sie ihn an, hob den linken Arm und tat so, als würde sie den Bizeps anspannen. Dann zwinkerte sie, als John mit einem verlegenen Lächeln antwortete.

»Grey«, rief Daniela Hoyd und stürmte auf John zu. Sie war die zweite Frau im Team und kannte sich wie niemand anders mit Waffen, Sprengstoff, Gift und allen anderen Dingen aus, mit denen man Menschen verletzen konnte. Sie war es damals gewesen, die die Verletzungen auf Harpers erstem Opfer einem speziellen Messer – einem zeremoniellen Kris – zugeordnet hatte, woraufhin das Team die erste Spur zu einem Schmied im Süden Alaskas aufnahm.

Daniela war gebürtige Inderin und mit zweiunddreißig Jahren das jüngste Mitglied des Teams. Sie war mittelgroß, hatte braune Rehaugen, lange schwarze Haare und dunkle Haut.

Ihre Figur war athletisch, das Gesicht markant und ihr Lächeln aufrichtig und ehrlich. Sie trug eine hellblaue Jeans, dazu passende Sneaker und eine schwarze körperbetonte Bluse, deren Ärmel sie sich bis über die Ellbogen hochgekrempelt hatte.

Sie umarmte John und hauchte ihm einen freundschaftlichen Kuss auf die Wange. »Na, dir haben die letzten Jahre aber nicht gutgetan«, begrüßte Daniela ihn freudig. Ihre Stimme war melodisch, fast so süß wie Honig. Die Lippen zogen sich zu einem Lächeln zurück, bei dem sie ihre strahlend weißen Zähne entblößte.

»Danke«, sagte John und widerstand dem Drang, sich die Spuren ihres Kusses von der Wange zu wischen. »Wie geht es Cynthia?«

»Wem?« Daniela legte den Kopf schief und ihr Lächeln erstarb. »Oh, Cynthia«, sagte sie und betonte den Namen mit einer Eiseskälte, die John ihr überhaupt nicht zugetraut hätte. »Wir haben uns getrennt. Vor fünf Jahren schon. Nachdem wir Harper gefasst hatten. Sie sagte, ich sei nicht mehr ich selbst nach allem, was vorgefallen war.«

»Das tut mir leid.«

»Ach«, erwiderte sie und winkte ab. »Das war ohnehin nichts Ernstes.«

»Und gibt es im Moment jemanden?«

»Hier und da mal, aber alles nichts, was heiratsfähiges Material wäre.« Daniela grinste.

»Spicy wechselt ihre Frauen wie ich meine Unterhosen«, meldete sich Steve O'Donell zu Wort. Er war knapp zwei Meter groß und ein wahrer Muskelberg. Sein Gesicht war kantig, der Kiefer breit wie ein Schaufelblatt und seine blauen Augen standen ziemlich nah beisammen. Er hatte kurze Haare und Hände, die eher mit den Pranken eines Bären zu vergleichen gewesen wären. Er trug ein dunkelblaues Holzfällerhemd, eine schwarze Jeans und Motorradstiefel. Er reichte John die Hand und nickte ihm knapp zu. John erwiderte die Geste. »Sie hat vermutlich mehr Sex als alle anderen in diesem Raum zusammen«, stichelte Steve grinsend weiter. Er war immer der mit der großen Klappe gewesen.

Und so sehr John ihn und seine Fähigkeiten immer geschätzt und bewundert hatte, sein dummes Gerede hatte er über die Jahre nicht vermisst.

»Halt die Klappe, Barney«, fauchte Daniela und zeigte Steve den Mittelfinger. Barney war Steves Spitzname, weil sein Gesicht an den gleichnamigen Charakter der Flintstones erinnerte.

Steve verengte die Augen zu Schlitzen. »Du sollst mich nicht so nennen, Dany«, fauchte er zurück.

»Dann sei nicht so ein Arschloch. Und nenn mich nicht Spicy«, giftete Daniela zurück. »Das ist rassistisch.«

John konnte sich nicht erinnern, dass das Verhältnis der beiden jemals so angespannt gewesen war.

»Hallo? Großer schwarzer Mann?« Steve deutete an sich hinab. »Außerdem sage ich nur die Wahrheit.« Er zuckte mit den Schultern und wandte sich um, damit er sich auf einen der freien Plätze setzen konnte.

»Ach, weißt du was, Barney? Leck mich.«

»Gern, Spicy. Selber Ort? Oder sollen wir bis zur nächsten Weihnachtsfeier warten?«

»Das reicht jetzt, Kinder«, ging Mahmut dazwischen und stellte sich demonstrativ zwischen die beiden Streithähne.

Steve hob beschwichtigend die Arme und setzte sich, während John Daniela einen fragenden Blick zuwarf, den diese mit einem Seufzen und einem Kopfschütteln beantwortete.

»Frag lieber nicht«, sagte sie.

»Die beiden hatten Sex«, rief Selina und klatschte mit der flachen rechten Hand auf ihre linke. Als hätten ihre Andeutungen nicht schon genug Grund für eine derartige Vermutung geliefert.

»Selina!«

»Was denn?«, gab sie wie das einzig wahre Unschuldslamm zurück und zuckte mit den Schultern. »Ist doch wahr.«

»Ich dachte, du bist lesbisch?«, fragte John.

»Bin ich auch. Aber an diesem Abend war es … ach, es war kompliziert«, sagte Daniela, schüttelte den Kopf und setzte sich neben Selina.

John war professionell genug, um nicht weiter nachzufragen. Schließlich ging ihn das alles nicht wirklich etwas an.

»Wie kleine Kinder«, seufzte Mahmut leise und stellte sich wieder neben ihn. »Also schön«, sagte er dann. Dabei erinnerte er John an einen eifrigen Lehrer, der seinen Schülern ein Verfahren zur Lösung von mathematischen Gleichungen präsentierte. »Ich denke, wir wissen alle, warum wir hier sind. Man hat uns aus unseren anderen Positionen extra für diese Task-Force geholt.« Er legte John die Hand auf die Schulter. »John ist wieder da. Damit wären wir … komplett.« Das Zögern in Mahmuts Stimme ließ John aufhorchen. Er warf seinem Freund einen fragenden Blick zu, als er hörte, wie die Tür des Konferenzraumes geöffnet wurde.

Daniela und Selina rissen die Augen auf und Steve sog scharf die Luft ein. Für einen kurzen Augenblick glaubte John, Stanley Harper stünde unmittelbar hinter ihm. Doch als er die Stimme des Mannes hörte, der sich in den Raum schlich, setzte es bei ihm aus.

»Hallo, Grey«, sagte Dean Colt.

Kapitel 18

»Hallo?«

»Wissen Sie, John«, erklang die Stimme von Stanley Harper durch das Telefon, »ich hatte eine Vision.« John hatte schon viele Male mit ihm telefoniert. Er kannte jede Nuance in der Stimme dieses Wahnsinnigen, jeden Klang, den sie bei Freude, Missbilligung oder Erregung annehmen konnte.

Doch dieses Mal war etwas darin anders. Sie klang ungehalten, fast schon wütend.

Verdammt.

»Eine Vision von einer besseren Welt, einer Welt, ohne all diese Bestien, die in unserer Oberschicht umherlaufen. Eine Vision von einer Welt, in der alle Menschen gleich sind und in der alle Menschen für ihre Fehler zahlen müssen, ohne sich mit ihrem Geld oder ihrer Macht freizukaufen.«

»Wo auch immer Sie sind, Stanley«, sagte John und warf Dean einen hilfesuchenden Blick zu, den dieser mit einem Kopfschütteln beantwortete. John fluchte leise in sich hinein. »Lassen Sie uns reden. Von Angesicht zu Angesicht. Nicht über das Telefon, nicht wie Jäger und Beute. Sondern wie Lehrer und Schüler.« Er schloss die Augen. »Das ist es doch, was Sie wollen oder, Stanley?« Er öffnete die Augen, warf Dean einen weiteren Blick zu und erntete erneut keine Reaktion, die auf eine geglückte Triangulation hindeutete. Noch immer huschte der weiße Kreis auf dem Monitor über die Stadtkarte von Washington D.C.

Wieder einmal schien Harper ihnen zwei, fünf, zehn Schritte voraus zu sein. Schweiß lief Johns Nacken hinab.

»Das wollte ich. Für eine sehr lange Zeit habe ich gehofft, Sie würden mein Handeln als genauso sinnvoll erachten wie ein großer Teil der Menschen. Denn ich handle dort, wo unser vor sich hin faulendes System beide Augen vor der Wahrheit verschließt. Ich agiere, wo Vergewaltiger, korrupte Politiker und Mörder ganzer Völker einfach durchkommen. Ich wollte es Ihnen zeigen. Ich wollte, dass Sie es sehen.« Er stieß ein leises Lachen aus, bei dem es John eiskalt den Rücken hinunterlief. »Doch nun weiß ich, dass es für Sie kein Grau gibt.« Wieder lachte er, dieses Mal amüsiert. »Wie passend, finden Sie nicht? Kein Grau für John *Grey* Greyson. Sondern nur Schwarz und Weiß. Doch Achtung, John. Es ist nicht immer nur alles schwarz und weiß.«

»Ich habe nie gesagt, dass ich es nicht verstehe«, unternahm John den Versuch, Harper länger in der Leitung zu halten. Warum dauert das so lange? »Aber ich …«

»Schwachsinn.« Harper unterbrach John so abrupt, dass dieser zusammenzuckte. »Sie haben es bisher nicht verstanden und Sie werden es niemals verstehen. Meine Mission ist viel bedeutender als Sie und Ihre lächerlichen Greyhounds. Sie sollten mich meine Arbeit machen lassen und mich nicht jagen, wenn Sie mir schon nicht helfen. Nehme ich Ihnen denn nicht viel Arbeit ab? Rechtfertigt mein kleines Präsent, das ich Ihnen jedes Mal hinterlassen habe, meine Tat nicht?«

»Ich gebe Ihnen recht, Stanley. Diese Menschen, die Sie aufgesucht haben, sollten bestraft werden. Doch sie sollten einen ehrlichen Prozess bekommen. Und nicht hingerichtet werden.«

»Einen ehrlichen Prozess?« Harpers Stimme schnellte in die Höhe. Er wirkte noch ungehaltener als zuvor. »Sie sollten sich einmal reden hören. In welcher Welt leben Sie, dass Sie glauben, es gäbe ehrliche Prozesse? Wer war mein letztes Opfer?«

»Was?«, erwiderte John ehrlich verdutzt.

»Ihren Namen. Sagen Sie ihn.«

»Leonor First«, antwortete John.

»Und was war der Beruf von Miss First?«

»Sie war Richterin.« John schwirrte der Kopf. Ein weiterer Blick zu Dean, dessen Finger hastig über die Tastatur seines Computers huschten. Dann, ganz plötzlich, zuckte der Kreis ein letztes Mal über den Monitor und blieb stehen.

Johns Herz setzte einen Schlag aus.

Sie hatten ihn.

Endlich. Nach Monaten der Verfolgung, des Spurenlesens und des falschen Fährten Nachjagens. Endlich hatte der schreckliche Alptraum ein Ende. John schnippte mit den Fingern und deutete zuerst auf den Monitor, dann ballte er abrupt die Hand zur Faust. Das Zeichen für Zugriff.

Daniela, Selina, Martin und Steve nickten und rasten hektisch aus dem Raum. Das Ende der Jagd war zum Greifen nah.

»Richtig. Leonor First war Richterin. Korrumpiert von einem System, das etliche Leute falsch oder erst gar nicht verurteilt. Sie hatte es verdient. So, wie es alle verdient haben, die ich mir ausgesucht habe.«

John stellte sich neben Dean und Mahmut und blickte auf den Monitor. Der weiße Kreis des Triangulationsprogramms hatte sich neben dem U.S. Navy Museum fixiert.

Unmittelbar am Anacostia River.

Wir haben dich, du elendes Schwein.

»Ich wollte nur, dass Sie mir glauben. Dass das alles, was ich mache, einem höheren Zweck dient: der Reinigung unseres Systems. Ich will einen Neustart.«

»Geben Sie auf, Harper. Stellen Sie sich und Sie werden einen Prozess bekommen. Ich werde persönlich dafür sorgen, dass es fair zugeht. Gemeinsam können wir es schaffen, das System neu zu starten. Aber nicht auf Ihre Weise. Stellen Sie sich.«

Und dann tat Harper etwas, mit dem John nie im Leben gerechnet hätte: Er lachte.

Kapitel 19

Waylon Langstrom war das, was man im Allgemeinen als recht-schaffenen Bürger bezeichnete. Er zahlte immer seine Steuern, war kaum krank, half, wo er konnte, und sprach stets die Wahr-heit. Er ging sonntags zur Kirche, half ehrenamtlich in Armen-küchen und spendete Kleidung und das ausrangierte Spielzeug seiner Kinder an diejenigen, die in ihrem Leben nicht so viel Glück hatten.

Er und seine Frau besaßen ein kleines aber wunderschön ein-gerichtetes Haus am Rande von Garfield Heights, auf dem eine Hypothek lag, die sie gut abbezahlen konnten, ohne sich ins Grab zu schuften oder am Hungertuch zu nagen, und für die schulische Ausbildung seiner beiden Kinder hatten sie ebenfalls vorgesorgt. Und obwohl Waylon zwei Jobs – tagsüber als Angestellter einer Bank und in manchen Nächten als Taxifahrer – hatte, schaffte er es dennoch immer wieder, sich und seiner Frau schöne Stunden der Zweisamkeit zu schenken.

Umso erstaunlicher war es, dass er an diesem Abend in den Lauf einer geladenen Pistole starrte, die ihm vom Rücksitz seines Taxis aus ins Gesicht gehalten wurde.

»Hören Sie mir gut zu«, sagte der verwahrlost aussehende Mann mit dem dreckigen Gesicht. Sein Bart wucherte wild und die Rundbrille mit den schmalen Bügeln war an einem Glas zer-brochen. »Befolgen Sie meine Anweisungen genau.«

»Bi-bitte«, stammelte Waylon Langstrom mit zitternder Stim-me. Schweiß stand ihm auf der Stirn und das Gefühl von Todes-angst stieg in ihm auf. Viele seiner Kollegen waren schon Opfer von Raubüberfällen geworden. Sogar in der Bank, in der er arbeitete, hatte es bewaffnete Überfälle gegeben. Doch niemals in seiner Schicht. »I-ich habe Familie.«

Der Fahrgast stieß ein genervtes Grunzen aus und kräuselte die Lippen zu einem grässlichen Grinsen, bei dem etwas in seinem Schädel ein kratzendes Geräusch zu machen schien.

Das schwache Licht, das von den Straßenlaternen in das Wageninnere drang, spiegelte sich auf der Brille des Mannes und ließ die Gläser weiß erscheinen. Erst jetzt fiel Waylon die graue Kluft auf, die der Mann trug. Und … täuschte er sich, oder erblickte er eine sechsstellige Nummer, die auf der Brust des Mannes eingestickt war?

Ihm blieb die Luft weg. Die Haare, das Gesicht, die Brille. Ja, sogar der Bart. Er wusste, wer dieser Mann war. Er hatte ihn in den Nachrichten gesehen. Es war noch gar nicht so lange her. »Sie … Sie sind der Robin-Hood-Killer«, brachte er keuchend hervor. Sein Körper wurde plötzlich von einem heftigen Zittern gepackt. Das Gefühl der Angst schlug in blanke Panik um und schlagartig war Waylon Langstrom sich sicher, diese Nacht nicht zu überleben. Tränen stiegen ihm in die Augen. Bilder seiner Frau und seiner Kinder überfluteten seinen Geist.

»Bitte«, flüsterte er, als der Mann langsam nickte. »I-ich habe nichts Unrechtes getan.«

»Das ist mir bewusst, Mr Langstrom«, antwortete der entflohene Serienmörder, nachdem er einen flüchtigen Blick auf den Ausweis geworfen hatte, der über dem Taxameter hing. »Ihr einziges Verbrechen ist, wenn man das überhaupt so nennen kann, zu glauben, dass Ihnen keine schlimmen Dinge widerfahren könnten.« Der Robin-Hood-Killer lehnte sich auf der Rückbank zurück und nahm langsam die Waffe runter. »Wenn Sie tun, was ich Ihnen sage, wird nichts passieren. Sie werden mich schneller los sein, als Sie denken und haben noch eine nette Geschichte, die Sie ihren Kindern und Enkeln an Weihnachten erzählen können. Ich werde Ihnen die Fahrt vollkommen regulär bezahlen und sogar noch etwas drauflegen. Ich bin kein Dieb.«

»O-okay«, stammelte Waylon und krallte sich voller Angst in das abgewetzte Leder seines Lenkrads. »Was immer Sie wünschen.« Das Bild der Waffe vor seinem Gesicht wollte ihm einfach nicht mehr aus dem Kopf gehen. Ebenso wenig die Gesichter seiner Familie. Doch sollte es einen Weg geben, diese Nacht zu überleben, so würde er es tun. Um jeden Preis. »W-was soll ich für sie tun, Mr …«

»Harper«, fiel ihm der Mann ins Wort und schnallte sich an. Die Waffe hielt er noch immer in der Hand, hatte sie aber so weit gesenkt, dass ihre Bedrohlichkeit ein kleines Stück abnahm. »Ich möchte, dass Sie fahren.«

»Und wohin, Mr Harper?«

»Fahren Sie erst einmal los. Den Rest machen wir während der Fahrt«, sagte der Fahrgast und blickte aus dem Fenster. Das Grinsen, das er auf den Lippen hatte, und der ausdruckslose Blick in seinen Augen, jagten Waylon Langstrom einen eiskalten Schauer über den Rücken.

Kapitel 20

»Du hättest mir sagen müssen, dass Dean auch dabei ist, Mut«, sagte John zum wiederholten Mal und tauchte seine rechte Hand in das Eisbad, das ihm sein Freund in einer schmierigen Glasschüssel auf den Tisch gestellt hatte. »Du hättest es mir wirklich sagen müssen.« Noch immer war John völlig ungehalten, voller Zorn.

Nachdem er Dean etliche Faustschläge verpasst hatte, hatten es Steve und Mahmut geschafft, ihn zu bändigen. Danach war John aus dem Konferenzraum gestürmt, verloren um das Hotel geirrt und hatte eine Zigarette nach der anderen geraucht. Sein Mund fühlte sich wie ein voller Aschenbecher an.

Hast du wieder geräucherte Hamster im Mund? Carolines Worte flogen ihm ins Gedächtnis. Sie hatte ihn das immer gefragt, wenn John ihr nach einem harten Tag einen Kuss gegeben hatte.

»Was hast du erwartet, als ich dir sagte, dass das Team dabei ist?«, stellte Mahmut seine Gegenfrage und zuckte mit den Schultern. »Wärst du gekommen, wenn ich es dir explizit auf die Nase gebunden hätte?«

John schüttelte den Kopf.

Er wusste nicht, was er erwartet hatte. Vielleicht, dass Dean seine Marke abgenommen worden war und er im Gefängnis verrottete. »Denke nicht«, antwortete er, zog seine Hand aus dem Eisbad und betrachtete seine blutigen und aufgeplatzten Knöchel.

Er hatte ganz vergessen, wie schmerzhaft es war, jemand anderem ins Gesicht zu schlagen. Während seiner Ausbildung hatte er zwar gelernt, wie man sich in einem Nahkampf verhalten sollte, um als Sieger und mit so wenigen Verletzungen wie möglich daraus hervorzugehen. Das half einem aber auch nicht weiter, wenn man emotional und wie ein wildgewordener Stier über seinen Gegner herfiel.

»Weiß nicht«, sagte er weiter. »Scheiße. Warum ist er immer noch beim FBI?«

»John«, begann Mahmut und stieß dann ein Seufzen aus. Er drehte sich um, ging zu seiner Tasche und holte ein rechteckiges Päckchen daraus hervor. Flüchtig erkannte John, dass es sich dabei um eine Flasche Scotch und zwei Gläser handelte. Mahmut seufzte erneut, öffnete den Karton und stellte die Gläser auf den Tisch, ohne sie auszuspülen.

Dann öffnete er die Flasche und füllte die bernsteinfarbene Flüssigkeit fast bis zum Rand in die Gläser. Ein leises Gluckern ertönte, als die ersten Tropfen aus der jungfräulichen Flasche strömten. Mahmut setzte sich auf den freien Stuhl ihm gegenüber, stellte die Flasche hin, ohne sie zuzudrehen, und schob ihm eins der Gläser rüber. Mahmut nahm sein Glas und trank einen Schluck. Erst nach einem weiteren kleinen Schluck stellte er das Glas zurück auf die Tischplatte. Er schlug die Beine übereinander und betrachtete John mit dem Blick eines Vaters, dessen Kind etwas verbrochen hatte, worauf man aber eigentlich nicht böse war.

»John«, sagte Mahmut erneut. »Dean ist immer noch Teil des FBIs, weil man ihn und seine Fähigkeiten braucht und schätzt.«

»Du willst mich doch verarschen«, entfuhr es John fassungslos. »Nach allem, was passiert ist? Komm schon, Mahmut. Das ist lächerlich. Es gibt tausende wie ihn. Und ich kann mir nicht vorstellen, dass Erin ihre Haltung geändert hat.«

Erin Willson, die Direktorin des FBIs, verfolgte eine Nulltoleranzstartegie, wenn es um das Verhalten ihrer Agenten ging.

»Wieso also …« John blickte in Mahmuts Gesicht, dieser wendete den Blick ab. »Scheiße«, flüsterte John. »Sie weiß es gar nicht, oder?«

Mahmut sah ihn über den Rand seines Glases hinweg an und schwieg.

»Ihr habt ihr nicht gesagt, was damals vorgefallen ist, oder?« Seine Stimme bebte vor Zorn und ohne sein Zutun schloss sich seine lädierte Rechte kräftig um das Whiskyglas. »Mahmut? Habt ihr es in eurem Bericht unterschlagen? Habt ihr Erin gesagt, was Dean getan hat, oder nicht?«

Eine geraume Weile schwieg Mahmut, in der er Johns Blick ehrlich und aufrichtig standhielt. Und dann, ganz plötzlich, mit einer Ruhe, die für John unerklärlich schien, flüsterte er: »Nein.«

In diesem Moment brach für John eine ganze Welt zusammen.

Kapitel 21

»Ich habe ihn bekommen.«

Waylon Langstrom stieg wieder in sein Taxi und reichte Harper einen Blumenstrauß, der vorwiegend aus roten Tulpen sowie orangenen und weißen Gerberas bestand. Drei Tankstellen hatte er anfahren müssen, ehe er diesen Strauß zu einem völlig überteuerten Preis erstehen konnte.

»Und nicht vergessen«, hatte Harper ihm mehr als deutlich gesagt, »es müssen unbedingt rote Tulpen sowie weiße und orangene Gerberas sein.«

»Ist das richtig?«, fragte Waylon vorsichtig und warf einen kurzen Blick auf das Taxameter. 103.25$. Ob und wie Harper diese Rechnung begleichen wollte, war ihm schleierhaft und es war ihm auch egal. Hauptsache, er würde den nächsten Tag noch erleben.

Wieder musste Waylon an seine Frau denken, die gerade ihre Schicht im Krankenhaus angetreten hatte, als der Robin-Hood-Killer in sein Taxi gestiegen war. Wie schrecklich es für sie sein müsste, wenn man ihr die Nachricht seines Todes überbrächte. Er erschauderte und versuchte, den Gedanken aus seinem Kopf zu verbannen, doch so ganz wollte es ihm nicht gelingen. Seine Hände zitterten und ein fader Beigeschmack legte sich auf seine Zunge. »Es ist zwar kein Brautstrauß, aber ...«

»Ja«, sagte Harper leise, fast schon ehrfürchtig erregt. »Er ist perfekt.« Er blickte von dem Strauß in den Rückspiegel und wieder spiegelte sich das Licht der Straßenlaternen in seiner Brille. Es verlieh seinem verwahrlosten Gesicht einen Ausdruck von Wahnsinn. Die Pistole hatte er neben sich auf der Rückbank liegen. Ob

Waylon es wagen sollte? Sich nach hinten werfen und die Waffe an sich reißen? Riskieren, dabei getötet zu werden oder womöglich selbst zu töten? Nein. Das könnte er nicht. Niemals. Er war nicht der Typ für Heldengeschichten.

»Setzen Sie den Preis dafür auf die Rechnung«, sagte Harper und lächelte. Er nahm seine Pistole wieder in die Hand, ohne die Blumen loszulassen, und beugte sich zwischen die beiden Vordersitze. Dabei fiel Waylon der dezente Geruch von Mundfäule auf, wie er den schlechten Atem eines Menschen gern bezeichnete, den Harper mit Kaugummis oder Pfefferminz-Dragées zu überdecken versucht hatte, und eine dünne Narbe, die sich unter seinem Haaransatz befand.

»Und weiter geht's«, sagte Harper und klang dabei wie ein Kind, das Geburtstag feiert und alle Sachen von seiner Wunschliste bekommen hat.

»Wohin jetzt, Mr Harper?«, fragte Waylon Langstrom.

»Zum Hafen«, erwiderte dieser noch immer lächelnd. »Dort muss ich etwas abholen.«

Kapitel 22

Nein.

Der Klang dieses kleinen Wortes brachte John beinahe um den Verstand.

Nein?

Hatte Mahmut John gerade wirklich mitgeteilt, Erin wüsste nicht über Deans Vergehen Bescheid?

»*Nein?*«, wiederholte John und drehte den Kopf leicht zur Seite, als würde er schlecht hören. Doch mit seinem Gehör war alles in Ordnung. »Hast du gerade *nein* gesagt?«

Mahmut schwieg weiter beharrlich, wie er es schon so viele Male zuvor getan hatte, wenn die beiden unterschiedlicher Meinungen waren.

Doch nie zuvor hatte John auch nur einen Gedanken daran verschwendet, dass ein solcher Meinungsunterschied das Ende ihrer tiefen und langjährigen Freundschaft bedeuten könnte.

Bis heute.

Johns Zorn erreichte eine Stufe nie gekannten Ausmaßes. Er fühlte nichts mehr.

Weder die Trauer über Carolines Tod noch die Wut darüber, dass Harper wieder auf freiem Fuß war und mit ihm spielte wie eine Katze mit einer Maus.

Er fühlte nur noch eine alles verschlingende Hitze in seinem Innern, die sich langsam ihren Weg nach draußen zu bahnen versuchte.

Mahmut schüttelte langsam den Kopf. »Nein«, wiederholte er in demselben völlig ruhigen Ton. »Wir haben es in unserem Bericht nicht unterschlagen. Erin weiß Bescheid.«

»Warum zum Teufel ist er dann immer noch dabei? Warum darf er frei über die Gänge spazieren, wo er doch …«

»Es hat eine interne Untersuchung gegeben«, fiel Mahmut ihm ins Wort. »Dean musste sich einem langwierigen Prozess unterziehen. Sämtliche Fälle, an denen er mitgewirkt hat, wurden erneut betrachtet.«

»Und man kam zu dem Schluss, dass er nichts falsch gemacht hat?«

»Man kam zu dem Schluss, dass Deans Handeln nicht nachweisbar war«, sagte Mahmut ruhig.

»Verarschst du mich?« John hämmerte mit der Faust auf den Tisch. »Dean hat uns wochenlang auf falsche Fährten gelockt. Er hat dafür gesorgt, dass wir Harper nicht finden. Und warum? Weil er der Auffassung war, dass Harper richtig handelt?«

»Hast du eine Ahnung, was passiert wäre, wenn Dean für schuldig befunden worden wäre?«, erwiderte Mahmut. »Wie viele Kriminelle freigekommen wären, die wir mit seiner Hilfe geschnappt haben? Deans Verhalten wurde beleuchtet, Erin selbst hat ihn befragt und man kam zu dem Schluss, dass er nichts Unrechtes getan hat.«

»Das muss ein schlechter Witz sein.« John stieß ein Keuchen aus. »Das kannst du unmöglich glauben. Mahmut, er hat …«

»Carolines Tod nicht zu verantworten«, fiel ihm sein Freund vollkommen ruhig ins Wort. Diese Aussage traf John härter als erwartet. Es fühlte sich so an, als würde ihm der Boden unter den Füßen wegbrechen und er in ein endlos tiefes Loch stürzen. »Der Tod deiner Frau war etwas, mit dem niemand von uns gerechnet hat. Niemand von uns hätte ahnen können, dass Harper so weit geht und eine Unschuldige tötet. Nicht nach allem, was wir wussten.«

»Das …« John fehlten die Worte.

»Ich weiß, dass du es nicht hören willst, John, aber viele hielten das, was Harper getan hat, für richtig. Zumindest auf eine gewisse Art und Weise. Er kam dorthin, wo unsere Behörde sich niemals hingewagt hätte.« Mahmut verschränkte die Finger vor seinem Gesicht. »Ob er diese Menschen hätte töten müssen? Vermutlich nicht. Aber er hat es getan und hat dafür gesorgt, dass sie keine Unschuldigen mehr verletzen. Und auf eine gewisse Art bin ich froh, dass er es getan hat. Wir hätten diese Menschen niemals belangen können. Wir wussten ja nicht einmal von dem, was sie getan haben.«

»Das meinst du nicht ernst«, flüsterte John. Tränen des Hasses füllten seine Augen und bahnten sich ihren Weg über seine Wangen. »Ich glaube dir nicht.«

»Warum nicht?«, konterte Mahmut. »Du weißt so gut wie ich, dass nicht immer alles demselben Schema folgt. Manchmal sind wir gezwungen, abzuwägen. Manchmal sind die Dinge eben auch grau oder voller Farben. John, niemand bedauert Carolines Tod mehr als ich. Das weißt du. Ich habe mit dir gelitten, habe tagelang in deiner Wohnung geschlafen, war bei dir. Niemand von uns konnte ahnen, dass Harper so weit gehen würde. Dass er so weit von seinem Profil abweichen würde. Finde ich es gut, dass Dean dabei ist? Nein. Auch ich traue ihm nicht mehr so wie früher. Aber Erins Anweisung war ziemlich eindeutig. Sie will, dass das alte Team wieder zusammen ist und *ihn* jagt.«

Es klang wie eine billige Ausrede. Alles, was Mahmut in diesem Moment sagte, was er hätte sagen können, hätte es nicht besser gemacht. John wollte schreien, sich auf den Freund stürzen, der ihm gegenübersaß, auf ihn einschlagen, ihm die Scheiße aus dem Leib prügeln. Doch er saß einfach nur völlig ruhig da und starrte auf das Glas in seiner Hand. Er fühlte sich der Ohnmacht so nah wie an jenem Tag vor fünf Jahren, als er seine Frau blutend in ihrem Schlafzimmer gefunden hatte. Doch dieses Mal rührte dieses Gefühl nicht von Trauer her, sondern von Verrat.

»Wusstest du es? Damals?«, hörte sich John zu seiner Überraschung fragen.

»Was?«, fragte Mahmut. »Was Dean getan hat?«

John nickte stoisch, abgehackt.

»Nein.« Mahmut schüttelte den Kopf. »Niemand von uns wusste es. Ich habe es erst in dem Moment erfahren, in dem es zu spät war. So, wie du auch. Und ich wünschte, die Umstände wären andere. Wenn ich die Zeit zurückdrehen könnte, hätte ich Dean erwürgt. Niemand hier will noch mit ihm zusammenarbeiten. Aber Befehl ist Befehl.«

Obwohl John es nicht wollte, glaubte er Mahmut.

Doch etwas in ihm war in diesem Augenblick zerbrochen.

Etwas, das zwischen Vertrauen und Freundschaft wandelte.

John leerte das Glas in seiner Hand in einem Zug und stellte es bedacht auf den Tisch zurück. Sein ganzer Körper zitterte. Dann stand er auf, legte die rechte Hand auf den Tisch und sah Mahmut durch den Nebel an, den die Tränen auf seine Augen legten. »Hättest du es mir jemals gesagt?«, fragte John langsam und ruhig. »Dass Dean noch beim FBI ist?«

»Wenn das alles hier nicht passiert wäre? Wenn Caroline noch leben würde?« Mahmut schüttelte den Kopf. »Dazu bestand niemals ein Grund. Wir alle haben nach jener Nacht so weitergemacht, wie wir es für richtig hielten.«

John presste die Lippen aufeinander, atmete tief ein und wandte sich um. Er machte zwei Schritte in Richtung Tür, hielt an und drehte sich wieder zu Mahmut um.

»Nach allem, was wir zusammen durchgemacht haben«, sagte er. Noch immer war seine Stimme vollkommen ruhig; doch in ihm brodelte es. »Ich hätte von dir mehr erwartet. Von dir, vom Team, einfach von allen.«

»Das Team hat damit nichts zu tun.« Der Angesprochene stand auf und machte einen Schritt auf John zu, der jedoch abrupt die Hand hob und vor ihm zurückwich. Mahmut seufzte traurig. »Lass nicht zu, dass das zwischen uns steht.«

»Zu spät.« John nahm die Flasche vom Tisch, drehte sich um und verschwand aus dem Hotelzimmer.

Kapitel 23

Seit etwas mehr als einer halben Stunde parkte das Taxi von Waylon Langstrom nun schon vor dem geschlossenen schmiedeeisernen Tor des Rock Creek Cemetery. Das Taxameter zeigte mittlerweile über 500$ an und zählte noch immer weiter.

Nachdem Waylon den Strauß für knapp fünfundzwanzig Dollar gekauft und Stanley Harper zu einem Lagerhaus am Hafen in der Nähe von Pier Neunzehn gefahren hatte, war er für mehr als eine Stunde darin verschwunden. Natürlich hätte Waylon einfach wegfahren können. Er hätte Harper einfach stehen lassen und die Polizei rufen können. Doch er tat es nicht. Vielleicht war es die Angst vor diesem Mann, vielleicht die Neugier, was diese Nacht noch bringen mochte. Hätte man ihn gefragt, hätte er es nicht mit Sicherheit sagen können.

Also blieb er sitzen und wartete auf Harpers Rückkehr. Waylon wusste nicht genau, was der Serienmörder im Lagerhaus getan und ob er möglicherweise sogar jemanden umgebracht hatte.

Doch als Harper zurückgekehrt war, wirkte er wie ein neuer Mensch. Er hatte sich gewaschen, war frisch rasiert und hatte seine graue Gefängniskluft gegen einen dunkelblauen Anzug mit weißem Hemd getauscht. Mit einer schwarzen Sporttasche beladen war er zurück in Waylons Taxi gestiegen und hatte ihm befohlen, sofort zum Rock Creek Cemetery zu fahren. Und dieses Mal war seine Stimme voller Ungeduld gewesen. Der dezente Geruch des Aftershaves, Sandelholz und Orangenblüte, hatte binnen Sekunden den Innenraum des Taxis gefüllt. Um kurz nach Mitternacht hatte Waylon Langstrom sein Taxi vor dem Tor geparkt und seitdem war nichts mehr geschehen.

Harper wirkte nervös und strich sich mehrere Male mit den Handflächen über die Hosenbeine. Seine mittellangen schwarz-grauen Haare hatte er sich mit Haarspray oder Pomade nach hinten gelegt und ein melancholischer Ausdruck lag auf seinem Gesicht.

Waylon zitterte. Seine Gedanken rasten und sein Mund wurde staubtrocken. Jetzt, da die Fahrt offenkundig vorbei war, fuhr sein Körper langsam runter. Das Adrenalin, das die ganze Zeit dafür sorgte, dass er wachsam blieb und durchhielt, verschwand langsam aus seinem Kreislauf; zurück blieb ein unangenehmes Kribbeln.

Was, wenn Harper doch nicht Wort halten würde?

Was, wenn er ihn doch umbringen würde, obwohl er etwas anderes gesagt hatte?

Großer Gott, schoss es Waylon in den Schädel. *Ich habe einen gesuchten Serienkiller durch Washington kutschiert.* Warum hatte er nicht einfach die Polizei gerufen, als er die Möglichkeit dazu gehabt hatte?

Etliche Minuten vergingen, in denen der Taxifahrer nur sein eigenes Herz pochen und das rasselnde Atmen seines ungewöhnlichen Fahrgastes hörte. »Ist alles in Ordnung, Mr Harper?«, fragte Waylon und war selbst darüber erschrocken, wie abgeklärt und ruhig seine Stimme klang. Er fühlte sich wie der Taxifahrer Max im Film Collateral, der eine Nacht lang den Profikiller Vincent quer durch Los Angeles chauffiert.

Vielleicht passiert dir das auch irgendwann mal, hatte seine Frau gewitzelt, als sie den Film im Kino gesehen hatten.

Niemals. So etwas gibt es doch nur im Film, war seine Antwort darauf gewesen. Doch nun war alles anders.

»Danke der Nachfrage, Mr Langstrom«, antwortete Harper, räusperte sich und kramte in seiner Tasche nach etwas. Nach einer kurzen Zeit zog er ein zusammengerolltes Bündel Geldscheine hervor und hielt es Waylon hin. Die geplatzten Äderchen auf den Wangen des Mannes schienen im Licht des Vollmondes violett zu leuchten.

Er nahm das Bündel entgegen und drehte es langsam in den Händen. Es schienen mehrere Hundert-Dollar-Scheine zu sein. Der Fahrer zog die Brauen hoch und stieß einen leisen Pfiff aus.

»Das ist zu viel«, sagte er und hielt das Taxameter an. »Das sind gut und gern …«

»Fünftausend Dollar«, beendete Harper seinen Satz. »Doch dieses Geld ist nicht für ihre Dienste als Fahrer.« Waylon blickte in den Rückspiegel und sah, dass Harper ein weiteres Bündel hervorkramte, es öffnete und sechs Geldscheine abzählte, die er dem Taxifahrer hinhielt. »Das ist für die Kosten der Fahrt und den Blumenstrauß. Ich möchte noch einmal betonen, dass er wirklich perfekt ist.«

Mit fragendem Blick nahm Waylon das Geld entgegen, während Harper wieder verklärt aus dem Fenster starrte.

»Und … und wofür ist das andere Geld?« Waylon drehte sich langsam zu Harper um. Den ganzen Abend hatte er es vermieden, den Mann direkt anzusehen. Doch nun, da er es tat und das erste Mal den sonderbaren Ausdruck des Mannes sah, fühlte er entfernt so etwas wie Mitleid.

»Ich benötige noch eine Kleinigkeit von Ihnen«, sagte Harper, ohne ihn anzusehen, und zog eine kleine leere Ampulle aus seiner Tasche. »Ein paar Tropfen ihres Blutes.«

Waylon stieß ein Keuchen aus. »Aber … Sie … Sie sagten doch, dass …«

»Keine Sorge, Mr Langstrom. Ihnen wird nichts geschehen. Nichts Gravierendes zumindest. Es ist nur ein kleiner Stich in Ihre Fingerkuppe nötig.« Harper simulierte sein Vorhaben mit einer imaginären Nadel an seinem eigenen Zeigefinger.

»Und … wozu?«

Harper stieß ein tiefes rasselndes Atmen aus. »Es muss alles perfekt sein, wenn ich jemandem meine ehrlich gemeinte Entschuldigung entgegenbringe.«

Kapitel 24

Harpers Lachen verstummte und John fühlte sich, als wäre ein Güterzug über ihn hinweggerauscht. Er blickte auf die große Uhr über der Tür und versuchte, auf dem sich spiegelnden Ziffernblatt, die Uhrzeit abzulesen. Bildete er es sich nur ein oder war es hier tatsächlich viel zu heiß?

»John«, sagte Harper dann, nachdem er sich beruhigt hatte. Seine Stimme klang, als hätte er bei seinem fast schon hysterischen Lachanfall Tränen vergossen. Und es kam ihm so vor, als wäre beides – sowohl das Lachen wie auch die Tränen – von Herzen gekommen.

Wie ironisch, schoss es John in den Kopf.

»John«, sagte Harper erneut und dieses Mal klang seine Stimme ernst. »Erinnern Sie sich an New York?«

»Welches Mal?«, fragte John. »Das erste Mal oder das zweite?«

Stanley Harper tat so, als würde er einen Augenblick ernsthaft über Johns Frage nachdenken, dann antwortete er: »Beim zweiten Mal.«

»Sie meinen also, als Sie den Generalstaatsanwalt ermordet haben?«, erwiderte John und ballte unbewusst die freie Hand zur Faust.

»Ganz genau.« Harpers Stimme klang gedämpft, dann erklang ein Geräusch, als würde er ein Stück Klebeband von einer Rolle abreißen. »Das meine ich. Erinnern Sie sich?«

»Ja.« John nickte unterbewusst und kniff die Augen zusammen. Gleichzeitig gab er Mahmut ein Zeichen, der ihm zu-

125

nickte, sich ein Stück von John und Dean entfernte und mit seinem Telefon die Nummer von Steve wählte. Kurz darauf nahm dieser ab.

»Wie lange braucht ihr noch?«, hörte John Mahmut fragen. Steves Stimme antwortete. Mahmut nickte und zeigte John dann vier Finger.

Vier Minuten. Jetzt galt es, besonders klug vorzugehen. Mahmut bedeutete John, dass er Harper unbedingt weiter in der Leitung halten sollte. John nickte und starrte dann wieder auf den Monitor, auf dem die Triangulation stattgefunden hatte. Noch immer stand der Kreis über dem Anacostia River.

»Ich erinnere mich sehr gut an diesen Tag«, fuhr John betont langsam fort. »Sie haben Frank Stuckton in seinem Apartment aufgelauert, ihn niedergeschlagen, nackt ausgezogen und mit Klebeband fixiert. Dann haben Sie in aller Seelenruhe Ihre Vorbereitungen getroffen.« Johns Körper bebte. »Sie haben das Grammophon aufgebaut, Schubert aufgelegt und ihn dann, nachdem Sie sich ein Glas Wein gegönnt haben, aufgeweckt.«

Harper stieß ein zufriedenes Stöhnen aus und John hörte, wie er eine Treppe hinaufging. Oder ging er sie hinab?

»Sie haben ihm seine Vergehen vorgehalten und ihm langsam jeden einzelnen Namen der Männer und Frauen ins Fleisch geritzt, die er Ihrer Meinung nach auf dem Gewissen hatte.«

»Gut«, sagte Harper und stieß ein leises Lachen aus. »Sie erinnern sich also.«

John blickte panisch zu Mahmut. Seine Augen waren vor Anspannung weit aufgerissen. *Noch zwei Minuten.*

»Ich finde bis heute, dass Frank Stuckton eine meiner besten Arbeiten war. Und er hat wirklich lange durchgehalten. Ich konnte fast alle Namen in seinen Körper ritzen, bevor ich gezwungen war, ihm die Kehle durchzuschneiden.« Seine Stimme wurde leiser, als würde er plötzlich flüstern.

John hörte, wie Harper über einen Teppich oder etwas Ähnliches lief. Seine Schritte klangen verschluckt. »Erst, als ich den vorletzten Namen auf die Innenseite seines Oberschenkels ritzen wollte, wurden Schock, Angst und Schmerzen zu groß. Zu gern hätte ich gesehen, wie er bis zum Ende durchgehalten hätte.« Er atmete aus. »Ob Sie wohl bis zum Ende durchhalten würden?«

Noch eine Minute.

John starrte weiter auf den Monitor. Im Hintergrund hörte er eine Standuhr schlagen. Zu früh. Etwas in seinem Innern regte sich. Seine linke Hand hatte er so krampfhaft zur Faust geballt, dass der Schmerz bis in den Unterarm strahlte.

Scheiße. Wie lang kann eine Minute sein?

Wieder blickte er zu der großen Uhr und versuchte erneut vergeblich, die Zeit abzulesen. Die Hitze im Raum war mittlerweile so unerträglich, dass er glaubte, keine Luft mehr zu bekommen. Er fühlte sich wie ein Fisch auf dem Trockenen.

»Und damals«, fuhr Harper weiter fort und John spürte, dass es nun auf das Eigentliche zuging, »als Sie mit dem SWAT in das Haus gestürmt kamen, dachte ich, Sie hätten mich endlich geschnappt. Ich war felsenfest davon überzeugt, Sie würden jeden Moment durch die Tür stürmen, mich auf den Boden werfen und festnehmen.« Harper lachte erneut. »Aber Sie kamen nicht. Sie können sich meine Überraschung kaum vorstellen, als ich erkannte, dass Sie zwei Stockwerke tiefer waren.«

»Da sind wir schon zwei«, gab John zurück. Tatsächlich hatten sie falsche Daten über den Wohnort des Staatsanwalts gehabt, weshalb Harper ihnen entkam und noch fünf weitere Male gemordet hatte. Bis heute.

»Wie haben Sie es gemacht?«, fragte John. »Wie haben Sie Frank Stucktons Daten in sämtlichen behördlichen Registern geändert?« John warf Mahmut einen fast schon verzweifelt wirkenden Blick zu.

Mahmut antwortete, indem er die Hand zur Faust ballte. Der Rest des Teams war am Hafen angekommen und befand sich nun vor dem Lagerhaus. »Zugriff«, sagte Mahmut so laut, dass Harper es hören musste. »Zugriff. Holt euch dieses Schwein.«

John hielt den Atem an und lauschte, wann auf der anderen Seite der Leitung die Tür zum Lagerhaus aufflog und Harper endlich festgenommen werden würde. Doch zu seinem Entsetzen hörte er nichts. Nichts, außer Harpers langsamen Schritten, seinem rasselnden Atmen und seiner Stimme, als er weitersprach.

»Fuck«, schrie Mahmut. »Fuck. Fuck. Fuck.« Er schmiss sein Handy durch den Raum, das an der Wand zerschellte. »Er ist nicht da. Er hat uns gelinkt. Schon wieder.«

»Sie sind wieder am falschen Ort, nicht wahr?« Harper lachte leise. »Oh, John.«

Fuck. Harper war ihnen wieder drei Schritte voraus und lief fröhlich auf den Sonnenaufgang zu, während sich John und sein Team nicht einmal die Schuhe zubinden konnten. Er fühlte sich wie eine Maus in einem Labyrinth. Dem verworrenen Labyrinth von Harpers wahnsinnigem Verstand.

»Wie haben Sie es gemacht?«, fragte John. »Wie haben Sie uns getäuscht? Erneut?«

»Ich?« Harpers Stimme klang erstaunt. Doch dieses Mal war es nicht gespielt. »Nein, John. Dieses Mal gebührt die Ehre nicht mir. Es gibt jemanden, der mir hilft.«

»Wer?«, fragte John. Ein Gefühl drohender Ohnmacht bemächtigte sich ihm. »Wer ist Ihr Komplize?«

»Sagen Sie es mir?«, konterte Harper. »Nennen Sie mir den Namen desjenigen, der Sie ständig auf falsche Fährten geführt hat. Wem habe ich es zu verdanken, dass ich immer noch frei bin und tun kann, was mir vorbestimmt war?«

»Ich … ich verstehe nicht, was Sie meinen«, sagte John, in dem sich plötzlich ein schrecklicher Verdacht manifestierte.

Er riss die Augen auf, keuchte und blickte von Mahmut zu Dean.

»Nicht alle denken wie Sie«, entgegnete Harper. »Sogar die aus Ihrem innersten Kreis sind der Meinung, dass das, was ich mache, richtig ist.« Er seufzte und John bildete sich ein, ihn den Kopf schütteln zu hören. »Es tut mir leid, dass ich so weit gehen muss. Aber Sie lassen mir leider keine andere Wahl.«

Harper öffnete eine Tür. John lief es eiskalt den Rücken hinunter und er glaubte, eine grausam knöcherne Hand würde sein Herz packen, es zusammendrücken; das Leben aus ihm herausquetschen.

Das Quietschen der Tür, das er hörte, hätte er aus Tausenden, nein, aus Millionen solcher Geräusche heraus erkannt. Plötzlich ergab alles einen Sinn. Die Treppe, der mit Teppich ausgelegte Boden, die Standuhr, die knapp zehn Minuten zu früh zur vollen Stunde schlug.

Harper hatte nicht irgendeine Tür geöffnet. Er hatte die Tür zu Johns und Carolines Schlafzimmer geöffnet.

Er war ... bei ihm zuhause.

... Caroline. Cameron ... Nein.

»Lasciate ogni speranza, voi ch'entrate«, hörte John Harper ehrfürchtig sagen, »Ihr, die ihr eintretet, lasset alle Hoffnung fahren.« Dann legte er auf.

John starrte auf sein Telefon und blickte dann zu Dean. Tränen liefen Johns Gesicht hinab und als er in Deans Augen blickte, erkannte er darin nicht die kleinste Spur von Reue.

»Was hast du getan?«

Kapitel 25

John erwachte mit einem Gefühl der absoluten Schwerelosigkeit. Sein Schädel fühlte sich so an, als wäre er dieselbe Achterbahn wieder und wieder über Stunden hinweg gefahren, ohne sich eine Pause zu gönnen. In seinem Mund schienen sich alle möglichen Formen pelziger Haustiere zu tummeln und der Belag, den er auf seiner Zunge spürte, schmeckte nach Whisky und Rauch.

John stöhnte, rieb sich erst die Augen, dann die schmerzenden Schläfen und stand langsam auf. Dabei fielen etliche leere Fläschchen, die er aus der Minibar genommen hatte, zu Boden und kullerten über den ranzigen Teppich. Er schwankte und hielt sich an der Lehne des Sessels fest, auf dem er eingeschlafen war.

Es schien eine Ewigkeit her zu sein, dass er so viel getrunken hatte. Zudem hatte er mindestens eine Schachtel Zigaretten geraucht und als er sich an die Fetzen des Gespräches mit Mahmut erinnerte, musste er die Augen schließen, um gegen ein Gefühl der Ohnmacht anzukämpfen.

Wasser. Ich brauche ganz dringend Wasser.

Er schwankte vorwärts und stieß mit dem Fuß gegen eines der leeren Schnapsfläschchen, das leise klirrend davonrollte. Das Geräusch hallte laut in Johns Schädel nach.

Er stöhnte und taumelte weiter in Richtung des Badezimmers, um sich etwas Wasser ins Gesicht zu schütten, als das Klingeln in seinen Ohren weiter zunahm.

»Was zum …«, murmelte er und schaute auf dem Boden nach, ob er gegen weitere Fläschchen getreten war, doch da war nichts. Und plötzlich wurde ihm bewusst, dass das Klingeln, das er hörte, nicht von einer leeren Flasche kam, die über den Boden rollte. Es kam von einem Handy. Doch nicht von seinem eigenen. Sondern von dem, das er in Harpers Zelle gefunden hatte.

Seine Hände zitterten, als er in der Tasche seiner Jacke hastig nach dem Mobiltelefon suchte. Das Gefühl der drohenden Ohnmacht war wieder da. Doch dieses Mal ließ es sich nicht einfach so zurückdrängen. Dieses Mal blieb es als dumpfes Pochen in seinem Hals zurück.

John fühlte sich, als würde ihm zum wiederholten Mal in den letzten Stunden der Boden unter den Füßen weggerissen werden. Nachdem er das Telefon aus der Tasche geholt und in beide Hände genommen hatte, starrte er es an, als wäre es der Schlüssel zur Vernichtung der Menschheit.

Die sanften Vibrationen, die von dem Klapphandy ausgingen und der schrille Klingelton, den es absonderte, schienen nicht zueinander zu passen. John schluckte den Geschmack der vergangenen Nacht auf seiner Zunge herunter, klappte das Handy auf und nahm den Anruf entgegen.

»Ah, John«, hörte er Harpers Stimme. Sie klang auf eine sonderbare Art vertraut. »Bitte verzeihen Sie mir den Anruf zu dieser späten Stunde. Ich hoffe, ich habe Sie nicht geweckt?«

»Harper«, antwortete John, der sich schlagartig wieder nüchtern fühlte, obwohl er wusste, dass dem nicht so war. Es war das Adrenalin, das von einer zur anderen Sekunde durch seinen Körper jagte. »Was wollen Sie? Wollen Sie wieder mit einem Mord bei mir angeben? Machen Sie sich keine falschen Hoffnungen, ich bewundere Sie nicht dafür. Ich verachte Sie.« John begann am ganzen Leib zu zittern.

Einige wenige Sekunden vergingen, in denen John den Mann auf der anderen Seite atmen hörte. Doch sie fühlten sich wie ein ganzes Leben an.

John konzentrierte sich auf die Hintergrundgeräusche; doch außer den knirschenden Schritten des Serienkillers und einem bellenden Hund hörte er nichts. Nichts, was auf den Aufenthaltsort des Mannes hindeutete.

Dann, endlich, antwortete Harper. Als er weitersprach, war seine Stimme leise, fast schon gebrochen. Sie hatte nichts mehr mit dem Monster gemein, das John so lange gejagt und an das er seine Frau verloren hatte.

»Wissen Sie«, begann Harper, »manchmal möchte ein Freund nur sein Beileid bekunden und seine Entschuldigung aussprechen.«

»*Freund?*«, wiederholte John und schrie dabei fast ins Telefon. Das Zittern seines Körpers wurde zu einem ausgewachsenen Beben. »Freund? Wir sind keine Freunde. Sie und mich verbindet nichts.«

»Doch. Das tut es.« Harpers Stimme klang aufrichtig und verletzt. »Uns beide verbindet die Trauer.«

»Sie können nicht trauern. Sie können nur Leid und Verderben in die Herzen der Menschen bringen, deren Angehörige Sie aus dem Leben gerissen haben. Sie säen Tod. Nichts weiter. Und dieses Mal werde ich Sie finden und umbringen. Haben Sie mich verstanden? Dieses Mal werden Sie in kein Loch gesperrt. Dieses Mal werden Sie *sterben*.«

Harper atmete laut aus. Für John klang es fast erleichtert. »Ich weiß, dass Sie mich hassen. Doch ich versuche, alles wieder gut zu machen. Zumindest das Schlechte.« Das Knirschen seiner Schritte hatte aufgehört. Offenbar war Harper stehen geblieben oder hatte den Untergrund gewechselt.

»Alles, was Sie getan haben, war schlecht«, presste John hervor und musste sich an der Lehne des Sessels festhalten, auf dem er eingeschlafen war. Übelkeit überkam ihn und der schale Geschmack des ranzigen Alkohols legte sich erneut auf seine Zunge.

»Ich weiß, dass Sie das sagen, weil Sie es müssen«, konterte Harper. »Nicht, weil Sie es wirklich denken. Ich habe Ihnen und Ihren Greyhounds damals viel Arbeit erspart. Das können Sie nicht leugnen.« Harper schien auf eine Antwort Johns zu warten, der mehr damit beschäftigt war, die aufkommenden schwarzen Wirbel seines absackenden Kreislaufs zu bändigen.

Als John nichts sagte, seufzte Harper einmal schwer und fuhr fort. »Es ist ein schöner Abend. Zumindest hier, wo ich bin. Ob es in Texas genauso ist, kann ich nicht sagen. Aber der Mond wirkt so groß, wie ich ihn schon lange nicht mehr gesehen habe.«

»Wo sind Sie, Harper?«, unternahm John den kläglichen Versuch, etwas aus dem Mann herauszubekommen.

»Das werden Sie schon noch sehen. Schon sehr bald.« Harper atmete hörbar ein. »Es ist ein schöner Ort. Ein wunderschöner und zugleich unauffälliger Weg, den ich gegangen bin. Bäume, grüne Wiesen, wunderbare Denkmäler. Im Sommer muss es hier herrlich sein. Und der ganze Tod hier scheint der Schönheit keinen Abbruch zu tun.«

»Was?« John stieß ein Keuchen aus. *Nein. Das würde er nicht wagen. Nicht schon wieder.*

»Es wirkt alles so friedlich. Vielleicht ist es das, worauf es im Leben ankommt. Vielleicht finden wir unsere Ruhe erst im Tod.«

»WO SIND SIE?«, schrie John in das Telefon, obwohl er sich die Antwort schon zusammengereimt hatte.

»Das wissen Sie, nicht wahr? Ich wollte nur jemandem persönlich meine Entschuldigung und meine Trauer mitteilen. Sie ist die einzige Unschuldige, die ich jemals getötet habe. Das wollte ich Caroline wissen lassen.«

»Sie haben kein Recht an diesem Ort zu sein«, keuchte John und krallte sich in die Lehne des Sessels. Die Federn unter dem Polster bohrten sich schmerzhaft in seine Finger.

»Ich habe jedes Recht dazu«, erwiderte Harper ruhig.

Die Übelkeit in Johns Magen bahnte sich langsam ihren Weg hinauf in den Hals. Es fühlte sich so an, als würde eine Faust aus Johns Magen aufsteigen und unmittelbar unter dem Kehlkopf stecken bleiben. Er bekam kaum noch Luft.

»Ich melde mich wieder bei Ihnen«, sagte Harper dann. »Zuerst muss ich das hier zu Ende bringen, mich bei Caroline entschuldigen und dann jemandem aus meiner Vergangenheit meine Aufwartung machen.«

»Harper«, rief John. »Wenn Sie …« John hörte ein Klicken. Harper hatte das Gespräch beendet.

John starrte voller Abscheu auf das Telefon in seiner Hand. Er wusste ganz genau, wo sich Harper befand.

Er war in Washington.

Auf dem Rock Creek Cemetery.

An Carolines Grab.

John ließ das Telefon fallen und ging zum Badezimmer. Er holte aus, schrie, tobte. Ein lautes Krachen ertönte, als seine geballte Faust ein großes Loch in die dünne Pappwand schlug.

Kapitel 26

»Mahmut! Mach auf!«

John hämmerte wie verrückt gegen die Tür, durch die er wenige Stunden zuvor wütend und enttäuscht verschwunden war. Nichts in ihm hatte geglaubt, dass er so schnell zurückkehren sollte, und eigentlich hatte er sich fest vorgenommen, mit Mahmut und dem gesamten Team zu brechen. Doch nun waren die Dinge anders. Harper war in Washington. In der Stadt, in der John und Caroline ihr gemeinsames Leben gelebt hatten und von der er sich nicht trennen konnte. Er war an Carolines Grab. Und damit war er zu weit gegangen. Weiter als bei jedem seiner Morde zuvor. Er hatte eine Tür aufgestoßen und einen Weg eingeschlagen, auf dem es kein Zurück gab. John wusste, dass diese Jagd nur auf eine Art und Weise enden konnte.

Ob er wollte oder nicht.

»Mahmut!« John hämmerte so fest gegen die Tür, dass seine Faust schmerzte. Er glaubte, er würde jeden Augenblick durch das dicke Holz brechen. Zeitgleich starrte er auf das Bild auf dem Handy, das er wenige Momente nach seinem Erbrechen erhalten hatte. Die Qualität des Bildes auf dem alten Telefon, das aus der ersten Generation der Foto-Handys zu stammen schien, war zwar unglaublich schlecht und verpixelt, doch John erkannte jedes Detail darauf. Harper hatte ihm ein Bild von Carolines Grab geschickt, vor dem er einen Blumenstrauß aus Gerberas und Tulpen abgelegt hatte.

Die Blüten waren mit Blutstropfen besprenkelt.

Wie damals.

»Mahmut, verdammt. Mach endlich die scheiß Tür auf.«

Einige Zimmertüren auf dem Flur wurden geöffnet, neugierige Köpfe lugten zu John, der das ganze Hotel zu wecken schien.

»Wissen Sie eigentlich, wie spät es ist?«, fragte eine Dame in einem mit Blumen bestickten Morgenmantel und mit einer blauen Schlafhaube auf dem grauen Schopf.

»Gehen Sie wieder rein und kümmern sich um Ihren eigenen Scheiß!«, ranzte John die Frau an.

»Wie können Sie es wagen, so mit mir zu …«

»Mahmut!«, schrie John, ignorierte das erschütterte Ausrufen der Frau und der übrigen Hotelgäste und hämmerte noch stärker gegen die Holztür, die nun mehr und mehr rappelte. »Verdammt, Mahmut. Ich schlag sie gleich ein, wenn du nicht sofort …« Die Tür wurde so heftig aufgerissen, dass John nach vorne taumelte und stürzte.

»Scheiße«, fauchte Mahmut, der ihn auffing. »Hast du eine Ahnung, wie spät es ist? Was willst du?«

»Ich«, begann John und schüttelte dann den Kopf. Er zeigte Mahmut das Telefon in seiner Hand. »Er ist auf dem Friedhof.«

»Wer?« Mahmut blickte fragend auf das Mobiltelefon, nahm es in die Hand und legte den Kopf schief. Er kniff die Augen zusammen. »Du bist betrunken. Geh zurück in dein Zimmer, unter die Dusche und leg dich schlafen. Morgen früh geht es dir besser.« Er wollte ihm das Telefon wiedergeben, doch John wich davor zurück, als wäre es eine Waffe, mit der er sich selbst erschießen sollte.

»Er ist dort, Mahmut.« John spürte, wie Tränen sein Gesicht hinabliefen. »Er hat es wirklich gewagt.«

»Wer ist wo?« Mahmut unterdrückte ein Gähnen. »Ich verstehe ni-«

»Harper«, fiel John ihm ins Wort und deutete mit der Rechten wild gestikulierend auf das Telefon in Mahmuts Hand.

»Wo soll er sein?«

»Siehst du es denn nicht?«, fragte John. »Er ist in Washington.«

»Ich …« Mahmut kniff die Augen erneut zusammen und es dauerte einen Augenblick. Aber dann schien er zu begreifen.

Seine Augen weiteten sich vor Schreck. »Scheiße«, keuchte er. »Ist das Carolines Grab?«

Kapitel 27

Es dauerte kaum mehr als fünfzehn Minuten, bis das gesamte restliche Team geweckt und im Konferenzraum des Hotels zusammengetrieben war.

Ausnahmslos allen standen sowohl Müdigkeit als auch Neugier ins Gesicht geschrieben. Als John und Mahmut ins Zimmer kamen, die seit Johns nächtlichem Überfall kein Wort mehr miteinander gewechselt hatten, erreichte die Anspannung unter den einzelnen Teammitgliedern ihren Höhepunkt.

»Was ist los?«, fragte Selina, die ihre Kleidung vom Vortag trug. Ihre Haare standen zu allen Seiten ab.

»Ist er einer der Straßensperren ins Netz gegangen?«, fragte Steve und kratzte sich unbeholfen am Hinterkopf. Er trug noch die Hose seines Pyjamas und ein schlichtes schwarzes Shirt. Er gähnte demonstrativ und rieb sich sein rechtes Auge.

»Leider nicht«, antwortete Mahmut knapp. »Es gibt neue Informationen über Harper und seinen Aufenthaltsort. Stellt euch auf eine lange Nacht ein.«

Kurze Blicke wurden getauscht und schließlich ruhten alle Augen auf John, der den Blick nicht von dem Foto abwenden konnte, das Harper ihm geschickt hatte.

Dieser Mistkerl hatte es tatsächlich gewagt, in Johns Privatsphäre, in seine tiefste Trauer einzudringen und sie ein Stück weit für sich zu beanspruchen.

Mit kurzen Worten informierte Mahmut das Team über den aktuellen Stand und die Kühnheit Stanley Harpers. Mit jeder Silbe wich die Müdigkeit aus den Blicken der anderen und machte bitterem Zorn Platz.

»Das kann doch nicht wahr sein«, begehrte Steve auf, kaum, dass Mahmut seine Erzählung beendet hatte. »Wie konnte er durch die Straßensperren gelangen? Ich dachte, hier wäre jeder noch so kleine Weg abgesperrt?«

»Das *Wie* spielt keine Rolle«, entgegnete Mahmut und deutete auf John. »Wichtig ist nur, dass einer von uns von jemandem vorgeführt wird, der schon längst hätte tot sein sollen. Wir müssen ihn aufhalten. Mit aller Macht.«

John warf Mahmut einen flüchtigen Blick zu.

»Packt eure Sachen zusammen«, fuhr Mahmut in einem Ton fort, der keine Widerworte zuließ. »Wir brechen in einer Stunde zum Flughafen auf und fliegen zurück nach D.C.«

»Und wie gehen wir vor?«, fragte Dean, dessen Nase nach Johns Faustschlägen angeschwollen war. John bezweifelte zwar, dass sie gebrochen war, aber er hoffte, dass Dean unerträgliche Schmerzen erlitt.

»Wir behandeln diesen Fall wie jeden anderen«, antwortete Mahmut.

»Nur, dass dieser Fall nicht wie jeder andere ist«, sagte Dean.

»Und woran liegt das?« John spürte seine gesamte Wut und hatte das unbändige Verlangen, Dean einen weiteren Schlag zu verpassen. »Hättest du damals nicht so beschissen gehandelt, hätten wir Harper schon weitaus früher gefasst. Und das ohne, dass Caroline diesem Bastard zum Opfer gefallen wäre.«

»John, bitte«, sagte Mahmut und legte ihm die Hand auf die Schulter, die er aber wütend abstreifte.

»Wenn das alles vorbei ist, Dean, das schwöre ich dir, wirst du niemals wieder einen Fall beim FBI bearbeiten. Ich werde Willson alles erzählen, wenn du es nicht tust.«

Dean wurde aschfahl und nickte kaum merklich.

»John …«

»Nein«, fuhr John Steve an, der Partei für seinen Kollegen ergreifen wollte. »Ihr habt ihn lange genug gedeckt.«

»Ich schäme mich nicht dafür, dass ich damals so gehandelt habe«, sagte Dean plötzlich. Seine Stimme war kühl, fast eisig.

John klappte die Kinnlade herunter.

»Ich … Das mit deiner Frau tut mir leid. Wirklich. Es hätte laut Harpers Profil niemals dazu kommen dürfen. Ich habe niemals gewollt, dass es so kommt. Ich … ich habe einen Fehler gemacht.« Er machte eine ausladende Geste in den Raum hinein. »Ich verstehe, dass du Erin alles sagen willst. Aber das werde ich dir ersparen. Nach diesem Fall werde ich mich aus dem FBI zurückziehen. Ich werde eine Erklärung. Ich werde mich den Konsequenzen stellen.«

»Was?«, fragten Daniela und Selina fast gleichzeitig.

»Also ist es wahr? Hast du es wirklich getan?«, wollte Steve wissen.

Dean antwortete nicht, sondern blickte John, der über die Aufrichtigkeit der Worte zutiefst erstaunt war, tief in die Augen. Er hätte damit gerechnet, dass Dean sich weigern oder den Starken markieren würde, wie er es schon unzählige Male zuvor getan hatte.

»John hat recht.« Dean nickte und strich sich mit spitzen Fingern über seine geschwollene Nase. »Es wird Zeit, dass meine Taten bestraft werden.« Er blickte zur Seite und John wurde das Gefühl nicht los, dass Dean nicht die Wahrheit sprach. Doch darum konnte er sich jetzt nicht kümmern.

»Also schön«, sagte Mahmut ungeduldig und blickte auf seine Armbanduhr. »Wir sollten uns auf unsere Zimmer zurückziehen. Um fünf Uhr brechen wir auf. Lasst uns dieses Schwein fangen.«

Kapitel 28

John riss – noch während der Wagen rollte – die Beifahrertür auf und sprintete mit gezogener Waffe los.

Seine Gedanken rasten und die Gewissheit, dass es, was auch immer er tat, nicht ausreichen würde, um Caroline und Cameron zu retten, ließ seine Arme und Beine taub werden.

»John, warte«, brüllte Mahmut ihm hinterher, während er den Wagen mit quietschenden Reifen zum Stillstand brachte. Doch dieser war bereits zu weit weg, um zu begreifen, was sein Freund von ihm wollte.

Innerhalb weniger Sekundenbruchteile hatte er den Bürgersteig und den schmalen Ziegelsteinweg, der sich im Vorgarten der Greysons befand, überwunden und stand vor der weit geöffneten Tür. Mit einem Blick erkannte er, dass das Schloss aufgebrochen worden war. Harper hatte sich nicht einmal die Mühe gemacht, seine Spuren zu verwischen. Er wollte John dort treffen, wo es ihm am meisten wehtat.

Und das hatte er geschafft.

Mit voller Wucht warf er sich gegen die Tür, prallte an den Türrahmen und taumelte in den schmalen Flur. Er ignorierte den stechenden Schmerz in seiner Schulter und wandte sich direkt nach rechts zur Treppe. Immer drei auf einmal nehmend überwand er die achtzehn, mit dunkelgrauen Teppichmatten ausgelegten Stufen und erreichte den oberen Korridor. Hier gab es vier Zimmer. Ein Badezimmer, ein kleines Büro, das Caroline manchmal nutzte, das Zimmer ihrer Tochter und ihr Schlafzimmer, das sich am Ende des Flurs befand.

Schwach erkannte John den Schimmer der Nachttischlampe, die er seiner Frau zu ihrem ersten Hochzeitstag geschenkt hatte. Ein seltenes und aufwändig restauriertes Stück, das er im Internet gefunden hatte. Im Vergleich zu ihm, der nichts für Kunst oder Geschichte übrighatte, verdiente sie als Kuratorin ihr Geld damit. Diese Lampe passte zwar nicht in ihre Einrichtung und das diffuse Licht, das aus den altmodischen Glühbirnen mit dem sichtbaren Draht strahlte, brannte in Johns Augen, aber Caroline hatte sich jedes Mal gefreut, wenn sie diese Lampe angeschaltet und ihm von ihrem Tag berichtet hatte.

Und das war Grund genug für John gewesen, sie ebenfalls zu mögen. Doch an diesem Abend mochte er die Lampe nicht.

Er verabscheute sie regelrecht, warf sie doch ihr Licht auf die Blutlache, die unter dem Türspalt durchsickerte und sich langsam ihren Weg in den Flur bahnte.

Kapitel 29

»Also, Leute. Was wissen wir bislang?«

John sah von seinem Handy auf, mit dem er vor wenigen Augenblicken eine knappe Nachricht an Cameron geschrieben hatte. Harper war an Moms Grab. Fliegen jetzt nach D.C. zurück. Melde mich, wenn ich mehr weiß.

Er hatte dabei absichtlich versucht, auf sämtliche Emotionen zu verzichten, um seiner Tochter nicht noch mehr Gründe zur Sorge zu geben, als sie ohnehin schon haben musste. John aktivierte die Tastensperre seines Displays, legte das Handy auf den Tisch und blickte zu Mahmut, der mit verschränkten Armen am Ende des Jets vor einer kleinen Pinnwand stand und auf das Team schaute. Ein sanfter Ruck ging durch das Flugzeug, als es in Richtung der Startbahn rollte.

Der Flughafen, den sie benutzten, war der Jordan Ranch Airport, knapp siebzehn Meilen westlich von Huntsville. Er war in Privatbesitz, was es leichter für sie machte, rasch abzureisen.

Erin Willson hatte sämtliche Hebel in Bewegung gesetzt. Das musste man ihr lassen. Nachdem Mahmut sie aus dem Bett geklingelt und mit knappen Worten über den aktuellen Stand informiert hatte, hatte sie die Flugbehörde verständigt, dass es einen Nachtflug von dem kleinen Flugplatz geben würde. Auch hatte sie John für die Dauer des Falles wieder zum FBI geholt, was es ihm ermöglichte, auf sämtliche Ressourcen zuzugreifen.

»Kommt schon, Leute«, sagte Mahmut voller Ungeduld und setzte sich auf einen der freien Plätze, um sich anzuschnallen, als die Durchsage des Piloten aus den Lautsprechern drang.

Wenig später ging ein weiterer Ruck durch die Maschine, die innerhalb kürzester Zeit auf die notwendige Geschwindigkeit beschleunigte.

John und die anderen des Teams wurden in die Sitze gepresst. Ein letzter Ruck und ein Ziehen in Johns Magen machten ihm klar, dass die Maschine nun den Kontakt zum Boden verloren hatte und sie sich auf dem Weg in die Luft befanden. Die Flugzeit, die etwas mehr als drei Stunden betragen würde, konnten sie gut nutzen, um sich erneut auf den Fall des Stanley Harpers, alias des Robin-Hood-Killers, wie ihn die Medien vor fünf Jahren getauft hatten, vorzubereiten.

»Stanley Harper«, begann Selina Troy. Sie hatte sich wieder geschminkt und hatte die schwarze Lederhose vom Vortag gegen eine dunkelblaue Jeans mit einfachen schwarzen Top getauscht. »1977 in Newark, New Jersey geboren. Die Mutter, Margret Harper, war Lehrerin an der Newark Junior Highschool, der Vater, Bill Harper, besaß einen kleinen Antiquitätenhandel am Rande der Stadt.«

Das waren die Augenblicke, die John von Anfang an das größte Unbehagen bereitet hatten. Wenn sie die Informationen zusammentrugen, die sie über die Vergangenheit der Täter bis hin zur Kindheit gesammelt hatten. Wenn ihnen klar wurde, dass viele der Menschen in ihrem früheren Leben etwas Grausames erlebt hatten, was sie zu der Person werden ließ, die vom FBI gejagt wurde. John bekam Gänsehaut, als Dean damit begann, die tragischen Details von Stanley Harpers Kindheit vorzutragen. Er saß auf einem der beiden Fensterplätze in der Vierergruppe zu Johns Rechter. Die Haut unter seinen Augen war mittlerweile blau angelaufen und John musste seine Einschätzung von zuvor korrigieren: Er hatte Dean definitiv die Nase gebrochen.

Doch der IT-ler des Teams, der sich mit allen möglichen Formen von Hacks und Abhörtechniken auskannte, schien sich daran nicht zu stören. Oder zumindest überspielte er es gut. Er starrte auf den Laptop, den er auf dem schmalen Tisch aufgeklappt hatte.

»Stanley Harper führte ein normales Leben«, begann Dean mit nasaler Stimme. »Er ging zur Schule, war eher unauffällig, begeisterte sich für Sport und half an den Wochenenden und in den

Ferien im Laden seines Vaters aus. Daher stammt auch die Vorliebe für Schubert. Harper Senior besaß ein altes Grammophon, mit dem er seinem Sohn ständig die Schallplatten des österreichischen Komponisten vorspielte. Als Stanley Harper zwölf war, änderte sich jedoch das Verhältnis zu seinem Vater, Bill. Der Laden lief schlecht und Harpers Mutter, Margret, begann eine heimliche Affäre mit einem Nachbarn. Bill Harper kam dahinter und verbrachte immer mehr Zeit in Verbitterung in seinem Geschäft. Er kam oft nächtelang nicht nach Hause, verbarrikadierte sich und trank Unmengen an Alkohol.«

Ein Ruckeln ging durch die Falcon, als sie eine Fallbö durchflog und dabei ein Stück absackte.

»Kurz vor Weihnachten 1990 geschah es dann«, fuhr Dean mit der Abgeklärtheit eines erfahrenen Ermittlers fort. »Bill Harper stürmte in die gemeinsame Wohnung, während Margret und ihr Sohn gerade den Weihnachtsbaum schmückten. Er hatte getrunken, war außer sich und konfrontierte seine Frau vor den Augen seines Sohnes mit seinen Vermutungen. An diesem Tag prügelte er sie das erste Mal grün und blau. Er ließ Stanley dabei zusehen.«

Betretenes Schweigen legte sich über das Team. Es waren fast immer Erlebnisse wie diese, die Kinder ihr Leben lang prägten. Die ihnen die Unschuld nahmen und sie zu gefährlichen und skrupellosen Menschen werden ließen. Einige von ihnen erkannten im frühen Erwachsenenalter, dass sie Hilfe benötigten, und suchten sie sich. Doch diejenigen, die das nicht konnten – oder wollten – wurden so wie Stanley Harper. Es war fast immer dasselbe Muster.

»Knapp drei Jahre wurde das Zuhause von Stanley Harper von Gewalt beherrscht, ehe sich seine Mutter zur Wehr setzte. Sie hatte der Kraft und der Grausamkeit von Bill Harper aber nichts entgegenzusetzen. Mittlerweile war er so davon besessen, dass seine Frau nicht nur eine, sondern mehrere Affären gleichzeitig hatte, dass er sie nackt an einen Stuhl fesselte und ihr mit einem Kris, einem Zeremoniendolch, den er aus seinem Laden hatte, die Namen ihrer angeblichen Verehrer in die Haut ritzte. Anschließend prügelte er sie halb tot und schnitt ihr die Kehle durch, bevor er die Polizei verständigte. Als die zuständigen Kollegen kurz nach dem Anruf zum Ort des Geschehens kamen, war Margret Harper bereits tot und Bill Harper geflohen. Ihr Sohn saß im Schneidersitz vor der Leiche seiner Mutter und tastete mit den Fingern über die Namen auf ihrer Haut. Im Hintergrund – so steht es im damaligen Polizeibericht – lief Franz Peter Schuberts Werk: *Fischerweise*.«

Eine ganze Weile schwieg das Team und John wusste, dass sich jeder gerade vorstellte, was wohl aus einem selber geworden wäre, wäre man an Stanley Harpers Stelle gewesen.

Aus dem Augenwinkel sah John, wie Mahmut mit zusammengepressten Lippen auf den Boden starrte und Steve die Nase rümpfte.

Ausnahmslos jeder fühlte in diesem Augenblick so etwas wie Mitleid.

»Danach kam Harper in eine Pflegefamilie«, fuhr Steve fort, der eine Akte auf seinem Schoß liegen hatte. »Aber entgegen allen Erwartungen schien er sein Leben auf die Reihe zu bekommen. Er ließ sich nichts von den schrecklichen Erlebnissen anmerken, die auf seiner Seele ruhten. Er schloss die Highschool ab, ließ sich mit achtzehn für volljährig erklären und zog aus Newark weg. Mit einundzwanzig schloss er das College mit einem Durchschnitt von 1.2 ab. Danach studierte er Psychologie, Medizin und Informatik. Alles gleichzeitig und alle drei mit Abschlüssen. Psychologie und Informatik sogar als Master.«

Selina stieß einen leisen Pfiff der Anerkennung aus, obwohl diese Infos für sie nicht neu waren. Trotzdem waren sie beeindruckend. Auf eine absurde Art und Weise.

»Nur Gott allein weiß, wie er das alles gleichzeitig anstellen konnte. Nach der Uni arbeitete er in der Unternehmensberatung. Schwerpunkt: Cybersicherheit. Außerdem hat er nebenbei seltene Antiquitäten vermittelt und den Laden seines Vaters wieder aufgemacht. Unseren Unterlagen und Informationen zufolge hat er über die Jahre ein kleines sechsstelliges Vermögen angehäuft.«

»Es sind immer die Leute«, sagte Selina traurig und schüttelte mit dem Kopf, »die die Welt auf gute Art und Weise beeinflussen könnten, die plötzlich durchknallen.«

John ließ sich die weiteren Informationen durch den Kopf gehen, die sie über Harpers Leben hatten, bevor er zum Robin-

Hood-Killer geworden war. Nach Abschluss seiner Studiengänge war Harper nach Newark zurückgekehrt und hatte den Laden seines Vaters wieder eröffnet. Bis 2005 war es vollkommen ruhig um Harper gewesen. Dann wurde sein Geschäft überfallen, Harper wurde brutal zusammengeschlagen und man hatte ihm in den Kopf geschossen. Tagelang, in vielen komplizierten Operationen, kämpften die Ärzte um sein Überleben und schafften es schließlich, ihn zu retten. Allerdings mussten sie ihm eine Titanplatte in den Schädel einsetzen, damit die Knochen zusammengehalten werden. Diese war vermutlich der Auslöser für sein krankhaftes Verhalten.

»Plötzlich sah er sich als Heiland«, setzte Selina genau dort ein, wo Johns Gedanken gerade eine Pause machten.

Mit geschlossenen Augen hörte er zu, während sie weitersprach.

»Als jemand, der die Straßen der USA von dem Bösen reinigen muss. Er spürte seinen Vater auf, der sich bislang sämtlichen Behörden entzogen hatte und tötete ihn. Dabei benutzte er einen ähnlichen Dolch, den sein Vater schon beim Mord an Harpers Mutter benutzt hatte. Das war 2016. Danach folgten neunzehn weitere Morde innerhalb eines Jahres. Dabei fokussierte er sich nicht auf einen Ort, sondern reiste durch die gesamten USA. Und es war immer dasselbe Muster. Diebstahl eines Grammophons und einer Schallplatte von Schubert, vorwiegend die Werke *Die Forelle*, *Der Fischer* oder *Die Fischerweise* von Privatpersonen, Händlern und, und, und. Einmal brach er sogar in ein Museum ein; sammelte Informationen über Menschen, die seiner – und ihrer – Meinung nach über dem Gesetz stehen. Menschen, die praktisch unantastbar waren. Personen der reichen zehn Prozent. Er hackte sich in private E-Mail- und Firmenkonten, durchwühlte Chatverläufe von Messengerdiensten und förderte unter Verschluss stehende Gerichtsakten zu Tage. Alles Informationen, die weder uns noch anderen Behörden vorlagen und die man von höchster Ebene unter Verschluss gehalten hatte.

Zum Beispiel: Bestechung, Auftragsmord, Vergewaltigung, und so weiter. Nachdem Harper genug Beweise gesammelt hatte, verfolgte er die Opfer, machte sich ein Bild ihrer Tagesabläufe und lauerte ihnen dann zuhause auf.

Er betäubte sie, zog sie nackt aus und begann, ihnen mit seinem Kris die Namen derjenigen in den Körper zu ritzen, die sie getötet und deren Leben sie zerstört hatten. Danach schlitzte er ihnen die Kehle auf und wartete, bis sie ausgeblutet waren. Am Ort des Verbrechens fand man, nachdem Harper selbst die Behörden informiert hatte, ein Dossier mit den Verbrechen der Opfer. Zunächst begnügte sich Harper mit der kleinen Bühne. Mordete in Kleinstädten und hielt sich vorwiegend bedeckt. Als er jedoch merkte, dass seine Taten große Aufmerksamkeit erregten und Zuspruch fanden, zog es ihn in die Großstädte wie die Motte zum Licht. Wir wurden nach dem ersten Mord in D.C. hinzugezogen. Das Opfer damals war Sindy Newton, die Leiterin einer Sicherheitsfirma. Bei der Polizei in Washington war man der Meinung, dass man externe Unterstützung benötigt. Sindy Newton war sein zehnter Mord. Nachdem Harper bemerkte, dass wir hinter ihm her sind, trat er direkt mit uns, besser gesagt, mit John in Kontakt.« Selina machte eine erneute Pause und kramte in ihrer Jackentasche herum. Sie zog eine Packung Kaugummis heraus, schob sich eins in den Mund.

John hätte in diesem Moment alles für eine Zigarette gegeben. Am besten drei.

»Sein letzter Mord«, nahm Selina schmatzend den Faden wieder auf, nachdem sie einige Male auf dem Kaugummi herumgekaut hatte, »fand außerhalb von Harpers Prinzipien statt.« Sie verschränkte die Arme vor der Brust und sah erneut in Johns Richtung. Stille breitete sich für einen kurzen Moment im Flugzeug aus und als sie weitersprach, war ihre Stimme von Trauer erfüllt. »Caroline Greyson wurde in ihrem Haus getötet. Sie war das einzige Opfer, das nicht in Harpers Profil passte. Danach stellte er sich.« Sie sah John direkt in die Augen, ihre Lippen formten eine lautlose Entschuldigung.

John gab ihr zu verstehen, dass es in Ordnung war. Tief in seinem Innern musste er sich jedoch eingestehen, dass es ihn schmerzte, wieder und wieder an jenen Tag erinnert zu werden, an dem er die Liebe seines Lebens auf so abartige Weise verloren hatte. John beugte sich vor und nahm sich nun doch ein Kaugummi, schälte es langsam aus dem Papier und steckte es sich in den Mund.

Pfefferminz, dachte John und bemühte sich, es nicht angewidert auszuspucken. Wenn er etwas hasste, dann war es der Geschmack von Pfefferminz.

»Die Medien tauften ihn den Robin-Hood-Killer«, meldete sich Mahmut zu Wort, schnallte sich ab und stand auf, obwohl die Maschine ihre tatsächliche Flughöhe noch nicht erreicht hatte. Aber er konnte einfach besser denken, wenn er stand. »Nach seiner Inhaftierung liefen etliche Social-Media-Plattformen heiß. Harpers Verurteilung stieß bei vielen seiner Anhänger auf Unglauben, hatte er doch in ihren Augen nichts falsch gemacht. Der Hashtag *FreeRobinHood* wurde zum Sinnbild einer ganzen Bewegung.

Dean, wir brauchen sämtliche Informationen über alle Antiquitätenhändler und Privatpersonen, die Harpers Kriterien entsprechen und sowohl Grammophone als auch Schallplatten von Schubert verkaufen. Fang mit Washington an und weite den Umkreis dann langsam aus.« Dean nickte und begann sofort zu tippen.

»Und check die Anrufprotokolle von Harold Porter. Wie oft haben Harper und er telefoniert? Wann ging das Ganze los? Wir brauchen auch Einsicht in Harpers Gefängnisakten und ich will wissen, was in den sozialen Netzwerken gesagt wird. Wir anderen versuchen herauszufinden, wer Harpers nächstes Opfer sein könnte. Irgendetwas muss es geben. Es kann nicht sein, dass er uns immer drei Schritte voraus ist.« Er schlug die linke Faust in die rechte Handfläche. »Wenn er sich diese Informationen beschaffen kann, dann können wir es auch. Was wissen wir über die Zeit im Gefängnis? Gibt es etwas, das ...«

Doch mehr hörte John nicht. Übelkeit stieg in ihm auf. Ob es jedoch am Kaugummi oder an der gegenwärtigen Situation lag, hätte er nicht sagen können. Es fühlte sich wie ein surrealer Alptraum an, aus dem er einfach nicht aufwachen wollte.

Es war nicht richtig, dass sie erneut hier waren. Erneut auf der Jagd nach einem Phantom, das nur dann auftauchte, sich zu erkennen gab, wenn es gemordet hatte.

John schnallte sich ab und stand auf. Er brauchte ganz dringend eine Zigarette und blickte auf den Monitor, der die Flugdaten anzeigte.

Noch zweieinhalb Stunden bis zur Landung in Washington D.C. *Scheiße*. Er schwankte in Richtung der Toilette.

»Alles okay?«, hörte er Mahmuts Stimme, die wie durch Watte an seine Ohren drang. »Du siehst nicht gut aus.«

»Es geht schon«, presste John hervor. Er hatte das Gefühl, sich bei jeder Silbe übergeben zu müssen. Kalter Schweiß stand ihm auf der Stirn, während die Bilder von Carolines Leiche wieder und wieder und wieder seine Gedanken überfluteten.

Es war nahezu unmöglich, an etwas anderes zu denken, außer an seine blutüberströmte Frau und an den Brautstrauß, der von Carolines Blut besudelt auf dem Teppich lag.

Mit zitternden Händen öffnete John die Tür zum WC, stürmte herein und schaffte es gerade noch, den Klodeckel hochzuklappen.

Dann übergab er sich.

Kapitel 30

Beitrag aus dem Forum Bloodonourstreets.com

CharlyM4nzn12:

Leute, habt ihr es schon gehört? Scheiße, yeah! Stanley Harper ist wieder frei! Er hat die Fesseln des Staates abgestreift und ist abgehauen.

Lzzq2!:

Jo. Hab ich auch gelesen. Geile Scheiße. Hab auch gelesen, dass er noch 4 Bullen-pisser in die ewigen Jagdgründe geschickt hat.
#RobinHood4life

CharlyM4nzn12:

Jawoll! So muss es laufen. Diese korrupten Ficker sollen alle schön ins Gras beißen. Hoffentlich kriegen sie ihn nie.
#RobinHood4life

BL0ggerScitter33:

Ich hoffe, dass er diesen Greyson ab-schlachtet wie ein Schwein. Seine Fotze von Frau hat es verdient. Wie kann man nur ein Bullenschwein heiraten.

DexterLegacy001:

*Ich finde das alles ein wenig übertrieben.
Die Cops hätten nicht sterben müssen.*

Ikillmybozz:

*Halt die Fresse @DexterLegacy001. Verpiss
dich. Hoffentlich kriegt Harper dich auch!
  #RobinHood4life*

G00dN8J4N3DOE:

*Ich sagte es euch bereits vor über einem
Jahr.
  Er ist noch nicht fertig. Unser Glaube
an ihn hat sich ausgezahlt, meine Brüder
und Schwestern.
  Stanley Harper wird Großes vollbringen.
Zeigen wir ihm, dass wir an seiner Seite
sind.*

Kapitel 31

John blickte aus dem Fenster seines Wagens. Das dichte Schneegestöber, das kurz nach der Landung eingesetzt hatte, hielt nach
wie vor an. Die weißen Flocken, die die Größe eines Fingernagels
hatten, trieben gegen die Windschutzscheibe und blieben kleben.
Nicht mehr lange und John würde komplett eingeschneit sein.

An Carolines Grab hatten sie nichts Brauchbares gefunden.
Keine Hinweise darauf, was Harper als Nächstes vorhatte. Es gab
weder Spuren noch Augenzeugen. Nichts.

Mahmut hatte John dazu gedrängt, nach Hause zu fahren
und sich ein wenig auszuruhen. John war in sein Auto gestiegen
und, ohne wirklich darüber nachzudenken, zu ihrem alten Haus
gefahren, in das er seit einer gefühlten Ewigkeit keinen Fuß mehr
gesetzt hatte.

Mahmut und der Rest des Teams waren zum Hoover Building, dem Hauptsitz des FBIs gefahren, um die nächsten Schritte
zu planen und Erin Willson, die den Fall zur Chefsache erklärt
hatte, über den aktuellen Stand zu unterrichten. Beim ersten Aufeinandertreffen hatte Harper die gesamten USA in Angst und
Schrecken versetzt und in mehreren Staaten gemordet. Mahmut
glaubte, dass der Serienkiller wieder so vorgehen würde, um seine
Spuren noch mehr zu verwischen. John war da anderer Ansicht.
Er war sich fast sicher, dass Harper D.C. nicht verlassen würde.

Erneut fühlte er sich hilflos und seltsam passiv. Wie bereits
vor fünf Jahren. Er spielte mit ihnen. Und mit John ganz besonders. Nichts hatte sich geändert. Er hielt immer noch die Zügel in
der Hand, bestimmte Johns Handeln und seine Gedanken.

Harper genoss die Macht, die er über John hatte.

Er würde nicht aufhören. Nicht dieses Mal.

Er würde nicht noch einmal den Fehler begehen und seine Gefühle über seine Mission stellen. John lehnte seine Stirn gegen das Lenkrad und schloss die Augen. Noch immer fühlte er die Nachwirkungen der letzten Nacht. Den Whisky, die Zigaretten und den Schlafmangel. Der Streit mit Mahmut nagte zusätzlich an ihm. Am liebsten hätte sich John bei dieser ganzen Hetzjagd nicht beteiligt. Wie gern wäre er in sein Büro in Penn Quarter zurückgekehrt und hätte sich an den nächsten Fall gesetzt. Doch die Suche nach Harper war etwas Persönliches. Etwas, das nur er zu Ende bringen konnte.

Er erinnerte sich an die Ausbildung in Quantico, wo man ihnen wiederholt eingebläut hatte, die eigenen Gefühle bei einer Ermittlung außen vor zu lassen. Dass man um jeden Preis verhindern sollte, sich in einen vor lauter Emotionen kochenden Vulkan zu verwandeln.

Doch wie man das schaffen sollte, wenn die eigene Familie betroffen war, das sagte einem keiner. Jahrelang hatte John geglaubt, sein Rückzug vom FBI würde seinen Trauerprozess voranbringen. Dass er sogar irgendwann wieder ins reale Leben zurückkehren würde. Doch nun war alles umsonst gewesen.

Er stand wieder am Anfang. Schlimmer noch: Er durchlebte die schlimmste Zeit seines Lebens erneut.

Johns Gedanken drifteten ab.

Nach Carolines Tod hatte er sich ein kleines Apartment gesucht, das zu seiner eigenen Festung der Einsamkeit geworden war. Ihr Haus, das sowohl Caroline als auch John mit so viel Liebe und Hingabe zu ihrem eigenen Heim gemacht hatten, war mit ihr gestorben. Eigentlich hatte John es verkaufen wollen, brachte es aber nicht übers Herz, die Erinnerungen an ihr gemeinsames Leben so zu entwürdigen. Es wäre ihm wie ein Verrat vorgekommen. Also hatte er es dem langsamen Verfall überlassen und seine Existenz in die tiefste aller Schubladen gesteckt.

Plötzlich sah er Caroline vor sich, wie sie an einem schönen Frühlingstag im Vorgarten arbeitete und Blumen einpflanzte. Eine Strähne ihrer blonden Haare hing ihr ins Gesicht und ihre Wangen waren mit Erde beschmiert. Sie hob den Kopf, blickte in seine Richtung und lächelte.

Die Sonnenstrahlen tauchten ihren Körper in goldenes Licht. Es war ein Moment für die Ewigkeit.

An Johns Handgelenk vibrierte es.

Das Gefühl riss ihn aus seinen düsteren Gedanken. Blinzelnd und mit gerunzelter Stirn blickte John auf das Display seiner Smartwatch. *Ralph Cleansom.* Er kramte das Handy aus der Hosentasche und nahm ab.

»Ralph?«

»John? Ist es wahr?« Ralphs Stimme klang brüchig und kratzig zugleich. »Ist er draußen?«

»Ich fürchte ja.« Er schnallte sich ab und öffnete die Tür des Impalas. Dabei hätte er um ein Haar eine Fahrradfahrerin umgerissen, die wie aus dem Nichts im Schneegestöber aufgetaucht war. Mit einer wüsten Beschimpfung strampelte sie weiter, während John sich verdutzt fragte, warum zum Teufel man bei diesem Wetter auf die Idee kam, mit dem Fahrrad zu fahren. Er kniff die Augen zusammen, als ihm der Schnee ins Gesicht wehte, und blickte zu seinem alten Haus, das ihm plötzlich so fremd vorkam. Efeu wucherte über die Fassade und die Vorhänge, die sich vor den Fenstern befanden, wirkten alt und schäbig. In diesem Moment wirkte das Haus auf John wie ein Mausoleum.

»Scheiße«, fluchte Ralph. »Wenn ich könnte, würde ich diesen Hurensohn eigenhändig abschlachten. Was tust du jetzt?«

»Das weiß ich noch nicht«, antwortete John.

»Caroline muss gerächt werden.« Ralph nippte schlürfend an einem Getränk. »Sie verdient es, endlich ruhen zu können.« Stille kehrte ein. »Ich nehme an, du kommst heute Abend nicht?«

»Das ist heute?« John und Ralph trafen sich mittlerweile einmal im Monat. Zu Beginn ihrer Bekanntschaft hatten sie meistens still nebeneinandergesessen und jeder für sich um Caroline getrauert. Ralph und sie hatten sich auf dem College kennengelernt und eine enge Freundschaft geknüpft. John hatte ihn nicht leiden können, als Caroline sie beiden einander vorstellte. Es schwebte bei ihren gemeinsamen Treffen immer etwas im Raum, das ihm das Gefühl gab, Ralph hätte mehr für Caroline empfunden als nur Freundschaft. Auch hatte Ralph nie eine Partnerin gehabt. Doch ein gutes Jahr nach ihrem Tod hatte John seine Zweifel überwunden.

Es war die richtige Entscheidung, dem Ganzen eine Chance zu geben. Denn so fand er in Ralph etwas, das einem guten Bekannten gleichkam.

»Rechne lieber nicht mit mir«, antwortete John. »Im Moment wäre ich keine gute Gesellschaft.«

»Du hast Wichtigeres zu tun. Klar. Meldest du dich?«

»Mache ich. Du dich bitte auch, wenn dir etwas auffällt.« Er legte auf und steckte das Smartphone wieder ein. Dann zog er den Reißverschluss seiner Jacke zu, stellte den Kragen auf und marschierte über die verschneite Straße zu seinem – zu ihrem – alten Haus. Als er die Tür aufschloss, vibrierte die Smartwatch an seinem Handgelenk erneut. John trat ein, schaltete das Licht an, schloss die Tür hinter sich und nahm den Anruf entgegen.

»John?«, meldete sich Mahmut. »Alles in Ordnung? Wo bist du?«

»Ja, alles gut«, log John und legte den Schlüssel in die Schale auf der Kommode neben der Eingangstür, die Caroline selbst getöpfert hatte. »Bin zu …«, er zögerte. »Im Haus. Habt ihr schon was gefunden?«

»Noch nicht«, antwortete Mahmut. »Dean ist noch dran, die Nummern von Porters Anrufliste zu identifizieren. Selina spricht mit dem Gefängnis. Aber die Zusammenarbeit erweist sich als schwierig. Angeblich wollen sie erst einige interne Dinge aufarbeiten, bevor sie uns helfen. Aber wir kriegen die Akten.«

»Gut.«

»Bist du gerade sehr beschäftigt?«

»Warum fragst du?«

»Es gab einen Vorfall«, sagte Mahmut knapp.

John stutzte. »Was?« Er spürte, dass sein Herz wie verrückt zu schlagen begann. »Was für einen Vorfall?« Seine Hand zitterte.

»Wir haben den Polizeifunk abgehört, um über alle möglichen Dinge informiert zu sein, die …«

»Ja, schon klar«, unterbrach John ungeduldig. »Komm zur Sache.«

»Es wurde ein Überfall auf einen Antiquitätenhändler gemeldet.« Mahmut machte eine kurze Pause. »Nahe des Dupont Circles.«

John warf einen kurzen Blick auf seine Uhr.

Plötzlich waren die melancholischen Gedanken an Caroline wie weggewischt. »Ich kann in einer halben Stunde da sein. Macht ihr euch ...«

»Schon auf dem Weg«, antwortete Mahmut knapp. »Wir treffen uns dort.«

»Alles klar.« John wollte schon auflegen und zurück zu seinem Auto rennen, als ihm noch etwas einfiel, das Harper bei ihrem letzten Telefonat gesagt hatte. »Mahmut, warte.«

»Ja?«

»Checkt noch einmal Harpers Vergangenheit. Schulfreunde, Sport- und Klassenkameraden, Wohnsitze, andere Familienangehörige, die Leute aus seiner Pflegefamilie. Einfach jeden.«

»John, das haben wir doch schon etliche Male getan. Das war eines der ersten Dinge, die ...«

»Ich weiß«, fiel ihm John eine Spur härter ins Wort, als er es eigentlich wollte. »Ich weiß«, wiederholte John.

»Und wonach suchen wir?«

»Das weiß ich nicht genau. Irgendetwas, das dir komisch erscheint. Harper sagte bei unserem letzten Telefonat, er wolle jemandem aus seiner Vergangenheit seine Aufwartung machen.«

»In Ordnung.«

»Und Mahmut? Lass es nicht Dean machen. Ich vertraue ihm nicht.«

Kapitel 32

Verdammter Mist.

Es schien ein richtiger Scheißtag für Arthur James Collins zu werden.

Nicht nur, dass die für heute geplante Lieferung eines wirklich kostbaren Reliquienschreins, den man in einem geheimen Tempel im Dschungel von Bangladesch gefunden hatte und auf den er schon seit Tagen wartete, auf Grund des Schneegestöbers ausfiel, jetzt wollte auch noch der Käufer wegen des Zeitverzugs abspringen. Gut zweihunderttausend Dollar hatte Collins für den Schrein hingeblättert, Transport- und Zollgebühren nicht mit eingerechnet, und nun blieb der erhoffte Geldfluss von mehr als einer halben Million aus.

Und das war nur die Spitze des Eisberges. Eigentlich wollte er das Geld nutzen, um seine Gläubiger auszubezahlen und endlich ein ehrliches Leben zu führen. Er hatte das Fälscherdasein satt. Das ständige *Über-die-Schulter-Blicken;* die andauernden Nachtschichten, um die nicht verzeichneten Einkünfte mit irgendwelchen erfundenen Antiquitäten in seinen Büchern abzugleichen; das Fälschen von Papieren und die zwielichtigen Typen, die andauernd *nur-noch-ein-letztes-Mal* in seinen Laden kamen und ihm etwas Wertvolles und Seltenes anboten, was in Wirklichkeit aber nur billiger Tant war.

Damit sollte nun endgültig Schluss sein.

Er wollte sich ein neues Leben aufbauen. Ein Leben, wie er es vor seiner Scheidung immer geplant hatte, bevor er tiefer in die dunklen Kreise des Betrugs abgerutscht war. Eine Lüge über die angebliche Krone von König Kamehameha I oder eine falsche

156

Aussage über das Schwert von Richard the Lionheart hier und einige gebrochene Knochen dort, hatte seine Ehefrau, Jenny, die beiden Kinder genommen und war zu ihrer Schwester nach Oklahoma gezogen. Collins hatte sich fest vorgenommen, ihr erst wieder unter die Augen zu treten, wenn dieser letzte Deal abgeschlossen war.

Und ausgerechnet heute kreuzten die Cops bei ihm auf.

Arthur James Collins zog die Tür des Streifenwagens hinter sich zu und schnallte sich an. Ein nervöses Ziehen breitete sich in seinem Magen aus, als er die beiden Officers im Rückspiegel durch das Gitter betrachtete, das die Vordersitze von der Rückbank trennte.

Sie hatten Collins ohne Vorwarnung bei ihm zuhause aufgesucht und ihn gebeten, sie unverzüglich zu begleiten. Unter den Augen seiner Nachbarn hatten sie ihn in ihre Mitte genommen und ihn nach draußen in das Schneegestöber eskortiert, ohne ihm jedoch mitzuteilen, was der tatsächliche Grund für ihren Besuch war.

Vielleicht hatte es Collins in seiner Panik aber auch nicht gehört. Immerhin hatten sie ihm weder Handschellen angelegt noch ihn verhaftet. Zumindest noch nicht.

Ging es um die falsche chinesische Vase, die er neulich einer betuchten Dame angedreht hatte? Oder um den Schrein? Vielleicht aber auch um die alte Bibel, die man ihm verkauft und die er einem älteren Herrn schmackhaft gemacht hatte?

Scheiße, ich hätte mir mehr Papiere zeigen lassen sollen. Was, wenn sie gerade meinen Laden auf den Kopf stellen? Ihm brach kalter Schweiß aus und in seinem Magen, der in Stresssituationen ohnehin dazu neigte, verrückt zu spielen, rumorte und gluckerte es.

Aber dann hätten sie mir doch einen Durchsuchungsbefehl unter die Nase gehalten, oder mir meine Rechte vorgelesen. Irgendetwas. Aber so?

Collins stieß ein leises Stöhnen aus, als in seinem Darm die Dinge in Bewegung gerieten. Er schloss die Augen und atmete tief durch, um sich zu beruhigen. Sonst würde er sowohl die Reinigung seiner nicht gerade billigen Anzughose wie auch die des Streifenwagens zahlen müssen. Ganz zu schweigen von der Peinlichkeit, sich in die Hose zu machen, die man ihm sein restliches Leben lang nachsagen würde.

»Alles in Ordnung, Mr Collins?«, fragte der Officer, der auf dem Fahrersitz saß und warf ihm im Rückspiegel einen prüfenden Blick zu. »Sie sehen nicht gut aus.«

»Ja, danke«, log Collins und wischte sich beiläufig über das Gesicht. »Man wird nur schließlich nicht jeden Tag von einer Polizeieskorte abgeholt, oder?« Er stieß ein heiseres Lachen aus, das lächerlich falsch klang.

»Sie würden Augen machen«, sagte der zweite Officer und drehte sich zu ihm um.

»Könnten Sie mich noch einmal rauslassen?« Sein Magen rebellierte so schlimm wie schon seit Jahren nicht mehr. Er brauchte ganz dringend eine Vomex. Noch besser: eine Toilette.

»Dafür bleibt leider keine Zeit.« Der Officer auf dem Beifahrersitz drehte sich wieder nach vorne. Dann nahm er das Walkie-Talkie, das auf der linken Schulter seiner Uniform befestigt war, in die Hand und sprach: »Wagen 44 an Zentrale. Wir haben Collins bei uns. Machen uns jetzt auf den Weg. Over.«

Kurz darauf kam die Antwort: »Habe verstanden, Wagen 44. Fahrt vorsichtig bei dem Wetter. Over.«

Die beiden Polizisten nickten sich knapp zu, dann startete der Fahrer den Motor. Kurz, bevor er losfuhr, fasste sich Collins ein Herz und fragte: »Entschuldigen Sie bitte, Officers, aber dürfte ich vielleicht erfahren, worum es wirklich geht?«

Die beiden Männer warfen sich einen kurzen Blick zu. »In Ihren Laden ist eingebrochen worden, Sir.« Der Fahrer gab Gas und ließ den Wagen anfahren.

Collins atmete erleichtert aus. Es ging also nicht um seine gefälschten Artefakte. Aber was wurde gestohlen? Plötzlich hatte er das Gefühl, als würde ihm schwindelig werden. Schwarze Punkte bildeten sich vor seinen Augen und sein Darm krampfte sich zusammen. »Eingebrochen?«, fragte er und glaubte zu fallen. Tatsächlich war es aber nur die Hinterachse des Streifenwagens, die auf der verschneiten Straße leicht ausscherte.

»Ich fürchte ja, Sir«, sagte der zweite Officer und drehte sich wieder zu ihm um. »Haben Sie keine Alarmmeldung bekommen?«

Collins schluckte und schüttelte den Kopf. Er hatte zwar ein Alarmsignal bekommen, aber das Sicherheitssystem, das er installiert hatte, zählte nicht unbedingt zu den besten.

In der Vergangenheit hatte es schon ausgelöst, wenn umherstreunende Katzen an der Tür vorbeigekommen waren. Deshalb hatte er den heutigen Alarm als Fehler abgetan.

»Und, was wurde gestohlen?« In seinem Kopf spielten sich alle möglichen Szenarien ab.

»Das können wir Ihnen nicht sagen, fürchte ich.« Der Polizist beäugte Collins noch einen Moment kritisch, dann drehte er sich wieder nach vorne. »Aber die befugten Personen werden Sie sicher aufklären.«

Die befugten Personen?, dachte Collins. *Großer Gott.* Er hatte eine Vermutung, was gestohlen worden war.

Während der Streifenwagen um die erste Ecke auf dem Weg zum Dupont Circle abbog, wurde Collins bewusst, dass er sich mitten in der schlimmsten Autofahrt seines bisherigen Lebens befand.

Kapitel 33

John hatte die Schnauze voll. Er hatte fast zwei Stunden für eine Strecke gebraucht, für die er unter normalen Umständen, selbst bei starkem Verkehr, nicht mehr als fünfundvierzig Minuten benötigte. Die Menschen konnten bei Schnee und Regen einfach nicht fahren.

Als er auf der anderen Straßenseite vor dem Antiquariat parkte und die drei Streifenwagen erblickte, die mit Blaulicht davorstanden, brodelte es in ihm. Dieses verfluchte Wetter hatte dafür gesorgt, dass er viel zu spät gekommen war. Wer auch immer diesen Einbruch begangen hatte – und John wurde das Gefühl nicht los, dass es etwas mit Stanley Harper zu tun hatte –, war mit Sicherheit schon längst weg.

John stieg aus seinem Chevy Impala und knallte die Tür so fest zu, dass die Federn des Oldtimers ächzten und die Fensterscheibe klirrte. John knurrte, schlug den Kragen seines Mantels hoch, zog den Kopf zwischen die Schultern und überquerte die Straße mit so wütenden Schritten, dass zwei Autofahrer mit quietschenden Reifen vor ihm anhielten.

»Da bist du ja endlich«, sagte Mahmut und kam auf John zu. Auch er hatte den Kopf zwischen die Schultern gezogen und schirmte sein Gesicht mit einer Hand vor dem immer heftiger werdenden Schneesturm ab. Seine schwarzen Haare waren mit etlichen weißen Flocken bedeckt, sodass es so aussah, als wäre Mahmut binnen drei Stunden um Jahre gealtert. In seinem Gesicht glaubte John so etwas, wie eine düstere Vorahnung zu erblicken.

»Was wissen wir?«, wollte John wissen.

»Einbruch«, sagte Mahmut knapp und geleitete ihn zum Bürgersteig, wo sie sich an die Wand stellten, um wenigstens etwas vor dem Gestöber geschützt zu sein. »Der Alarm wurde ausgelöst, wir haben es über den Polizeifunk mitbekommen.«

Das waren Informationen, die er bereits hatte. »Und?«, bohrte er ungeduldig weiter.

Mahmut bedeutete John, ihm zu folgen, und ging voraus. Er nickte im Vorbeigehen den Polizisten zu, die vor dem Laden standen und ihn vor neugierigen Passanten abschirmten. Ein gelbes Absperrband war großzügig um den Eingang des Antiquariats gespannt und ein marodes Schild mit der Aufschrift *City Antiquites* hing über der Tür. In den beiden Schaufenstern konnte John etliche alte Möbelstücke und restaurierte Bilder in goldenen Rahmen erkennen.

»Der Laden gehört Arthur James Collins. Er ist einundfünfzig Jahre alt, geschieden, getrennt lebend und wohnt in Adams Morgan. Er führt diesen Laden seit fast dreißig Jahren. Hat ihn mit seinem Bruder zusammen aufgebaut. Der starb vor vier Jahren an einem Herzinfarkt. Eine Anwohnerin hat die Polizei gerufen, als sie gesehen hat, dass das Rolltor zur Hälfte offenstand.« Mahmut drückte das Absperrband hoch, duckte sich dann unter dem halb hochgerollten Rollo hinweg und betrat den Laden. John folgte ihm und blickte sich um.

Das Geschäft wirkte größer, als es von außen den Anschein hatte. Es gab alle möglichen Möbelstücke, alte Bilder und Teppiche, aufwendig restaurierte Bücher, die in Vitrinen standen, sowie Schwerter und Schusswaffen, die in einem verschlossenen, mit Glastüren versehenen Schrank hinter dem Tresen aufgebaut waren.

Es roch nach Mottenkugeln und die beiden riesigen Kronleuchter an der Decke, von denen Preisschilder baumelten, spendeten schwaches gelbliches Licht. Der marineblaue Teppich, der überall verlegt war, war ausgetreten und wies etliche Brandlöcher auf.

»Es gibt leichte Einbruchsspuren am Schloss.« Mahmut deutete auf die Tür. »Ein paar feine Kratzer. Könnten von einem Dietrich stammen.«

»Wissen wir schon, was genau gestohlen wurde?«

»Noch nicht. Einige Polizisten durchsuchen das Lager dieses Ladens. Hältst du die Sache für einen Zufall?«, fragte Mahmut. »Harper entkommt seiner Hinrichtung und noch nicht einmal achtundvierzig Stunden später wird ein Antiquitätenhändler überfallen.«

»Das stinkt nach ihm«, antwortete John. »Verdammt.«

»Verdammt trifft es nicht mal im Ansatz«, murmelte Mahmut. »Es fühlt sich an wie vor fünf Jahren. Wir haben absolut keine Ahnung, wo sich Harper aufhalten könnte oder wie er es schafft, uns immer einen Schritt voraus zu sein. Er ist mittlerweile der meistgesuchte Mann Amerikas.« Er schüttelte den Kopf.

John massierte sich die Schläfen und sah auf seine Smartwatch. Noch immer keine Nachricht von Cameron.

»Gibt es Kameras im Laden?«, fragte er und blickte sich um. Mahmut nickte. »Gibt es, aber es sind nur Attrappen. Die Straßenkameras haben auch nichts Verwertbares eingefangen. Der Laden liegt im toten Winkel.« Er zuckte mit den Schultern und blickte sich langsam um. »Wir haben den Besitzer herkommen lassen. Er wartet hinten im Büro auf dich und geht gerade den Bestand durch. Vielleicht kann er uns sagen, was gestohlen wurde. Ob etwas anders ist. Du weißt schon.«

John seufzte. »Ich bezweifle, dass er uns etwas Brauchbares sagen kann. Aber es kann nicht schaden, mit ihm zu reden.« Er wollte sich gerade auf den Weg nach hinten machen, als Mahmut ihn mit einer Geste zurückhielt.

»John«, begann er zögernd. »Was dort im Hotel zwischen uns vorgefallen ist.« Er rang nach Worten. »Es tut mir leid. Ich wollte nicht, dass meine Worte unsere Freundschaft gefährden. Ich …«

»Schon gut«, unterbrach ihn John und klopfte Mahmut auf die Schulter. »Ich kann dich in gewisser Weise sogar verstehen. Wenn nicht Caroline …« Er brach ab und schüttelte den Kopf. »Ich kann es verstehen«, sagte er, um nicht erneut in den Strudel der alten Erinnerungen gerissen zu werden. »Lass uns ein anderes Mal darüber reden.« Er wollte lächeln, verkniff es sich aber und wechselte das Thema. »Wo sind die anderen?«

Mahmuts hochgezogene Augenbraue zeigte deutlich, dass ihn Johns Aussage nicht zufriedenstellte. »Selina und Daniela sind hinten.« Er nickte in die entsprechende Richtung. »Die beiden anderen koordinieren die Suche nach dem Täter und befragen die Leute in der Nachbarschaft. Aber er wird schon längst weg sein und bei dem Wetter glaube ich kaum, dass es jemanden gibt, der etwas gesehen haben könnte.«

John zog eine Grimasse, dann schob er sich an Mahmut vorbei und machte sich auf den Weg zum Büro, wo der Ladenbesitzer bereits auf ihn wartete. Die Geräusche seiner Stiefel wurden von dem alten Teppich fast gänzlich verschluckt. John ließ den Blick schweifen.

Es gab eine Vielzahl von Kerzenleuchtern, Schmuck und sogar einen ausgestopften Elch, der ihn mit glasigen Augen und schielendem Blick anstarrte. Und während John sich fragte, wer die stolze Summe von zwölftausend Dollar für diesen Staubfänger bezahlen würde, stahl sich ein Lächeln in seinen Mundwinkel.

Caroline hätte hier einiges gekauft.

»John? Geht es dir gut?«

John blinzelte und sah Mahmut an, der ihn mit sorgenvoller Miene betrachtete. »Es geht schon«, sagte er. »Ich musste nur gerade an Caroline denken.«

Mahmuts Lippen wurden zu einem Strich.

John erreichte das Büro, dessen Tür nur angelehnt war. Er klopfte einmal, wartete kurz und trat ein. Das Licht in dem Zimmer, der den Namen Büro kaum verdiente und der kleiner wirkte, als er tatsächlich war, war grell und stand im extremen Kontrast zu dem gelblichen Schein des Verkaufsraums. Die Betonwände waren weiß gestrichen, der Boden mit dunklem Laminat ausgelegt und einige Schränke standen rechts von John. Es gab keine Fenster und die Luft war stickig, obwohl John die Belüftungsanlage leise rauschen hören konnte. Ein metallener Tisch; zwei Klappstühle aus Plastik; ein alter Fernseher an der Wand. Eine stahlverstärkte Tür, mit einem Schlitz im oberen Drittel, der mit einem Riegel geöffnet werden konnte, führte hinten raus. Dann fiel Johns Blick auf den Eigentümer.

Arthur James Collins war ein hagerer Mann mit schütterem Haar, heller Haut und Brille. Im grellen Licht der Neonröhre saß er auf einem der beiden Klappstühle und brütete über einem der vielen Bücher, in denen seine Waren verzeichnet sein mussten. John ließ Mahmut in den Raum, dann schloss er die Tür hinter ihnen. Daniela und Selina standen in einer Ecke des Zimmers und beäugten Collins kritisch. Als sie John sahen, nickten sie ihm knapp zu. Selina rang sich sogar ein kurzes Lächeln ab, ehe sie wieder zu Collins schaute.

»Guten Tag, Mr Collins«, sagte John, zog die Jacke aus und hing sie über den freien Stuhl, ehe er sich setzte. »Mein Name ist John Greyson. Meine Kollegen und ich sind vom FBI.« Es fühlte sich komisch an, diesen Satz zu sagen. Irgendwie vertraut und zugleich falsch.

Arthur James Collins blickte von dem Buch auf und sah John direkt an. Das Gesicht des Antiquars war aufgedunsen, rote Ränder lagen unter seinen feucht glänzenden Augen, wodurch John den Eindruck hatte, dass Collins jeden Augenblick zu weinen anfangen würde.

»Hat man ihnen schon gesagt, weshalb wir hier sind?«

»FBI? Weshalb dieser ganze Aufstand?« Collins gab sich alle Mühe, gelassen zu wirken. Doch John erkannte die Anzeichen der Panik. Verräterische Blicke, ein Räuspern, das Zucken der Mundwinkel.

»Warum kommt ein halbes Revier und stellt mir all diese merkwürdigen Fragen, wenn es doch nur um einen Einbruch geht?«, begehrte Collins auf. »Ich verstehe es einfach nicht. Niemand sagt mir etwas. Und was will das FBI hier?«

»Hören Sie, Mr Collins«, sagte John betont langsam, schlug die Beine übereinander und verschränkte die Arme vor der Brust. »Alles, was Sie für den Moment wissen müssen, ist, dass ein sehr gefährlicher Mann auf freiem Fuß ist.« John hätte es nicht geglaubt, doch die Haut des Mannes wurde tatsächlich noch fahler. »Wenn Sie etwas wissen, wäre es von Vorteil, wenn Sie mit uns kooperieren. Das würde uns eine Menge Zeit ersparen und könnte möglicherweise den Unterschied zwischen Leben und Tod ausmachen.«

Collins' rechter Zeigefinger ruhte auf einer Seite in dem Buch, das er vor sich aufgeschlagen hatte. Die Augen flackerten unruhig hin und her, als würde er fieberhaft über Johns Worte nachdenken und seine Möglichkeiten abwägen. Sein Atem ging stoßweise und John konnte sehen, dass er mit sich rang. Er wusste definitiv etwas.

Ein plötzlicher Anflug von Angst legte sich auf sein Gesicht. »Ich wusste es. Ich hätte die Finger von diesem Angebot lassen sollen.« Collins seufzte und drehte das Buch zu John.

Kapitel 34

Zwischen fünf und acht Liter.

So viel Blut hat ein erwachsener Mensch ungefähr im Körper. Abhängig von Größe und Gewicht. Doch niemand malt sich aus, wie viel das ist, wenn man es nicht mit eigenen Augen sieht.

John war wie gelähmt.

Keuchend, mit Tränen in den Augen starrte er auf die Blutlache, die unter der Tür hindurchsickerte wie Wasser durch einen Riss in einem Glas. In Quantico hatte man ihm beigebracht, dass man bei einem Mord, mit einem tiefen Schnitt an der richtigen Stelle, einen Großteil der dunkelroten Flüssigkeit verlieren konnte. John hielt den Atem an und riss seinen Blick von der sich langsam auf dem Flur verteilenden Blutlache los, in der sich das Licht von Carolines Nachttischlampe spiegelte. Die Lichtreflexionen, die dabei auftraten, ließen John glauben, ihr Schlafzimmer stünde in Flammen. Als würde sich hinter der Tür die Hölle auftun.

Lasciate ogni speranza, voi ch'entrate.

Ihr, die ihr eintretet, lasset alle Hoffnung fahren, hatte Stanley Harper zu John gesagt, bevor er das Telefonat beendet hatte und wie er es immer mit Blut an die Haus- und Wohnungstüren seiner Opfer geschrieben hatte.

»Caroline«, flüsterte John heiser.

Die Pistole in seiner Hand zitterte. Plötzlich wurde ihm eiskalt und als er merkte, dass sich seine Beine wie von selbst bewegten, wünschte er sich, sie würden ihn für immer von hier forttragen.

166

Doch sie taten es nicht. Sie brachten ihn genau in die entgegengesetzte Richtung. Auf die Tür zu, die ihn in eine düstere, hoffnungslose, verzweifelte Version seines Lebens führen würde. Hinter der sich eine Szene verbarg, die er sich in seinen schlimmsten Alpträumen nicht hätte ausmalen können. Denn er wusste es bereits; tief in seinem Innern konnte er es spüren.

Caroline war tot.

John vernahm keine Geräusche, keine Musik, kein Schubert.

Nur sein eigenes schweres Atmen. Und dann, als er hörte, wie seine Schuhe die ersten platschenden Schritte im Blut seiner Frau machten, brach sich die Verzweiflung in ihm Bahn.

Kapitel 35

»Was soll das bedeuten?« John riss den Blick von Collins los, der plötzlich in sich zusammenbrach, wie eine Sandburg an einem herrlichen Sommertag am Strand, wenn die Welle kam und sie mit sich fortspülte. Er starrte auf das Buch, das Collins in seine Richtung gedreht hatte. Aus dem Augenwinkel sah er, wie Mahmut sich über seine Schulter beugte und wie Daniela und Selina einen hastigen Blick miteinander tauschten.

Ganz unbewusst – so erschien es John zumindest – legte Selina die rechte Hand auf den Griff ihrer Glock.

Die handschriftlichen Notizen von Collins waren kaum zu entziffern. Geschwungene Bögen, durchgehende Striche und verwischte Wörter, als wäre seine Hand feucht gewesen; jeder Arzt hätte leserlicher geschrieben. John beugte sich so weit nach vorne, dass seine Nasenspitze fast die vergilbten Seiten des Buches berührte. Der Gestank von Moder und viel zu altem Papier stieg zu ihm auf. Die vier Zeilen, auf die Collins gedeutet hatte, wirkten auf den ersten Blick nicht sonderlich wegweisend. Sie schienen nichts weiter zu sein, als die Buchführung eines akribischen Mannes, der jedes Stück in seinem Laden mit Namen, Herkunft und Datum kennzeichnete. Hinter manche von ihnen hatte er zwei Zahlen geschrieben. Einige mit einem roten Stift, andere mit einem grünen; und wieder andere wiesen nur rote auf. Jene Zeilen, die mit zwei Ziffern versehen waren, hatte er zudem durchgestrichen. John vermutete, dass es sich dabei um Collins' Art handelte, seine Transaktionen nachzuvollziehen. Wahrscheinlich wäre es einfacher gewesen, alles zu digitalisieren. Es musste einen Grund geben, warum Collins auf Papier setzte.

Als John einige Augenblicke auf das Blatt starrte und den Atem anhielt, wurden die Worte immer deutlicher. Die ersten drei Positionen bezeichneten drei Lieder von Schubert: *Die Forelle, Der Fischer* und *Die Fischerweise.* Harpers bevorzugte Werke.

John lief es kalt den Rücken herunter. Als sein Blick auf die vierte Position in dem Buch fiel, setzte sein Herz einen Schlag aus: *Grammophon, schwarz, inkl. Koffer. Herkunft: Düsseldorf, Deutschland. Geschätztes Baujahr: 1881.*

Dahinter stand eine einzelne grüne Zahl: *50.000$*

»Was hat das zu bedeuten?«, fragte John und sah von dem Buch zu Collins. »Was wollen Sie uns damit sagen?«

»John«, flüsterte Mahmut und deutete auf das Datum, an dem Collins die Waren erhalten hatte. »Sieh dir das an. 31. Oktober. Der Tag von Harpers angesetzter Hinrichtung.«

John sprang so hastig auf, dass der Stuhl klappernd umfiel. Collins zuckte zusammen, Mahmut, Selina und Daniela warfen John einen erschrockenen Blick zu.

»Was hat das zu bedeuten?«, fragte John erneut und deutete auf das Buch. »Woher haben Sie diese Waren?«

»Ich … ich habe sie abgeholt.« Collins schluchzte. »Bitte, ich will keinen Ärger.«

»Dann sollten Sie endlich anfangen, uns die ganze Geschichte zu erzählen«, sagte John und ballte die Hände zu Fäusten. Sein Herz schlug so schnell, dass das Blut in seinen Ohren rauschte.

Collins nickte und räusperte sich.

Kapitel 36

»Es muss fünf oder sechs Monate her gewesen sein«, begann Collins mit erstickter Stimme. »Ich befand mich damals auf einer Auktion in Minnesota.« Er sah abwechselnd zwischen John und dem Buch hin und her und fuchtelte mit den Armen. »Sie wissen schon, eine geheime Veranstaltung, nur für geladene Gäste. Alles anonym. Zwei oder drei Mal im Jahr finden diese Auktionen ...«

»Kommen Sie zum Punkt«, fuhr John ihn an.

Collins zuckte erneut zusammen und nickte dann wie ein eifriger Schüler. Seine Augen wurden noch wässriger. »Natürlich. Ähm. Damals kam jemand auf mich zu. Ein Mann. Ungefähr in meinem Alter, vielleicht ein paar Jahre älter. Schwer zu sagen, angesichts der vielen staubigen Utensilien dort.« Collins lachte, heiser, fast schon ängstlich.

»Wie sah dieser Mann aus?«, fragte John. Sein Herz klopfte wie verrückt und die Hände waren nach wie vor zu Fäusten geballt.

Collins zuckte mit den Schultern. »Groß, schlank, mit Brille. Kaum auffällig. Doch er hatte etwas an sich, das ich niemals vergessen werde. Seine Art zu reden. Er sagte mir, dass er ein Angebot für mich hätte. Eines, das mir möglicherweise helfen würde, mich eine ganze Zeit lang über Wasser zu halten.« Der Ladenbesitzer stöhnte theatralisch und fasste sich mit beiden Händen an den Kopf. »Ich wusste gleich, dass das eine schlechte Idee war.«

»Was war an seiner Art zu reden so besonders?«, fragte Mahmut. »Akzent? Betonung? Wortwahl?«

Collins überlegte lange.

Dann, nach einer gefühlten Ewigkeit schüttelte er den Kopf. »Nein«, sagte er langsam. »Nichts davon. Es war eher die Art, wie er gesprochen hat. So, als wäre er nicht freiwillig dort gewesen. Als hätte er Panik. Er sprach schnell. Viel zu schnell und verhaspelte sich an den einfachsten Worten.« Seine Stimme klang aufgeregt. »Glauben Sie, dass er meinen Laden ausgeraubt hat? «

»Ist Ihnen sonst noch etwas an dem Mann aufgefallen?«, wollte John wissen. »Andere Merkmale, ein besonderer Kleidungsstil, ein markanter Duft?«

Mahmut, der neben Collins stand, hob den Kopf und drehte sich zu John um. Er warf ihm einen fragenden Blick zu und kam dann langsam zu ihm herüber. In seinem Gesicht las John dieselben Gefühle, die auch ihn plagten: Verwirrung und Ungewissheit.

»Das ergibt keinen Sinn«, flüsterte Mahmut, als er vor ihm stand. »Harper soll plötzlich Komplizen haben? Denkst du, dass er lügt?« John musterte Collins mit einem kurzen Blick und schüttelte dann kaum merklich den Kopf. Mahmut hatte recht. Das ergab alles keinen Sinn.

»Was sollten Sie für ihn tun, Mr. Collins?«, fragte John dann, ging an den Tisch heran und legte beide Fäuste auf die kalte Metallplatte. »Was für ein Angebot hatte er für Sie?«

Collins schaute abwechselnd von Mahmut zu John. »Ich sollte etwas für ihn aufbewahren. Besser gesagt: für einen Freund. Natürlich gegen Bezahlung.«

»Für einen Freund?« John kniff die Augen zusammen. »Waren das seine genauen Worte?« Die Verwirrung, die er verspürte, wuchs mit jeder Silbe, die aus Collins' Mund kam.

»Ich denke schon.« Collins wirkte plötzlich eingeschüchtert. »Es ist so lange her. Manchmal vergesse ich sogar, was ich zum Frühstück hatte.« Wieder ein heiseres Lachen, das sich in einen rasselnden Hustenanfall verwandelte.

»Sie scheinen den Ernst der Lage nicht zu begreifen«, sagte Mahmut.

»Sie sollten das Grammophon und die Schallplatten für ihn aufbewahren?« In Johns Kopf ratterte es. Harper hatte keine Freunde, keine Vertrauten. Er arbeitete allein.

Doch die Aussage des Antiquitätenhändlers rückte plötzlich alles in ganz neues Licht.

»Ja.« Collins nickte stoisch.

»Sie wollen mir also sagen«, fasste Mahmut zusammen und legte beide Hände aneinander, »dass ein wildfremder Mann auf einer Auktion, die im Übrigen ziemlich zwielichtig klingt, zu Ihnen kam und ihnen das Angebot machte, etwas für einen Freund aufzubewahren? Und Sie haben zugestimmt? Ohne zu wissen, wer dieser mysteriöse Freund ist?« Er lachte ungläubig.

»Ich … ja.« Collins blickte sich hektisch um.

Es erschien John so, als wollte er schnellstmöglich von hier verschwinden; und er konnte es ihm nicht verdenken. Schließlich wirkte diese ganze Situation ziemlich einschüchternd. Vier FBI-Agenten, die ihn in einem Raum umgeben von Betonwänden verhörten, während die Polizei seinen Laden durchsuchte. Collins war nicht der Typ, der unter einem solchen Druck standhielt.

John hatte in Momenten wie diesen schon ganz andere Typen einknicken sehen.

»Hat es Sie denn gar nicht interessiert, warum dieser Kerl die Sachen denn nicht selber für seinen Freund aufbewahrte?«, fragte John. »Sie haben einfach zugestimmt? Das ist zu leicht. Kommen Sie, Mr Collins. Da muss mehr hinter stecken.«

»Er sagte mir, ich wäre der perfekte Hüter für die Gegenstände. Bitte. Sie müssen mir glauben. Mehr weiß ich nicht.«

»Wie viel?« Collins sah John verwirrt an. »Wie viel Geld hat er Ihnen geboten, damit Sie scheinbar sinnlose Gegenstände für ihn aufbewahren?«

»Einhunderttausend Dollar.« Collins blickte auf seine Hände, die er verkrampft knetete. »Fünfzigtausend im Voraus, dieselbe Summe noch einmal, wenn ich die Ware abholen würde.«

»Wie lief das alles ab?«

Collins holte tief Luft. »Die ersten Fünfzigtausend bekam ich noch am selben Abend. Cash. In einer Tasche. Danach geschah eine ganze Weile nichts. Bis …« Collins brach ab und schüttelte den Kopf.

»Bis?« John beugte sich noch weiter vor. »Wann hat man Sie kontaktiert?«

»Ich bekam einen Anruf«, sagte Collins leise. »Vor zwei Tagen. Ich hatte schon geglaubt, man hätte mich vergessen. Er dauerte kaum mehr als eine Minute.«

»Und wissen Sie, wer Sie angerufen hat?«, fragte Mahmut. »Haben Sie die Stimme erkannt?«

»Nein.« Collins schüttelte den Kopf. »Die Stimme klang verstellt. Irgendwie mechanisch.«

John richtete sich auf, warf Mahmut einen kurzen Blick zu und ging einige Schritte von dem Tisch weg.

»Also ein Unbekannter? Eine dritte Partei? Wieso?«, flüsterte Mahmut John zu, als er ihm gefolgt war. »Und warum vor zwei Monaten? Was ist da passiert? Das alles passt nicht zu Harper. Wie das mit dem Herzschrittmacher von Porters Tochter.«

»Stimmt.« Sagte John leise und nickte. »Harper hätte sich zu erkennen gegeben. So langsam glaube ich, dass es hier um mehr geht.«

»Was meinst du?«

»Ich denke nicht, dass Harper den Direktor erpresst hat. Das hätte er offen zugegeben, als ich ihn darauf angesprochen habe.« John widerstand dem Drang, sich über das Gesicht zu wischen.

»Du denkst wirklich an eine dritte Partei?« Mahmut klang ungläubig und warf Collins einen flüchtigen Blick zu, der zusammengesunken auf dem Stuhl saß und mit leerem Blick auf das Buch starrte. »Das ergibt noch weniger Sinn. Wer soll das sein?«

»Ich habe keine Ahnung.« John ging wieder zu Collins herüber. »Was hat man Ihnen am Telefon gesagt?«

Collins zuckte heftig zusammen. »Nur eine knappe Anweisung. Rein und wieder raus. Nichts anfassen. Und eine Adresse.«

»Eine Adresse?« John wurde hellhörig. »Wo?«

»Ein Lagerhaus unten am Hafen.« Collins begann zu zittern. Fahrig wischte er sich über das Gesicht. Als er weitersprach, war jede Betonung aus seiner Stimme gewichen. Er merkte, dass er in großen Schwierigkeiten steckte. »Ich sollte nur das Paket abholen und wieder verschwinden. Der Schlüssel würde am Rolltor stecken und die zweiten fünfzigtausend Dollar würden in einem Umschlag auf dem Paket liegen. Also bin ich hin, habe getan, was man mir sagte, und bin wieder verschwunden.«

»Das war alles?«, fragte John. »Mehr hat man Ihnen nicht gesagt?«

Collins schüttelte mit dem Kopf. »Nur noch, dass ich mich im Lagerhaus nicht umsehen sollte. Und ich sollte die Finger von den anderen Sachen lassen. Sonst würde meiner Frau und meinen Kindern etwas zustoßen.« Tränen liefen jetzt über sein Gesicht und John wurde klar, dass sie aus dem Mann nicht mehr herausbekommen würden. Er hatte ihnen alles gesagt.

»Und Sie haben sich tatsächlich nicht im Lagerhaus umgesehen?«, bohrte Mahmut weiter.

»Ich … ich schwöre, ich sage die Wahrheit«, schrie er mit schriller Stimme. »Ich weiß nicht mehr, das müssen Sie mir glauben.« Er sah hilfesuchend von Mahmut zu John. »Bitte. Ich habe Ihnen alles gesagt, was ich weiß.«

»Wir müssen Ihre Aussage natürlich überprüfen«, fuhr Mahmut fort und warf Daniela und Selina einen kurzen Blick zu.

»Wir brauchen Ihr Handy.« Daniela kam auf Collins zu. Mit einer fordernden Geste streckte sie die Hand aus. »Einer unserer Spezialisten wird sich Ihre Anrufprotokolle ansehen. Es dauert nicht lange. Und die Adresse vom Lagerhaus natürlich.«

Zögernd griff Collins in seine Jackentasche, zog sein Handy raus und reichte es Daniela.

»Die Kollegen von der Polizei werden sich um alles Weitere kümmern«, sagte Selina und öffnete die Tür des Büros.

John ging zur Tür, um das Büro zu verlassen. Doch ein Gedanke nagte an ihm. Harper hatte keine Freunde, keine Helfer.

Obwohl … John zögerte und drehte sich noch einmal zu Collins um. »Eine letzte Frage«, sagte er und kramte sein Handy hervor. »Der Mann, der auf der Auktion zu Ihnen gekommen ist … War es dieser Mann?« Er zeigte ihm ein Bild von Harold Benjamin Porter.

Als Collins das Bild betrachtete, weiteten sich seine Augen. Er nickte. »Ja, ja, der war es«, rief er und John konnte die Erleichterung in seiner Stimme hören. »Wer ist das?«

John und Mahmut warfen sich einen kurzen Blick zu. »Das soll nicht Ihre Sorge sein, Mr. Collins«, sagte John und sah ihn wieder an. »Und nun geben Sie uns bitte die Adresse vom Lagerhaus.«

Kapitel 37

Scott Baldwin, von allen nur Scottie genannt, war neunundzwanzig, schlank und hatte ein Gesicht wie aus einem Werbeprospekt.

Hohe Wangenknochen, makellos weiße Zähne, dünne Augenbrauen und stahlblaue Augen, von denen oftmals ein einziger Blick genügte, damit ihm die Frauen reihenweise zu Füßen lagen. Seine Nase war schmal, symmetrisch, sein Kinn markant und die schwarzen Haare, die er an diesem Tag unter einer unauffälligen Wollmütze verborgen hatte, waren voll und hatten einen gesunden Glanz.

Doch das war auch schon alles, worauf er stolz sein konnte. Mit seinen neunundzwanzig Jahren konnte er weder einen vernünftigen Schulabschluss noch eine Ausbildung vorweisen. Niemals brachte er etwas zu Ende, was seinen Vater, der ein erfolgreicher Broker war, bereits etliche Male zu unfreundlichen Äußerungen hatte hinreißen lassen. Auch war Scottie nicht unbedingt das, was man als Genie oder wenigstens als schlaues Kerlchen bezeichnen konnte. Stattdessen gelang es ihm immer wieder, sich durch falsche Entscheidungen in Schwierigkeiten zu bringen.

Was Scottie jedoch vorzuweisen hatte, waren drei Kinder mit drei unterschiedlichen Frauen und ein viertes, das bereits auf dem Weg war. Hinzu kamen einige Vorstrafen wegen leichter Körperverletzung, Diebstahl und bewaffnetem Raubüberfall, für den er auch sieben Monate im offenen Vollzug abgesessen hatte. Die Strafe wäre auf ein Minimum reduziert worden, hätte er nur seine Komplizen verraten.

Aber Scottie war ebenso loyal wie dumm.

Ständig hielt er sich mit kleineren Gaunereien über Wasser, weil sein Dad ihm bereits vor drei Jahren den Geldhahn zugedreht hatte. Er lebte in einem kleinen Ein-Zimmer-Appartement, war ständig mit der Miete im Rückstand und hatte bereits etliche

Mahnungen der örtlichen Strom- und Wassergesellschaften erhalten, die damit drohten, ihm Vollzugsbeamte auf den Hals zu hetzen. Doch das war ihm herzlich egal. Er hatte sich ohnehin wenig für Dinge interessiert, die anderen Spaß machten. Er stand nicht auf Sport, pflegte keine gehobenen Kontakte und verstand nichts von Kunst oder anderen intellektuellen Dingen.

Er fühlte sich wohl in seiner Haut. Gut, im Sexualkundeunterricht hätte er besser aufpassen sollen, vor allem in der Stunde, in der sie die Verhütung drangenommen hatten, aber was machte das schon? Er hatte diese Kinder nicht gewollt und wenn es nach ihm gegangen wäre, hätten seine Ex-Freundinnen diese besser abgetrieben. Von ihm würden sie sowieso keine Unterstützung erwarten können; weder jetzt noch in Zukunft.

Scottie grinste und betrachtete seine makellos weißen Zähne im Rückspiegel seines alten rostroten Pontiac Firebird. Dabei hätte er fast eine ältere Dame mit ihrem Hund über den Haufen gefahren, die der Meinung war, bei diesem Schneegestöber mit ihrer Töle draußen rumrennen zu müssen. Die Frau rief ihm etwas hinterher. Scottie kurbelte das Fenster herunter.

»Pass auf, wo du hinlatscht, du alte Fotze.« Er kurbelte das Fenster wieder hoch und lenkte den Wagen in die Gasse, in der er die Ware abgeben sollte. Heute war ein guter Tag. Das konnte Scottie fühlen. Heute war der Tag, an dem sich seine Probleme in Luft auflösen würden. Ein für alle Mal.

Der weiße Lieferwagen stand noch immer genau dort, wo Scottie ihn in den frühen Morgenstunden vorgefunden hatte. In einem Anflug von Selbstüberschätzung hatte er ihn aufgebrochen, in der Hoffnung, etwas Verwertbares zu finden. Was er jedoch nicht geahnt hatte, war, dass sich jemand in diesem Wagen aufzuhalten schien. Der Mann, der die Tür geöffnet hatte, wirkte wie ein Lehrer. Mit seinem feinen Zwirn, der Brille und diesem abschätzigen Blick, mit dem Scottie in seiner Vergangenheit bereits so oft bedacht worden war.

Zuerst hatte der Kleinganove überlegt, dem Mann eins überzubraten, ihn im Schnee liegen zu lassen und seine Wertsachen an sich zu nehmen. Doch dann hatte ihm der Mann ein Angebot gemacht.

»Hast du Lust, dir ein paar tausend Dollar zu verdienen?«

Natürlich hatte Scottie Lust dazu. Scheiße nochmal, er war für nichts anderes geboren.

»Was soll ich tun?«

»Du musst nur etwas für mich abholen und es mir bringen.« Er hatte sich keine Gedanken über mögliche Konsequenzen gemacht. Rein und raus. Das war sein Ding. In vielerlei Hinsicht. Und schließlich gab es kein Schloss, das er nicht knacken konnte. Vermutlich sein einziges Talent. Außer dem, ständig neue Kinder in die Welt zu setzen und sie ohne Vater aufwachsen zu lassen.

Scottie parkte seinen schrottreifen Firebird direkt hinter dem Lieferwagen, schaltete den Motor aus und öffnete die Tür. Dann überprüfte er den Sitz seiner Wollmütze und stieg aus. Langsam, damit er mit seinen Sneakern nicht im Schnee ausrutschte, ging er zur Heckklappe des weißen Wagens und klopfte. Erst zwei Mal, dann wartete er, dann klopfte er noch zwei weitere Male. Kurz darauf hörte er ein leises Gepolter im Innern und die Tür wurde geöffnet. Scottie sprang erschrocken zurück, als die Tür ihm fast ins Gesicht schlug. »Vorsicht«, rief er aus, als das Gesicht seines Auftraggebers auftauchte.

»Probleme?«, fragte dieser und sah sich um.

Scottie schüttelte den Kopf. »Lief alles glatt«, antwortete er. Der Mann wirkte nervös und zugleich auch nicht. »Wo sind die Sachen?«

»In meinem Kofferraum.« Er deutete mit dem Daumen lässig auf sein Auto. »Die Cops tappen im Dunkeln.«

»Gut«, sagte der Mann und entspannte sich. Er grinste jetzt und das schwache Tageslicht, das durch die vielen Schneeflocken drang, sorgte dafür, dass sich ein greller Schein auf seine Brille legte. *Unheimlich*, dachte Scottie und deutete wieder auf seinen Wagen. »Ich geh den Kram gleich holen. Aber vorher …«

Der Mann nickte knapp und grinste. Dann holte er aus der Innentasche seiner Jacke einen braunen Umschlag hervor und hielt ihn demonstrativ in die Luft. Scottie erwiderte das Grinsen des Mannes und drehte sich um. Dabei erkannte er flüchtig eine Narbe an der linken Schläfe des Mannes, die sich unter seinem Scheitelansatz entlangzog.

»Eine Sache verstehe ich nicht«, rief er, als er die Sachen aus seinem Wagen geholt hatte. Er hatte sie in eine alte Plastikkiste gelegt, die der Mann ihm gegeben hatte. »Wieso der ganze Aufwand für einen vergammelten Koffer und drei alte CDs?«

»Oh, es ist weit mehr als das.« Die Stimme des Mannes klang verzückt, fast schon euphorisch. »Der Schallplattenspieler und die drei Platten sind für mich äußerst wertvoll.« Er grinste breit und ein Gefühl des Unbehagens machte sich in Scottie breit. »Aber das sollte sie besser nicht interessieren. Denn Neugier ist der kleinen Maus Tod.«

»Okay, was auch immer Sie meinen.« Scottie zuckte mit den Schultern. »Sie werden schon wissen, was Sie damit tun werden.«

Der Mann lächelte und bedeutete ihm, die Kiste in den Wagen zu stellen. Dabei erhaschte er einen kurzen Blick auf die Matratze, die auf dem Boden im Lieferraum lag.

»Schlafen Sie hier oder sowas? Alles drin?«, fragte er, als der Mann ihm den Umschlag überreichte.

»Die ganzen Zwanzigtausend«, sagte der Mann und blickte zufrieden auf die Kiste. Er beugte sich vor und strich zärtlich über den schwarzen Koffer. Das dunkle Leder war alt und platzte an den Ecken bereits ab. Das Schloss sah so aus, als wäre es nur noch Deko. Der Mann nahm den Koffer in die Hände und öffnete ihn vorsichtig.

Scottie hatte noch nie einen Schallplattenspieler gesehen. Er stand mehr auf gestreamte Musik. Und vermutlich war das, was der Mann hörte, ohnehin nicht sein Geschmack. Er wollte lieber das Geld nachzählen, öffnete den Umschlag und strich mit dem Daumen grinsend über die Scheine. Noch nie zuvor hatte er so viel Geld in den Händen gehabt. Es war ein großartiges Gefühl.

»Ich hoffe, dass Sie mich nicht verarschen«, sagte er zu dem Mann und wedelte mit dem Umschlag.

»Keine Sorge«, antwortete der Mann, hob den Kopf und sah Scottie an. »Es ist alles da. Du kannst mir vertrauen.«

Doch etwas in Scottie sagte ihm, dass das nicht stimmte.

Kapitel 38

»Was denkst du?«, fragte Mahmut.

Das dichte Schneetreiben hatte etwas nachgelassen, besser vorangekommen waren sie deshalb allerdings nicht. Nun, über eine Stunde nachdem sie losgefahren waren, starrte John auf die Lagerhallen, vor denen sie standen, und betätigte den Scheibenwischer seines Impalas. Die Heizung dröhnte, doch so richtig wollte sich Johns Körper nicht aufwärmen. Er hasste das Warten. Doch ohne einen entsprechenden Beschluss waren sie nicht dazu befugt, sich den Lagerraum anzusehen, in dem Arthur James Collins vor zwei Tagen die Schallplatten und den Spieler abgeholt hatte.

Der Schallplattenspieler, das tragbare Koffergerät des Herstellers aus Düsseldorf, Deutschland, war eine neue Variable. Eine, die es John und dem Team um einiges schwerer machen würde, Harper zu finden. Denn nun hatte Harper seine liebsten Gerätschaften immer bei sich und John spürte, dass es keine weiteren Überfälle mehr geben würde.

Das ist sein Endspiel, dachte John und zog an der Zigarette. *Sein persönlicher Abgang in die Hölle. Wie bei Dantes Göttlicher Komödie.* Er blies den Rauch durch den winzigen Spalt des geöffneten Fensters. Es würde Tage dauern, den Gestank wieder aus dem Auto zu bekommen. Doch er brauchte jetzt einfach eine Zigarette.

»Ich denke, dass ich keine Ahnung habe, was uns erwartet«, beantwortete John Mahmuts Frage, öffnete die Tür ein kleines Stück und schmiss die Kippe nach einem letzten Zug in den Schnee. »Und dass die Dinge nicht zusammenpassen. Wir haben

179

etwas übersehen.« John schaute dabei zu, wie der Zigarettenstummel zischend ein Loch in den Schnee brannte und dann ausging.

Mahmut nickte grimmig. »Wenn sich hier wirklich ein Lager von Harper befinden sollte, hat er uns ziemlich lange an der Nase herumgeführt.«

Nun war John derjenige, der grimmig nickte und wollte sich eine neue Zigarette anzünden, um seine flatternden Nerven zu beruhigen, entschied sich aber dagegen. Stattdessen blickte er auf seine Smartwatch. Noch immer keine Nachricht von Cameron. Er beschloss, sie später anzurufen.

»Alles in Ordnung?«

John rieb sich nachdenklich die Bartstoppeln am Kinn. »Hab noch nichts von Cameron gehört, seit wir aus Texas los sind.«

»Sie wird sich schon melden«, sagte Mahmut. Seine Stimme klang zuversichtlich. Genau das, was John in einem Augenblick wie diesem gebrauchen konnte. »Sie verarbeitet die Dinge auf ihre Art. Sie ist stark. Gib ihr etwas Zeit.«

John nickte und ging in Gedanken die letzten Stunden noch einmal durch.

»Hast du mittlerweile mit Helen telefoniert?«, fragte Mahmut in die Stille des Impalas hinein.

»Hatte noch keine Zeit.« John zuckte mit den Schultern.

Mahmut schaute von der Windschutzscheibe, die mittlerweile wieder völlig eingeschneit war, zu ihm. »Du solltest es tun«, sagte Mahmut. »Sie sollte wissen, was los ist.«

»Helen sieht Nachrichten. Sie weiß es bestimmt schon.«

»Und du meinst nicht, dass sie es besser von dir erfahren sollte? Nachrichten hin oder her. Habt ihr jemals über Caroline gesprochen?«

»Über ihre Vergangenheit und ihren Verlust haben wir auch nicht gesprochen.«

»Beim Allmächtigen, John.« Mahmut stöhnte und rieb sich das Gesicht. »Hast du nur ein einziges Mal daran gedacht, dass Helen vielleicht auf den ersten Schritt von dir wartet?«

John öffnete den Mund, um etwas zu entgegnen, presste dann aber nur stumm die Lippen zusammen.

»Du bist einfach nur unglaublich.«

»Ich weiß nicht, ob sie das ertragen würde«, antwortete John.

Helen hatte als Bankangestellte nichts mit der Dunkelheit zu tun, die sich in John befand. Sie hatte zwar auch die Liebe ihres Lebens verloren, doch Krebs etwas anderes, als den blutüberströmten Leichnam der Person, die man liebte, zu finden. John wollte dieses Leben – sein früheres Leben – um jeden Preis von Helen fernhalten. »Die Scheiße, durch die ich gegangen bin – durch die ich immer noch gehe. Noch immer gibt es Tage, an denen ich an nichts anderes, als Caroline denken kann.«

»Ja, eben«, sagte Mahmut. »Du weißt es nicht. Denkst du, Helen geht es da anders? Auch sie wird noch an ihren toten Mann denken. Und das wird niemals verschwinden. Bei keinem von euch.« Er seufzte. »So wie du denkst, habe ich bei Latifa auch gedacht. Aber dann, eines Tages, hat sie mich eines Besseren belehrt.« Er machte eine lange Pause. »Erinnerst du dich noch an Marius Tomazzi?«

John presste die Lippen fest aufeinander. Natürlich erinnerte er sich an diesen Namen. Marius Tomazzi hatte homosexuelle Männer und Frauen entführt und sie unter den Dielenbrettern seiner Scheune gefangen gehalten. Er hatte sie gefoltert und zum Sex miteinander gezwungen, bevor er sie erschossen hatte.

Als John und sein Team ihn fanden, saß er in seinem Wohnzimmer und machte sich gerade ein Bier auf. Während des Verhörs und der Frage nach seinem Motiv sagte er, dass Homosexualität ein widerwärtiges und neumodisches Konstrukt, und dass nur der Geschlechtsakt zwischen Mann und Frau richtig sei.

Der Fall war ihnen allen sehr nah gegangen.

»Nach diesem Fall bin ich in ein tiefes Loch gefallen«, sagte Mahmut leise. »Du weißt, dass mein Bruder schwul ist und sich in seinem Leben ziemlich viel Scheiße gefallen lassen musste. Eine ganze Zeit konnte ich nur daran denken, dass er möglicherweise eines von Tomazzis Opfern hätte sein können. Ich habe Latifa und die Kinder kaum noch wahrgenommen, sie ausgeschlossen und ungerecht behandelt.« Er knetete die Hände, als er an die Zeit zurückdachte. »Eines Abends hat Latifa die Kinder zu ihrer Mutter gebracht, mich auf die Couch gezerrt und geschworen, mich zu verlassen, wenn ich ihr nicht sofort erzähle, was mich bedrückt. Und ich habe es ihr erzählt. Natürlich nicht jedes Detail. Das wäre zu viel für sie gewesen. Aber so weit, dass sie ein Stück meiner Probleme tragen konnte. Und weißt du was? Sie hat es ertragen.«

»Aber Helen ist nicht wie Latifa«, sagte John.

»Muss sie auch gar nicht sein. Sie soll nur wissen, dass du ihr vertraust; dass du dich ihr anvertrauen würdest. Du magst sie doch, oder nicht?«

»Natürlich«, gab John sofort zurück. Nach Carolines Tod hatte er lange gebraucht, um wieder ins Leben zu finden. Doch er hatte das Gefühl, dass es mit Helen erträglicher wurde. Zumindest meistens. Er hatte einige unverfängliche Liebschaften hinter sich, ehe er Helen kennenlernte.

»Dann solltest du mit ihr sprechen.« Mahmut legte John die Hand auf die Schulter. »Auch du hast ein wenig Glück verdient. Gerade wegen allem, was du durchmachen musstest.«

John schenkte Mahmut ein knappes Lächeln und plötzlich war es so, als hätte es das Gespräch im Hotel niemals gegeben. »Ja, vielleicht.« Er blickte wieder auf seine Smartwatch. Zwanzig Minuten waren vergangen, seit er seinen Wagen vor dem Tor des Geländes abgestellt hatte.

»Du bist ein Idiot. Verjag sie ruhig mit deiner Einsamer-Wolf-Scheiße.«

»Wir sollten reingehen«, sagte John und ignorierte Mahmuts Worte.

»Warte noch. Lass die anderen erstmal ihre Arbeit erledigen.«

John knirschte mit den Zähnen und entsperrte das Display seiner Smartwatch. Vielleicht hatte Cameron angerufen, aber er hatte es nicht mitbekommen? Nein. Natürlich hatte sie das nicht getan. »Kriegen die das denn hin?«, fragte er nach einigen weiteren Augenblicken, in denen sich nichts getan hatte.

»Was? Ihre Arbeit erledigen, meinst du?« John antwortete nicht, was Mahmut ein tiefes Seufzen entlockte. »Du sprichst von Dean, nicht wahr?«

John warf Mahmut einen knappen Blick zu.

»Hör mal. Du vertraust Dean nicht. Und das kann ich verstehen. Auch ich traue ihm nicht weiter, als ich ihn werfen könnte. Ich wünschte, wir hätten eine Alternative. Aber Erins Befehl war unmissverständlich. Und nach der internen Untersuchung, die er über sich ergehen lassen musste, ist er – was seinen beruflichen Stand angeht – vollkommen rehabilitiert. Über seinen menschlichen Zustand lässt sich streiten. Und sollte er jemals wieder so aus der Reihe tanzen, dann ist eine gebrochene Nase sein geringstes Problem. Das kann ich dir versichern.« John sah Mahmut tief in die Augen und erkannte, dass sein Freund die Wahrheit sagte. Zur Antwort zuckte er nur mit den Schultern und Mahmut schüttelte resignierend den Kopf. Es gab in diesem Gespräch keine Annäherung.

Als es an Johns Handgelenk vibrierte, atmete er fast erleichtert aus – doch es war nicht Cameron, die ihn anrief, sondern Daniela.

»Und?«, fragte er, nachdem er abgenommen hatte.

»Durchsuchungsbeschluss ist da. Der Sicherheitsbeauftragte, der aktuell Dienst hat, heißt Brock Stevenson. Er ist informiert und auf dem Weg zu euch. Das Lagerabteil, um das es geht, hat die Nummer 23B. Uns liegen keine Informationen darüber vor, wem es gehört. Die Miete wurde aber immer pünktlich bezahlt und einige unserer Kunden sind sehr auf Diskretion bedacht.«

Verdammt. Wieder eine Sackgasse. Es war immer wieder faszinierend – und erschreckend zugleich –, wie man es in der heutigen Zeit schaffte, komplett vom Radar zu verschwinden.

»Alles klar«, sagte er. »Wir melden uns, wenn wir etwas haben.« John beendete das Gespräch in dem Moment, in dem das Tor vor dem Gelände geöffnet wurde. John startete den Motor und fuhr langsam los.

Kapitel 39

Beitrag aus dem Forum Bloodonourstreets.com

My-Knife-is-my-Wifey69:

Findet ihr es nicht auch großartig, dass sich überall im Land Leute erheben, um gegen unser kaputtes System zu rebellieren? Seit unser Robin Hood wieder auf freiem Fuß ist, scheint es, als wären die Menschen endlich aus ihrem Winterschlaf erwacht.

Ich bin gespannt, wen er sich als Nächstes holt.

Paul_theN8Stalker:

Du sagst es. Endlich. Bei mir auf der Arbeit ist Harper Gesprächsthema Nummer 1. Die Leute feiern, was er getan hat, und hoffen, dass er genau da weitermacht, wo er aufgehört hat, bevor ihn der Mann dieser toten Hure gecasht hat.

GameofBullets:

Ich finde es richtig, was er macht. Aber Caroline Greyson hätte er nicht töten müssen. Er hätte sich lieber auf jemand anderen konzentrieren sollen.

<u>Paul_theN8Stalker:</u>

@GameofBullets, hast du Lack gesoffen? Die Schlampe hatte es verdient. Wer einen Cop heiratet, verdient es nicht besser. Gerade nach allem, was im Moment vor sich geht. Also ich für meinen Teil weine ihr keine Träne hinterher. Und das solltest du auch nicht tun.

Kapitel 40

Brock Stevenson hatte bereits auf dem Parkplatz auf sie gewartet.

Er war groß, muskulös, Ende zwanzig und sah so aus, als hätte man ihn mit Gewalt in die hellgraue Uniform der Sicherheitsfirma gezwängt, für die er arbeitete. Die Knöpfe des Hemdes, das John unter der offenen schwarzen Winterjacke sehen konnte, standen so unter Spannung, dass sie beim nächsten tiefen Atemzug des breitschultrigen Mannes zu platzen drohten. Der Gesichtsausdruck, mit dem er Mahmuts Ausweis musterte, wirkte aufmerksam und interessiert.

»Hier lang«, sagte Brock. Seine Stimme zitterte leicht, als er auf eine der weißen Lagerhallen deutete, die sich wie ein Eisberg aus dem schneebedeckten Boden erhob.

»Wie lange arbeiten Sie schon hier?«, wollte Mahmut wissen, während er und John Mühe hatten, mit den raschen Schritten des Sicherheitsmannes mitzuhalten, der sich mit der Gewandtheit eines früheren College-Sportstars bewegte. John tippte auf Football.

»Sechs Jahre«, antwortete Brock, ohne sich zu ihnen umzudrehen. »War mein erster Job nach dem College. Eigentlich hatte ich mich für den NFL Draft angemeldet, aber eine schwere Verletzung hat meine Pläne zunichtegemacht. Also bin ich hier gelandet.«

»Das tut mir leid«, sagte Mahmut und John musste sich vorstellen, wie er sich in so einer Situation wohl gefühlt hätte. Er dachte an Caroline und an den Moment, in dem ihr ganzes Leben einem Scherbenhaufen glich.

Ein Schaudern überkam ihn und er musste tief einatmen.

»Danke, aber das ist nicht nötig«, sagte Brock und riss ihn aus seinen Gedanken. »Wer weiß, ob mich überhaupt ein Team verpflichtet hätte. Nein, so ist es schon besser.«

»Ist Ihnen hier jemals etwas Sonderbares aufgefallen?«, fragte John.

»Zum Beispiel?« Brock drehte sich im Gehen zu John um und musterte ihn.

»Sagen Sie es uns.« John blickte sich auf dem umzäunten Gelände um. Neben der Vielzahl von Lagerhallen gab es ein halbes Dutzend LKWs, etliche Schiffscontainer und ein kleines Häuschen, in dem er vermutlich seine Zeit absaß.

Nichts, was auf den ersten Blick besonders auffällig wirkte.

»Im Grunde nicht«, antwortete Brock und drehte sich wieder um. »So wie ich das sehe, zahlen die Kunden hier, damit ihre Privatsphäre gesichert ist.« Er winkte einem Lagerarbeiter zu, der in einiger Entfernung in einem Gabelstapler vorbeifuhr. »Hab ziemlich früh gelernt, keine Fragen zu stellen.«

John und Mahmut warfen sich einen kurzen Blick zu und schienen dasselbe zu denken. John kannte Männer wie Brock Stevenson. Sie waren übereifrig, wenn es darum ging, polizeiliche Ermittlungen voranzubringen, konnten aber selten etwas Konstruktives dazu beitragen. Viele von ihnen, insbesondere diejenigen, die in der Sicherheitsbranche tätig waren, erhofften sich dadurch, dass man ein gutes Wort für sie einlegte.

»Aber Sie sind doch in der Sicherheitsbranche tätig. Müssten Sie da nicht ein gewisses Engagement mitbringen?«

Brock zuckte erneut mit den Schultern. »Jedem das Seine«, antwortete er knapp. »Ich mache hier nur meine Arbeit.«

Offensichtlich nicht, hätte John am liebsten gesagt. Stattdessen sagte er: »Also ist Ihnen nichts Ungewöhnliches aufgefallen?«

»Sagte ich doch schon.« Brock wirkte genervt. »Nichts, was es sich zu erwähnen lohnt. Ich bin nur hier, um die Lage zu checken.«

Er blieb vor dem Lagerhaus stehen, zu dem er sie geführt hatte, und öffnete die Tür, die sich kaum vom Schnee und dem Weiß der Halle abhob. Er bedeutete John und Mahmut mit einer halbherzigen und keinesfalls ernst gemeinten Geste, dass sie vorausgehen sollten. Mahmut trat zuerst ein, dann folgte John und schließlich Brock. Das Innere der Lagerhalle erinnerte John im ersten Moment an ein Gefängnis. Grelle Neonröhren an den Decken; mit dunkelgrauen Rolltoren gesicherte Containerboxen, auf denen gelbe Nummern standen; eine Stahltreppe, die zu den anderen Etagen führte. Die Luft war kalt, modrig und abgestanden. John rümpfte die Nase.

»Welche Box wollten Sie nochmal sehen?«, fragte Brock und schob sich an Mahmut und John vorbei. »21A?«

»23B«, sagte Mahmut.

»23B?« Brock zog skeptisch die Augenbrauen hoch. Hinter seiner Stirn konnte man es regelrecht arbeiten sehen.

»Wieso? Gibt es ein Problem?« John verschränkte die Arme vor der Brust.

»Nein, es ist nur seltsam. Im Schnitt kommen die Leute ein paar Mal im Jahr her. Manche seltener, andere öfter. Holen Sachen ab, lagern andere Dinge wieder ein. Einige haben sogar ein Bett hier stehen, dass sie hin und wieder nutzen. Doch 23B ist das einzige Lager, das in den letzten Jahren nicht aufgesucht wurde. Meine Kollegen und ich haben sogar schon Wetten darauf abgeschlossen, wann das nächste Mal jemand auftaucht.«

Das passte zur Aussage des Antiquitätenhändlers.

»So lange lässt nie jemand sein Abteil unberührt.« Brock stapfte weiter. »Und dann wird es in vierundzwanzig Stunden gleich zwei Mal besucht.«

John erstarrte. »Zwei Mal? Wer war der erste Besucher?«

»Keine Ahnung«, sagte Brock, ohne sich umzudrehen. »Er kam wohl letzte Nacht. Ist mit einem Taxi vorgefahren. Hat zumindest mein Kollege heute Morgen bei der Übergabe erzählt.«

»Gibt es Kameras?« John blickte sich um, konnte aber keine entdecken.

»Nur eine draußen auf dem Gelände. Am Tor. Die Privatsphäre der Kunden wird bei uns großgeschrieben.«

»Also wissen Sie in den seltensten Fällen, was im Innern vor sich geht«, schlussfolgerte Mahmut. Brocks Antwort war ein kurzes Schulterzucken. »Gibt es Aufzeichnungen? Falls ja, dann müssten wir diese sehen«, fuhr Mahmut fort.

»Natürlich«, meinte Brock. »Kein Problem.«

Ihre Schritte hallten durch die Lagerhalle.

Es fühlte sich an, als wären sie in einer Geisterstadt. Hinter manchen Toren konnte John Bewegungen hören. Geraschel, leises Gemurmel und das Bewegen schwerer Gegenstände.

»Hat Ihr Kollege sonst noch etwas gesagt?«, fragte Mahmut nach einer Weile und warf den Blick in ein offenstehendes Tor zu seiner Linken. Ein Mann, kaum älter als dreißig, stand vor einem ledernen Sofa und baute gerade eine Kamera samt Stativ auf. Vermutlich ein Amateurfilmer, der auf seine Statisten wartete. Als der Mann bemerkte, dass er beobachtet wurde, murmelte er etwas von Privatsphäre und schloss das Tor mit einem missmutigen Blick.

»Sonst nichts«, beantwortete Brock Mahmuts Frage.

»Wir werden mit ihm sprechen müssen«, sagte John. In ihm keimte ein Gefühl vager Hoffnung auf. Sie waren Harper auf der Spur. Sie waren an ihm dran wie Bluthunde an ihrer Beute. Und zugleich war da dieses Empfinden, dass er ihnen, was sie auch unternahmen, immer voraus sein würde. Vielleicht war Harper unvorsichtig geworden; vielleicht hatte er diese Brotkrumen mit Absicht liegen lassen. Vielleicht musste er aber auch einfach einen Zahn zulegen und konnte nicht mehr auf jedes Detail achten. Vermutlich deshalb der Diebstahl des tragbaren Schallplattenspielers und der drei Schallplatten. John zog sein Handy aus der Tasche und tippte eine kurze Nachricht an Selina: Haben wir Harpers Gefängnisakte? Er drückte auf Senden und ließ das Telefon wieder in seine Tasche gleiten.

»Ich kann Ihnen seine Nummer geben«, sagte Brock. »Ich bin sicher, Jimbo wird gern mit Ihnen reden.« Er drehte sich zwar nicht zu ihnen um, aber John konnte die Grimasse förmlich hören, die der Sicherheitsbeamte zog.

Der Mann ging um eine Ecke und blickte abwechselnd nach rechts und links. Sie waren im Bereich der Zwanziger angekommen. Auf der linken Seite befanden sich die geraden Nummern, mit Buchstaben von A bis D, auf der rechten Seite die Ungeraden mit derselben Buchstabenreihenfolge.

»21A«, zählte Brock leise und zeigte gedankenverloren mit dem Finger auf das Rolltor.

»Muss man Sie immer rufen, wenn man aufs Gelände möchte?«, wollte John wissen.

Brock blieb stehen und drehte sich zu ihnen um.

»Nein.« Er schüttelte den Kopf. »Man muss einen vierstelligen Code eingeben, den man mittels einer Keycard generiert. Die Keycard bekommt man zugeschickt, wenn man hier ein Abteil anmietet. Mit ihr wird dann vorne am Tor der entsprechende Code generiert. Dieser ist jedes Mal anders.«

»Und den Code bekommt man dann auf sein Smartphone geschickt«, schlussfolgerte John.

»Genau«, sagte Brock und nickte. »Wir sind übrigens da.« Er deutete auf das entsprechende Tor. »23B.«

Ein Kribbeln durchfuhr Johns Körper, das von seinen Zehen bis zu seinem Scheitel wanderte. Er fühlte sich, als wäre er auf irgendeinem schlechten Trip. Tatsächlich war es aber das Adrenalin, das durch seinen Körper jagte. Endlich – hoffte er – würden sie etwas zu Gesicht bekommen, das ihnen einen noch tieferen Einblick in die verworrenen Strudel von Harpers Psyche geben würde.

»Dann wollen wir mal schauen, was unser Freund hier alles aufbewahrt«, sagte Mahmut leise, als Brock seinen Schlüsselbund herausholte und das Tor aufschloss.

Kapitel 41

Johns Schritte machten leise schmatzende Geräusche in seinem Kopf.

Das Blut, durch das er lief, fühlte sich an, als würde er durch eine Masse zähen Kaugummis waten, die sein Vorankommen um jeden Preis zu verhindern versuchte. Ihm war speiübel, schwindelig und in seinem Kopf herrschte ein tiefschwarzes Nichts.

Er war nicht fähig, einen klaren Gedanken zu fassen. Kalter Schweiß stand auf seiner Stirn und lief ihm den Rücken hinab. Sein Körper bebte regelrecht, während er die letzten Schritte zur Tür des Schlafzimmers überwand. Die Beine bewegten sich wie von selbst.

John stand komplett neben sich.

Er hatte die Tür erreicht.

Langsam streckte er die linke Hand aus, die Finger berührten die metallene Türklinke, die sich wie ein Eiszapfen anfühlte. John zuckte zusammen. Die Waffe in seiner Hand zitterte so stark, dass das Magazin klapperte.

Er war dazu nicht bereit. Niemand war jemals zu so etwas bereit und er wusste, dass es kein Zurück gab, wenn er diese Tür öffnen würde. Es war eine Reise ohne Wiederkehr.

John atmete nicht, dachte nicht, handelte instinktiv. Er hob seine Waffe auf Augenhöhe, dann drückte er die Klinke herunter und öffnete die Tür.

John hatte sich niemals Gedanken darüber gemacht, wie die Hölle wohl aussehen mochte. Er hatte nie an ihre Existenz geglaubt.

Als die Tür zum gemeinsamen Schlafzimmer jedoch mit jenem markanten Quietschen aufschwang, wusste er, dass die Hölle existierte.

Hier. An diesem Abend. In ihrem Schlafzimmer.

Das schummrige Licht von Carolines Nachttischlampe, das John so sehr liebte, weil Caroline es liebte und das kaum einen Bruchteil des Zimmers erleuchtete, schien plötzlich so hell, als wäre es der Scheinwerfer eines Flutlichts. John erkannte jedes Detail in diesem Zimmer. Er sah ihr Bett; die gesteppte Tagesdecke; den Kleiderschrank. Sie liebte es, sich umzustylen. Viele Male hatte John sie gebeten, sich zu beeilen, wenn sie irgendwo eingeladen waren, oder einen Tisch reserviert hatten. Und die Hälfte jener Tage waren sie am Ende zuhause geblieben.

Ich brauche einfach meine Zeit, hatte sie immer gesagt. *Ich will schön für dich sein.*

Das bist du schon, hatte John dann jedes Mal geantwortet, sie umarmt und geküsst.

Lass das. Wir kommen noch zu spät.

Doch an jenem Abend war John es, der zu spät kam, und all die kleinen Erinnerungen, die an diesem Zimmer, ihrem Zimmer hingen, verblassten in einem Schleier aus Rot.

Der hochwertige Perserteppich vor dem Bett, die Tagesdecke und der Spiegel ihres großen Kleiderschrankes. Selbst die Nachttischlampe, die John verabscheute und zugleich liebte, weil Caroline sie so mochte. All diese Dinge waren nun für immer beschmutzt.

Von ihrem Blut.

Die Tür kam knarrend zum Stillstand und zog eine rote Spur über die hellen Fliesen. Der Gestank von Eisen und Tod nahm in diesem Moment alles ein. Die Blutlache, die unter der Tür durchgesickert war, endete in einer Schleifspur, die sich über den Perserteppich zog und hinter das Bett führte. John keuchte, vergaß Luft zu holen. In seinem Kopf rasten etliche Güterzüge umher und prallten mit voller Wucht gegen die Schädelwände. Die Knie wurden weich, gaben nach und er sackte zu Boden, in das noch warme Blut Carolines. Tränen liefen ihm völlig unkontrolliert über die Wangen und brannten darauf wie Feuer.

Dann hörte er ein Schluchzen.

Doch es kam nicht von ihm.

Es kam von Stanley Harper.

»John!« Irgendwer unten im Haus rief seinen Namen.

John ignorierte den Ruf. Sein Blick war starr auf den mit Blutspritzern verunstalteten Spiegel gerichtet, in dem er die zusammengekauerte Silhouette von Harper erblickte. Er hockte hinter dem Bett, hielt etwas in den Armen und wiegte sich vor und zurück.

Es dauerte einige Momente, bis John begriff, was er dort sah. Der Mann, den sie so verzweifelt über Monate gejagt und der zweiundzwanzig Menschen ohne Reue kaltblütig ermordet hatte, weinte. Er weinte um die Frau, die er getötet hatte, um John eine Lektion zu erteilen, und die vermutlich die einzige unschuldige Person war, die sowohl John als auch Harper kannten. Er hätte Zeit gehabt, zu fliehen, sich abzusetzen, ein für alle Mal unterzutauchen. Wie er es schon so viele Male zuvor gemacht hatte.

Aber er war hiergeblieben; hielt Carolines leblosen Körper in seinen Armen.

Völlig unerwartet fiel die Starre von John ab.

Seine Tränen versiegten, das Zittern seines Körpers verebbte und die Übelkeit auf seiner Zunge löste sich in Luft auf. Plötzlich kochte es in ihm. Harper hatte ihm alles genommen. Alles, was er liebte. Für das er lebte. Den Grund, jeden Morgen aufzustehen.

»John«, hörte er wieder die Stimme. Doch er nahm sie kaum wahr. »John, wo bist du?«

»Harper«, kreischte John schrill, sprang auf die Füße und stürzte vor. Dabei wäre er fast auf dem von Blut durchnässten Teppich ausgerutscht. Sieben Liter konnten verdammt viel sein. »Harper. Du verdammter Hurensohn!«

Der Killer stieß ein Wimmern aus und riss den Kopf hoch. Dabei presste er Carolines Körper so fest an sich, als wäre sie sein Schutzschild. »Ich …«, schluchzte er. Seine Tränen zogen eine glänzende Spur auf das Blut in seinem Gesicht. »Es … es tut mir leid. Sie war so unschuldig. Sie wusste nicht, wie ihr geschieht. Ich dachte, ich müsste es tun. Ich …«

»Halt dein Maul«, brüllte John. Seine Stimme hallte laut in seinem Schädel wider. »Lass sie los. Geh weg von ihr!« Er hatte das Bett umrundet und stand nun unmittelbar vor Harper, der mit seinem verheulten Gesicht zu ihm hinaufsah. Seine Augen waren aufgequollen, Rotz lief aus seiner Nase.

»Bitte. Ich …«

»Geh von ihr weg.« John ging auf die Knie, drückte Harper die geladene Waffe unters Kinn und zwang ihn zurück. Gleichzeitig fing er Carolines Körper mit seiner linken Hand auf. Sie war noch warm doch unnatürlich schwer, ihre einst so wunderschön grünen Augen, aus denen die Freude und das Leben nur so gesprudelt hatten, waren gebrochen und starrten ins Nichts. Eine klaffende Wunde in ihrer Kehle hatte ihr Leben beendet. Neben ihrer rechten Hand lag der Blumenstrauß, den sie bei ihrer Hochzeit getragen und danach getrocknet hatte. Er war blutüberströmt und das Licht der Nachttischlampe brach sich in dem dunklen Rot, das von den Blüten tropfte.

»Ich wollte nicht …«

»Du sollst dein Maul halten!« John schlug so heftig mit seiner Waffe zu, dass eines von Harpers Brillengläsern zu Bruch ging. Der Serienmörder jaulte auf und hielt sich das linke Auge. Blut quoll zwischen seinen Fingern hervor. John ließ seine Waffe sinken, nahm das Gesicht seiner Frau in beide Hände und küsste ihr die Stirn.

»Caroline«, sagte er leise, fast zärtlich, während die Tränen wieder zurückkehrten. Sie konnte nicht tot sein. Das war ein Traum. Ein grässlicher Alptraum, aus dem John jeden Augenblick erwachen würde. Sie konnte nicht tot sein. Nicht jetzt. Nicht hier. Nicht so.

»Caroline, Liebes, bitte wach auf.« Die Worte kamen aus seinem Mund, ohne dass er den Sinn dahinter wirklich verstand. Selbst wenn er es gewollt hätte, er hätte nichts dagegen tun können.

Er musste diese Dinge sagen. Er musste alles versuchen, um Carolines Tod ungeschehen zu machen.

Er musste …

Für einen kurzen Augenblick machten sich Unglauben und Fassungslosigkeit in ihm breit, dann wurde er vollkommen von seinen Gefühlen übermannt. Von heftigen Schluchzern gepackt, wiegte er den Leichnam seiner Frau vor und zurück, wie Harper es zuvor bereits getan hatte.

Das Blut seiner Frau klebte an seinem Gesicht, seinen Händen, seiner Kleidung. Warm lief es die Finger hinab und in die Ärmel der Jacke. Wieder und wieder bettelte er Caroline an, zu ihm ins Leben zurückzukehren.

Doch sie würde es nicht tun. Ganz gleich, wie oft er sie auch anflehen, wie oft er ihre Stirn küssen oder ihre blutigen Haare aus dem Gesicht streichen würde.

Caroline war tot.

Johns Blick fiel auf den Brautstrauß neben Carolines Hand. Und dann überkam ihn die Gewissheit: Was zum Teufel sollte er Cameron sagen, wenn sie nach Hause kam? Wie sollte er ihr beibringen, dass ihre Mutter tot war und der Mann, der das getan hatte, noch immer lebte? Wie sollte er ihr jemals wieder in die Augen sehen können?

Verzweiflung überkam John. Was sollte er nur ohne Caroline machen? Ohne seinen Anker, der ihn immer im Licht hielt, wenn die Dunkelheit, die sein Job mit sich brachte, ihn zu verschlingen drohte? Wie konnte er nur ohne sie weiterleben? Wie sollte er jeden Morgen aufstehen, sich anziehen, zur Arbeit gehen und dann in ein Zuhause kommen, das für alle Zeit von ihrem Blut entstellt sein würde?

Wie sollte er jemals Frieden finden?

Johns Blick richtete sich langsam auf Harper, der noch immer an der Wand lehnte und aus geröteten Augen auf ihn und Caroline schaute. Sein Gesicht war eine Fratze der Trauer.

»John.«

Mahmuts Stimme hallte durch den Raum, doch John nahm sie kaum wahr. John legte Carolines Kopf sanft auf den Boden, strich ihr zärtlich über die Wange und wischte sich die Tränen aus dem Gesicht. Langsam erhob er sich, streckte den rechten Arm in Richtung Harper aus, und musste mit der linken Hand sein rechtes Handgelenk umfassen, damit er das Zittern kontrollieren konnte.

»Es tut mir leid«, wisperte Harper. »Ich wollte das nicht.«

»Spar dir deine Worte«, sagte John mit einer Eiseskälte in der Stimme, vor der er selbst zurückschreckte.

Er musste Harper erschießen.

Nur dann würde es enden.

»Es tut mir leid. Es tut mir leid. Es tut mir leid«, wiederholte Harper immer und immer wieder.

Das Kris, der zeremonielle Dolch, mit dem er seine bisherigen Opfer so kaltblütig ermordet hatte, blitzte in seiner rechten Hand auf. Doch entgegen Johns Erwartungen, Harper würde ihn angreifen, warf er den Dolch wie ein widerwärtiges Insekt davon.

John legte an.

»John, nimm … großer Gott.« Mahmut war ins Zimmer gestürzt. Aus dem Augenwinkel sah er, wie sich sein Freund entgeistert am Ort des Verbrechens umsah und die Hand vor den Mund schlug. Auch in seinen Augen sammelten sich Tränen, die kurz darauf sein Gesicht hinabliefen.

»Sie ist tot, Mut.« Seine Stimme war monoton; eiskalt. »Sie ist tot. Er hat sie getötet.«

»Mein Freund, nimm die Waffe runter.« Mahmut kam langsam auf ihn zu.

»Bleib stehen«, fauchte John.

»Bitte, es tut mir leid«, flehte Harper. »Töten Sie mich, John. Ich verdiene den Tod. Richten Sie über mich.«

»Ihn zu erschießen, bringt sie nicht zurück. Und du wirst dich dadurch auch nicht besser fühlen.«

»Wer sagt das? Welcher beschissene Idiot hat sich diese Floskeln ausgedacht?« John weinte noch immer. Doch jetzt nicht mehr vor Trauer, sondern vor Zorn. Er wollte Harper sterben sehen. Hier. Jetzt. Vor seinen Augen, zu seinen Füßen wie ein Tier.

»Gib mir die Waffe«, flehte Mahmut. »Bitte.«

»Und was dann?« Die Rechte zitterte nunmehr so stark, dass er sie selbst mit seiner linken Hand nicht mehr ruhig halten konnte. »Wird er weggesperrt? Bekommt er ein Bett und drei Mahlzeiten pro Tag? Nein.«

»John, bitte.« Mahmut kam näher und hob vorsichtig die Hände. »Ich weiß, wie du dich …«

»Fühlst? Einen Scheiß weißt du!« John wischte sich das Gesicht an der rechten Schulter ab. »Es endet hier und jetzt.«

»Sei nicht dumm.« Der Agent hatte die Hälfte des Zimmers durchquert. Auch an seinen Schuhen klebte nun Carolines Blut und weitere Fußspuren gesellten sich zu Johns auf den hellen Teppich. »Denk an Cameron. Was wird aus ihr?«

»Das mache ich die ganze Zeit«, fauchte John. »Ich werde ihn töten. Ich werde dich töten«, sagte er an Harper gewandt und atmete tief ein. »Cameron soll wissen, dass ihr Vater den Tod ihrer Mutter gerächt hat.« Er ließ die Luft pfeifend aus seiner Lunge entweichen.

»Nein!«, schrie Mahmut und sprang vor.

John drückte ab.

Kapitel 42

Washington D.C.
2. November
16:41 Uhr Ortszeit

Reign Nguyen hatte sich alles, was sie in ihrem Leben besaß, selbst erarbeitet. Ursprünglich kam sie aus Siargao, einer kleinen Insel der Philippinen, und hatte ihr halbes Leben geschuftet, um sich den American Dream erfüllen zu können. Sie hatte jeden Job angenommen, den sie in die Finger bekommen hatte, und jeden Cent, der nicht für lebenserhaltende Maßnahmen benötigt wurde, gespart.

Sie hatte Kampfhähne gezüchtet, hatte am Straßenrand Benzin verkauft und zur Hochsaison in Hotelanlagen geschuftet und die Anmaßungen der »Foreigners« über sich ergehen lassen.

Vor zehn Jahren hatte sie schließlich so viel gespart, dass sie sich nach Amerika absetzen und ein Internetcafé eröffnen konnte. Ihr Traum lebte. Zumindest für eine kurze Zeit.

Denn mit dem Voranschreiten des mobilen Internets wurden Cafés wie das von Reign Nguyen immer überflüssiger. Bis auf die paar Menschen, die sich einen privaten Anschluss nicht leisten konnten, oder kein Handy besaßen, und diejenigen, die bei ihren Aktivitäten nicht erkannt werden wollten, verirrte sich kaum jemand mehr in ihr Café. Deshalb hatte Reign angefangen, ihren Laden vierundzwanzig Stunden aufzulassen, hatte ihre Wohnung gekündigt und sich ein kleines Schlafsofa geholt, das nun in ihrem Büro stand. Sie brauchte nicht viel und war nach wie vor fest davon überzeugt, dass sie ihren Traum lebte.

Auch, wenn es alles andere als einfach war. Doch es war immer noch besser, als zuhause weiter Kampfhähne zu züchten oder sich betrunkene Sexismus-Touristen vom Leib zu halten. Als sie an diesem Tag ein Plakat ins Ladenfenster hängte, auf dem ihr Café als Austragungsort eines nationalen Counter-Strike-Turniers ausgewiesen wurde, parkte ein schäbiger, weißer Lieferwagen vor dem Café. Reign legte den Kopf schief und sah dabei zu, wie ein Mann ausstieg und geradewegs auf ihr Café zukam.

Er trug einen dunkelblauen Anzug, ein weißes Hemd und wirkte irgendwie unpassend gekleidet, um ein solches Auto zu fahren. Er betrachtete das Schild, das über der Eingangstür hing, öffnete dann die Tür und betrat den Laden.

»Hallo«, sagte Reign. »Ich bin gleich bei Ihnen. Suchen Sie sich doch schon einen Platz aus.«

Einen kurzen Augenblick stand der Mann im Eingangsbereich, wirkte fast verloren, dann suchte er sich einen Tisch in der hintersten Ecke.

Reign sah ihm hinterher, schüttelte den Kopf und wandte sich dann wieder dem Poster zu. Mit einigen wenigen Handgriffen hängte sie es auf, dann stieg sie von ihrem Hocker, klappte ihn zusammen und stellte ihn in die kleine Nische neben dem Tresen, hinter dem sie für gewöhnlich saß, wenn sich Menschen in ihrem Café aufhielten. Ein großer Kühlschrank mit Glastür und eine industrielle Kaffeemaschine befanden sich in unmittelbarer Nähe, damit es den Kunden an nichts fehlte. »Hallo noch einmal, der Herr«, sagte sie, als sie sich dem Mann näherte, der den Rechner bereits eingeschaltet hatte. »Benötigen Sie eine kurze Einführung?«

Der Gast reagierte nicht. Er starrte auf den Bildschirm, das Licht spiegelte sich in seiner Brille und ein verzückter Ausdruck stand auf seinem Gesicht.

»Die angefangene Stunde kostet sechs Dollar, Getränkepreise entnehmen Sie der Liste, die neben Ihnen liegt. Wenn Sie fertig sind, kommen Sie nach vorne und bezahlen. Ich akzeptiere jegliche Form von Karten sowie Bargeld.«

»Danke«, sagte der Mann mit einer Mischung aus Routine und Faszination und drehte Reign den Kopf zu.

Mit der rechten Hand kramte er in der Innentasche seines Sakkos nach etwas und hielt ihr schließlich ein zusammengerolltes Bündel Geldscheine hin. »Für Ihre Mühen.« Er lächelte sie an.

Und dann, plötzlich, erkannte sie ihn. Es war die Art, wie er sprach. Langsam, freundlich und dennoch so, dass sich einem die

Nackenhaare aufstellten. So, wie ihn die Nachrichten beschrieben hatten. Reign Nguyens Blut gefror zu Eis.

»Sie ... sind Stanley Harper«, stammelte sie. »Der ... Robin-Hood-Killer.«

»Das ist sehr schmeichelhaft. Doch ich bevorzuge meinen richtigen Namen.«

»Bitte ... tun Sie mir nichts.«

»Keine Sorge, Mrs, das werde ich nicht.« Er legte das Bündel auf den Tisch und wandte sich dann wieder dem Bildschirm zu. »Geben Sie mir einfach etwas Privatsphäre. Und bitte, verständigen Sie nicht die Polizei, bis ich fertig bin.«

Kapitel 43

»Du hättest ihn mich damals erschießen lassen sollen.«

John blickte von dem Zettel auf, der vor ihm auf dem Tisch lag. Nachdem sie den Lagerraum betreten hatten, in dem es vor vergilbten Pappkartons und Schachteln nur so wimmelte, hatten sich John und Mahmut dazu entschieden, die Dokumente abholen und ins Büro bringen zu lassen. Alte Zeitungsartikel; Fotoalben; Akten. Ein Wust aus undurchsichtigen Papierstapeln, die auf den ersten Blick keinen Sinn ergaben.

Anschließend waren sie mit Brock in das kleine Häuschen auf dem Gelände gegangen, in dem sich das Sicherheitspersonal aufhielt, um sich das Überwachungsvideo anzuschauen. John war es dabei eiskalt den Rücken heruntergelaufen, als er Stanley Harper aus dem Taxi hatte steigen und das Gelände betreten sehen. Der Winkel der Kamera war zwar sehr weit gewesen, doch John hätte die Gestalt Harpers überall erkannt. Es war die Art, wie er sich bewegte. Vorsichtig und zugleich wie ein Raubtier. Nachdem Harper die Keycard vor das Lesegerät gehalten und ein kurzes Telefonat geführt hatte, verschaffte er sich Zutritt zum Gelände, indem er den vierstelligen Code eintippte. Das Gefühl, das John schon die ganze Zeit gehabt hatte, dass etwas nicht zu passen schien, wurde nur noch stärker, als er Harper telefonieren sah.

Während Mahmut dem Team das Kennzeichen des Taxis durchgegeben hatte, hatte sich John die Szene immer und immer wieder angeschaut. Doch je öfter er Harper telefonieren sah, desto verwirrter war er. Die Theorie des anonymen Helfers brannte sich einer Vorsehung gleich in Johns Geist. Als sie mit Brock Stevenson alles Weitere geklärt und mit seinem Kollegen gesprochen hatten, der ihnen aber keine neuen Informationen lieferte, hatten Mahmut und John zurück zum Rest des Teams fahren wollen.

Auf halbem Weg durch die verschneiten Straßen Washingtons waren sie jedoch zu dem Schluss gekommen, dass sie etwas Zeit für sich brauchten, um ihre Gedanken zu ordnen, ehe sie zu den anderen zurückkehrten. Das Diner, in dem sie ihre kurze Pause einlegten, war nichts Besonderes.

Lauwarmes Essen, dünner Kaffee, mittelmäßiger Kuchen und unauffällige Bedienungen, die mit gelben Schürzen und früher einmal weißen Uniformen, über den rutschigen Boden wuselten. Mahmut hatte kurz vor ihrem Aufbruch ein Team organisiert, das die unzähligen Kartons und Akten aus der Lagerbox sichern und zum Hoover Building bringen sollte. Ebenso das Video der Überwachungskamera.

Mahmut, der tiefe Sorgenfalten auf der Stirn hatte, stellte die weiße Kaffeetasse auf den Unterteller, auf dem sich noch Reste von vorherigen Gästen befanden, und blickte John an. »Hätte ich tun sollen«, beantwortete er dessen Aussage. Er beugte sich vor und wischte sich über das Gesicht. Er wirkte müde und ausgelaugt. »Was denkst du?«

»Wozu?«

»Zu allem. Zu dem Taxifahrer, dem Lagerraum, einfach allem.« Mahmut atmete tief durch und massierte sich die Schläfen. »Und wieso zum Teufel benutzt Stanley Harper das Anagramm Lena Tre Sharpay? Wieso es so offensichtlich machen? Doe hätte es doch auch getan. Oder Smith.«

Johns Kopf schwirrte. Er blickte wieder auf den Zettel, auf den er den Namen der vermeintlichen Mieterin und den des gesuchten Serienkillers geschrieben hatte. Dass Lena Tre Sharpay nur ein Anagramm war, war ihnen sofort aufgefallen, als sie das Mieterverzeichnis aufgerufen hatten.

»Ich weiß es nicht«, sagte John und seufzte hörbar. »Ich dachte, dieser Lagerraum würde uns Antworten geben; ich dachte, wir hätten endlich eine konkrete Spur. Stattdessen wirft er mehr und mehr Fragen auf. Und erst recht die Tatsache, dass Harper telefonierte, bevor er das Gelände betreten hat. Als hätte er nicht die Kontrolle. Das ergibt keinen Sinn.«

»Da stimme ich dir zu.« Mahmut nickte knapp. »Deine Theorie mit einer externen Quelle nimmt immer mehr Formen an. Als wäre Harper nur eine Marionette. Und das passt nicht zu ihm.«

Er hob die Hand und wartete, bis die Kellnerin kam.

»Was darf's sein?«, fragte sie und schwenkte die Kaffeekanne, mit der sie bewaffnet war, in der Hand.

Vielleicht eine freundlichere Bedienung.

John blickte auf sein Smartphone, das er auf den Tisch gelegt hatte. Cameron hatte sich noch immer nicht gemeldet. Am besten wäre es, wenn er sie anrufen würde. In diesem Moment ging eine Nachricht von Selina ein: `Wir haben den Taxifahrer ausfindig gemacht. Eine Streife holt ihn ab und bringt ihn ins Büro. Wo seid ihr?`

John nahm sein Handy und tippte eine Antwort, während Mahmut einen weiteren Kaffee und ein Stück Kuchen bestellte.

`Sind in einem Diner und machen uns gleich auf den Weg. Habt ihr etwas in der Krankenakte gefunden? Oder zu dem Namen?`

»Kuchen?«, fragte die Kellnerin und kippte einen Schwall des viel zu dünnen Kaffees neben die Tasse. Doch anstatt es wegzuwischen, zuckte sie mit den Schultern. »Wir haben aber nur noch Apfelkuchen da.«

»Gut«, sagte Mahmut. »Dann bitte zwei Stück davon.« Er nahm eine der dünnen Servietten aus dem Metallspender, der neben Salz und Pfeffer auf dem Tisch stand, und legte sie unter die Kaffeetasse. Innerhalb eines Herzschlags war sie vollgesogen.

Die Kellnerin drehte sich auf dem Absatz um und watschelte in die Küche.

Mahmut sah ihr kopfschüttelnd hinterher. »Man sollte meinen, dass die Menschen abseits unseres Metiers freundlicher wären.«

»Sollte man meinen.« John zeigte Mahmut die Nachricht, die Selina ihm geschrieben hatte.

»Das ist gut«, meinte Mahmut und schob John sein Telefon über den Tisch zurück. Die Schutzhülle quietschte dabei unangenehm. »Das mit dem Taxifahrer meine ich.« Er nippte an seinem Kaffee und verzog das Gesicht. »Vielleicht kann er uns etwas sagen, das uns weiterhilft.«

»Das haben wir von dem Lagerraum auch gedacht.« John schüttelte den Kopf und blickte wieder auf den Zettel. »Nichts als Wollmäuse und vergilbte Erinnerungen. Wenigstens haben wir jetzt noch mehr Anhaltspunkte, die ins Nichts führen. Die Papiere zu durchforsten, wird vermutlich die ganze Nacht dauern.« John massierte sich die Schläfen, als er an die ganzen Zeitungsartikel und Fotoalben dachte, die darauf warteten, ihnen höhnisch ins Gesicht zu lachen.

»Gut möglich.« Mahmut stellte die Tasse wieder hin, lehnte sich zurück und verschränkte die Arme vor der Brust. »Aber wenn uns das hilft, endlich ein wenig Licht in das Dunkle um Harper zu bringen, soll es mir das wert sein.«

John nickte und schaute wieder auf sein Handy. Selinas Antwort war kurz: Ja zur ersten Frage, nein zur Zweiten. Dann schickte sie eine zweite Nachricht hinterher: Die Akte siehst du dir besser selbst an.

Mahmut sah John fragend an.

»Etwas in Harpers Krankenakte aus dem Gefängnis«, sagte dieser.

»Mh«, machte Mahmut. Hinter seiner Stirn konnte John es arbeiten sehen. »Findest du es nicht auch ungewöhnlich ruhig?«

»Das ist zu dieser Zeit immer so«, sagte die Kellnerin, die plötzlich wie aus dem Nichts mit den zwei bestellten Stücken Kuchen aufgetaucht war. Lustlos stellte sie die Teller auf den Tisch. Dabei rutsche eine der Gabeln vom Porzellan und fiel klimpernd auf den Boden.

»Danke«, sagte Mahmut, meinte aber genau das Gegenteil.

»Gerne«, antwortete die Kellnerin und meinte offensichtlich ebenfalls nicht das, was sie sagte. Dann drehte sie sich um und verschwand, um ihre Laune an den wenigen anderen Gästen auszulassen, die sich im Diner befanden.

Draußen begann es bereits dunkel zu werden, als John einen weiteren Blick auf den Zettel warf, den Brock Stevenson ihm gegeben hatte. *Lena Tre Sharpay* brannte sich wie ein greller Lichtblitz in seine Netzhaut. Blinzelnd betrachtete er den Kuchen.

»Was denkst du?«, fragte Mahmut, nachdem er seinen Teller so schnell leergegessen hatte, dass John glaubte, er habe den Kuchen inhaliert.

»Dass wir zurück ins Büro fahren sollten. Ich will die verdammte Krankenakte sehen.«

John stand auf und kramte in seiner Jacke nach einem Zehn-Dollar-Schein und legte ihn auf den Tisch.

»Können Sie uns den Kuchen bitte einpacken?«

Kapitel 44

John betrat das ehemalige Großraumbüro seines Teams und sah sich um. Seit seinem Weggang hatte sich einiges verändert, während andere Dinge gleichgeblieben waren. Die Schreibtische der einzelnen Mitglieder waren immer noch dieselben alten Möbel, wobei einige der Stühle durch neuere Modelle ersetzt worden waren. Die Monitore und Laptops waren neu und die Tafel, auf der sie ihre ersten Ideen zu neuen Fällen festgehalten hatten, stand am selben Ort wie früher. Wenn man genau hinsah, konnte man sogar noch einige Wortfetzen in blau, schwarz und rot erkennen, die der Schwamm nicht komplett weggewischt hatte.

Der Fußboden, ein Alptraum aus dunkelgrauem, ausgetretenem Teppich, war nicht ersetzt worden und man erkannte gut, welche Stellen besonders stark beansprucht worden waren. Etwa das Stück vor der Tafel oder die Gänge zwischen den einzelnen Schreibtischen. Die Wege zur Kaffeemaschine und zur Toilette waren ebenfalls stark abgenutzt.

Es roch nach Kaffee, nach Filz und nach alter Elektronik. Johns alter Schreibtisch, der immer am Ende des Büros gestanden hatte, war nun zu einem Ablageort für Akten, benutzte Kaffeetassen und Stifte geworden. Das Namensschild, das zu seiner aktiven Zeit darauf gestanden hatte, war verschwunden. Entweder hatte man es eingelagert oder es lag unter dem Berg von Akten begraben. Mahmuts Schreibtisch hingegen schien unangetastet.

John wusste, dass er ab und an aus Quantico herkam, um anderen Teams als Sonderberater – wie er es gerne nannte – beizustehen. Er glaubte jedoch, dass es Mahmut in Wahrheit fehlte, auf der Straße zu sein. Der Job als Ausbilder mochte zwar deutlich besser bezahlt sein und ein geregeltes Leben versprechen, aber er ließ auch den Jagdinstinkt verkümmern, den jeder in diesem Team besaß.

»Da seid ihr ja«, begrüßte Daniela ihn und Mahmut. Selina und Steve saßen abseits an einem Schreibtisch und brüteten über etlichen Akten, die sich vor ihnen stapelten. Auf dem Boden um sie herum befanden sich mehrere dunkelgraue Kartons, was den Eindruck erweckte, als hätten sie sich ein Fort gebaut. Das Team hatte also die Unterlagen aus dem Lagerraum erhalten.

Dean saß für sich allein im hinteren Teil des Büros und tippte auf seinem Laptop herum. Als er John erblickte, nickte er ihm kurz zu. Der Bluterguss in seinem Gesicht begann sich langsam violett zu verfärben.

»Kannst du ihm das geben?« John hielt Daniela den Zettel hin. Sie blickte einen Moment kritisch auf Johns handgeschriebene Notizen und runzelte die Stirn. »Ist das ein »E« oder ein »C«?«

»Sehr witzig. Lass Colt den Namen durch sämtliche Datenbanken jagen. Vielleicht finden wir etwas.«

Daniela nickte knapp und ließ den Zettel in ihrer Gesäßtasche verschwinden. Ihr Lächeln erstarb. »Sieh dir das an«, sagte sie und drehte sich um. Auf dem Schreibtisch hinter ihr lag eine Akte. Direkt daneben stand eine kleine hölzerne Kiste von der Größe eines Schuhkartons, auf der sich das Logo des FBI befand. Daniela nahm zuerst die Akte und reichte sie John.

»Harpers Krankenakte aus dem Gefängnis?«, vermutete John und schlug sie auf. Daniela nickte, wobei ihre Ohrringe leise klimperten. John überflog die Akte. Harper hatte etliche Aufenthalte auf der Krankenstation verbracht. Vor allem in den letzten fünf Jahren und teilweise über mehrere Tage. Einmal hat man ihn sogar – unter strenger behördlicher Aufsicht natürlich – in ein nahegelegenes Krankenhaus verlegt worden. Auch dort verbrachte er mehrere Tage.

»Harper hat Krebs«, sagte Daniela, als sie Johns fragenden Blick und seine gerunzelte Stirn bemerkte. »Prostatakrebs.« Sie blätterte in der Akte zwei Seiten weiter und tippte mit dem Finger auf die entsprechende Stelle. »Vor circa zwei Jahren festgestellt«, fasste sie zusammen. »Zuerst schlug die Chemo an und der restliche Teil des Krebses konnte mit Hilfe einer Operation entfernt werden. Es sah so aus, als könnte Harper sich vollständig erholen. Doch dann bemerkte man Metastasen. In Lunge, Darm, sogar in der Bauchspeicheldrüse.« Daniela blätterte für John weiter auf die nächste Seite, wo detaillierte Berichte über die Befunde standen. »Die behandelnden Ärzte konnten ihm nur noch sagen, dass er sterben wird.«

»Ein Wunder, dass er so lange überlebt hat«, sagte Mahmut, der John über die Schulter blickte.

»Tatsache«, erwiderte John grimmig. Ein Teil in ihm freute sich über diese Diagnose. Harper hatte es verdient, nachdem er so viele Menschen auf dem Gewissen hatte, und er wünschte dem Serienkiller einen langsamen, grausamen und schmerzhaften Tod. Doch ein anderer Teil in ihm, der viel größere Teil, fürchtete diese Situation. Nun war er um einiges gefährlicher.

Er hatte nichts mehr zu verlieren. Er würde sterben, so oder so. Und ihm konnte es egal sein, ob der Krebs ihn holte oder ob John sein Henker sein würde.

Dies war es also. Sein Endspiel.

»Gibt es Hinweise zur Medikation?«, fragte John und blätterte durch die Akte. »Harper wird kaum ohne Schmerzmittel den Tag überstehen.«

Daniela schüttelte den Kopf. »Ich werde sehen, was ich rausfinde.« Sie drehte sich schon halb um, hielt dann aber inne. »Ach, übrigens«, sagte sie und deutete schließlich auf die Kiste. »Das kam vorhin für dich an. Mit freundlichen Grüßen von Erin. Willkommen zurück. Oh, und mach dir keine Sorgen wegen der Eignungstests. Erin sagte, dass dein Ausweis erst einmal nur für den Fall gültig ist und wir dich als externen Berater beschäftigen. Alles weitere wird sich danach klären.« Sie schenkte John ein Lächeln und machte sich dann auf den Weg zu Dean, um ihm den Zettel zu geben.

John sah ihr einen Augenblick nach, klappte dann die Akte zu und reichte sie Mahmut, damit er sie lesen konnte.

Er beugte sich vor, hob die Kiste hoch und wog sie prüfend in der Hand. Sie war warm, schwer und bestand aus gebeiztem Mahagoni.

Als er sie aufmachte, konnte er sich eines Lächelns nicht erwehren. Darin befanden sich eine lederne Mappe, auf der das Logo des FBI aufgestanzt war, und eine Pistole in einem Holster. Die Mappe glänzte und die Waffe war auf Hochglanz poliert.

John nahm die Mappe heraus und öffnete sie. Sein alter Dienstausweis kam zum Vorschein. Das Bild, das sich darauf befand, war gut zehn Jahre alt und hatte kaum mehr etwas mit dem John Greyson gemeinsam, der ihm heute im Spiegel gegenüberstand. In roten Buchstaben waren die Worte externer Berater auf dem Plastik aufgedruckt, unter dem der Ausweis verborgen war.

Noch immer lächelnd steckte er den Ausweis in die Innentasche seiner Jacke und befestigte das Holster an seinem Gürtel. Mit einem nostalgischen Gefühl schloss er die Kiste und stellte sie zurück auf den Tisch.

»Willkommen zurück, Grey«, sagte Mahmut leise und klopfte ihm freundschaftlich auf die Schulter. »Und jetzt lass uns dieses Schwein fangen.«

John drehte sich zu Mahmut um. In diesem Augenblick tauchte eine Frau im Büro auf. Sie trug einen schwarzen Hosenanzug, hatte die dunklen Haare zu einem strengen Zopf nach hinten gebunden und dezente Schminke auf den Wangen. Sie sah abwechselnd von Mahmut zu John und blickte sich dann flüchtig um. An ihrer Hüfte befand sich ein Waffenholster. »Sind Sie John Greyson?«, fragte sie John mit schneidender Stimme, der mit einem knappen Nicken antwortete. »Agent Miranda Cooper. Wir bringen den Taxifahrer.«

Kapitel 45

Waylon Langstrom wirkte im ersten Moment nicht wie jemand, der etwas zu verbergen hatte.

Er saß mit offener Körperhaltung auf einem Stuhl in einem der abgelegenen Büros und wartete geduldig darauf, dass jemand zu ihm kam, um ihn zu befragen.

»Guten Abend, Mr. Langstrom«, sagte John, als er und Mahmut den Raum betreten und die Tür geschlossen hatten. »Mein Name ist John Greyson, das ist mein Kollege Mahmut Nasser. Vielen Dank, dass Sie so kooperativ sind und mit uns sprechen.«

Waylon Langstrom stand auf, als er Johns Hand ergriff. Eine Geste der Höflichkeit, die in der heutigen Zeit viel zu selten geworden war. »Natürlich«, erwiderte Langstrom und ergriff Johns Hand. »Ich helfe immer gerne.«

John deutete auf den Stuhl, auf dem Langstrom zuvor schon gesessen hatte, und ließ sich auf dem Stuhl ihm gegenüber nieder. »Sie wissen, warum Sie hier sind?«

»Wegen Stanley Harper. Ja.«

»Wir sind auf Sie gekommen, weil Sie ihn gestern Abend zu einem Gelände am Hafen gefahren haben. Was können Sie uns sagen?«

»Ja, das habe ich«, antwortete Langstrom und machte ein bestürztes Gesicht. »Aus Angst um mein Leben habe ich seinen Forderungen Folge geleistet. Es war eine lange Nacht, die ich niemals zu überleben geglaubt hätte. Doch wie mir scheint, befand ich mich zu keiner Zeit wirklich in Lebensgefahr.«

»Würden Sie uns bitte mitteilen, was sich letzte Nacht ereignet hat, nachdem Stanley Harper in Ihr Taxi gestiegen ist?«

»Also schön.« Waylon Langstrom holte tief Luft, dann begann er seine Erzählung.

»Es tut mir leid, dass ich Ihnen nicht wirklich weiterhelfen konnte«, sagte Waylon Langstrom, nachdem er fertig war. Wie John vermutet hatte, hatten sich aus dem Gespräch mit ihm keine neuen Erkenntnisse ergeben, und dennoch war die Tatsache, dass sie wieder am Anfang standen, vollkommen ernüchternd.

»Danke.« John reichte dem Taxifahrer die Hand. »Sollten wir noch Fragen haben, melden wir uns bei Ihnen.«

Waylon Langstrom ergriff die Hand, drückte sie kurz und warf dann John und Mahmut einen entschuldigenden Blick zu, ehe er den Raum verließ und die Tür hinter sich schloss.

»Und nun?«, fragte Mahmut und klang dabei, als würde er mehr zu sich selbst sprechen als zu John. »Harper hat sich von ihm nur durch die Stadt kutschieren, ihn einen Blumenstrauß kaufen, sich zum Lagerhaus bringen und am Friedhof absetzen lassen? Und dafür hat er wie viel bezahlt? Fünftausend Dollar?« Er machte ein abfälliges Geräusch. »Das ergibt doch alles überhaupt keinen Sinn. Er ist schon wieder abgetaucht. Fuck! Was machen wir denn jetzt?«

»Wir suchen weiter«, sagte John und wischte sich über das Gesicht. Seine Haut fühlte sich kalt und irgendwie ledrig an. »Wir müssen ihn finden, Mut. Wir müssen einfach.«

»Ich weiß.« Mahmut seufzte. »Schöne Scheiße. Ich brauch einen Kaffee. Willst du auch einen? Oder lieber etwas Stärkeres?«

John schüttelte den Kopf. »Danke, aber ich muss jetzt erst einmal allein sein.«

»Alles klar. Ich verstehe dich nur zu gut. Friss nur nicht zu viel in dich hinein. Wenn du reden willst …«

»Spreche ich mit dem Motivationskalender, den ich dir schulde?« John versuchte sich an einem Grinsen.

»Du lernst dazu. Ich bin beeindruckt.«

Kapitel 46

John schloss die Tür des leeren Besprechungsraumes und ließ sich mit einem schweren Seufzen auf einen der sechs freien Stühle fallen.

Es war ein ereignisreicher und vor allem langer Tag gewesen und er wusste nicht, wann er das letzte Mal geschlafen, geschweige denn, etwas Vernünftiges gegessen hatte. Doch John war weder wirklich müde noch hungrig. Er war einfach nur erschöpft und verwirrt und brauchte etwas Zeit für sich, um seine Gedanken zu ordnen und die letzten Stunden Revue passieren zu lassen. Er schloss die Augen, bedeckte die Lider mit seinen Händen und konnte spüren, wie seine Augäpfel unter seinen Handflächen rastlos hin und her wanderten.

Wie hatte Harper es geschafft, seinen Ausbruch zu planen? Warum jetzt? Wie schwer war seine Krankheit tatsächlich? Warum all die Komplizen, die ihn verraten konnten? War Johns Theorie, dass es eine unbekannte Person gab, vielleicht doch zu weit hergeholt? Aber ohne die Hilfe von jemandem hätte Harper das alles nicht schaffen können.

Fragen über Fragen und keine Lösung in Sicht.

John griff zu seinem Telefon, das auf seinem Schoß lag, und entsperrte das Display. Zu seiner Freude hatte sich Cameron gemeldet.

Hey, Dad. Sorry, dass ich mich jetzt erst melde. Im Moment ist viel zu tun. Hochzeitsvorbereitungen. Kommst du zurecht? Für mich ist es schwer, zu wissen, dass der Bastard, der Mom getötet hat, nicht unter der Erde verrottet. Können wir morgen telefonieren?

Ich möchte hören, dass du okay bist.

John lächelte und schrieb eine kurze Antwort, die Cameron beruhigen würde. Zumindest fürs Erste. Sie war wie ihre Mutter, wenn es um Dinge ging, die John beschäftigten.

Nach Carolines Tod hatte er sich kaum um seine Tochter gekümmert. Er war in seiner eigenen Trauer regelrecht abgesoffen, hatte eine Mauer um seine Seele errichtet und außer Nikotin und Alkohol niemanden dahinter gelassen. Eine ganze Weile – und darauf war er nicht stolz – hatte er Cameron zu ihren Großeltern abgeschoben, die in der Nähe von Seattle lebten. Er hatte ihre Anrufe ignoriert und sich dabei erwischt, wie er den Lauf seiner Waffe angestarrt hatte. Dieses kalte Stück Metall, das plötzlich so freundlich ausgesehen hatte, mit dem er seine Trauer ein für alle Mal hätte beenden können, wenn er es sich nur gegen den Schädel gedrückt und den Abzug betätigt hätte. Sich einfach das Hirn rauspusten. Das war für eine ganze Zeit sein einziger Gedanke gewesen. John seufzte und wollte das Handy gerade wieder weglegen, als er an Mahmuts Worte über Helen denken musste.

»Mahmut, du elender Mistkerl«, sagte John leise, öffnete sein Telefonbuch und wählte Helens Nummer. Zeit, die Dinge endlich gerade zu rücken.

»John Greyson«, erklang Helens Stimme, nachdem das Freizeichen zwei Mal ertönt war. »Du hast vielleicht Nerven. Hast du eine Ahnung, wie lange du dich nicht gemeldet hast?«

»Hab ich dich geweckt?«, fragte er und musste grinsen. Helen war auf eine Art liebevoll und aufopfernd, konnte aber auch herrisch und ungehalten sein, wenn ihr etwas nicht passte. Sie hatte die Angewohnheit, dass ihre Stupsnase zuckte, wenn sie sich aufregte. John fand sie dann besonders süß. Aber das sagte er ihr nicht. Nicht mehr. Den Fehler hatte er ein einziges Mal begangen. Und Helen hatte das gar nicht witzig gefunden.

»Natürlich nicht«, giftete sie. »Ich bin noch nicht so alt, dass ich um kurz vor neun im Bett liege.«

»Bitte entschuldige. Ich wollte dich nicht beleidigen.« John konnte sich geradezu vorstellen, wie ihre Nase zuckte. Er unterdrückte den erneuten Anflug eines Grinsens.

»Was willst du?« Helen war sauer. Besser gesagt: angepisst.

»Ich möchte mich bei dir entschuldigen, Helen«, sagte er. »Wie ich dich behandelt habe, war nicht fair. Und es tut mir leid.«

»Und das fällt dir jetzt ein?« Helen seufzte. »Bist du zuhause?«

»Nein.«

»Und wo bist du dann?«

John räusperte sich. »Das darf ich dir leider nicht sagen. Es ist eine … eine, ähm, Ermittlung, in der ich gerade stecke.«

Helen schwieg. Lange. Als sie weitersprach, klang ihre Stimme resigniert und erschöpft. »Manchmal glaube ich, dass ich mit einem Geist zusammen bin. Du verschwindest tagelang, wochenlang, meldest dich kaum und wenn ich dich frage, speist du mich mit einsilbigen Antworten ab. Du erzählst mir kaum etwas, oder nur das, was du für das Nötigste hältst. Du verschwindest einfach vom Radar. Und selbst, wenn du dann mal bei mir bist, bist du doch nicht wirklich hier.«

John atmete tief durch und schloss die Augen. Er wusste, in welche Richtung sich das Gespräch entwickeln würde, und wünschte sich, Helen niemals angerufen zu haben.

»John, ich weiß praktisch nichts über dich. Nur die Dinge, die damals in den Nachrichten gezeigt wurden, und die, die du mich wissen lässt. Und das ist nicht viel. Ich weiß nicht einmal, wie viel ich dir bedeute; denn du sagst nie etwas.«

John saß auf dem Stuhl, mit geschlossenen Augen und angelehntem Kopf und wusste, dass sie recht hatte. Er gab wirklich kaum etwas über sich preis. Doch das war schon vor Carolines Tod so gewesen, er hatte immer alles in sich hineingefressen und versucht, die Grausamkeiten der Welt vor denen, die ihm wichtig waren, fernzuhalten. Helen kämpfte damit genauso, wie auch Caroline vor Ewigkeiten damit gekämpft hatte.

Damals hatte ihm seine Frau die Pistole auf die Brust gesetzt. *Wenn du mir nicht erzählst, was dich so quält, John Greyson, dann war's das,* hatte sie ihn angebrüllt. Caroline war damals außer sich vor Wut gewesen. Sie hatte geflucht, mit Tellern um sich geschmissen und John mehr als deutlich gemacht, dass sie es todernst meinte.

»Du hast recht«, hörte John sich selbst sagen. »Mit allem.«

»Ich … was?« Helens Überraschung war keinesfalls gespielt.

»Habe ich richtig gehört? Du gibst zu, dass jemand im Recht ist?«

»Du bedeutest mir etwas, Helen. Ich weiß, dass ich es nicht zeige. Und das tut mir leid. Es ist einfach …« John atmete tief aus. »Einfach, weil der Job, den ich gemacht habe, das ganze Leid, das ich gesehen habe, von dem viele Menschen nichts wissen, mich innerlich auffrisst.« Er stand auf und ging einige Schritte in dem leeren Besprechungsraum auf und ab. Seine Beine taten weh und in seinem Schädel pochte es, als würden sich dutzende Bergarbeiter einen Tunnel ins Freie graben wollen.

»John, ich denke nicht, dass das hier für mich noch …«, begann Helen, doch John unterbrach sie.

»Ich kann das verstehen«, sagte er. »Wirklich. Aber bitte, lass es mich dir erklären. Es würde mir viel bedeuten.«

Stille.

John konnte hören, wie Helen ruhig atmete und ihre Gedanken ordnete. Eine weitere Angewohnheit, die John mochte. Sie wägte das Für und Wider ab und traf selten eine Entscheidung aus dem Bauch heraus. Helen war eher der Kopfmensch. Das Impulsive hob sie sich für die Momente der ungestörten Zweisamkeit auf. Für die Augenblicke, in denen sie und John allein waren.

»Also schön.« Helen seufzte. »Aber wehe, du lässt mich wieder hängen.«

»Das werde ich nicht«, sagte John rasch. »Versprochen. Morgen zum Frühstück?«

»Eher zum Brunch. So um elf?«

»Perfekt«, antwortete er. »Ich freue mich.«

»Bis morgen dann.« Helen legte auf.

John blickte noch eine ganze Weile auf das Telefon und lächelte. Es fühlte sich wie ein Sieg an. Zumindest wie ein kleiner. Ein Gefühl, als hätte er einen Löffel voll Glück zu sich genommen, breitete sich in ihm aus. Es fühlte sich an, als würde er schweben, fliegen, die Sonne berühren. Er bekam eine zweite Chance.

Doch mit jedem guten Moment, den er zu erleben schien, gab es dutzend andere Augenblicke, die ihn wieder auf den Boden der Tatsachen zurückholten.

Daniela Hoyds Name erschien auf dem Display.

Johns Miene verfinsterte sich, als er ihren Anruf annahm.

»John?« Daniela klang aufgewühlt. »Wo steckst du?«

»In der Sky Lounge«, antwortete John schnippisch. »Ich … egal. Was ist?«

»Wir haben etwas gefunden, das du dir ansehen musst.« Daniela atmete tief durch. »Es geht um das Anagramm.«

Kapitel 47

Washington D.C.
2. November
21:25 Uhr Ortszeit

»Was sehe ich mir hier an?«

Johns Augen brannten. Der Schlafmangel, das schlechte, unregelmäßige Essen und vor allem die vielen Fragen, die durch seinen Schädel geisterten, zeigten ihre Wirkung. Seine Stimme klang belegt, gleichzeitig kratzig, und sein Körper lechzte nach einer Dusche. Auch die kurzen Momente des Glücks und der Unbeschwertheit, die er gespürt hatte, nachdem Cameron ihm geantwortet und er sich mit Helen für den nächsten Tag verabredet hatte, waren in eine von dichtem Nebel umwaberte Ferne gerückt. Es fühlte sich zwar noch greifbar an, doch je näher er den Gefühlen kam, desto schneller schienen sie ihm zu entgleiten.

Nun stand er in ihrem alten Büro und starrte auf den kleinen Dreizehn-Zoll-Monitor von Deans Laptop. Der Rest des Teams, das er einmal geleitet hatte, und das nun Mahmut als Dienstältestem unterstand, hatte sich um ihn herum versammelt. Alle beugten sich vor, um besser sehen zu können.

Der Bildschirm, in Schwarz und Grün gehalten, zeigte eine Liste wirrer Buchstabenkombinationen und Wörter. Manchmal ergaben sie Sinn, meistens jedoch nicht. Dean stand vor ihnen, balancierte den Laptop auf seiner linken Hand und deutete mit der rechten auf den Monitor. Die schwachen Gerüche von Deo, Schweiß und Pfefferminzkaugummis gingen von ihm aus. Als er redete, verzog John das Gesicht.

»Das ist die Liste sämtlicher Anagramme, die sich aus dem Namen Stanley Harper erstellen lassen.« Er legte seinen rechten Zeigefinger auf die nach unten zeigende Pfeiltaste und ließ den Cursor nach unten scrollen. »Unzählige Kombinationen aus allen möglichen Wortneuschöpfungen. Das meiste ist sinnloses Kauderwelsch.«

John stöhnte auf, wünschte sich an einen anderen Ort, in eine andere Zeit. Am liebsten zurück in sein nach altem Teppich und Akten stinkendes Detektivbüro, wo weitaus harmlosere Fälle auf ihn warteten. Er wünschte sich sogar in die leerstehende Tierklinik zurück, in der er vor zwei Tagen dieses Schwein von Menschenhändler gefasst hatte. Überall hin, nur nicht hier.

»Ich habe die Wörter mit möglichen Namenskombinationen verglichen. Dabei habe ich Lena Tre Sharpay als Keycode in den Algorithmus eingegeben und ein paar Dinge am Quellcode verändert, die …«

»Dean«, unterbrach Daniela ihn ungeduldig. »Die Kurzfassung für diejenigen, die noch ein Privatleben abseits von Einsen und Nullen haben.«

»Also schön, für Laien«, sagte Dean zähneknirschend und war offensichtlich gekränkt, weil er nicht erläutern konnte, was er Tolles geleistet hatte.

John verstand nichts von den vielen verschiedenen Programmiersprachen, die es gab, und sein Wissen von Algorithmen, Servern und Verschlüsselungstechniken ging kaum über den Grundkurs heraus, den er vor Jahren und nur mit mäßigem Erfolg abgeschlossen hatte. Und auch nur, weil der Kursleiter ihn ziemlich gut leiden konnte. Ihm reichte es, wenn er sein E-Mail-Passwort fehlerfrei eintippen, sein Smartphone bedienen und sich in einen Chatroom einloggen konnte. Alles andere war etwas, das der Jugend vorbehalten war. Manche waren gut im Programmieren, andere konnten sich in die Social-Media-Accounts ihrer Freunde hacken und dann gab es Dean.

Dean konnte mit einer kleinen Kiste wie seinem Laptop einen Flughafen lahmlegen oder Leute verschwinden lassen. Er schaffte es beinahe mühelos, Firewalls größerer Firmen zu umgehen, und sich Eintritt in die geheimsten Geheimarchive zu verschaffen.

Und das noch bevor manch anderer seinen Morgenkaffee geschlürft und im Sportteil der Washington Post nach den letzten Football-Ergebnissen geschaut hatte.

Zum Glück arbeitete er für die Guten.

Zumindest meistens, dachte John grimmig und blickte auf den Bildschirm.

»Es gibt fünf Namen, inklusive dem von Lena Tre Sharpay, die nicht völlig surreal und abwegig wirken.« Er drückte kopfüber auf der Tastatur herum, was für John völlig willkürlich aussah, und ließ die fünf angesprochenen Namen auf dem Bildschirm erscheinen.

Lena Tre Sharpay
Lenart Reysharp
Arty Herpleans
Harlan Streype
Ray P. E. Rashteln

John blickte auf die Namen, ließ sich ihren Klang wieder und wieder durch seinen Kopf gehen. Sie waren der Schlüssel.

Gut möglich, dass es weitere Lagerräume gab, Bankkonten, Wohnungen, die auf deren Namen liefen. »Haben wir sie schon überprüft?«, fragte er.

Dean nickte. »Zwei dieser Namen gehören tatsächlich lebenden Personen.« Er deutete auf die beiden Namen. »Arty Herpleans ist ein harmloser älterer Herr in New Orleans. Keine kriminelle Vergangenheit, verheiratet, zwei Kinder. Ihm gehört ein kleines Boot, mit dem er Touristen in die Everglades bringt, damit sie Alligatoren bestaunen können. Er hat nicht einmal unbezahlte Strafzettel.«

John nickte. »Und der Zweite?«

»Ray P. E. Rashteln.« Dean rümpfte die Nase. »Sitzt wegen Drogenbesitz aktuell in der Halawa Correctional Facility in Hawaii ein. Seit seiner Jugend hatte er immer wieder Konflikte mit dem Gesetz. Es ist seine dritte Haftstrafe.«

John nickte erneut knapp und deutete mit dem Finger auf den Monitor. »Konzentrieren wir uns also auf die anderen beiden freien Namen. Ich will alles über sie wissen. Nehmt euch auch Lena Tre Sharpay noch einmal vor. Möglicherweise haben wir etwas übersehen. Wann taucht der Name das erste Mal auf, gibt es eine mögliche Wohnung oder ein Bankkonto, einfach alles.« John richtete sich auf. »Harper macht Fehler, wird unvorsichtig. Er zeigt sich in der Öffentlichkeit und involviert wildfremde Leute. Dinge, die er vorher nicht getan hat. Seit seinem Ausbruch läuft ihm die Zeit davon. Vielleicht liegt es an seiner Krankheit, vielleicht aber auch daran, dass er meine Vergebung um jeden Preis erzwingen will. Er könnte hin- und hergerissen sein, ein Zwiespalt in seinem Geist.« John wollte Dean die Hand auf die Schulter legen, zögerte einen Moment zu lang und ließ sie dann wieder sinken.

Dean schien es jedoch nicht bemerkt zu haben, oder er überspielte es ziemlich gut, denn er sagte: »Ich habe die Namen bereits durch sämtliche Datenbanken gejagt. Auf Harlan Streype ist ein Lieferwagen zugelassen. Ein weißer Volkswagen Crafter, Baujahr 2010. Stand wohl jahrelang in einem Fuhrpark eines örtlichen Abschleppdienstes. Wurde am frühen Morgen als gestohlen gemeldet. Der Wagen ist bereits zur Fahndung ausgeschrieben.« Er deutete auf seinen Bildschirm, auf dem die Bilder mehrerer Verkehrsüberwachungskameras erschienen. »Wenn Harper in diesem Wagen sitzt, dann erfahren wir es.«

»Gibt es sonst noch etwas zu diesem Streype?«, wollte John wissen. Mahmut und der Rest des Teams standen noch immer hinter ihm und warteten darauf, dass Dean seinen Bericht beendete.

»Nein.« Dean zuckte mit den Schultern. »Auf Lenart Reysharp läuft der Mietvertrag für ein Apartment in Downtown. Zudem ein Bankkonto, das ich über Umwege entdeckt habe. Auf den Caymans.«

John kniff die Augen zusammen und presste die Lippen aufeinander. Er öffnete den Mund, um etwas zu sagen, doch Mahmut kam ihm zuvor.

»Der Beschluss für das Apartment ist beantragt. Und die Vermieterin ist informiert. Sie war nicht unbedingt begeistert, um diese Zeit aus dem Bett geklingelt zu werden. Bei dem Konto sind mir leider die Hände gebunden.«

John drehte sich zu dem Rest seines Teams um und ohne es geplant zu haben, übernahm er die Führung. Wie in alten Zeiten. Und niemand sagte etwas dagegen. Das war sein Fall. Und jeder wusste es.

»Wir vier«, John deutete auf Mahmut, Daniela und Steve, »fahren zu der Wohnung und sehen uns um. Vielleicht gibt es Hinweise auf Harpers Ziele. Kriegt ihr zwei das hin?« Die Frage galt Daniela und Steve, die sich aus dem Weg zu gehen schienen, wann immer es passte. John hatte sich bewusst dazu entschieden, die beiden mitzunehmen.

Sie waren stets ein gutes Team gewesen, wenn es darum ging, einen Tatort zu begutachten und gewisse Abläufe zu rekonstruieren. Und da er nicht wusste, was sie in der Wohnung finden würden, brauchte er sie.

»Denke schon«, sagte Steve und zuckte mit den Schultern. »Spicy?«

Daniela warf ihm einen kritischen Blick zu, erwiderte aber nichts und nickte knapp.

»Gut.« John drehte sich zu Dean um. »Du bleibst mit Selina hier. Geht noch einmal die Akten und die Fotoalben durch, die wir aus dem Lagerraum mitgenommen haben. Irgendetwas muss da drin sein, das uns weiterbringt. Holt euch zur Not Unterstützung von Leuten, denen ihr vertraut. Sollte der Lieferwagen auftauchen, gebt mir sofort Bescheid.« John atmete tief durch. »Ich glaube nicht, dass Harper vorhat, D.C. noch einmal zu verlassen.«

Kapitel 48

John parkte seinen schwarzen 1967er Chevy Impala gegenüber dem Wohngebäude auf der Desales Street, Downtown. Hier, im zweiten Stock des Hauses, sollte sich das Apartment von Lenart Reysharp befinden. Obwohl in Downtown für gewöhnlich einiges los war, schien das gesamte Viertel zu schlafen. Die meisten Vorhänge waren zugezogen und nur hinter vereinzelten Fenstern brannte noch Licht.

Das National Geographic Museum, das sich in unmittelbarer Nähe auf der 17th Street befand, hatte bereits vor Stunden geschlossen und die Touristen, die für gewöhnlich in Downtown abgestiegen waren, hatten ihre Tagestouren schon vor langer Zeit beendet.

Die australische Botschaft, zwei große Hotels – das Mayflower und das Marriot –, einige Cafés, Bars und Restaurants sowie diverse Bekleidungsgeschäfte lagen im direkten Umkreis. Für gewöhnlich wohnten hier Leute, die sich die überteuerten Mieten leisten konnten, und niemand von ihnen rechnete vermutlich damit, dass ein gesuchter Serienmörder hier ein Apartment gemietet hatte.

Im Grunde rechnete niemand damit, dass ein Serienmörder in der direkten Nachbarschaft lebte, ganz gleich, an welchem Ort auf der Welt. John stieg aus und hob die Hand, als Steve und Daniela in ihrem für das FBI typischen schwarzen Escalade in die Straße bogen und sich direkt hinter Johns Impala stellten. Mahmut stieg ebenfalls aus, legte die Unterarme auf das Dach von Johns Wagen und rieb sich das Gesicht. »Meinst du, wir kommen heute noch zum Schlafen?« Er gähnte demonstrativ.

Es waren die ersten Worte, die Mahmut sagte, seit sie Dean und Selina im Büro allein gelassen hatten.

»Vermutlich nicht«, antwortete John, zuckte mit den Schultern und betrachtete das Haus. Auf den ersten Blick wirkte es unscheinbar, fast schon schlicht und wollte nicht zum Rest der Straße passen. Es war kleiner als die übrigen Gebäude und erinnerte an einen durchschnittlich großen Amerikaner inmitten einer Basketballmannschaft, deren Spieler ausnahmslos über zwei Meter groß waren.

John erinnerte sich, dass er sich mit Caroline hier in der Nachbarschaft einmal ein Apartment angesehen hatte. Doch relativ schnell war ihnen klar geworden, dass die wummernde Musik, das rege Nachtleben und die Schnelllebigkeit dieses Viertels nicht das Richtige waren, um hier eine Familie zu gründen.

»Hübsch hier«, sagte Daniela, als sie ausgestiegen war, und zog den Reißverschluss ihres Wintermantels zu. Sie streifte sich ein Paar schwarzer Lederhandschuhe über und pustete prüfend in die Luft. Ihr Atem wölkte sich vor ihrem Gesicht. »Aber für mich leider unbezahlbar.«

»Wir könnten uns ja gemeinsam eine Bude suchen«, sagte Steve und zwinkerte ihr schelmisch zu. »Was meinst du, Spicy?«

»Halt die Klappe, Barney«, giftete Daniela ihn an und warf ihm einen vernichtenden Blick zu. »Eher lass ich mich lebendig begraben, als mir mit dir eine Wohnung zu teilen.«

Mahmut sah hilfesuchend zu John, der aber als Antwort nur mit den Schultern zuckte. *Es sind deine Kinder*, schien der Blick zu sagen. Mahmut seufzte und drehte sich zu den beiden um.

»Das reicht jetzt«, sagte er. »Entweder ihr hört mit diesem kindischen Gehabe auf, oder ihr nehmt euch verdammt nochmal ein Zimmer.«

John tat so, als würde er etwas in seinem Wagen suchen, damit die anderen sein breites Grinsen nicht sehen konnten.

»Ein Zimmer?«, fragte Daniela erstaunt. »Wozu?«

»Damit ihr diese Spannungen zwischen euch endlich mit einem Fick beilegt.« Mahmut schüttelte den Kopf.

Daniela riss die Augen auf und Steve grinste sie breit an. Dabei entblößte er seine weißen Zähne.

»Ihr seid wie ein altes Ehepaar«, schimpfte Mahmut weiter.

Das echte alte Ehepaar, das in diesem Moment an den vier Agents vorbeiging und den gemeinsamen Hund ausführte, blieb entrüstet stehen. »Ich bitte um Entschuldigung«, sagte Mahmut, ohne es ernst zu meinen.

Die Frau murmelte etwas zu ihrem Mann, das wie »Also wirklich« klang und sie gingen kopfschüttelnd weiter.

»Also ich wäre für die letzte Möglichkeit«, sagte Steve, blickte zu Daniela und wackelte mit den Augenbrauen.

»Halt die Klappe«, sagten Mahmut und Daniela fast gleichzeitig. »Und jetzt los.«

Mahmut deutete zu dem Wohnhaus auf der gegenüberliegenden Straßenseite. »Wir haben einen Job zu erledigen.« Ohne ein weiteres Wort drehten sich Daniela und Steve um und gingen auf das Haus zu, in dem sich – so hoffte John – wenigstens eine der vielen Fragen um Stanley Harper klären würde. Das Apartment befand sich im zweiten Stock, auf der Rückseite des Gebäudes.

John musste an den Tag denken, an dem er und Caroline ihr Haus gekauft hatten. Mit gerade genug Geld auf dem Konto, damit es für die Anzahlung reichte, hatten sie lange überlegt, ob sie sich das wirklich zutrauen und schaffen konnten, den Kredit abzubezahlen, ohne Doppelschichten schieben zu müssen.

Aber sie wollten sich und ihrer gemeinsamen Zukunft ein sicheres Heim schaffen. Einen Ort, an dem sie sicher waren, an dem sie ihre Ängste und Sorgen vor der Tür stehen lassen konnten und einfach nur lebten.

Sie hatten lange gesucht. John wollte ein Haus mit Garten, Caroline ein Haus mit Geschichte. Keine Geschichte, wie man sie sich im eigentlichen Sinne vorstellte. Es musste dort nichts Dramatisches oder Geschichtsträchtiges geschehen sein. Das Haus sollte so aussehen, als könnte es eine Menge erzählen. Vielleicht mit Efeu an der Fassade oder einem etwas verwilderten Vorgarten. Und dann hatten sie es gefunden.

Das Haus, in dem sie für den Rest ihres Lebens glücklich werden sollten. Das Haus, in dem sie sich gestritten und geliebt hatten, in dem ihre Tochter gezeugt wurde, in dem viele Feiern mit Freunden und Familie stattgefunden hatten. John liebte seine Barbecue-Partys, die Footballabende und die Pokerrunden, Caroline hingegen ihre Weinnachmittage, die Küchenpartys und gute Bücher. Und sie beide liebten sich und Cameron.

Sie waren glücklich. Bis zu dem Zeitpunkt, an dem ihr gemeinsames Leben ein für alle Mal enden sollte. Als Stanley Harper in ihr wunderschönes Haus kam und es zu einem Ort des Grauens machte.

»Warum wolltest du sie nochmal dabeihaben?«, fragte Mahmut und riss John aus seinen Gedanken, als Daniela und Steve außer Hörweite waren. »Wir sollten sie irgendwo einschließen, damit sie sich aneinander abreagieren können.«

»Meinst du nicht«, begann John und kroch aus seinem Impala hervor, »dass sie sich gegenseitig an die Gurgel gehen würden?«

»Vielleicht würden sie uns damit einen großen Dienst erweisen.« Mahmut zuckte mit den Schultern. Seufzend drehte er sich um und ging los.

Als John und Mahmut auf der anderen Straßenseite ankamen, warteten Daniela und Steve bereits vor der Haustür und unterhielten sich aufgebracht miteinander.

»… überhaupt eine Ahnung, wie anstrengend es ist, deine ständigen Kommentare zu ertragen?«, fuhr Daniela Steve an.

Mahmut sah John mit hochgezogenen Brauen an.

»Du weißt selber, wie gut sie zusammen funktionieren.« John trat neben ihn. »Du hast es selbst oft genug gesehen.«

Die Vermieterin erwartete sie bereits und führte sie durch das breite Treppenhaus bis hinauf zur Wohnung im zweiten Stock.

Sie war eine betuchte Frau in den Fünfzigern, mit teurer Kleidung, aufwändig toupierten Haaren und mehr goldenen Armreifen, als John jemals bei einer Person gesehen hatte. Ihr Parfum stieg John in die Nase und trieb ihm im ersten Augenblick Tränen in die Augen, so durchdringend war es, und die Art und Weise, wie sie sich geschminkt hatte, erinnerte John an eine längst vergangene Zeit.

Der Korridor, in dem sich die Wohnung von Lenart Reysharp befand, war gehoben und wirkte teuer. Weiße Wände, deren unteres Drittel in einem satten Dunkelrot gestrichen war. Eine goldene Bordüre grenzte die beiden Farben voneinander ab und vergoldete Kronleuchter hingen in regelmäßigen Abständen an der Decke des langen Korridors. Der helle Marmorboden war auf Hochglanz poliert und reflektierte das Licht der Lampen so stark, dass John hin und wieder geblendet wurde. Die Wohnungstüren und Türrahmen waren aus dunklem Mahagoni und hoben sich deutlich vom Rot und Weiß der Wände ab. John fragte sich, was wohl eine Monatsmiete hier kosten mochte, als Mahmuts Stimme das Echo ihrer Schritte durchschnitt.

»Was können Sie uns über den Mieter sagen, Mrs Scott?« Die Vermieterin schaute über die Schulter, warf Mahmut einen abschätzenden Blick zu und drehte sich dann wieder nach vorne.

John hatte solche Dinge schon oft bei Menschen gesehen, die Vorurteile gegenüber ausländischstämmigen Frauen und Männern hatten. Das Team – auf Grund seiner Diversität – hatte in der Vergangenheit immer wieder Bekanntschaft mit solchen Personen gemacht.

Am Anfang hatte sich John noch darüber aufgeregt und hätte am liebsten jeden, der Mahmut oder einen der anderen so ansah, mit seinen Fäusten bearbeitet, um ihm eine vernünftige Meinung einzuprügeln. Mahmut war ein Patriot, ein guter Mensch und vermutlich mehr Amerikaner als die meisten anderen. Doch Mahmut hatte ihm gezeigt, dass er über diesen Vorurteilen stand. Dass man nicht jeden von ihnen mit Fäusten bearbeiten musste und dass man diesen Menschen am besten den Tag versaute, indem man sie ignorierte.

»Unauffällig und ruhig«, antwortete Henrietta Scott schulterzuckend mit einer Stimme, die zu ihrem Äußeren passte. Ein dicker Schlüsselbund mit Generalschlüsseln baumelte in ihrer Hand und klimperte bei jedem ihrer raschen Schritte. »Die Miete kam immer pünktlich am Ersten. Ich habe Mr Reysharp niemals persönlich getroffen. Er zahlte immer pünktlich. Zwei Jahre lang ging alles gut. Und nun stehen plötzlich Leute vom FBI hier und stellen Fragen.« Sie schüttelte den Kopf. Ihre Ohrringe klirrten.

Ein Ziehen machte sich in Johns Magengegend breit und erinnerte an das, das er schon im Büro gehabt hatte, als Dean ihnen etwas zu den Aliasen erzählt hatte. Der Zeitraum, in dem die Namen und deren Eigentümer aufgetaucht waren, deckte sich mit dem, in dem Harpers Krankheit festgestellt worden war. Der Wagen, der Lagerraum, die Wohnung. Alles war erst vor zwei Jahren aufgetaucht, ebenso wie die Namen, die sie mit Harper in Verbindung brachten.

Und wieder tauchte in Johns Gedankenwelt das Bild eines anonymen Dritten auf, der Harper im Gefängnis unterstützt, alles für ihn organisiert und seinen Ausbruch geplant hatte.

Henrietta Scott blieb so abrupt stehen und drehte sich zu ihnen um, dass John aus seinen Gedanken gerissen wurde und fast in sie hineingelaufen wäre. Sie bedachte ihn mit einem skeptischen Blick.

»Hören Sie.« Sie hob die Hände. »Ich möchte keinen Ärger. Ich möchte nur zurück in meine Wohnung, mich meinem Buch widmen und dann ins Bett.«

»Geben Sie uns den Schlüssel, dann können Sie gehen«, hörte John sich sagen und streckte die Hand aus.

Sie nickte – fast dankbar, wie es schien – und nestelte den Schlüssel zu Lenart Reysharps Wohnung von ihrem Schlüsselbund ab. »Nummer 23«, sagte sie und deutete mit dem knorrigen Zeigefinger der rechten Hand auf die entsprechende Tür. »Bitte, lassen Sie nach Möglichkeit die Türen und Wände ganz. Ich möchte ungern gegen Ihre Behörde klagen müssen.«

»Wir tun unser Bestes.« John nickte der Vermieterin knapp zu und nahm den Schlüssel entgegen. Er fühlte sich sonderbar kalt an. Fast so, als hätte er eine ganze Zeit in einem Eisfach gelegen. Der passende Schlüssel zu einem von Harpers unendlich vielen Geheimnissen.

Ein Moment peinlichen Schweigens entstand, in dem John und die anderen darauf warteten, dass Henrietta Scott endlich verschwand, damit sie ihrer Arbeit nachgehen konnten. Steve räusperte sich und Mrs Scott schlich hastig davon. Das Geklimper des Schlüsselbunds war noch eine ganze Weile zu hören.

»Schon wieder diese Zahl.« Mahmut sah John an.

»Die Numerologie des Verbrechens«, sagte Daniela leise und legte die Hand auf ihre 9mm Glock. Eine sonderbare Anspannung breitete sich unter den Anwesenden aus.

»Ist sie nicht auch im Kennzeichen des Lieferwagens?«, überlegte Steve laut, während John langsam auf die Tür des Apartments zuging. Plötzlich hallten seine Schritte unnatürlich laut auf dem Boden wider und das Blut rauschte rasend schnell in seinen Ohren.

»Was ist an der Zahl 23 so besonders?« John konnte Steves Blick auf sich spüren. »Ich weiß, es sollte offensichtlich sein, aber ich komm nicht drauf. Ist das eine Primzahl oder so?«

»Dreiundzwanzig«, sagte John mit gedämpfter Stimme. Er zitterte innerlich und ein saurer Geschmack legte sich auf seine Zunge. »Sowohl der Lagerraum als auch das Kennzeichen des Wagens. In Zusammenhang mit Stanley Harper ist diese Nummer schon häufiger aufgetaucht. Beim Lagerabteil und bei Caroline. Sie war sein dreiundzwanzigstes Opfer.«

»Das klingt wie eine persönliche Botschaft an dich, Grey.« Steve stieß ein grimmiges Geräusch aus und zog seine Pistole. »Ich hoffe, er ist da drin.« Ein leises Klicken ertönte, als er seine Pistole entsicherte.

John zuckte mit den Schultern und schüttelte dann den Kopf. »Ich würde es mir wünschen.«

Er schob den Schlüssel in den Zylinder. Dabei durchfuhr ihn ein eigenartiges Kribbeln. Ein Gefühl, als wollte diese Tür nicht geöffnet werden. Mit der linken Hand hielt John den Schlüssel fest, mit der rechten zog er seine Smith & Wesson und entsicherte die Pistole mit dem Daumen. Er schaute kurz in die Runde, sah eiserne Entschlossenheit und grimmige Zuversicht. Er spürte, wie sich all seine Sinne aufs Schärfste anspannten, dann nickte er und drehte den Schlüssel.

Kapitel 49

Eines der ersten Dinge, die John in Quantico lernen musste, war, dass ein Schuss in der Realität anders ist als im Film. In Wahrheit ist er um einiges lauter, der Rückstoß ist heftiger und das Gefühl, das in einem aufsteigt, wenn man sich der Macht einer solchen Waffe bewusstwird, ist angsteinflößend und schwindelerregend.

Es ist eine Macht, die John niemals haben wollte und obwohl er seine Waffe während seiner Karriere schon etliche Male hatte ziehen müssen und damit mehr als ein Menschenleben beendet hatte, hatte er diese Macht niemals missbraucht.

Bis zu jenem Abend.

Er hatte seine Waffe nicht abgefeuert, um sich selbst zu verteidigen. Er hatte sie aus einem einzigen, einem viel primitiveren Grund abgefeuert: Nämlich aus Rache.

Dieses Mal wollte er töten.

Er wollte den Mann hinrichten, der seine ganze Welt zum Einsturz gebracht hatte. Der in sein Haus eingedrungen war, seine Frau ermordet hatte und ihren blutüberströmten Leichnam umklammert hielt, während er wie ein Kind, das sich verzweifelt an einem kaputten Kuscheltier festhält, um sie weinte.

John wollte diesem Mann die schlimmsten Schmerzen seines Lebens zufügen. Er wollte ihm die Kniescheiben zerschießen; wollte ihm einen Fingernagel nach dem anderen ziehen; wollte ihm die Augen zerquetschen. Er wollte mit ihm all die schrecklichen Dinge tun, die er schon so oft gesehen hatte. Er wollte ihm die Namen seiner Opfer ins Fleisch ritzen, ihn tagelang an der Schwelle zum Tod halten, und ihm dann, wenn er es am meisten ersehnte, in seinem eigenen Blut und in seiner eigenen Scheiße liegen lassen. Er wollte ihn an einem Ort festhalten, den niemand jemals finden würde. Und er wollte dabei zusehen, wie Stanley Harper elendig verreckte.

All diese Dinge gingen John durch den Kopf, als er den Abzug seiner Waffe gedrückt hatte. Als der Hall des Schusses durch seine Ohren jagte und sein Trommelfell zum Vibrieren brachte. Als das Gefühl der bodenlosen Ohnmacht seine Beine befiel und ihn hinabzuziehen drohte.

Doch Stanley Harper starb nicht.

Er kauerte weiter an der Wand, das Einschussloch der 9mm Patrone nur wenige Zentimeter neben seinem Kopf. Rauch stieg aus der Mündung der Waffe auf und feine Risse zeichneten sich in der Wand ab. Stanley Harper starrte John mit großen Augen an; sein Körper zitterte. Die Tränen, die er wegen Carolines Tod vergossen hatte, zeichneten feuchte glänzende Spuren in sein von ihrem Blut verunstaltetes Gesicht. Die blassrosa Narbe auf seiner Stirn wirkte so, als wäre sie ihm gerade erst zugefügt worden, und die feinen Äderchen auf seinen Wangen waren violett und schienen zu pulsieren. Doch diese Dinge nahm John nur am Rande wahr. Er hatte nur Augen für Mahmut, der vor ihm stand, sein rechtes Handgelenk gepackt hielt und John daran gehindert hatte, Stanley Harper zu erschießen.

Es musste eine unwirkliche Szene sein.

Drei Männer in einem blutbesudelten Schlafzimmer, die Leiche einer Frau – Johns Frau – ein Brautstrauß, und unglaublich viel Leid und Verzweiflung, die aus allen Poren dieses Zimmers zu tropfen schienen.

»Was tust du da?«, zischte John. Hass hatte seine Stimme erobert, er troff förmlich daraus hervor. Doch es war nicht der Hass auf Harper, es war der Hass auf Mahmut Nasser. Seinen besten Freund, der nun zu seinem schlimmsten Feind geworden war. »Was um alles in der Welt tust du da?«

»Ich bewahre dich vor einem Fehler«, antwortete Mahmut mit seiner Art, auch in den ausweglosesten Situationen die Ruhe zu bewahren. John bewunderte ihn dafür. In diesem Moment hätte er ihn am liebsten erschossen und seine Leiche neben die von Harper gelegt.

Tränen des Verrats strömten über sein Gesicht.

»Geh mir aus dem Weg, Mahmut«, zischte John mit einer Stimme, vor der er sich selbst fürchtete. Im Hintergrund konnte er sehen, wie sich Harper schluchzend und wimmernd wand wie ein Wurm, der nicht zurück ins Erdreich findet. *Welch passende Beschreibung für ein Tier wie ihn.*

»Das kann ich nicht«, sagte Mahmut ruhig und sah John tief in die Augen. »Du weißt, dass ich dich ihn nicht erschießen lassen kann.« Der Griff um Johns Handgelenk wurde stärker. »John, ich bitte dich. Er wird seine gerechte Strafe erhalten. Dafür werden wir sorgen. Doch sein Tod bringt Caroline nicht zurück.«

Mahmuts Stimme bebte, weitere Tränen liefen über Johns Wangen. Eine ganze Zeit starrte er seinen Freund voller Hass an, wollte ihn töten, damit er Harper töten konnte. Er wollte ihm all die unaussprechlichen Dinge antun, die er so viele Male verhindert hatte.

Johns rechte Hand begann zu zittern und als er in Mahmuts Augen blickte, erkannte er, dass sein Freund ebenfalls litt. John hatte nicht nur seine Frau verloren, Cameron nicht nur ihre Mutter, sondern Mahmut auch eine enge Freundin. *Cameron.*

»Was soll ich meiner Tochter sagen, Mahmut?«, flüsterte er. Sein Blick fiel auf Carolines blutbesudeltes Gesicht, das selbst im Tod noch nichts von seiner Schönheit verloren hatte. Seine Augen suchten die ihren, ein letzter verzweifelter Blick, eine letzte vage Hoffnung, dies könnte alles ein einziger, fürchterlicher Alptraum sein, aus dem er jede Sekunde erwachen würde.

Doch der analytische Teil seines Hirns, der, der es ihm ermöglichte, sich in den menschlichen Abschaum hineinzuversetzen, den er für gewöhnlich jagte, machte ihm deutlich, dass das hier kein Alptraum war. Er würde daraus nicht aufwachen.

Nie wieder.

Und Caroline würde nicht zurückkommen. Sie war fort.

Für immer.

Es gab jetzt nur noch Cameron und ihn.

»Wie soll ich es ihr erklären?«, fragte er leise und mehr sich selbst als Mahmut. »Wie soll ich ihr erklären, dass ihre Mutter niemals wiederkommt? Dass sie tot ist? Und dass ihr Dad nichts getan hat, um ihren Mörder zur Rechenschaft zu ziehen?« Er riss seinen Blick widerwillig von Carolines Gesicht los und starrte in Mahmuts braune Augen, die voller Leid, voller Trauer und ohne Hoffnung waren.

»Ich weiß es nicht«, antwortete er und John spürte, dass er die Wahrheit sagte. »Aber wir werden eine Lösung finden. Gemeinsam. Du musst mir nur die Waffe geben. Ich flehe dich an.« Verzweiflung lag in Mahmuts Stimme. »Bitte. Caroline hätte mit Sicherheit nicht gewollt, dass du zum Mörder wirst. Wer soll sich sonst um Cameron kümmern?« Der Griff um Johns Handgelenk lockerte sich etwas. »Gib mir deine Waffe, John. Ich verspreche dir, dass Harper weggesperrt wird und niemals wieder freikommt. Bis an sein Lebensende wird er hinter meterhohen Mauern gefangen sein. Er wird niemals wieder das Tageslicht sehen und eines Tages sterben. Nur bitte, gib mir endlich deine Waffe.«

Doch John konnte es nicht. Ganz egal, wie sehr ihm seine innere Stimme dazu riet, auf Mahmut zu hören und ihm die Waffe auszuhändigen, der andere und viel dunklere Teil von ihm, diese wilde animalische Bestie, behielt die Oberhand.

Er hatte Caroline getötet. Sie passte nicht in sein Profil. Er wollte dir eine Lektion erteilen. Dich dort treffen, wo du am verwundbarsten bist. Zuhause. In deinem Schlafzimmer. An dem Ort, wo ihr glaubtet, dass euch dort nichts Schlimmes passieren kann.

Die Stimme der wilden Bestie wurde immer lauter, pochte an Johns Schädelinnerstes und verlangte von ihm, dass er sie freiließ. Er kannte diese Stimme nur zu gut. Er hörte sie jedes Mal, wenn sie einen neuen Fall bekamen. Er hörte sie jedes Mal, wenn sie die ersten Fakten über den Täter sammelten, und jedes Mal, wenn sie ein Profil erstellten. Er hörte sie jedes Mal, wenn er sie das erste Mal sah und wenn er sie dann aus dem Verkehr zog.

Doch immer hatte er es geschafft, dass er sie wieder einsperren konnte. Er hatte es immer geschafft, ihr Freikommen zu verhindern. Er erinnerte sich an einen Vortrag, den ein Agent, während Johns Ausbildung in Quantico, gehalten hatte. Der Mann hatte über Serienkiller und deren Beweggründe gesprochen.

Wie sie zu dem geworden waren, wie sie den Ruf erlangt hatten, der sie schließlich berühmt gemacht hatte, und was man als Ermittler, als Agent brauchte, um diese Menschen zu fangen und zu verstehen.

Charles Manson, Ted Bundy, Charles Cullen, Gary Ridgway. Diese Namen waren nur einige aus einer ganzen Riege von Serienkillern, die über Jahre hinweg die gesamten Vereinigten Staaten von Amerika in Angst und Schrecken versetzt hatten.

Der Agent, der damals gesprochen hatte, berichtete von einem wilden Tier, das sich im Innern der ermittelnden Agenten befand. Ein Tier, das hin und wieder die Oberhand erhalten musste, um Serienkillern – insbesondere den ganz schlimmen – entgegentreten zu können. Man müsse sich von dem Gedanken freimachen, jeden retten zu wollen, davon, nicht alles verhindern zu können, und vor allem musste man dieses Tier nutzen, um tief in die Psyche derjenigen abtauchen zu können, die man jagte.

Manche, so sagte der Agent damals, hätten dieses Tier von Geburt an in sich. Doch nur wenige schafften es, diese Bestie für das Gute einzusetzen.

In diesem Punkt seien sich Ermittler und Serienkiller gar nicht so unähnlich. Beide trugen diese Bestie in sich; dieses Monster, das sich nach Gewalt und Blut verzehrte. Die im Hochgefühl badete, das der Rausch mit sich brachte. Aber beide wählten unterschiedliche Wege, um mit diesem animalischen Etwas tief in ihrem Innern umzugehen.

John hatte das alles damals auf Anhieb verstanden und in sich hineingehorcht. Er hatte gespürt, dass er dieses Tier in sich trug, dass es noch klein war und sich über die Jahre entwickeln würde. Doch nun, da er in seinem Schlafzimmer stand, im Blut seiner Frau, riss dieses wilde Tier so sehr an seinen Ketten, dass es sie mühelos sprengen würde.

Es schrie und zerrte und verlangte nach Freiheit.

Und John wollte sie ihm geben.

Betrachten Sie dieses wilde Tier als Ihren Verbündeten«, hatte der Agent damals gesagt. John erinnerte sich noch genau an diesen Vortrag, an jedes einzelne Wort. »Aber niemals, ich wiederhole, niemals, dürfen Sie ihm die Führung überlassen. Denn wenn Sie dieses Tier freilassen, das versichere ich Ihnen, gibt es keinen Weg mehr zurück. Sie werden eine Grenze überschreiten. Und von da an werden Sie es immer wieder tun.

John hatte diesen Worten damals aufmerksam gelauscht, hatte sie sich wieder und wieder durch den Kopf gehen lassen. Aber jetzt wollte, nein, *musste* er dem Tier in seinem Innern nachgeben.

»Geh mir aus dem Weg, Mahmut«, zischte er und spürte, wie sich die Ketten lockerten, die die wilde Bestie in seinem Innern hielten. Er war bereit, diesen Weg einzuschlagen.

Er wollte Gerechtigkeit.

Er wollte Rache.

Er wollte Blut.

»Das kann ich nicht«, sagte Mahmut und verstärkte seinen Griff um Johns Handgelenk. »Ich kann nicht zulassen, dass du diesen Weg einschlägst.«

Im Hintergrund winselte Stanley Harper noch immer.

»John, ich bitte dich. Wenn du das tust, dann gibt es kein Zurück mehr.« Mahmuts Augen flackerten fast schon flehentlich.

»Das gibt es ohnehin nicht mehr.« Johns Stimme war kälter als Eis und vollkommen ruhig. »Geh mir aus dem Weg, Mut.«

»Oder was?« Mahmuts Griff verstärkte sich wieder und seine Rechte legte sich langsam auf den Griff seiner Pistole.

»Oder *ich* töte *dich*.«

Kapitel 50

Die Tür zu Lenart Reysharps Apartment schwang auf.

Das quietschende Geräusch, das nicht zu diesem Haus passte, ging John durch Mark und Bein und als die Tür mit einem dumpfen Knall gegen die Wand schlug, wäre er fast zusammengezuckt. Er blickte in die Gesichter seiner Kollegen, die vor grimmiger Entschlossenheit nur so strotzten, nickte ihnen knapp zu und schaltete seine Taschenlampe ein.

Dann betrat er die Wohnung. Die Pistole hielt er im Anschlag, sein Atem ging flach. Hinter sich konnte er Mahmut hören, der ihm folgte.

Der helle Kegel der Taschenlampe glitt über dunkles Echtholzparkett, über schmucklose weiße Wände und drei Türen, die vom Flur abgingen, ehe dieser in einem großen Raum endete.

John gab kurze Handzeichen, jedes Mal, wenn er an einer Tür vorbeikam. Schweiß stand auf seiner Oberlippe, während er seine Taschenlampe über die Decke gleiten ließ, an der eine edel wirkende Deckenleuchte hing.

Doch sonst war der Flur leer. Es gab keine Bilder an den Wänden, keine sonstigen persönlichen Gegenstände. Hinter sich hörte er, wie Daniela und Steve die Türen zu den Zimmern leise öffneten und sich darin umsahen. Dann erreichten Mahmut und er das Wohnzimmer des Apartments. Die Vorhänge waren zugezogen. Ein einzelner Tisch – auf dem sich ein Laptop befand – und ein Stuhl standen mitten im Raum. Der Ermittler gab Mahmut ein Zeichen, woraufhin sie den Raum einmal durchleuchteten, um auch wirklich keine böse Überraschung zu erleben, und kamen dann zu dem Computer zurück.

»Sicher«, rief Mahmut in das Apartment hinein, sicherte seine Pistole und steckte sie in das Holster. Er warf ihm einen kurzen fragenden Blick zu. »Was ist das hier?«

Schweigend sahen sie sich in der Wohnung um.

»Sicher«, rief Daniela, kurz darauf kam das Kommando auch von Steve. Sie waren allein.

Nacheinander kamen die beiden aus den Zimmern.

»Haben wir kein Licht in diesem gehobenen Drecksloch?«, fauchte Daniela.

Die Agentin drehte sich um und leuchtete mit ihrer Taschenlampe an der Wand hinter sich entlang. Als sie einen Lichtschalter gefunden hatte, ging sie hinüber. Die Geräusche ihrer Stiefeletten wurden vom Fußboden um ein Vielfaches verstärkt. Nur einen Augenblick später ging die Lampe über ihren Köpfen an, die das ganze Zimmer in ein gespenstisch kaltes Licht tauchte.

Steve stieß einen leisen Pfiff aus, als er den Computer sah. »Das ist ein Hochleistungslaptop«, erklärte er. »Gamer nutzen sowas bei E-Sports-Turnieren. Sogar ein relativ neues Modell. Nicht älter als zwei Jahre und kostet zwischen 1000$ und 3000$. Je nach Ausstattung.«

»Und das weißt du, weil …?«, fragte Daniela und runzelte die Stirn. »Hockst du echt vor dem Rechner und zockst Ballerspiele? Als erwachsener Mann?«

»Hey«, sagte er und klang ein wenig empört. »Du hast deine Art, deinen Arbeitstag zu verarbeiten, und ich meine.«

»Das Zimmer, in dem ich war, war leer«, berichtete Daniela und sah von Steve zu John. »Wahrscheinlich das Schlafzimmer. Aber nur eine Vermutung. Sonst gibt es nichts außer einem Einbauschrank. Keine Fotos, keine anderen Gegenstände. Nur dunkles Parkett und sterile weiße Wände. Im Bad genau dasselbe. Toilette, Bidet, Eckbadewanne und Dusche. Ein großer Spiegel über dem Doppelwaschbecken. Alles sauber, aber es sieht so aus, als wäre es schon eine ganze Weile nicht mehr benutzt worden.« Sie steckte ihre Waffe ein und deutete auf den Laptop. »Was ist das? Eine Art Kommandozentrale?« Sie stieß ein künstliches kurzes Lachen aus, das schlagartig verstummte, als sie in Johns Gesicht blickte.

Während der ganzen Berichte hatte John mit verschränkten

Armen auf den Rechner gestarrt und sich nicht gerührt. »Genau das«, antwortete er knapp. »Zumindest würde ich das sagen. Aber das passt zeitlich alles nicht.« Er drehte sich zu seinem Team. »Zwei Jahre ist die Wohnung schon an Lenart Reysharp vermietet. Seit zwei Jahren die Lagerbox an Lena Tre Sharpay und der Lieferwagen ist seit zwei Jahren auf Harlan Streype zugelassen. Das sind alles Anagramme für Stanley Harper. So viel ist sicher. Diese Personen sind erst vor zwei Jahren aus dem Boden gestampft worden. Vorher haben sie nicht existiert. Dazu der Laptop, der viel zu neu ist, als dass Harper jemals mit ihm gearbeitet haben könnte.«

»Zwei Jahre«, überlegte Mahmut laut. »Das deckt sich mit dem Zeitraum, in dem Harpers Krebserkrankung diagnostiziert wurde.«

John nickte knapp.

»Scheiße«, fluchte Daniela. »Also ist seine Diagnose Dreh- und Angelpunkt für seinen Ausbruch. Aber wieso in seinem geschwächten Zustand alles auf sich nehmen? Ihm muss doch klar gewesen sein, dass es dieses Mal nicht so laufen kann wie beim ersten Mal, oder? Ich meine, er weiß nicht, wie lange ihm noch bleibt. Er muss schneller und unvorsichtiger agieren. Aber das?« Sie schüttelte mit dem Kopf. »Das passt einfach nicht.«

»John glaubt, dass Harper nicht der eigentliche Drahtzieher ist«, sagte Mahmut.

»Was?«, entfuhr es Daniela. Sie sah John an.

»Ihr solltet euch vielleicht etwas ansehen«, unterbrach Steve sie, drehte sich um und ging ohne ein weiteres Wort los, um den anderen seinen Fund zu präsentieren.

»Betrachten wir die ganze Sache einfach mal rein objektiv«, begann John und folgte Steve langsam. »Nach Carolines Tod und seiner Inhaftierung hatte sich Harper mehr oder weniger mit seinem Tod abgefunden. Das sagte uns die Direktorin der Polunsky Unit. Er war ruhig und unauffällig. Dann kommt seine Krankheit ans Licht und plötzlich legt sich bei ihm ein Schalter um und er setzt alle Hebel in Bewegung, um aus dem Knast zu kommen?« Er schüttelte den Kopf. »Wie hat er das angestellt? Woher hatte er die Waffe und das Telefon? Und wie hat er die entsprechenden Wachen geschmiert, wenn er die ganze Zeit in Einzelhaft war?«

»Also glaubst du, dass ihn jemand von außerhalb unterstützt hat?«, schlussfolgerte Daniela und fuhr sich über das Kinn. »Irgendwie ergibt das Sinn. Irgendwie aber auch nicht.« Sie stöhnte. »Ich habe Kopfschmerzen. Wieso sollte man ihm helfen?«

»Weil wir alle wissen, dass er das Land gespalten hat wie kaum ein anderer«, sagte John mit fester Stimme. »An jeder Ecke gibt es jemanden, der ihn verurteilt, und mindestens zwei, die ihn hoch loben. Was, wenn man ihm die Chance gegeben hat, sich das zu holen, was ihn vielleicht noch am Leben gelassen hat?«

»Und was sollte das sein?«, fragte Daniela.

»Johns Vergebung«, antwortete Mahmut. »Das ist das, was er um jeden Preis erlangen will, bevor er stirbt.«

Steve blieb stehen und wandte sich der einzigen Tür auf der linken Seite des breiten Korridors zu. Er legte die rechte Hand an den Türrahmen und sah geheimnisvoll über die Schulter. »Macht euch auf etwas gefasst, Freunde«, sagte er grimmig, dann verschwand er in der völligen Dunkelheit des Raumes.

Nur einen Augenblick später ging das Licht an. Es war dasselbe kalte Weiß wie auch schon im Wohnzimmer. Wie Lemminge folgten sie Steve in den Raum, John bildete die Nachhut.

Als er schließlich in den Raum trat, stockte ihm der Atem.

Das Zimmer war kaum mehr als eine etwas größere Abstellkammer. Zwei mal zwei Meter, mit demselben dunklen Parkettboden wie schon im Flur und Wohnzimmer.

Doch im Gegensatz zu den anderen Wänden, die trostlos und kahl waren, waren diese hier voll mit Fotos, handgeschriebenen Notizen und ausgedruckten Blättern. Ein Drucker stand an der gegenüberliegenden Wand.

»Was zum …«, keuchte Daniela und drehte sich mit offenem Mund um die eigene Achse, um das ganze Ausmaß an Beweisen und Informationen in sich aufnehmen zu können. Auch John konnte kaum glauben, was er sah. Die Bilder an den Wänden zeigten die Opfer, die sich Harper während seines ersten Feldzugs ausgesucht hatte. John erkannte die Menschen wieder und bei ihrem Anblick lief es ihm eiskalt den Rücken herunter.

Aber das passte nicht zu Harper.

Er hatte nie irgendwelche Spuren hinterlassen, von den Leichen und Dossiers abgesehen, die man am Tatort gefunden hatte.

Und jetzt das?

Was sie in den letzten Stunden gefunden hatten, ergab einfach immer weniger Sinn. Sie wussten kaum etwas über Harper und seine Vorgehensweise und plötzlich ergaben sich praktisch stündlich neue Hinweise?

Das wirkte gestellt und unglaubwürdig.

»Willkommen in Harpers Donnerkuppel«, sagte Steve und breitete die Arme aus. »Dieser Bastard hat hier alle möglichen Informationen extra für uns bereitgestellt. Seht euch das an.« Er ging zu dem kleinen Aktenschrank und zog die oberste der drei Schubladen auf. Der Drucker, der auf dem Schrank stand, wackelte leicht. Er nahm scheinbar eine wahllose Akte und öffnete sie. Dann las er vor. »Ashley Delarious. Alter: 41. Familienstand: Verheiratet. Beruf: Vorstandsvorsitzende von Pharmaland Technologies.« Er zeigte John und den anderen das Bild einer attraktiven brünetten Frau, die lächelnd in die Kamera schaute. Es wirkte ein bisschen wie ein Bewerbungsfoto. John kannte das Gesicht von Ashley Delarious nur zu gut. Sie war das dritte Opfer von Harper gewesen.

Er hatte sie in ihrem Haus ermordet, als ihr Mann mit den beiden gemeinsamen Kindern auf einer Geburtstagsparty war. John würde den Ausdruck in den Augen der Mädchen nie vergessen, als man ihnen gesagt hatte, dass ihre Mutter tot war.

»Wir haben uns doch immer gefragt, warum dieses Schwein der einzige Serienkiller ist, der keine Trophäen aufbewahrt, oder?« Steve warf die Akte auf den Boden. »Nun, Überraschung. Er hat es doch getan.« Er sah John an. »Langsam verstehe ich, warum er die Klappe gehalten hat. Harper wollte uns nicht in seine Grabkammer lassen.«

»Das glaube ich nicht«, antwortete John und riss seinen Blick von den vielen Gesichtern los, die ihn von der Wand her anstarrten. Schuld machte sich in ihm breit. *Warum hast du uns nicht gerettet*, schienen ihm die Gesichter zuzurufen. Ihre Augen waren anklagend auf ihn gerichtet. »Das ergibt einfach keinen Sinn. Das ist zu perfekt. Und dann die Tatsache, dass diese ganzen Dinge erst seit zwei Jahren existieren? Damals hat er darauf geachtet, seine Spuren zu verwischen. Er hatte damals alle Zeit der Welt. Die hat er jetzt nicht mehr. Jetzt kennt die ganze Welt sein Gesicht. Er muss sich Hilfe suchen, wie von dem Taxifahrer oder dem Antiquitätenhändler. Das hier wirkt auf mich wie eine Ablenkung.« John ging in dem Zimmer langsam auf und ab. Das unbändige Verlangen nach einer Zigarette machte sich plötzlich in ihm breit. »Wir sollen uns an diese Strohhalme klammern, uns in Details verrennen, die einfach keinen Sinn ergeben, während Harper draußen rumrennt und weiter morden kann. Ich glaube nicht, dass Harper hinter dem hier steckt. Er hat uns immer nur so viel geliefert, dass wir verstehen konnten, warum er diejenigen ausgewählt hat, die er schließlich ermordete.« John blieb stehen und starrte auf die Fotos an der Wand. »Carolines Tod hat ihn verändert. Wahrscheinlich hat er im Todestrakt über seine Taten nachgedacht und ist zu dem Schluss gekommen, dass er nicht sterben kann, ohne seinen Fehler wieder gutgemacht zu haben.«

»Im Todestrakt in Einzelhaft hat man viel Zeit, um über die Scheiße nachzudenken, die man verzapft hat«, mischte sich Steve ein. John warf ihm einen knappen Blick zu.

»Er hält es immer noch für richtig«, fuhr er fort, nachdem Steve verstummt war, »aber etwas ist anders. Er will gesehen werden.« John atmete tief ein. »Insbesondere wegen Carolines Tod.«

»Er hat vor fünf Jahren einen schrecklichen Fehler gemacht«, pflichtete ihm Mahmut bei. »Er hat eine Unschuldige getötet. Darüber ist er niemals hinweggekommen.«

John nickte knapp und presste die Lippen aufeinander. Über Caroline zu reden, machte ihm immer noch sehr schwer zu schaffen.

»Warum dann die Flucht?«, meldete sich Steve wieder zu Wort. »Warum nicht einfach die Hinrichtung akzeptieren?«

»Weil er nicht ohne meine Vergebung sterben kann.« John blickte ihn an. »Er ist von mir besessen. Er hat die krankhafte Vorstellung, dass wir eine Verbindung haben. Deshalb hat er Caroline getötet. Weil er mir eine Lektion erteilen wollte. Er glaubt, wir kämpfen für dieselbe Sache. Nur mit anderen Methoden.«

»Also meinst du, er will gefasst werden?«, fragte Daniela.

»Noch nicht, aber ja. Zuerst muss er noch da weitermachen, wo er aufgehört hat. Das sagt mir mein Instinkt. Er wird sich mir nicht so einfach stellen.«

John ging langsam die Wände entlang.

Dabei strich er mit den Fingern sanft über die Bilder der Opfer. *Alles Menschen, die niemand von uns jemals auf dem Schirm hatte,* dachte er. *Die sich eine Tarnung in der Öffentlichkeit erschaffen haben, um ihre üblen Taten, ihre Morde zu vertuschen.* Er blieb vor dem Bild eines jungen Mannes stehen. *Jason Fleetwood* stand unter dem Bild auf einem separaten Zettel. John beugte sich vor, um dem Jungen in die Augen zu sehen. *Er sieht so freundlich aus. So ... normal.* Er stellte sich wieder aufrecht hin und holte tief Luft, während er die Augen schloss. Der Tod von Jason Fleetwood, dem einzigen Erben der Hotelkette, war durch die Presse gegangen. Er war jung, reich und schön gewesen. Hatte ausgezeichnete Noten und war der Star-Quarterback seines Highschool Footballteams. Auf dem besten Wege in die NFL. Experten sagten ihm eine große und vielversprechende Karriere voraus und stellten ihn auf eine Stufe mit Dan Marino, Tony Romo, den Mannings und sogar Tom Brady.

Er hatte alles, was es brauchte; er war klug, ehrgeizig und ambitioniert. Wären da nicht die vielen Vergehen an Kindern gewesen, weswegen er in Harpers Visier geraten war. Ohne Harper wäre Jason Fleetwood heute vermutlich Multimillionär, mehrfacher Gewinner des Superbowls, ein Idol für viele junge Sportler und – und das wäre das Schlimmste – wahrscheinlich noch immer ein Kinderschänder.

Selten hatte John einen Tod so wenig bedauert, wie den von Jason Fleetwood und je mehr er darüber nachdachte, desto mehr verstand er, warum viele Menschen Harpers Handeln für richtig hielten. Zumindest auf eine gewisse Weise. Er schlug dort zu, wo die Behörden versagten, wo Politik und Öffentlichkeit die Augen verschlossen, wo niemand diejenigen beschützte, die am meisten Schutz brauchten. Doch trotz allem war es nicht richtig, was Harper tat; dass er zum Rächer wurde.

Er verstieß grundlegend gegen alle Prinzipien, an die John glaubte. John schüttelte sich regelrecht bei dem Gedanken, so etwas wie Mitgefühl für Harper zu empfinden, und drehte sich um.

»Daniela«, sagte er, »kannst du ein Team der Spurensicherung organisieren? Wir brauchen eine handfeste Dokumentation.«

»Schon dabei«, antwortete sie, zückte ihr Handy und wählte eine Nummer. Sie sprach kurz mit jemandem, dann legte sie auf und blickte John an. »Circa dreißig Minuten«, sagte sie knapp und machte eine vage Handbewegung. »Und was machst du?«, fragte sie und begann damit, Fotos von den Wänden mit ihrem Smartphone zu schießen.

»Mahmut und ich sehen uns den Computer an.« John gab Mahmut ein Zeichen, dass er ihm folgen sollte. Er drehte sich auf dem Absatz um und verließ die Kammer in Richtung des Laptops.

»Was denkst du?«, fragte er, nachdem sie ungestört ihm Wohnzimmer waren. Im Hintergrund hörte John die Geräusche der Straße.

»Dass ich mir nicht sicher bin, was ich von allem hier halten soll.« John sah sich die Wände und den Boden genauer an. »Das alles hier stinkt. Es stinkt nach Falle, nach Trick.« Mahmut nickte und rieb sich über das Gesicht. Er sah so aus, wie John sich fühlte: Müde, ausgelaugt, abgebrannt und wirkte um Jahre gealtert.

»Ich habe das Gefühl, dass uns dieser Fund um einiges nach vorne bringen sollte, gleichzeitig aber auch das unumstößliche Gefühl, dass es ein Spiel ist. Ein morbides Spiel mit unser aller Leben.«

Mahmut nickte wieder. »Das Gefühl werde ich auch nicht los.«

Es konnte kein Zufall sein, dass John und das Team diese Wohnung gefunden hatten. Ebenso wenig wie den Lagerraum.

All das ergab immer weniger Sinn.

Die Theorie, dass es einen weiteren Spieler gab, manifestierte sich immer mehr in Johns Schädel.

Sie war wie ein Güterzug ohne Schaffner, der sich unaufhaltsam weiterbewegt und nicht aufgehalten werden kann. Er würde mit maximaler Geschwindigkeit in den nächsten Bahnhof rasen und auf seinem Weg alles plattwalzen, was sich ihm in den Weg stellte.

»Also«, sagte John und machte eine ausladende Geste in den Raum hinein. »Wozu das alles?«

Mahmut zuckte mit den Schultern. »Vielleicht Ablenkung?«

»Aber dann gleich so viele auf einmal?«, fragte John. »Die Namen, die Räumlichkeiten, das Auto?« Ein Kopfschütteln. »Es fühlt sich so an, als würde man uns mit Details und Informationen zuschütten wollen, damit wir den Blick fürs Wesentliche verlieren.« John ging zu dem Rechner herüber, zog sich das Paar Latexhandschuhe an, das er in seiner Jackentasche aufbewahrte, und schaltete ihn ein. Das Geräusch, mit dem der Rechner hochfuhr, erinnerte an ein beschleunigendes Auto. John beugte sich vor und betrachtete das Keypad und den Monitor. Alles wirkte sauber und unauffällig. Keine Haare, keine Krümel, keine Beweise.

Als der Rechner vollständig hochgefahren war und sich die Geräusche auf ein Minimum reduziert hatten, erschien ein blinkender weißer Balken in der oberen linken Ecke des Bildschirms. Er war so klein, dass er kaum zu sehen war.

»John, sieh doch.« Mahmut deutete mit dem Zeigefinger auf den Balken. »Was ist das? Eine Passworteingabe?«

»Wahrscheinlich«, meinte John. »Ich rufe Dean an. Soll er sich das Ganze ansehen.«

»Ist wohl das Beste. Wer weiß, welche Verschlüsselungstechnik hier angewendet wurde. Gut möglich, dass ein falscher Buchstabe genügt, um sämtliche Daten auf dem Laptop zu löschen.« Mahmut beugte sich vor und schaute mit zusammengekniffenen Augen auf den blinkenden Balken. Sein Gesicht spiegelte sich im Schwarz des Bildschirms.

John zog sein Handy aus der Tasche und wählte Deans Nummer. Beim zweiten Klingeln nahm er ab. »Seid ihr in der Wohnung?«

»Sind wir«, erwiderte John knapp. Er war erstaunt, wie wenig es ihm in diesem Moment ausmachte, mit dem Mann zu sprechen, den er nach wie vor für Carolines Tod mitverantwortlich machte.

»Was gefunden?«, fragte Dean. Seine Stimme klang nervös.

»Gestellte Trophäen«, begann John. »Ein Zimmer voller Fotos seiner Opfer und Informationen über ihre Taten. Dazu einen Computer, der verschlüsselt zu sein scheint.«

»Rührt nichts weiter an«, sagte Dean. »Selina und ich sind unterwegs.« John hörte, wie Dean aufstand und etwas zu Selina sagte. Sie gab eine kurze Antwort.

»Habt ihr in den Sachen aus dem Lagerraum etwas gefunden?«

»Nicht wirklich. Die Bilder aus den Fotoalben scheinen alle aus seiner Jugend zu sein. Vermutlich hat er sie dort eingelagert, um sich nicht weiter mit ihnen befassen zu müssen. Aber sie ganz zu vernichten, scheint er nicht übers Herz gebracht zu haben.« Er atmete tief durch. »Es gibt Artikel über das Antiquariat seines Vaters, über den Tod seiner Mutter und über seinen Werdegang. Aus diesem Jungen hätte wirklich etwas werden können, wenn er ... na ja, du weißt schon.«

»Also nichts, was uns weiterbringt«, sagte John seufzend und hatte wieder das Gefühl, in einer Flut aus falschen Fährten zu ertrinken.

»Bislang noch nicht. Wir haben aber noch nicht alles durchgesehen. Etwa die Hälfte fehlt noch.« Selina sagte etwas und der Motor des Wagens heulte auf. »Mh?«, machte Dean. »Ach, stimmt. Director Willson hat angerufen. Sie möchte dich morgen früh in ihrem Büro sehen.«

»Wann?«

»Um acht.« Eine Autotür knallte zu.

»Hat sie gesagt, worum es geht?« John blickte missmutig drein. Das passte keineswegs in seine Pläne mit Helen.

»Nein. Vermutlich will sie dich persönlich willkommen zurück heißen.«

»Vermutlich«, sagte John und schaute zu Mahmut. »Die Daten auf dem Computer werden hoffentlich etwas Licht ins Dunkel bringen.«

»Wird erledigt«, sagte Dean. »John?« Seine Stimme wurde eine Oktave leiser, geheimnisvoller.

»Was?«

»Wenn die Sache vorbei ist, müssen wir uns unterhalten.«

»Nicht nötig, Dean. Ich ...«

»Bitte, John. Es ist mir wichtig.«

John seufzte und verdrehte innerlich die Augen. »Also gut. Kommt her und seht, was ihr herausfindet.« John legte auf.

»Und nun?«, fragte Mahmut und wippte unruhig von einem Bein aufs andere.

»Ich fahre nach Hause«, sagte John ohne Umschweife.

Mahmut zog die Augenbrauen hoch. »So?«

»Ja.« John nickte. »Ich brauche einen klaren Kopf. Ich muss

meine Gedanken ordnen. Und ich brauche eine Mütze voll Schlaf und eine Dusche. Hier gibt es im Moment nicht mehr viel für uns zu tun.« Er zuckte mit den Schultern. »Ihr solltet dasselbe machen. Es reicht, wenn Dean und Selina mit der Spurensicherung die Nachtschicht übernehmen. Ich brauche euch alle morgen fit und im Vollbesitz eurer geistigen Fähigkeiten.«

Mahmut unterdrückte ein Gähnen. »Vielleicht hast du recht«, sagte er und wischte sich über die Augen. »Schlaf könnte ich jetzt gut gebrauchen.« Er seufzte. »Auch, wenn er wohl von Alpträumen mit blutrünstigen Monstern geplagt sein wird. Und dann?«

»Dann treffen wir uns morgen früh im Hoover Building und besprechen das weitere Vorgehen. Vielleicht konnte Dean dann schon etwas wegen der Verschlüsselung ausrichten.« John nickte zu dem Computer herüber und unterdrückte seinerseits ein Gähnen. Er war so müde wie schon lange nicht mehr. Doch endlich schien sich dieser furchtbare Tag dem Ende zuzuneigen.

John freute sich auf eine heiße Dusche, sein Bett und einige – hoffentlich – erholsame Stunden Schlaf.

»Alles klar. Du bist der Boss«, sagte Mahmut und konnte die Erleichterung nicht ganz aus seiner Stimme verbannen.

John schloss die Augen und massierte sich die Schläfen. »Schon lange nicht mehr, mein Freund.«

Er blickte auf seine Smartwatch. *00:23 Uhr.*

Dieser Tag schien tatsächlich niemals enden zu wollen.

Kapitel 51

Beitrag aus dem Forum Bloodonourstreets.com

G00dN8J4N3DOE:

Es dauert nicht mehr lange.
   Stanley Harper wird endlich aus dem
Schatten treten. Er hat noch etwas zu
erledigen und es werden sich noch
einige Leute wundern.
   Er wird kommen.
   Und wenn er da ist, wird das In-
ferno der Hölle über diejenigen her-
einbrechen, die es am meisten verdient haben. Doch die Menschen werden
ihre Fehler erst erkennen, wenn es zu
spät ist.
   John Greyson hat keine Ahnung, was
ihn erwartet.

BloodyM4rYToKill:

Amen, Schwester. Auf dass Harper unsere Behörden richtig zweifeln lässt
und ihnen endlich die Augen öffnet.
Sie sind nur Marionetten eines kranken Systems, das tief in ihren Ein-
geweiden verwurzelt ist.
   Man sollte jeden einzelnen von ihnen ausschlachten und verbluten lassen.

HarpersFanboy_No1:

Jetzt mal im Ernst: Weiß jemand, wer @G00dN8J4N3DOE ist?
Ihre Beiträge klingen eher wie Parolen. Ist das wirklich der Sinn unseres Forums?

BloodyM4rYToKill:

@HarpersFanboy_No1, mach dir nicht in die Hose.
Sie sagt nur, was gesagt werden muss. Und sie hat verdammt nochmal Recht damit! Sie müssen alle draufgehen. Erst dann sind wir frei von Macht und Habgier und können wieder befreit aufatmen.

Kapitel 52

John saß im Dunkeln auf der Couch in seinem Apartment. Die Spurensicherung war gerade dabei, die Wohnung von Lenart Reysharp auf den Kopf zu stellen und für John und das Team blieb im Moment nur abzuwarten, bis sich etwas Brauchbares ergeben würde.

Dean hatte mit der Verschlüsselung auf dem Computer bislang keine Fortschritte gemacht, Harper war verschwunden und die Fahndung nach seinem Wagen lief auf Hochtouren. Sämtliche verfügbaren Einheiten des MPDC arbeiteten an diesem Fall und unterstützten das FBI nach Leibeskräften. Dennoch waren sie für den Moment zum Zusehen verdammt. Sie konnten nur darauf warten, dass Harper seinen nächsten Schritt machte.

Und wie dieser aussehen würde, wusste niemand von ihnen.

John stöhnte, legte sich auf die Couch und schloss die Augen. Er hatte weder geduscht noch etwas gegessen, geschweige denn in den Schlaf gefunden; und das, obwohl sein Körper keine Kraftreserven mehr besaß. Es geisterten ihm noch immer viel zu viele Fragen durch den Kopf, auf die sich einfach keine Antworten finden ließen.

Warum tauchten plötzlich so viele Namen auf, die mit Harper in Verbindung standen? Warum plötzlich diese ganzen Spuren? Wollte man sie nur verwirren, sie ablenken? Und wer zum Teufel war die ominöse gemeinsame Freundin, von der er am Telefon gesprochen hatte?

John fuhr sich mit beiden Händen über sein Gesicht. Die Ringe unter seinen Augen wurden von Stunde zu Stunde dicker, sein Schädel schmerzte und sein Mund war trocken.

Er brauchte dringend etwas zu trinken.

Also stand er auf und wankte mit müden Schritten in die Küche. Wie auch sein restliches Apartment war sie rein funktionell eingerichtet. Es gab nur wenig Geschirr und Besteck, vier gleich aussehende Tassen und dazu passende Gläser. Herd und Backofen, die neben dem Kühlschrank standen, waren kaum benutzt, ganz im Gegensatz zur Mikrowelle. John konnte zwar kochen und hatte es in seiner Vergangenheit leidenschaftlich gerne getan, doch seit Carolines Tod hatte er diese Leidenschaft mehr oder weniger verloren. Helen hatte ein paar Mal versucht, hier etwas zu zaubern, hatte es schließlich aber aufgegeben. Sie mochte Johns Apartment nicht und machte keinen Hehl daraus, dass sie sich in ihrem eigenen Haus deutlich wohler fühlte.

Er nahm es ihr nicht übel.

John war auch nicht gerade gern in dieser traurigen und erdrückenden Wohnung. Er öffnete den Kühlschrank, der bis auf ein paar Flaschen Wasser, ein Sixpack Bier und ein Glas, dessen Inhalt einmal aus Gewürzgurken bestanden hatte, die nun aber langsam verschimmelten, leer war. Er streckte die Hand nach einem Bier aus, entschied sich dann auf halbem Wege aber anders, griff stattdessen nach einer Flasche Wasser, die er öffnete und mit gierigen Schlucken in sich hineinschüttete.

Die kühle Flüssigkeit brannte in seiner Kehle und machte ihm deutlich, dass er die letzten drei Tage über zu wenig zu sich genommen hatte. John drehte die Flasche zu, stellte sie auf die Arbeitsplatte und nahm sich eine weitere Flasche aus dem Kühlschrank. Dann schloss er die Tür – eine Spur heftiger als beabsichtigt – und wandte sich wieder der Couch zu. Es musste dringend eingekauft werden.

Seufzend kramte er das Handy aus der Tasche und wählte Camerons Nummer. Er wollte eine fröhliche Stimme hören.

Nach dem zweiten Freizeichen meldete sich jemand auf der anderen Seite. Doch es war nicht Cameron.

»Hey, John«, erklang eine männliche Stimme. Andrew Licoln, Camerons Verlobter, war am Telefon. Er war siebenundzwanzig, Fußballprofi in Spanien, galt als eines der vielversprechendsten Talente im amerikanischen Fußball und war im Allgemeinen das, was man eine gute Partie nannte.

Er war höflich, freundlich und verstand sich mit allem und jedem.

John konnte ihn nicht leiden.

Denn er wusste Dinge über Andrew, die kein anderer wusste. Einer der vielen Vor- oder besser gesagt Nachteile, wenn man beim FBI gearbeitet und sich danach als privater Ermittler verdingt hatte. John hatte ein wenig herumgeforscht und war sich dabei unglaublich schäbig vorgekommen.

Und noch viel schlimmer hatte er sich gefühlt, als er tatsächlich die dunklen Seiten dieses Saubermanns entdeckt hatte. Andrew war schmierig, ein Frauenheld und gab das Geld, das er verdiente – und das nicht gerade wenig war –, mit beiden Händen aus. Er besaß drei Sportwagen und einen Privatjet. Es gab unzählige Werbekampagnen namhafter Unternehmen, nicht nur in den USA, die sein Zahnpastalächeln vermarkteten.

Doch er hatte ihm seine Cameron geklaut, sie von D.C. über Wien bis nach Madrid geschleppt, wo sie seit mittlerweile zwei Jahren lebte und ihn auch heiraten würde.

»Hallo, Andrew«, antwortete John knapp. »Ist Cameron da?«

»Sie telefoniert gerade mit der Floristin. Scheint wohl Probleme bei der Dekoration zu geben.« Andrew machte ein abwertendes Geräusch. »Nicht mein Fall. Aber Cameron möchte es haben, also bekommt sie es auch.«

»Ah, okay«, antwortete John und rollte mit den Augen. »Sagst du ihr bitte, dass ich angerufen habe?«

»Klar.« Es entstand eine kurze unangenehme Pause. »Sie hat mir erzählt, was los ist.« Natürlich hatte sie das. »Sie zeigt es nicht, aber sie ist ziemlich fertig.« Wieder eine Pause, länger als die erste dieses Mal; irgendwie bedeutungsvoller. »Ich hoffe, ihr kriegt ihn bald.«

Das hoffe ich auch, dachte John. Doch er sagte: »Wir tun, was wir können.« Es klang in seinen Ohren wie eine billige Ausrede. »Bis dann, Andrew.«

»Wir sehen uns im Mai. Cameron freut sich auf dich.«

John legte auf. Zu der Müdigkeit, den Kopfschmerzen und dem Gefühl von wochenlanger Schwerstarbeit kam jetzt auch noch bittere Enttäuschung. Er wollte nicht, dass Cameron diesen Kerl heiratete, und schon gar nicht, dass sie den Rest ihres Lebens so weit weg von ihm verbrachte. Aber ausreden konnte er ihr es nicht. In solchen Dingen war sie wie ihre Mutter: stur wie ein Esel.

»Was soll ich nur tun?«, murmelte er und schlurfte wieder zum Sofa. Ächzend ließ er sich darauf fallen, griff nach der Fernbedienung und schaltete den Fernseher ein. Das Bild flackerte kurz auf und noch bevor John die ersten Stimmen hören konnte, war er eingeschlafen.

Kapitel 53

Sandra Young hatte bisher alles erreicht, was sie sich in ihrem Leben vorgenommen hatte. Sie war sechsundzwanzig, attraktiv und intelligent, hatte einen Abschluss in Kriminologie, sogar mit Auszeichnung und war auf dem besten Weg, eine Agentin der CIA zu werden. Doch zuvor wollte sie sehen, wie es sich auf den Straßen von Washington anfühlte, wenn man ein Cop war. Sie hatte lange dunkelblonde Haare, einen sportlichen Körper, an dem sie jeden Morgen hart arbeitete, reine Haut und kristallklare hellgrüne Augen. Sie war verheiratet und obwohl die Familienplanung noch nicht im Gange war, hatte sie mit ihrem Mann Peter schon mehrfach darüber gesprochen. Sie wollte drei Kinder, er lieber vier. Sie wollte zwei Mädchen, die am liebsten vor dem Jungen auf die Welt kommen sollten, obwohl sie wusste, dass das kaum zu beeinflussen war, er wollte lieber drei Jungs und eine kleine Prinzessin, wie er es immer ausdrückte. Das Paar übte jeden Abend fleißig, und an manchen Tagen, wenn sie eine spätere Schicht antreten musste, sogar vor der Arbeit.

Vor ihrer heutigen hatten sie gleich zwei Mal »geübt«. Beim ersten Mal hatte Peter Sandra unter der Dusche überrascht und ihr zwei energiegeladene und zugleich heftige Orgasmen beschert, beim zweiten Mal hatte er sie genommen, als sie sich gerade ihre Uniform anziehen wollte.

Er hatte sie gepackt, nach vorne gebeugt und seinen Schwanz tief in sie hineingestoßen. Die zweite Runde war kurz und hart und hatte mehr dem Druckabbau, denn der Befriedigung gedient. Sandra lächelte bei dem Gedanken an die Geräusche, die aus ihrem Mund gedrungen waren, und konnte es kaum erwarten, nach

Hause zu kommen und dort weiterzumachen, wo sie aufgehört hatten. Drei Wochen Urlaub in Kanada. Peter und sie würden kaum aus dem Bett kommen. Ein Lachen wäre beinahe über ihre Lippen gekommen. Sandra warf einen verstohlenen Blick nach links.

David Riggs, ihr Partner, war ein hartgesottener Cop Ende dreißig. Zweifach geschieden, hatte drei Kinder und mit Sicherheit mehr Scheiße gesehen – und gefressen –, als ein Mann in seinem Alter verarbeiten konnte. Doch er ließ sich davon kaum etwas anmerken. Die wenigen Informationen, die er über sein Privatleben zu teilen bereit war, sprudelten in den unpassendsten Momenten aus ihm heraus, während er den Rest wie einen Schatz hütete.

David war attraktiv, hatte ein markantes Kinn, muskulöse Oberarme und starke Schultern. Seine dunkelbraunen Haare trug er stets sechs Millimeter kurz und in seinen braunen Augen konnte man sich verlieren. Riggs' Stimme war rauchig und fest und so tief, dass sie Sandras Körper zum Schwingen brachte.

Mehrmals hatte sie sich vorgestellt, wie sie diese rauen Hände grob packen und ihr die Klamotten vom Leib reißen würden. Sie würde Peter zwar niemals fremdgehen, doch gegen ein bisschen Fantasieren war schließlich nichts einzuwenden.

Einige Male hatte sie sich sogar vorgestellt, wie die beiden ungleichen Männer sie gleichzeitig befriedigten. Peter und sie hatten in den letzten drei Jahren viel ausprobiert und was ihnen noch auf ihrer Liste fehlte, war ein Dreier mit einem zweiten Mann. Doch ihr Ehemann wäre mit David sicher niemals einverstanden. Er fühlte sich in seiner Gegenwart klein und unzulänglich. Und wer konnte es ihm verdenken?

Peter war zwar ein guter Mann, aber im Vergleich zu Riggs war er nur ein Milchbubi.

Sandra spürte, wie sie beim Gedanken an Sex feucht wurde und kramte ihr Handy aus der Tasche, um ihrem Geliebten eine kurze Nachricht zu schreiben und ihr Gewissen zu beruhigen.

»Alles in Ordnung, Young?«, fragte Riggs. Seine tiefe Stimme brachte ihren Brustkorb zum Vibrieren. Er hielt den Streifenwagen an einer Kreuzung an und blickte mit hochgezogenen Augenbrauen zu ihr hinüber. »Ärger im Paradies?«

»Nein«, sagte sie und lächelte. »Im Paradies ist alles in Ordnung.« Sandra tippte die Nachricht an ihren Mann zu Ende, schickte sie ab und ließ das Telefon wieder verschwinden. »Wieso fragst du?«

»Nur so.« Riggs zuckte mit den Schultern.

Selbst eine so harmlose Bewegung übte eine gewisse Anziehungskraft auf Sandra aus. Sie zwang sich, ihm in die Augen zu sehen.

»Smalltalk, weißt du?«

»Du bist echt schlecht in solchen Dingen«, stellte Sandra fest und lächelte ihn an.

»Ich habe andere Qualitäten.« Wieder dieses Schulterzucken.

Die hast du ganz sicher, dachte Sandra und erwischte sich dabei, wie ihr Blick seinen Körper entlangwanderte. Die Ärmel des kurzen Hemdes spannten sich um seine muskulösen Oberarme. Riggs trug selten langärmelige Oberteile. Selbst in einem kalten Herbst wie diesem.

»Wie lange bleibst du noch gleich bei uns?«, wollte er wissen und schaute wieder auf die Straße. Sein Blick war aufmerksam, er schien jedes Detail vor der Windschutzscheibe zu scannen.

»Das steht noch nicht ganz fest«, sagte sie und blickte aus ihrem Seitenfenster. »Ich denke noch zwei oder drei Monate. Mindestens. Doch zuerst geht es in den Urlaub.«

»Kanada, richtig?« Riggs nickte. »Ist echt schön dort.«

»Was denn? Du machst Urlaub?«

»Hin und wieder.« Er setzte den Blinker und bog nach rechts auf die Wilmington ab, die sie nach Washington Highlands führen würde. »Aber meistens bin ich im Dienst.« Die Scheinwerfer des Wagens ließen ihr grelles Licht für einen kurzen Augenblick in eine Seitengasse scheinen. Sandra schaute kaum hin, Riggs hingegen schien etwas aufzufallen. Wenige Meter, nachdem er an der Gasse vorbeigefahren war, hielt er an.

»Was ist?«, fragte Sandra.

»Weiß nicht«, antwortete Riggs knapp und schaltete in den Überwachungsmodus. Wenig Energie für Worte, mehr für taktisches Denken. Riggs legte den Rückwärtsgang ein und setzte zurück. Unmittelbar vor der Gasse hielt er an und blickte mit zusammengekniffenen Augen hinein.

Sandra schaute ebenfalls in die schmale, von Wohnhäusern gesäumte Gasse. Darin stand ein Lieferwagen. Ein weißer Volkswagen Crafter. Er war heruntergekommen und schien im diffusen Licht der Scheinwerfer und der wenigen Straßenlaternen fast auseinanderzufallen.

»Wie war das Kennzeichen des Wagens auf der Fahndungsliste?«

Sandra tippte auf dem kleinen Computer herum, der sich am Armaturenbrett auf der Beifahrerseite befand. Binnen weniger Augenblicke hatte sie die Fahndungsmeldung rausgesucht, das Kennzeichen aufgerufen und den Monitor so gedreht, dass Riggs es lesen konnte.

Ihr Herzschlag beschleunigte sich. Sie hatte schon einiges gesehen, viele Tatorte betreten und brenzlige Situationen gemeistert. Doch noch nie hatte sie ihre Waffe ziehen müssen. Als die Nummer des Kennzeichens auf dem Monitor auftauchte, wusste sie, dass diese Zeit nun vorbei war. Bei der Dienstbesprechung wenige Stunden zuvor wurden sie darüber informiert, dass eine Fahndungsmeldung nach einem weißen Crafter lief, der auf einen Mann namens Harlan Streype zugelassen war. Laut FBI-Informationen handelte es sich dabei um einen vermeintlichen Alias von Stanley Harper.

»Melde der Zentrale, dass wir den gesuchten Wagen gefunden haben«, sagte Riggs mit seiner festen Stimme und schnallte sich ab.

»Sollten wir nicht auf Verstärkung warten?«, fragte Sandra und konnte das Zittern in ihrer Stimme nicht verbergen. Sie hatte schon gefährliche Männer gesehen, berührt und verhaftet. Doch niemals zuvor hatte sie einen Serienkiller zu Gesicht bekommen.

Riggs antwortete nicht, sondern öffnete die Tür. Ein eiskalter Windhauch strich durch den Wagen, als ihr Partner ausstieg und auf der dunklen Straße verschwand. Das Geräusch, mit dem die Tür zuschlug, war so laut, dass Sandra unweigerlich zusammenzuckte. Einen kurzen Moment war sie wie erstarrt, konnte sich kaum rühren.

Doch als Riggs auf ihrer Seite des Wagens auftauchte und mit langsamen Schritten auf den Crafter zuging, gewann sie die Kontrolle über sich und ihren zitternden Körper zurück.

»Zentrale, hier Wagen dreiunddreißig«, sprach sie in das am Armaturenbrett befestigte Funkgerät.

»Hier Zentrale«, kam die Antwort, durch die Mechanik sonderbar verzerrt. »Was gibt es, Wagen dreiunddreißig?«

»Wir sind in der Wilmington, nach Südosten. Haben gerade ein verdächtiges Fahrzeug ausgemacht. Die Beschreibung und das Kennzeichen passen auf eine Fahndungsmeldung zu dem gesuchten Serienkiller, Stanley Harper.«

Stille. Durchdringend und fast schon ohrenbetäubend laut.

»Mein Partner ist ausgestiegen und sieht sich den Wagen näher an. Zentrale, wir benötigen Unterstützung.«

Einige quälend lange Augenblicke geschah nichts.

Dann, endlich, antwortete die mechanische Stimme auf der anderen Seite.

»Verstanden, Wagen dreiunddreißig. Verstärkung ist auf dem Weg. Bleiben Sie im Wagen, Officer Young, und warten Sie.«

Sandra hängte das Walkie-Talkie zurück an seinen Platz und starrte aus dem Fenster. Sie war hin- und hergerissen. Einerseits wollte sie in sicherer Entfernung zu dem Wagen des entflohenen Serienkillers bleiben, andererseits konnte sie Riggs doch nicht so einfach allein lassen.

Sie griff das Walkie-Talkie an ihrer linken Schulter. »Riggs?«, fragte sie und sah dabei aus dem Fenster. Für einen kurzen Augenblick tauchte ihr eigenes Spiegelbild in der Fensterscheibe auf. Ängstlich, panisch. »Riggs, komm zurück. Wir sollen auf Verstärkung warten.«

Aus dem Fenster sah Sandra, wie Riggs nach seinem Funkgerät griff und ihr antwortete. »Keine Panik, Young. Ich komme klar. Ich ...«

In diesem Augenblick flog die Hecktür des Lieferwagens mit einem Krachen auf. Die Kraft, mit der sie aufgestoßen wurde, hätte sie fast aus den Angeln gerissen. Sandra konnte kaum etwas erkennen, doch ihr erschien es, als würde eine unnatürliche Dunkelheit aus dem Innern des Crafters auf die Straße schwappen.

Wie frischer Teer breitete sie sich aus und erreichte Riggs.

»MPDC«, schrie Riggs so laut, dass es von den Wänden der Gasse widerhallte und zog seine Waffe. »Keine Bewegung. Sie sind ...«

Ein greller Blitz zuckte durch die Nacht. Rot, gelb, weiß.

Und er kam aus dem Inneren des Wagens.

Sandra wusste, was das zu bedeuten hatte. Und dann ertönte der Knall. Sie schrie auf, als der Kopf ihres Partners in den Nacken ruckte. Die Waffe entglitt seinen Fingern; er stürzte rücklings zu Boden. Eine dunkle Pfütze breitete sich im diffusen Licht der Straßenlaternen unter seinem Schädel aus.

»Riggs!«, schrie Sandra.

Voller Entsetzen starrte sie auf die Leiche ihres Kollegen, die langsam von der Dunkelheit verschlungen zu werden schien.

Dann sprang ein Mann aus dem Wagen. Er wirkte schmächtig. In sich zusammengesunken ging er zum reglosen Körper ihres Partners und drückte noch ein paar Mal ab.

Peng. Peng. Peng.

Er hob den Kopf und schaute Sandra geradewegs in die Augen. Ihr stockte der Atem, sie begann am ganzen Leib zu zittern. Mit stockenden Schritten bewegte sich Stanley Harper auf sie zu und sie wusste, dass sie sterben würde.

Die Erkenntnis traf sie mit der Wucht eines Güterzuges. Sie kreischte, verriegelte die Tür und zog ihre eigene Waffe aus dem Holster. Keuchend zielte sie auf das Fenster; tastete gleichzeitig mit der linken Hand nach dem Funkgerät. »Zentrale«, schrie Sandra. »Wagen dreiunddreißig erbittet sofortige Unterstützung. Officer am Boden. Ich wiederhole. Officer am Boden.«

»Wagen dreiunddreißig«, meldete sich die Zentrale prompt. Die mechanisch verzerrte Stimme klang viel zu ruhig für eine derartige Situation. »Verstärkung ist unterwegs. Halten sie durch.«

»Fuck!«, schrie Sandra und warf das Funkgerät quer durch den Wagen. Die Waffe in ihrer Hand zitterte, Schweiß lief ihr über das Gesicht und brannte in ihren Augen. Sie blinzelte, blickte hektisch umher und versuchte, irgendwie auf den Fahrersitz zu gelangen.

Stanley Harper rüttelte an der Tür. Bei jedem Geräusch stieß Sandra ein lautes Keuchen aus. Schließlich gab er auf, hob seine Waffe und zielte auf das Fenster.

Stanley Harper, der vermutlich gefährlichste Mann der Welt, starrte sie über den Lauf seines Revolvers hinweg an. Die feinen Äderchen auf seiner Wange schienen zu pulsieren, und die grässliche Narbe, die Sandra auf seiner Stirn erblickte, verlieh seinem Äußeren etwas Abscheuliches.

Er grinste sie an, doch seine Augen weinten.

Es war ein Wechselbad der Gefühle, das sich in ihm abzuspielen schien. Einige Blutspritzer klebten auf seinem Gesicht und an seiner Kleidung und Sandra musste sich unweigerlich fragen, ob das Blut von Riggs, oder von einem anderen Opfer stammte.

»Bitte, Officer«, rief Harper mit einer Stimme, die zwischen Wahnsinn und Trauer zu schwanken schien. Die Worte drangen wie durch Watte an Sandras Ohren und es dauerte einen Moment, bis sie begriff, was er zu ihr sagte. »Legen Sie die Waffe weg. Ich hatte nicht vor, Sie zu töten.« Er deutete mit dem Kopf nach hinten, ohne Sandra dabei aus den Augen zu lassen. »Ich hatte auch nicht vor, Ihren Partner zu töten. Das müssen Sie mir glauben. Es ist leider so, dass Sie zur falschen Zeit am falschen Ort waren.« Ein leises Lachen kam über seine Lippen; die linke Hand wischte über das Gesicht. »Die Zeit ist schon etwas Witziges, nicht wahr? In einem Moment glauben wir, unendlich viel daFunkgerät von zu haben und dann, ganz plötzlich, rinnt sie uns wie Sand durch die Finger.« Harper seufzte. »Es geht nicht persönlich gegen Sie, Officer. Oder gegen Ihren Partner. Das sollten Sie wissen.«

»Fick dich«, schrie Sandra, die während seiner Worte wütender geworden war. Er wollte sie töten? Scheiße. Dann würde sie ihn mitnehmen. »Fick dich, du Hurensohn!«

Sie krümmte den Finger, den sie um den Abzug gelegt hatte, spürte den Widerstand und drückte ab.

Doch der erwartete Schuss blieb aus.

»Was zum …?«, presste sie hervor und starrte auf ihre Waffe. Eiskaltes Grauen packte ihren Körper, als sie den kleinen Hebel über dem Griff ihrer Pistole sah. Sandra hatte vergessen, sie zu entsichern.

»Es geht nicht gegen Sie persönlich«, sagte Harper erneut. »Es ist nur die Zeit. Sie geht mir aus. Und ich habe noch etwas zu erledigen.«

Dann drückte er ab.

Kapitel 54

»Bitte entschuldigen Sie meine Offenheit, John, aber Sie sehen wirklich scheiße aus.«

»Ich weiß, Ma'am.«

John stand im Büro der Direktorin des FBI, Erin Willson, das sich im obersten Stock des Hoover Buildings auf der Pennsylvania Avenue in Washington D.C. befand. Das Büro war groß, sehr groß, verfügte über eine Fensterfront, die mit elektrischen Rollläden ausgestattet war, damit die Sonne, die an manchen Tagen erbarmungslos in das Büro strahlte, ausgesperrt werden konnte. An den Wänden hingen etliche Fotos, die die Direktorin händeschüttelnd mit dem Präsidenten zeigten, oder während eines Gesprächs mit dem ehemaligen Leiter des deutschen BND. Es gab ein Bild, auf dem sie vor einem Helikopter der US Air Force stand und einem Soldaten die höchste Auszeichnung – das Air-Force-Cross – überreichte. Sie selbst war ebenfalls Trägerin dieser Auszeichnung, die sich in einer kleinen Vitrine an der linken Wand des Büros befand. Ansonsten gab es einige weitere Bilder von der Familie und eins, das sie in ihrer Jugend zeigte, wie sie einen Preis überreicht bekam. Eine Vielzahl weiterer wichtig aussehender Personen war auf dem Bild zu sehen.

Erin selbst war Ende fünfzig, dunkelblond und groß. John erinnerte sich an die Frau, die sie einmal gewesen war. Durchtrainiert, unerschrocken und unglaublich scharfsinnig. Unerschrocken und scharfsinnig war sie noch immer. Doch ihr Körper, der nun weich und rund erschien, hatte seine besten Jahre hinter sich.

Sie sagte, was sie dachte, ganz gleich, wie schmerzhaft es für ihren Gegenüber auch sein mochte, und hatte sich ihren Posten erarbeitet, weil sie einfach gut in dem war, was sie tat. Die Leiterin der Behörde hatte sich niemals irgendwo eingeschleimt, niemals anderen nach dem Mund geredet und hatte viel geopfert, um an diesen Punkt in ihrer Karriere zu kommen.

John kannte sie, seit er beim FBI war. Soweit er sich erinnern konnte, hatte sie eine ganze Zeit lang die Abteilung der Verhaltensanalyse geleitet, ehe man sie zur Assistant Director beförderte. Von Anfang an galt sie als Nachfolgerin des früheren Directors Brian Long. Kurz vor Johns letztem Fall beim FBI war sie schließlich auf den Posten des Directors gerückt.

Erin Willsons blaue Augen ruhten mit einer Mischung aus Freude, Besorgnis und Nachsicht auf John. Sie saß hinter ihrem Schreibtisch aus dunklem Mahagoni, in einem bequem wirkenden Ledersessel und trug einen schwarzen Hosenanzug. Ihre dunkelblonden Haare waren mit grauen Strähnen durchsetzt und sie hatte deutliche Falten im Gesicht. Sie trug unauffällige Ohrstecker und einen langsam erblassenden Ehering an der linken Hand.

Vor ihr auf dem Tisch standen eine Tasse Kaffee und ein zugeklappter Laptop. Einige Akten, mit dem Logo des FBI versehen, lagen zusätzlich auf dem Tisch. John vermutete, dass es sich hier um Fälle handelte, die einer besonderen Entscheidung bedurften.

»Ich bin froh, dass Sie zurück sind«, fuhr Erin fort, griff nach ihrer Tasse und lehnte sich in ihrem Stuhl zurück. Sie hielt die sie mit beiden Händen fest und blickte über den Rand hinweg zu John. »Haben Sie sich schon Gedanken darüber gemacht, wie es weitergehen soll?«

»Bislang noch nicht, Ma'am«, antwortete John und blinzelte gegen die Müdigkeit an. Er hatte in der letzten Nacht zwar volle drei Stunden geschlafen, doch erholsam war das nicht gewesen. Er fühlte sich noch immer von der ganzen Situation erschlagen und überfordert.

»Wir brauchen Sie wieder bei uns. Sie waren immer ein fähiger Agent. In einer Welt wie dieser werden Männer von ihrem Verstand und Format dringend benötigt.« Erin Willson nahm einen Schluck von ihrem Kaffee und sah John weiter prüfend an. »Überlegen Sie es sich. Sie haben noch ein gutes Stück der Karriereleiter vor sich.« Ein freundliches Lächeln umspielte ihre Lippen. »Jeffrey Ronco, Leiter der Verhaltensanalyse Abteilung, geht bald in Pension. Durch Ihre Erfahrung und Ihre Abschlussquote wären Sie ein würdiger Nachfolger.«

John wusste nicht, was er zu diesen Äußerungen sagen sollte. Im Grunde hatte er sich noch keine Gedanken über eine mögliche Rückkehr zum FBI gemacht. »Ich werde es mir überlegen, Ma'am«, antwortete er. »Aber zum jetzigen Zeitpunkt gilt meine gesamte Aufmerksamkeit Stanley Harper.«

»Vollkommen verständlich«, sagte sie und stellte die Tasse wieder auf den Tisch. »Wie ist der aktuelle Stand der Ermittlungen?«

John berichtete ihr in knappen Worten, was sie über Harpers aktuellen Gesundheitszustand und die Anagramme wussten; von den Hinweisen, denen sie nachgegangen waren; von dem Auto; dem Lagerraum; der kleinen Wohnung. Nur Johns Theorie, dass es im Hintergrund jemanden zu geben schien, ließ er fürs Erste außen vor. »Harper kann nirgendwo mehr hin, Ma'am«, sagte John am Ende seines Berichts. »Es ist nur noch eine Frage der Zeit, bis wir ihn finden.«

»Gut. Sehr gut. Sie leisten wirklich hervorragende Arbeit. Es ist schön, Sie wieder an Bord zu haben.« Sie griff erneut ihrer Tasse und klappte mit der freien Hand den Laptop auf. »Haben Sie schon eine Idee, wen er als Nächstes im Visier haben könnte?«

»Bislang noch nicht, Ma'am. Aber wir sind dicht dran. Das spüre ich.« Es war eine glatte Lüge. Erin schien sie zu durchschauen, sagte aber nichts. »Und wenn wir ihn haben, wird er endlich seine gerechte Strafe bekommen.«

»Ihr Optimismus ehrt Sie«, sagte Erin und nippte ein weiteres Mal an ihrem Kaffee. »Es gibt Fälle, die sich nicht abschließen lassen. Das wissen Sie so gut wie ich. An manchen Tagen gewinnt das Böse und tritt dem Guten gehörig in den Arsch. Aber Harper wird nicht gewinnen. Nicht nach allem, was er Ihnen und den Angehörigen seiner Opfer angetan hat. Seine guten Absichten hin oder her.«

»Ma'am?«, fragte John ungläubig. Sollte nun auch die Leiterin des FBIs moralisch auf der Seite eines Serienmörders stehen?

In was für einer Welt lebte er eigentlich?

War er der Einzige, der sich noch an moralischen Grundpfeilern orientierte?

»Was ich damit sagen will, John: Es wird immer erst schlechter, bevor es besser wird. Zumindest hat mir das mal jemand gesagt. Und er hatte damit verdammt recht.«

John stutzte kurz. »Ich verstehe nicht ganz, was …«

Director Willson hob die Hand und brachte ihn zum Schweigen. »Sie werden Harper erwischen. Doch bis dahin wird es weitere Opfer geben. Sie wissen genauso gut wie ich, dass wir nicht jeden retten können.«

Die Beiläufigkeit in ihrer Stimme erschreckte ihn.

»Aber wir versuchen es, Ma'am«, antwortete John. »Wir versuchen es jeden Tag.«

»Natürlich. Es ist Ihre Pflicht. Sie …«

Director Willsons Handy, das auf dem Tisch lag, vibrierte und kündigte einen eingehenden Anruf an. Sie verstummte und ihr Blick, der zuvor noch eine freundliche Härte aufgewiesen hatte, wurde düster. Sie verengte die Augen zu Schlitzen und ihre Lippen wurden zu einem schmalen Strich.

Auch John warf einen flüchtigen Blick auf das Display des Smartphones, konnte die Nummer aber nicht zuordnen.

»Wenn dann nichts mehr ist«, sagte Director Willson, nahm ihr Handy in die Hand und nickte freundlich, aber bestimmt zur Tür. »Halten Sie mich auf dem Laufenden.«

»Ja, Ma'am«, erwiderte John und verließ sichtlich verwirrt das Büro.

»Ich habe das Gefühl, du siehst jeden Tag ein Jahr älter aus«, begrüßte Daniela John, als er in das Büro seines ehemaligen Teams kam.

Er seufzte. Wenn er für jede Aussage, die sein erbärmliches Äußeres kommentierte, einen Dollar bekommen würde, müsste er sich über Arbeit bald gar keine Gedanken mehr machen.

»Willst du, dass wir deinen Schreibtisch freiräumen?«, fragte Selina, als sie Johns Blick bemerkte und reichte ihm eine Tasse frischen Kaffee.

»Nicht nötig«, sagte John und nahm die Tasse entgegen.

Er setzte sich auf die Ecke von Steves Schreibtisch. John sog den Duft der heißen Flüssigkeit ein, ließ die Eindrücke des Büros auf sich wirken und versuchte, das Gespräch mit Director Willson in die ganze Sache mit Stanley Harper einzuordnen. Er nippte an seinem Kaffee und blickte in die Runde.

Die restlichen Mitglieder seines ehemaligen Teams wirkten müde und abgeschlagen. Besonders bei den Männern sah man die dunklen Schatten unter den Augen, die sich Daniela und Selina geschickt überschminkt hatten. Aber alle waren voller Tatendrang. Sie waren bereit, Stanley Harper endlich zu schnappen.

»Wo ist Steve?«, fragte John. Sie brannten darauf, die nächsten Schritte zu hören.

»Müsste jeden Augenblick …«, begann Dean und deutete zur Tür. »Ah. Da ist er ja.«

Kurz darauf kam Steve in das Büro gestürmt. Er riss die Glastür so stark auf, dass sie gegen die Wand prallte und leise klirrte. Wie durch ein Wunder blieb das Glas jedoch ganz.

»Verdammte Scheiße«, brüllte er und schmiss seine Tasche wutentbrannt durch das Büro.

»Was ist los?«, fragte Daniela.

Ein ungutes Gefühl breitete sich in John aus.

»Vor etwas mehr als vier Stunden hat es einen Vorfall gegeben«, berichtete Steve. »Es gab einen Doppelmord an zwei Polizisten. Zuvor gab es einen Funkspruch. Sie haben wohl den Wagen von Harlan Streype *aka* Harper in einer Seitengasse entdeckt. Es kam zum Schusswechsel. Oder, besser gesagt, zur Hinrichtung.« Steve ging auf und ab. »Vier Schüsse hatte er für den Cop, der Riggs hieß«, fuhr er weiter fort. »Einer in den Kopf, drei in seinen Körper. Danach hat Harper die Polizistin, Sandra Young, kaltblütig erschossen, die noch im Wagen saß. Sandra war sechsundzwanzig. Sie hat niemandem je etwas Böses getan.« Betretene Stille legte sich über das Büro. »Was hat das zu bedeuten?«, fragte Steve und sah John wütend an. »Dieser Bastard tötet jetzt Cops ohne erdenklichen Grund? Ein Overkill?«

»Scheiße«, flüsterte Mahmut.

»Er verfolgt ein Ziel«, sagte John und dachte an Erins Worte. »Einen Plan. Und er lässt sich durch nichts und niemanden davon abbringen.« John stand auf und ging zur Tafel. Er nahm einen Stift aus der Hülle und schrieb Stanley Harpers Namen ganz oben auf die Tafel. Dann unterstrich er ihn mehrfach. Es wurde höchste Zeit, zusammenzutragen, was sie in den letzten Stunden herausgefunden hatten.

»Was wissen wir?«, fragte er in die Runde. Die Wut und die Fassungslosigkeit, die sich über das Büro gelegt hatten, waren geradezu greifbar. »Was hat sich seit den letzten fünf Jahren verändert?«

»Harper ist während der Überführung nach Huntsville entkommen«, sagte Selina und setzte sich an die Stelle, an der John zuvor gesessen hatte. Plötzlich sah er die dunklen Augenringe, die sich schwach unter der Schminke abzeichneten. »Er hat den Direktor von Huntsville erpresst. Vermutlich war der Direktor auch die Person, die den Antiquitätenhändler aufgesucht hat.« John schrieb in Stichpunkten auf, was Selina gesagt hatte. *Flucht, Erpressung, Antiquitätenhändler.* Kurz überlegte er, ob er hinter die Erpressung ein Fragezeichen schreiben sollte, entschied sich dann aber dagegen. Diese Theorie, dass Harper jemanden an seiner Seite hatte, klang in seinem Kopf zwar plausibel, aber machte für den Großteil des Teams nur bedingt Sinn.

»Harper hat Krebs«, sagte Mahmut und John schrieb das Wort *Krankheit* auf die Tafel. »Laut Aussagen der Ärzte ist er unheilbar krank. Niemand weiß, wie viel Zeit ihm noch bleibt. Am allerwenigsten Harper selbst.«

»Die Zeit ist ein ausschlaggebender Faktor.« John schrieb *Zeit* neben Harpers Namen und kreiste es ein. »Harper hat keine mehr. Er kann sein Mordverhalten nicht mehr wie gewohnt fortsetzen. Früher hat er es ausgiebig zelebriert. Er hat seinen Opfern nachgestellt, sie fotografiert und ausgiebig recherchiert.« John steckte die Kappe auf den Stift und verschränkte die Arme vor der Brust. »Er hat sie lange am Leben gehalten, ehe er ihnen seine Erlaubnis gab zu sterben. Er hat jeden einzelnen Namen in ihren Körper geschnitten, während sie noch am Leben waren.

»Könnte es sein, dass ihm die Kräfte schwinden?«, schaltete sich Selina ein. »Ich meine, dass er eine Pistole benutzt, das hat er doch vorher nicht getan. Früher hat er langsam getötet. Vielleicht hat er aber auch keinen Spaß mehr an seiner Arbeit?«

»Vielleicht beides.« John nickte. »Doch nach wie vor ist das Töten für ihn ein Zwang. Er kann nicht anders. Vor allem, nachdem er Caroline getötet hat.« Betretenes Schweigen machte sich unter den Anwesenden breit. »Einerseits«, führte John seinen Gedanken weiter aus, »will er nicht weiter töten, andererseits muss er es tun, wenn er seine Mission weiterverfolgen und meine Vergebung erlangen will.«

»Und wie will er das anstellen?«, fragte Steve. »Durch Morden wird er wohl kaum erreichen, dass du dich vor ihm auf die Knie fallen lässt, und ihm sagst: »*Bitte, Mr Robin-Hood-Killer, Sir, ich vergebe Ihnen, dass Sie meine Frau getötet haben.*« Oder?«

»Barney«, zischte Daniela und warf ihm einen finsteren Blick zu.

»Was denn?«

»Er hat Recht.« John drehte sich wieder zur Tafel um und schrieb die Anagramme auf. »Da steckt mehr hinter. Doch ich bekomme es noch nicht ganz zu greifen.«

»Vielleicht gehen Mord und Vergebung hier Hand in Hand?«, sagte Dean. »Vielleicht denkt er, er erhält deine Vergebung, eben weil er weitermordet?«

»Und wie soll das funktionieren?«, sagte Selina. »Indem er in der Gegend herumrennt und wildfremde Leute abmurkst? Dadurch würde sich im Vergleich zum ersten Mal nichts ändern.«

John hörte ein Rascheln und stellte sich vor, wie sie den Kopf schüttelte. »Wir wissen, dass er sich in den letzten Tagen Hilfe von Unbeteiligten geholt hat«, fuhr John fort und schrieb hinter die Namen die Objekte und Gegenstände, die ihnen zuzuordnen waren.

Harlan Streype – Lieferwagen
Lena Tre Sharpay – Lagerraum
Lenart Reysharp – Wohnung

Er ließ das Bild einen Moment auf sich wirken, dann blickte er wieder in die Runde.

»Dean, wie weit bist du mit dem Computer?«

»Nicht weit«, sagte Dean und schüttelte den Kopf. »Unglücklicherweise hat dieser Penner seinen Rechner mit einer der besten AES-Verschlüsselungsmethoden versehen, die ich jemals gesehen habe. 256-Bit lang, mit einer verdammt guten …«

»Kannst du sie knacken, oder nicht?«, fragte Steve genervt.

»Zum jetzigen Zeitpunkt nicht. Nicht ohne sicher zu sein, dass die Daten erhalten bleiben«, sagte Dean und warf Steve einen wütenden Blick zu.

»Danke, warum nicht gleich so«, antwortete Steve bissig und John bildete sich ein, dass Dean so etwas wie Vollidiot vor sich hinmurmelte.

»Also schön«, sagte John. »Dean, bleib da dran.« Er wandte sich an Daniela. »Hat die Spurensicherung schon etwas ergeben?«

Sie schüttelte den Kopf. »Nichts. Die Wohnung gleicht einem sterilen Operationssaal. Da war nichts.«

Dachte ich mir, hätte er am liebsten gesagt, nickte aber nur knapp. »Dean, du klemmst dich wieder an den Rechner. Selina soll dir helfen. Mahmut, Steve und Daniela, ihr geht noch einmal die alten Morde von Harper durch. Versucht, eine Verbindung zu mir herzustellen. Vielleicht gibt es noch etwas anderes, außer Caroline. Ich gehe zwar nicht davon aus, dass wir etwas übersehen haben, doch man kann nie wissen.«

»Und was machst du?«, wollte Steve wissen.

»Ich muss etwas in Ordnung bringen, danach sehe ich mir die Dokumente aus dem Lagerhaus noch einmal an. Ich habe da ein komisches Gefühl.«

Kapitel 55

John hatte mit deutlich mehr Verkehr auf den Straßen von Washington D.C. gerechnet, weswegen er nun eine Stunde früher vor Helens Haus stand als geplant.

Helen lebte in Brookmont, einer kleinen Gemeinde im Nordwesten von Washington, die aber bereits zu Maryland gehörte und oft als Teil der größeren Stadt Bethesda angesehen wurde, da beide dieselbe Postleitzahl hatten. Fragte man aber die Bewohner von Brookmont, so plädierten sie alle dafür, eigenständig zu sein.

Brookmont war idyllisch. Es gab etliche Einfamilienhäuser und weitaus weniger graue Betonkästen als in Washington und obwohl die Entfernung zwischen den beiden Städten nicht groß war, hatte man hier das Gefühl, dem hektischen Trubel der Hauptstadt mühelos entfliehen zu können.

Hier war es ruhig, hier konnte man die Vögel zwitschern hören und hier hatte man genug Zeit, um seinen eigenen Gedanken nachzugehen.

Man wurde gewissermaßen zwangsentschleunigt. John hatte einige Zeit gebraucht, um sich an diese Atmosphäre zu gewöhnen, doch mittlerweile kam er damit ganz gut zurecht.

Helens Haus war klein, bot jedoch ausreichend Platz für zwei Personen. Die Fassade war in einem strahlenden Weiß gestrichen und mit schwarzen Balken durchsetzt. Der Vorgarten, der mit einem dunklen Holzzaun von der Straße und den benachbarten Grundstücken abgetrennt war, wirkte gepflegt und so, als könnte ihm der kalte Winter nichts anhaben. Ein mit hellen Backsteinen gepflasterter Weg führte von der Straße zur kleinen Veranda. Nirgendwo gab es eine Spur von Unkraut. Alles war genau dort, wo es sein musste. Helen hatte John einmal gesagt, dass sie die Gartenarbeit liebte. Dort konnte sie abschalten und sich auf andere Gedanken bringen.

John atmete tief ein und klopfte an die Tür. Eine geraume Weile hörte er nichts und als er sich gerade fragte, ob Helen so sauer auf ihn war, dass sie ihn versetzte, gab es Bewegung im Innern des Hauses.

Dann öffnete Helen die Tür.

Sie trug eine helle Jeans und einen offenen dunkelblauen Blazer, unter dem ein weißes Shirt zum Vorschein kam. Ihre blonden Haare waren zu einem Pferdeschwanz gebunden und sie hatte sich ihr Gesicht dezent geschminkt. Sie war klein, fast zierlich, konnte aber auch gerne mal böse werden, wobei sie dann über ihre Größe hinauswuchs. Ihre blauen Augen funkelten fast immer schelmisch und sie hatte – ganz im Gegensatz zu John – ihre Freude am Leben nach dem Tod ihres Mannes wiedergefunden. Der war aber nicht einem wahnsinnigen Serienmörder zum Opfer gefallen, sondern an Krebs gestorben. Möglicherweise war dieser Tod leichter zu überwinden. Sie hatte die Möglichkeit gehabt, mit der Diagnose umzugehen. Sich zu verabschieden. Ihn in Liebe gehen zu lassen.

»John«, sagte sie und lächelte ihr typisches Lächeln, besann sich dann aber eines Besseren und schaute grimmig auf ihre Uhr. »Du bist zu früh. Über eine Stunde.«

»Ich weiß«, sagte John verlegen und hob eine Papiertüte in die Höhe. »Aber ich habe Bagels dabei.« Er lächelte.

Helen sah skeptisch von ihm zur Tüte und wieder zurück, verschränkte dabei die Arme vor der Brust. »Ich hoffe für dich, dass sie das ganze Drama wert sind.« Sie drehte sich um und ging ins Haus. John folgte ihr, schloss die Tür hinter sich und ging dann in die Küche. Das Haus war von innen genauso sauber und gepflegt, wie es von außen den Anschein erweckte. Es war aufgeräumt und die Einrichtung, ein Mix aus Antiquitäten und Moderne, verliehen dem ganzen Haus sowohl Charme als auch Geschmack. John mochte Helens Art zu dekorieren und die Möbel auszurichten, obwohl er sich schon mehrfach neu hatte einfinden müssen. Helen stellte genauso oft um, wie sie die passende Dekoration zur Jahreszeit austauschte. Sie war eben ein Freigeist.

»Möchtest du einen Kaffee?«, fragte sie, als sie in der Küche ankam, drehte sich jedoch nicht zu ihm um.

»Gerne«, antwortete John und stellte sich an die Kochinsel, von der aus man ins angrenzende Wohnzimmer und den Garten sehen konnte. Sonnenstrahlen fielen durch die breite Fensterfront und tauchten alles in goldenen Schein. Es hätte fast idyllisch wirken können. Wäre da nicht das, weswegen er hier war. Er hatte sich vorgenommen, sich Helen zu öffnen.

Vollständig und ohne Zurück.

John legte die Tüte neben das Ceranfeld, öffnete sie und bückte sich, um zwei Teller aus dem Schrank unter der Kochinsel zu holen. Zu seinem Erstaunen musste er feststellen, dass Helen erneut umgeräumt hatte, was ihm ein Grinsen entlockte. »Hast du wieder umgeräumt?«, fragte er und drehte sich zu Helen um, die ihm eine Tasse hinhielt.

»Es wurde Zeit«, sagte sie, als John sie ihr abnahm. »Die Teller sind jetzt da drüben.« Sie deutete auf den Eckschrank gegenüber der Kochinsel.

»Ich hoffe, dass ich mich hier noch zurechtfinden werde«, sagte John und versuchte zu lächeln, doch als er Helens Blick sah, gefror sein Lächeln zu Eis.

»Das wird sich zeigen«, antwortete sie kühl und ging zum Esstisch. Sie zog einen Stuhl zurück, stellte den Kaffee auf den Tisch und entledigte sich ihres Blazers. Dann setzte sie sich auf den Stuhl, lehnte sich zurück und sah John dabei zu, wie er die Bagels aufschnitt, mit Butter bestrich und zu ihr kam.

Er setzte sich ihr gegenüber und stellte den Teller in ihre Mitte; dann nippte er an seinem Kaffee.

Eine Zeit lang saßen sie sich schweigend gegenüber und genossen das Frühstück. Irgendwann räusperte sich John und blickte auf seine Hände.

Plötzlich fühlte er sich wieder müde, ausgelaugt und ängstlich. »Helen, ich muss mich bei dir entschuldigen«, begann John. »Ich habe dich die letzte Zeit nicht fair behandelt. Aber du musst wissen, dass ich dich wirklich sehr mag und ich jede Sekunde mit dir genieße.« John knetete seine Hände so stark, dass sie wehtaten. »Wir haben nie über das gesprochen, was mir passiert ist. Im

Grunde habe ich noch nie mit jemand anderem außer Cameron oder Mahmut darüber gesprochen.« Er zuckte mit den Schultern. Es war eine Geste voller Hilflosigkeit.

Helen sagte nichts. Sie verschränkte nur die Arme vor der Brust und blickte John aufmerksam an.

»Ich möchte mich dir öffnen. Du verdienst es, Helen. Caroline verdient es, dass ich über sie spreche. Und …«

»Und du verdienst es auch.« Helen beugte sich vor und ergriff seine Hände. Die Berührung war warm und wohltuend, als würde er in gleißendem Sonnenlicht baden. »Du weißt hoffentlich, dass ich dich nicht dazu dränge. Niemals. Deine schroffe und wortkarge Art habe ich schon lange akzeptiert. Doch die letzte Zeit warst du nicht mehr du selbst. Du hast dich verändert.« Sie seufzte und schüttelte den Kopf. »Schon bevor das alles passiert ist.«

»Das alles?«

Helen lachte leise und kurz. »John, ich sehe Nachrichten. Ich weiß, was dich bedrückt. Stanley Harper ist wieder frei, hat sich seiner Hinrichtung entzogen und geistert nun durch die Gegend. Ich weiß, dass dieser … dieser Mann deine Frau umgebracht hat und ich weiß, dass du ihn jagen musst.«

Sie ließ seine Hände los.

Beinahe hätte John laut aufgeschrien. Helen war schön, intelligent und aufmerksam.

Natürlich hatte sie seine Veränderung noch vor ihm bemerkt. Doch was sie sagte, stimmte. Die letzten zwei oder drei Wochen vor Harpers angesetzter Hinrichtung war er anders gewesen. Unkonzentriert, schlampig, müde, aufbrausend … und noch so vieles mehr. Er hatte sich in Arbeit ertränkt, mehrere Fälle gleichzeitig bearbeitet, alle um ihn herum gemieden. Hätte Helen nicht so verbissen darauf bestanden, dass sie sich sahen, wären sie heute vermutlich kein Paar mehr.

Wenn sie überhaupt noch eins waren.

»Du hast so recht«, sagte er. »Es hat mich aus der Bahn geworfen. Das alles. Ich hatte Angst, dass es zu Ende geht, dass ich es endlich schaffe, mit allem abzuschließen. Dass ich aufhöre, mich selbst zu bestrafen.«

»John, ich …«

»Warte, bitte. Lass mich ausreden«, unterbrach er sie. »Du hast recht, wenn du sagst, dass ich ihn jagen muss. Und das mache ich auch schon.«

Helen sah ihn ungläubig an.

»Nachdem klar war, dass Harper entflohen ist, dass er nicht hingerichtet wurde, musste ich es einfach tun, verstehst du?« John seufzte, kramte den FBI-Ausweis aus seiner Tasche und legte ihn vor Helen auf den Tisch. »Sie haben mich zurückgeholt, Helen. Vorerst nur für diesen Fall.«

»Vorerst?«

»Versteh doch. Ich kann nicht …« Er brach ab, stützte die Ellbogen auf und nahm die Hände vors Gesicht. »Ich darf nicht zulassen, dass weitere Unschuldige durch ihn ums Leben kommen.«

»Deswegen bist du die letzten Tage auch abgetaucht, oder?«, fragte Helen. Sie lehnte sich zurück und nahm einen Schluck von ihrem Kaffee. »Du hattest Angst, dass er wieder …« Ein Räuspern. »Einen Menschen, der dir wichtig ist …« Helen verstummte.

»Ja.« John nickte und ließ die Hände wieder sinken. Er atmete tief durch. »Ich war in Texas. Dort, wo er die letzten fünf Jahre gefangen gehalten wurde. Deshalb habe ich auch unser Essen verpasst und nicht auf deine Anrufe und Nachrichten reagiert.« Er seufzte erneut und legte die Hände flach auf den Tisch. »Es tut mir leid, Helen. Ich weiß, dass ich nicht einfach bin.«

»Nicht einfach?« Helen stieß ein kurzes Lachen aus. »John, du bist der wohl komplizierteste Mensch, den ich jemals kennengelernt habe. Du kämpfst gegen so viele innere Dämonen gleichzeitig, dass du vergisst zu leben. Wann hast du das letzte Mal Freude empfunden? Oder gelacht?« Seufzend stellte sie ihre Tasse hin und verschränkte die Arme wieder vor der Brust. »Es ist schwierig mit dir. Verdammt schwierig. Du fällst andauernd in ein neues tiefes Loch und manchmal habe ich das Gefühl, dass ich dich nicht mehr da rausholen kann. Oder will.« Sie schüttelte den Kopf. »Ich mag dich wirklich. Sehr sogar. Und ich freue mich jedes Mal, wenn ich dich sehe oder deine Stimme höre. Aber ich habe nicht mit meiner Vergangenheit abgeschlossen, um dich in deiner zu besuchen, verstehst du?«

Er verstand nur zu gut, was sie meinte.

»Und damit meine ich nicht nur den Tod deiner Frau. Weiß Gott, wie schlimm es für dich gewesen sein muss. Auch ich rede nicht gerne über den Tod von Thomas. Das weißt du. Ihn zu verlieren, war die schlimmste Zeit meines Lebens. Und ich habe getrauert. Zwei verflucht lange Jahre. Ich hatte das Gefühl, als würde meine Seele ertrinken. Doch dann, eines Morgens, stand ich aus dem Bett auf, zog die Vorhänge zurück, blickte in die Sonne und die Welt war plötzlich etwas weniger grau.« Sie zog eine Schnute und wischte sich unter dem rechten Auge entlang, als wolle sie eine Träne verstecken. »Thomas hatte Krebs. Nichts im Vergleich zu dem, was mit Caroline passiert ist.« Sie nahm wieder ihre Kaffeetasse in die Hand. Doch wohl mehr, damit sie sich an etwas festhalten konnte. »Das Gefühl, in der Vergangenheit zu leben, ist mir nicht fremd. Doch irgendwann reicht es. Du lässt mich nicht an dich heran. Und jetzt, da du diesen Mann wieder jagst, habe ich Angst, dass du nie wieder zurückkehrst. Ich glaube nicht, dass ich noch länger mitansehen kann, wie du dich selbst so zerstörst.« Sie blickte ihn lange an, schien eine Reaktion zu erwarten und schüttelte dann den Kopf, als von ihm nichts kam. »Du musst den alten Ballast loswerden«, sagte sie dann mit all der Härte, die in ihrer weichen Stimme vorzufinden war.

John sah sie an. Lange und intensiv und suchte in ihrem Blick etwas, das auf Hass oder Verachtung hindeutete. Doch da war nichts. Nichts außer Verständnis und Mitleid. Und das war vielleicht noch schlimmer.

»Wie soll ich das nur schaffen?« John blickte wieder auf seine Tasse.

»Mit winzig kleinen Schritten.« Helen lächelte ihn an. »Kleine Dinge, die dir gefallen, die das Leben erträglicher machen. Mit der Zeit werden diese kleinen Dinge wachsen, gedeihen. Sie werden größer. Wie dieser Baum.« Sie deutete mit der rechten Hand in ihren Garten. »Diesen Baum haben Thomas und ich gepflanzt, nachdem wir geheiratet haben. Nach seinem Tod habe ich überlegt, ob ich ihn fällen soll. Ich habe es tatsächlich in Betracht gezogen, habe sogar eine Säge besorgt, konnte es aber nicht über mich bringen. Auch er fing zuerst klein an und wurde dann immer größer.« Sie sah John wieder an und lächelte.

Die Wärme, die sie verströmte, war immens und wieder einmal musste John daran denken, dass er ziemliches Glück hatte, dass Helen noch immer an seiner Seite war.

»Du sollst Caroline nicht vergessen. Das meine ich nicht. Du sollst nur dafür sorgen, dass ihr beide euren Frieden habt. Du im Leben und sie im Tod.«

Ihre Worte rührten John fast zu Tränen. Es lag eine Wahrheit in ihnen, die ihn tief bewegte. Caroline hätte mit Sicherheit nicht gewollt, dass er sich so quälte. Auch, wenn es ihm als das Richtige erschien.

John lächelte sie an und stand auf. »Möchtest du auch noch einen Kaffee?«

Fast zwei weitere Stunden verbrachte John gemeinsam mit Helen an ihrem Esstisch.

Sie tranken Kaffee, sprachen über Belanglosigkeiten und lachten viel. Es tat gut und John hatte das Gefühl, sich endlich wieder frei von den schrecklichen Gedanken an Stanley Harper zu fühlen.

Eine gewisse Unbeschwertheit lag über dem Tisch, die aber jäh zerstört wurde, als Mahmut anrief.

»John, Dean hat den Rechner geknackt«, eröffnete er das Gespräch. Seine Stimme klang müde und angespannt. »Du wirst es nicht glauben, aber er ist leer. Da ist nichts drauf. Einfach nur ein fast neues, unbenutztes Stück Technik, das uns kein Bisschen weiterbringt. Nur eine Mail-App, die mit einem Konto verknüpft ist. Dean glaubt, dass dieses Konto Harper gehört. Aber es ist leer. Keine E-Mails im Postein- oder Ausgang. Nichts.«

John warf Helen einen kurzen Blick zu. Sie musterte ihn mit einer Mischung aus Sorge und Verständnis.

»Langsam glaube ich, dass deine Theorie stimmen könnte«, fuhr Mahmut fort. »Jemand versucht uns hier zu verarschen. Nach allen Regeln der Kunst.«

»Haben die alten Fallakten etwas ergeben?« John stand so schnell auf, dass der Stuhl umkippte und Helen zusammenzuckte. »Irgendwelche neuen Erkenntnisse?«

»Nein. Nichts.«

Natürlich nicht, dachte John bitter.

Mahmut machte eine kurze Pause. »Da war jemand sehr fleißig. Grey, wenn das stimmt, wenn da wirklich jemand ist, der im Hintergrund die Fäden zieht, dann haben wir ein riesiges Problem. Das alles begreife ich nicht.«

»Scheiße«, fluchte John laut und fuhr sich durch die Haare. »Ich auch nicht. Wir können nur hoffen, dass wir Harper entweder schnell aufspüren oder, dass der Krebs ihn auffrisst.« Er bereute seine Worte, noch bevor er sie ganz ausgesprochen hatte. Nicht wegen Harper, sondern wegen Helens Mann, Thomas. Er warf ihr einen entschuldigenden Blick zu, den sie aber mit einem grimmigen Lächeln abtat. »Wir müssen Harper endlich finden. Vielleicht sagt er uns, was das alles zu bedeuten hat.«

»Denkst du das wirklich?«, fragte Mahmut.

Nein, hätte John am liebsten gesagt. »Vielleicht kann ich ihm vormachen, dass ich ihm vergebe, wenn er redet«, sagte er stattdessen.

»Was machen wir jetzt?«

»Wir treffen uns im Büro«, sagte John nach einer kurzen Pause. »Die anderen sollen den Kopf etwas freibekommen. Wir gehen noch einmal alle Akten aus dem Lagerhaus durch.«

»Alles klar. Dann bis später.« Mahmut legte auf.

John stellte den Stuhl hin und zog sich seine Jacke über. »Tut mir leid, dass ich so schnell losmuss«, sagte er zu Helen. Das bekannte Gefühl von Hilflosigkeit machte sich zum wiederholten Mal in seinem Körper breit. »Ich wünschte, es wäre anders.«

Helen stand auf und kam auf ihn zu. »Ist schon in Ordnung«, sagte sie und nahm seine Hand. »Tu, was du tun musst.« Sie blickte ihn ernst an. »Versprich mir bitte eines.«

»Alles, was du willst«, sagte er und küsste ihre Hände.

»Komm zu mir, wenn du reden willst. Friss nicht alles in dich hinein.« Ihre Augen suchten in seinen nach einer ehrlichen Antwort. Ein Lächeln huschte über ihre Lippen, als sie sie fanden.

John antwortete nicht direkt, sondern nahm ihr Gesicht zwischen seine Hände und küsste ihre Stirn. »Versprochen«, flüsterte er. Dann ließ er sie los, drehte sich um und ging zur Tür.

Er atmete tief ein und verließ ihr Haus.

Kapitel 56

John starrte auf die unzähligen Kisten, Kartons und Alben, die sie aus dem Lagerraum mitgenommen hatten und die nun in ihrem alten Büro darauf warteten, von ihnen nach möglichen Hinweisen durchsucht zu werden. Sein Schädel schmerzte bereits beim Anblick der etlichen Schriftstücke und Fotos und ein schaler Geschmack breitete sich auf seiner Zunge aus.

John hatte keine Ahnung, wonach sie suchen sollten.

»Wie willst du vorgehen?«, fragte Mahmut und reichte John eine Tasse mit dampfendem Kaffee. »Du die linke Seite, ich die rechte?« Er blickte sich zynisch zwischen den ganzen Kisten um.

»Irgendwo müssen wir anfangen«, sagte John schulterzuckend und nippte an seinem Getränk. Er wusste nicht mehr, wie viel davon er bereits in sich hineingeschüttet hatte. »Wo sind die anderen?«

»Dean und Selina habe ich nach Hause geschickt. Steve und Daniela schlagen sich vermutlich irgendwo die Köpfe ein.« Mahmut seufzte und stellte seinen Kaffee auf Deans Schreibtisch. Dann ließ er die Fingerknöchel knacken und ging zu einem der Kartons hinüber. »Warum machen wir das hier noch gleich?«, fragte er. »Dean und Selina haben das doch schon getan.«

»Aber sie haben einen anderen Blick für die Dinge als wir«, antwortete John und schaute sich die anderen Kartons an. »Außerdem habe ich das Gefühl, dass wir irgendetwas tun müssen. Ich werde sonst noch wahnsinnig.«

Mahmut nickte. »Das verstehe ich. Aber warum ziehst du mich dann hier mit rein?« Zum Beweis hielt er einen Papierstapel in die Höhe.

Handschriftliche Notizen, zum Teil verwischt, hin und wieder mit geschwungener Handschrift und Füllfederhalter geschrieben. Mahmut sprach es nicht aus, aber John konnte in seinen Augen lesen, für wie wenig sinnvoll er das Ganze hielt.

»Keine Ahnung«, seufzte John und stellte seine Tasse ebenfalls auf Deans Schreibtisch ab. »Hast du andere Pläne? Außerdem kann ich nicht einfach rumsitzen und darauf warten, dass Harper mich erneut anruft. Apropos, haben wir ein Ladekabel für dieses alte Ding? «

»Bestimmt irgendwo in einer Kiste. Ich schau mal nach.«

Während Mahmut nach einem Ladekabel suchte, starrte John auf die Tafel, auf der er zuvor einige Stichpunkte zu ihrem Fall aufgeschrieben hatte.

Anders als bei vielen anderen Fällen, die sie bearbeitet hatten, kannten sie hier alle Gegebenheiten.

Sie waren um so viele Schritte weiter, als bei ihrem ersten Aufeinandertreffen mit Stanley Harper und doch schienen sie keine Ahnung zu haben, was wirklich vor sich ging.

John spürte eine gewisse Hilflosigkeit in sich aufsteigen. Er wurde das Gefühl nicht los, dass Harpers nächster Anruf schon sehr bald kommen würde und dass er ihnen noch immer um einiges voraus war. John blickte auf seine Smartwatch, als sie vibrierte, und freute sich, dass Cameron ihm geschrieben hatte.

Doch die Freude hielt nur für einen kurzen Moment an. Cameron musste warten. Sie hatten einiges zu tun.

Kapitel 57

»So eine verdammte Scheiße.« Mahmut warf wutentbrannt einen Stapel Blätter durch den Raum und trat einen der Kartons um, der holpernd davonkullerte. »Wir sind seit Stunden dabei. Und haben nichts.« Er fuhr sich durch die Haare. »Nichts außer einem Haufen alter Inventarlisten, Zeitungsartikeln und absonderlichen Tagebucheinträgen ohne zusammenhängende Reihenfolge. Weißt du, was das hier ist?« Mahmut sah John an. Aus seinen Augen loderte abgrundtiefer Hass. »Eine Sackgasse. Arbeit für Idioten. Harper hat vorausgeplant. Er stellt uns damit kalt, weil er weiß, dass wir jedem Hinweis nachgehen werden. Wir ergreifen verzweifelt jeden beschissenen Strohhalm, den er uns hinhält.« Er schüttelte den Kopf und ging zu einer anderen Kiste.

John konnte seinen Ärger nur zu gut verstehen. Er fühlte dasselbe. Die alten Zeitungsartikel, Fotos und Jahrbücher zeigten ihnen nur, was sie schon wussten. Nämlich, dass Stanley Harper vor seiner Verwandlung ein friedlicher und ehrlicher Junge gewesen und zu einem intelligenten Mann herangewachsen war, dem die gesamte Welt offenstand. Wäre da nur nicht der Vater gewesen, der die Mutter kaltblütig ermordet hatte.

Harper hatte alles aufbewahrt. Jeden Artikel aus jeder Zeitung, der von der grausamen Tat berichtet hatte. Er hatte sämtliche Spuren gesammelt, seinen Vater ausfindig gemacht und auf dieselbe grausame Art und Weise getötet wie dieser seine Mutter damals. Doch abgesehen von diesen traurigen und abscheulichen Artikeln und Bildern gab es auch andere Dinge. Es gab Bilder von Stanley Harper als Pitcher in der Little League, es gab Preise von Wissenschaftswettbewerben, Zeitungsartikel von einem intelligenten Jungen, der einen Buchstabierwettbewerb nach dem anderen gewann, der Klassen übersprang, weil er zu schlau für seine Mitschüler war und weil seine Lehrer etwas in ihm sahen.

Doch nichts, absolut nichts, deutete auf etwas Verwertbares hin. Ihre Aktionen wurden von Minute zu Minute verzweifelter.

»Komm schon«, sagte John und stand von seinem Stuhl auf. Sein Rücken schmerzte und seine Augen brannten. Die Druckerschwärze der vielen Zeitungsartikel, die er durchgesehen hatte, klebte an seinen Fingerspitzen. »Wir brauchen dringend einen anderen Blickwinkel.« Er stöhnte und streckte den Rücken durch. Ein leises Knacken in seiner Wirbelsäule zeigte ihm, dass er zu lange in gebückter Haltung gesessen hatte. Sobald dieser Alptraum vorbei war, würde er sich wieder vermehrt seinem Rückentraining widmen. »Außerdem habe ich Hunger«, sagte John zu Mahmut und nickte zur Tür. »Lass uns etwas essen gehen und danach weitermachen.«

»Von mir aus«, sagte Mahmut übellaunig und trat den Karton erneut, der daraufhin ein gutes Stück weiter durch den Raum flog. »Alles ist besser, als in der glücklichen Vergangenheit eines psychopatischen Killers herumzustochern.« Er kam zu John und stellte sich an dessen Seite. Gemeinsam schauten sie einige Augenblicke schweigend über die Unmengen von Papierstapeln, die sich während der Durchsicht der Akten angehäuft hatten.

»Weißt du, was mir in einem Moment wie diesem durch den Kopf geht?«, fragte Mahmut John.

»Nein, was?«

»Ob meine Kinder auch mal solche Psychopaten werden.« Dann drehte er sich um und ging ohne ein weiteres Wort zum Fahrstuhl.

»Fragst du dich das wirklich?«

John und Mahmut hatten sich in einem kleinen Diner in der Nähe des Smithsonian Museums zurückgezogen und etwas zu essen bestellt. Für Mahmut gab es einen großen Salat mit doppeltem Dressing, während John sich mit einem zu durchgebratenen Steak und Ofenkartoffeln zufriedengab. Entgegen allen Erwartungen war das Diner zu dieser Zeit ziemlich leer, wodurch sie ungestört ihre Gedanken miteinander teilen konnten, ohne auf mögliche Zuhörer zu achten.

Hin und wieder kamen Touristen herein, die, mit Souvenirtüten bepackt, eine kleine Rast vom anstrengenden Sightseeing-Alltag einlegten. Washington bot eine Reihe an Aktivitäten, die man während des Aufenthalts machen konnte. Ein Abstecher zum Weißen Haus, ins Smithsonian, zur Lincoln Statue. Die Liste war schier endlos und bot Stoff für eine Vielzahl von Fotos und Erzählungen, die man mit seinen Freunden teilen konnte, wenn man wieder nach Hause kam. Doch wenn man in dieser Stadt lebte, hatte man einen anderen Blick auf die Dinge. Der Zauber, alles zum ersten Mal zu sehen, verschwand zwar nie ganz, aber man nahm ihn auch weniger deutlich wahr. John konnte sich nicht mehr erinnern, wann er zum letzten Mal im Smithsonian gewesen war oder dem Obelisken einen Besuch abgestattet hatte.

»Was meinst du?«, fragte Mahmut und schob sich eine Gabel voll mit in Dressing ertränkter Salatblätter in den Mund.

»Ob deine Kinder auch mal solche Psychos werden wie Harper.« John schnitt ein Stück von seinem Fleisch ab. Es war zäh und schmeckte wie eine abgelatschte Schuhsohle, aber der Hunger trieb es in ihn rein.

»Manchmal«, antwortete Mahmut schulterzuckend und blickte aus dem Fenster.

Die Sonne stand über dem kalten Washington. Der Himmel war klar und hellblau und es war kaum eine Wolke zu sehen. Hätte man es nicht besser gewusst, hätte man diesen Tag für einen wunderschönen Frühlingstag halten können.

Wären da nicht die Menschen in ihren dicken Winterjacken gewesen, die vor dem Diner herumliefen und sich mit Mützen, Handschuhen und Schals vor der Kälte schützten.

»Wie kommst du darauf? Deine Kinder haben gute Eltern. Sie werden keine mordlüsternen Psychos.«

Mahmut stieß ein bitteres Lachen aus. »John, komm schon. Wie viele Fälle hatten wir, die vom typischen Muster abgewichen sind? Wie viele Serienkiller wurden in ihrer Kindheit nicht misshandelt? Wie viele wurden nicht geschlagen oder missbraucht?« Er schüttelte den Kopf und schob seinen Salatteller, den er nicht angerührt hatte, fast schon angewidert von sich weg.

John wusste, dass er recht hatte.

Es gab bei den meisten dieser Menschen ein Muster, weswegen sie zu denjenigen wurden, die sie später jagten. Doch hin und wieder kam es vor, dass stinknormale Menschen, die weder ein Trauma erlebt hatten, noch, in ihrer Kindheit misshandelt worden waren, zu Serienkillern mutierten.

John erinnerte sich an den Fall des Alexander Belters, der eine friedliche und glückliche Kindheit gehabt hatte. Seine Eltern arbeiteten hart, aber nicht zu viel. Sie waren ständig da, hatten keine geheimen Fantasien oder abgrundtiefe Geheimnisse. An den Wochenenden gingen sie in den Zoo, besuchten Museen, trafen Freunde oder spielten im Park Football. Alexander liebte seine Eltern und sie liebten ihn. Er war gut in der Schule; hatte nicht viele, dafür aber enge Freunde; setzte sich gegen Unrecht ein; schloss die Highschool ab; ging aufs College und schien zwar keine herausragende, aber doch eine gute Karriere hinzulegen. Doch irgendwann war er zur falschen Zeit am falschen Ort, als ein Obdachloser von drei Halbstarken totgeschlagen wurde.

Dieses Geschehen veränderte etwas in Alexander Belter und brachte etwas ans Tageslicht, von dem niemand jemals geahnt hätte, dass es in ihm stecken könnte. Alexander Belter prügelte in drei Monaten sieben obdachlose Männer zu Tode.

Als sie ihn gefasst und sein Geständnis aufgezeichnet hatten, sagte er zu John: *Es war die Macht, die mich befriedigte. Die Macht über die Schwachen. Die Macht, ihnen Schmerzen zuzufügen und sie anschließend von ihrem Leid zu erlösen.*

Manchmal reichte schon ein kleiner Funke aus, um einen ganzen Wald in sengendem Feuer verbrennen zu lassen.

»Das macht mir eine verdammte Scheißangst«, fuhr Mahmut fort. »Ich will nicht irgendwann jemanden jagen müssen, den ich kenne. Ich will nicht irgendwann nach Hause kommen und sehen, dass mein persönlicher Stanley Harper mir alles genommen hat. Entschuldigung«, sagte er dann, als er Johns Blick bemerkte. »So war das nicht gemeint, Grey.«

»Mut, ich verstehe deine Angst. Wirklich. Auch ich habe Angst um Cameron. Jeden Tag habe ich Angst, dass irgendein Irrer sie sich schnappt. Und ich bin der festen Überzeugung, dass Harper sie getötet hätte, wenn sie zuhause gewesen wäre.« John schob sich das abgeschnittene Stück des zähen Fleisches in den Mund und kaute eine halbe Ewigkeit darauf rum. Als er fertig war und es mit deutlich mehr Mühe als gewünscht heruntergeschluckt hatte, schob er seinen Teller weg und legte sein Besteck darauf ab. »Du brauchst keine Angst haben. Deine beiden Mädchen haben einen großartigen Vater und eine wundervolle Mutter, die sie vor allem beschützen werden.«

Mahmut lächelte John traurig an. »Wir wissen beide, dass das nicht so einfach ist«, sagte er und blickte wieder aus dem Fenster. »Oft reicht es schon aus, zur falschen Zeit am falschen Ort zu sein.«

John wusste nicht, was er darauf antworten sollte, und starrte ebenfalls aus dem Fenster.

Eine Frau, gerade Anfang zwanzig, lief draußen an ihnen vorbei. Ihre langen dunkelbraunen Haare wehten im Wind. Sie wirkte frei und unbeschwert; schien nichts von dem zu ahnen, was sich in der Welt ereignete. Sie telefonierte, lachte ein helles Lachen, dass selbst durch die Scheiben zu hören war, und genoss die Sonnenstrahlen, die ihr Gesicht wärmten.

»Tut mir leid«, sagte Mahmut, nachdem die junge Frau aus Johns Blickfeld verschwunden war. »Eigentlich sollte ich derjenige sein, der dir deine trüben Gedanken nimmt. Nicht umgekehrt.«

»Mach dir deswegen keine Sorgen, Mut«, sagte John und winkte ab. Es war eine harmlose Geste, doch sie entlockte seinem Freund ein Lächeln. »Dieser Fall geht uns allen nah.«

»Wie kannst du nur so ruhig sein?«, fragte Mahmut ihn.

John öffnete den Mund, um etwas zu entgegnen, schloss ihn dann aber wieder. *Bin ich nicht*, hätte er am liebsten gesagt, zuckte dann aber nur mit den Schultern. »Lass uns zurückfahren«, sagte er und kramte in der Innentasche seiner Jacke nach seinem Portemonnaie. »Wir haben noch ein bisschen Aktenarbeit vor uns.«

Er zog einen Zwanzig-Dollar-Schein aus dem Portemonnaie und legte ihn auf den Tisch. Der siebte Präsident der USA und Gründer der demokratischen Partei, Andrew Jackson, starrte ihn fast schon vorwurfsvoll an.

John erwiderte kurz den Blick, dann stand er auf und zog seine Jacke an.

Mahmut folgte seinem Beispiel, hielt aber mitten in der Bewegung inne und zog sein Handy aus der Hosentasche.

»Daniela«, sagte er und zeigte John das Display. Dann nahm er den Anruf entgegen. »Was gibt's?« Mahmuts Augen weiteten sich. »Was?«, keuchte er.

John wurde hellhörig, kam aber nicht dazu, nachzufragen, denn auch auf seinem Handy ging ein Anruf ein, wie ihm seine Smartwatch verriet.

Es war Dean.

Sein Magen zog sich krampfhaft zusammen. »Ich höre«, nahm er den Anruf entgegen, nachdem er sein Handy hektisch hervorgekramt hatte. Mit halbem Ohr hörte er Mahmut mit Daniela reden.

»Grey? Schlechte Nachrichten«, eröffnete Dean das Gespräch. »Hier ging gerade eine E-Mail in der App ein. Absender war der User selbst. Es gibt einen Anhang.«

»Hast du ihn geöffnet?«

»Nein, noch nicht«, sagte Dean.

»Wieso nicht?«

»Die E-Mail ist an dich persönlich adressiert.«

»Was soll das heißen?«, fauchte John. Sie befanden sich wieder auf dem Boden der Tatsachen.

»An meinen Freund, John Greyson«, las Dean vor. »Ich hoffe, Sie verstehen, was ich Ihnen sagen möchte. Und ich hoffe, dass Sie mir vergeben. S. Harper.«

»Öffne den Anhang.« John zitterte am ganzen Leib und biss die Zähne so fest aufeinander, dass seine Kieferknochen knackten. Harper wusste, dass sie das Apartment gefunden und den Laptop geknackt hatten. Es war Teil seines Plans gewesen. Dessen war John sich sicher. »Dean, verdammt.«

»Es lädt«, antwortete Dean. »Es … Scheiße.«

»Was? Rede mit mir!«

»Es scheint so, als würde es ein neues Opfer geben.«

»Wer?«, fragte John und spürte, wie er am ganzen Körper zu zittern begann. »Wer ist es?«

»Der Name des Mannes ist Ralph Cleansom. Er …«

»Sagtest du Ralph Cleansom?«, unterbrach John Dean.

»Ja. Kennst du ihn?«

John hatte das Gefühl zu fallen. Er stürzte in eine bodenlose Schwärze, ihm wurde speiübel und Tränen füllten seine Augen.

Fuck … Ralph. Wieso? Wieso du? Du warst ein guter Mensch.

»John? Bist du noch da?«

»Ja. Ich kenne ihn. Er war ein Freund von Caroline und mir.«

»Oh, scheiße. Das tut mir leid. Willst du, dass wir das über …«

»Nein. Mahmut und ich fahren sofort hin.«

»Gut, sollen wir auch …«

»Nein«, sagte John barsch, legte auf und hätte um ein Haar sein Handy durch das Fenster geschmissen. Wut kochte in ihm hoch, als er Deans selbstgefälliges Gesicht vor sich sah. Es hatte denselben trotzigen Ausdruck wie in Texas, kurz bevor John ihm ins Gesicht geschlagen hatte. Er zwang sich zur Ruhe und drehte sich um. Auch Mahmut hatte sein Gespräch beendet und starrte fassungslos auf das schwarze Display.

»Was hat Daniela gesagt?«, fragte John knapp, schaffte es aber nicht, seine Gedanken wirklich zu fokussieren. Trauer und Wut keimten in ihm auf und wollten aus seinem Körper ausbrechen wie ein Virus. Harper hatte es tatsächlich gewagt.

Schon wieder.

Er war erneut in Johns Privatsphäre eingedrungen und hatte jemanden ermordet.

Einen Menschen, der ihm nahestand. »Fortschritte?«

Mahmut stieß ein kurzes heiseres Lachen aus. »So könnte man es auch nennen«, antwortete er bitter. »Streypes Wagen wurde gefunden.«

»Das ist gut«, sagte John.

»Nicht wirklich.« Mahmut zog sich seine Jacke an. »Harper hat ihn ausbrennen lassen.«

»Du verarschst mich.«

»Nein.« Mahmut schüttelte den Kopf. »Die Scheiße wird langsam echt ungemütlich.«

Und unvorhersehbar.

John starrte aus dem Fenster. Wieso hatte Harper ihn nicht angerufen? Wieso hatte er es sich nehmen lassen, John direkt über den Tod eines vertrauten Menschen zu informieren? Und wieso, zur Hölle, Ralph? Ralph war ein guter Mensch.

Wie hatte er es auf Harpers Liste geschafft?

»Was hat Dean gesagt?«

»Dass es ein neues Opfer gibt«, antwortete John und wandte sich in Richtung der Tür. »Ralph Cleansom. Ein alter Schulfreund von Caroline. Und mittlerweile ein Freund von mir.«

»Fuck, John. Das tut mir leid.« Mahmut legte John die Hand auf die Schulter. »Wenn ich irgendetwas tun kann, dann …«

»Du kannst mir helfen, diesen Hurensohn endlich zu fangen!«, fuhr John Mahmut so heftig an, dass sich die wenigen Menschen, die im Diner waren, zu ihnen umdrehten. »Und dieses Mal hinderst du mich nicht daran, ihm eine Kugel in den Kopf zu jagen.« John schlug Mahmuts Hand weg. »Nicht dieses Mal. Es endet. Ein für alle Mal.«

Mahmut wich einen Schritt vor John zurück und öffnete den Mund, um etwas zu entgegnen, schüttelte dann aber den Kopf.

Einen Moment trafen ihre Blicke aufeinander und John hatte das Gefühl, dass sich die Spannung, die seit der Nacht im Hotel zwischen ihnen herrschte, jeden Augenblick in einem Gewittersturm entladen würde, dann wirbelte er herum und stürmte dem Ausgang entgegen.

»Wieso gab es noch keinen Anruf?«, fragte Mahmut ungläubig und folgte John. »Harper war doch sonst nicht so zurückhaltend?«

»Ich …«, begann John, als das andere Handy klingelte.

Kapitel 58

»Hallo, John.«

»Stanley«, eröffnete John das Gespräch und lief mit schnellen Schritten durch das Diner. Sein Herz schlug wie verrückt und das Blut rauschte in seinen Ohren. Der Hass, den er in diesem Moment auf Harper verspürte, war mit dem vergleichbar, den er vor fünf Jahren gefühlt hatte.

Harper war wieder da. Er hatte wieder gemordet und hatte wieder jemanden aus Johns Leben gerissen. John strauchelte und wäre fast gestürzt, doch Mahmut fing ihn rechtzeitig auf. Ein schaler Geschmack machte sich auf Johns Zunge breit und verdrängte den des zähen Fleisches.

»Rufen Sie an, um mir von Ralph Cleansom zu erzählen? Davon, dass Sie einen Freund von mir ermordet haben? So wollen Sie meine Vergebung erlangen?« Er riss die Tür auf und ließ die verdutzt dreinblickende Bedienung hinter sich zurück. Eiskalter Wind schlug ihm entgegen, als er auf den Parkplatz trat und zu seinem Auto marschierte. Intuitiv zog er den Kopf zwischen die Schultern und griff sich an den Kragen seiner Jacke. »Und von Ihrem Wagen?«

»Ich weiß, dass Sie verwirrt über mein Vorgehen sein müssen, John. Auch mir gefällt es nicht, die Dinge so zu handhaben. Es ist nicht meine Art. Doch mir läuft die Zeit davon.« Harper hustete und würgte.

Verrecke, du Mistkerl, dachte John.

Als er weitersprach, klang seine Stimme gebrochen und kratzig. »Ich weiß, dass Sie Ralph Cleansom zu kennen glaubten. Er war Ihnen vertraut. Er war in Ihren Augen ein guter Mann, recht-

285

schaffen, aufrichtig, geschäftig. Seine Kunstwerke verkauften sich gut, die Einnahmen seiner Galerie waren beachtlich und er spendete die Hälfte seines Einkommens für wohltätige Zwecke.« Harper machte eine Pause.

John öffnete die Fahrertür seines Autos und stieg ein.

»Das ist der Mann, den Sie kennen. Doch lassen Sie mich Ihnen von dem wirklichen, dem abscheulichen Ralph Cleansom erzählen.«

John atmete tief durch und versuchte, ruhig zu bleiben. *Nein,* wollte er schreien. *Nein, halt dein Maul! Ich will es nicht hören.* »Nur zu. Ich bin ganz Ohr«, sagte er stattdessen. Er war bereit, Harper Lügen zu strafen und seine Theorie – wie auch immer diese aussehen mochte – über Ralph zu widerlegen.

»Ralph Cleansom hatte eine dunkle Vergangenheit. Ein dunkles Verlangen, wenn Sie so möchten. Er war ein Wohltäter, das muss ich zugeben, aber er hat seine Spenden nur dafür genutzt, um sein Gewissen zu beruhigen. Denn in Wahrheit vergewaltigte er ziemlich gerne. Wissen Sie, John, dass etwa die Hälfte aller Vergewaltigungsopfer Selbstmord begeht, weil sie mit der Scham, der Schande nicht leben können, sich nicht gewehrt zu haben? Ralph Cleansom nutzte die Schwäche seiner Opfer aus. Heterosexuelle Frauen, schwule Männer. Ihm war es egal, solange er nur tun konnte, was er eben gerne tat. Er betäubte seine Opfer mit Drogen, zog sie aus und hatte Sex mit ihnen. Er war zärtlich, hinterließ kaum Spuren, verwendete Kondome und setzte die Mischung so an, dass die Vergewaltigten dachten, sie hätten einfach nur einen üblen Rausch erlebt. Einen Hangover, einen Blackout.«

Johns Handgelenk vibrierte, als die Nachricht mit der Adresse von Ralph Cleansom einging. Er wusste, dass Harper längst verschwunden war. Doch die Tatsachen, dass sie wieder zu spät waren und den einzigen Anhaltspunkt verloren hatten, Harper zu erwischen – nämlich sein Auto – setzten John schwer zu.

»Ralph Cleansom schien auf der sicheren Seite zu sein. Für die Öffentlichkeit ein künstlerischer Wohltäter, doch insgeheim ein Serienvergewaltiger. Nichts hätte darauf hingedeutet, dass er ein derart düsteres Wesen hat. Wären da nicht die Videos.« Harper machte wieder eine bedeutungsvolle Pause, in der sich John der Magen umdrehte.

»Videos?«, fragte John. »Was für Videos?« Das krampfhafte Gefühl in seiner Magengrube wurde zu einem ausgewachsenen Tornado aus Übelkeit, das sich seine Kehle hinaufzuschleichen drohte. John wusste genau, was das für Videos waren, und das Bild, das er einst von Ralph Cleansom gehabt hatte, als freundlichen, gutherzigen Kerl, der einen Teil seines Wohlstandes abgab, um Bedürftigen zu helfen, geriet ins Wanken wie eine Ampel bei einem Hurrikan.

»Videos seiner Taten«, fuhr Harper vollkommen gelassen fort. Der Klang seiner Stimme hatte sich normalisiert und war nun wieder der kühle berechnende Bass, den John so verabscheute. »Ich weiß, dass Sie von Ralph nichts Schlechtes geahnt haben konnten. Er war gut. Verdammt gut. Aber das Internet vergisst nichts. Ein Mann Ihres Formats sollte das wissen. Ich habe Ihnen alles, was Sie wissen müssen, dort gelassen. Sie werden es verstehen, wenn Sie dort ankommen.«

»Was ist mit den beiden Polizisten von letzter Nacht?«, fragte John und bedeutete Mahmut mit einer Geste, dass sie die Plätze tauschen sollten. John stieg aus, ging um den Wagen herum und stieg auf der Beifahrerseite ein. Es war ein komisches Gefühl, in seinem eigenen Wagen nicht das Steuer zu übernehmen. Er zeigte Mahmut die Adresse, an der Ralph Cleansom wohnte. Ein Haus im Stadtteil Palisades.

Mahmut nickte und startete den Motor, dann fuhr er los. Ein Ruckeln ging durch den Wagen, als Mahmut beschleunigte.

»Waren die beiden Polizisten geplant, Stanley?«, hielt John das Gespräch weiter am Laufen. »Oder waren sie bloß ein Kollateralschaden?«

»Das waren sie, leider«, sagte Harper nach einer kurzen Pause. John bildete sich ein, dass er so etwas wie Reue in der Stimme des Serienkillers vernahm. »Sie waren einfach zur falschen Zeit am falschen Ort. Ich wollte sie nicht töten. Das müssen Sie mir glauben. Aber ...« Harper brach ab und wurde von einem weiteren Hustenanfall geschüttelt. »Aber ich konnte nicht riskieren«, fuhr er keuchend fort, »dass mein Unterfangen durch sie unterbrochen wurde. Sie schienen mir gute Menschen zu sein. Rechtschaffen, unschuldig. Es war ein bedauerlicher und ungeplanter Zwischenfall.«

»Das sind zwei weitere Namen, die Sie sich selber in Ihr Fleisch ritzen können, Stanley«, sagte John bitter.

»Glauben Sie mir, das habe ich schon getan.« Harper holte tief Luft. »So, wie ich mir damals Carolines Namen ins Fleisch schnitt.«

»Nehmen Sie ihren Namen nicht in den Mund«, fauchte John und der Schmerz, den er seit fünf Jahren zu ertränken versuchte, brach aus ihm hervor.

»Es sind immer die Unschuldigen, die es am härtesten trifft«, sagte Harper. Wieder hustete er und wieder erwischte John sich dabei, wie er fast Mitgefühl für diesen Mann hegte. Doch dann zwang er sich dazu, Stanley Harper als das zu sehen, was er war: Ein brutaler und eiskalter Serienkiller, der ihm die Liebe seines Lebens gestohlen hatte und scheinbar noch nicht damit fertig war, mehr Löcher in Johns Seele zu reißen. Harper hätte tot sein müssen. Durch die Giftspritze, durch den Krebs oder durch John selbst. Nichts davon war passiert.

Harper war immer noch am Leben und konnte tun, was er liebte: Morden. Jetzt trafen die Opfer John persönlich.

»Wir werden Sie erwischen, Harper«, sagte John und legte all den Hass, den er in diesem Moment aufzubringen vermochte, in seine Stimme.

»Das werden Sie mit Sicherheit, John. Und ich wette, dass ich dann Ihre Vergebung für meine Taten erlangen werde. Ich werde Ihnen bald das große Ganze zeigen.«

»Sie werden niemals meine Vergebung erhalten«, sagte John leise. »Ganz gleich, wen Sie noch töten, und vollkommen egal, ob ich diese Menschen kenne oder nicht. Sie werden Ihrer gerechten Strafe zugeführt. Dafür werde ich sorgen.«

Harper lachte leise, gewinnend und klang fast verständnisvoll. »Natürlich. Ich nehme an, Sie kennen den Weg.« Und dann sagte er das, was er immer sagte, wenn er John auf die Spur eines neuen Opfers geführt hatte: »Lasset alle Hoffnung fahren, die ihr eintretet.«

Als John und Mahmut eine halbe Stunde später vor dem Wohnhaus von Ralph Cleansom parkten, warteten Daniela und Steve bereits auf sie, obwohl John zu Dean gesagt hatte, dass er keinen von ihnen dabeihaben wollte.

Aber das hatte das Team schon immer ausgemacht. Wenn es einem von ihnen dreckig ging, dann waren die anderen zur Stelle.

So auch jetzt.

Zwei Streifen- und ein großer weißer Lieferwagen mit der Aufschrift *Coroner* standen ebenfalls vor dem Haus, in dem Johns Freund lebte.

Mahmut hatte die Behörden informiert und ihnen die Adresse durchgegeben, nachdem Johns Gespräch mit Harper zu Ende gewesen war. Als John aus seinem Wagen ausstieg, überkam ihn ein mulmiges Gefühl. Er hatte Ralph während der letzten Jahre mehrfach gesehen und konnte sich nicht erklären, warum er in den Fokus von Stanley Harper geraten war. Das war eine grässliche Lüge.

Ralph war ein alter Schulfreund von Caroline gewesen und hatte mit John, als Caroline noch gelebt hatte, nicht viel anfangen können. John mit ihm im Übrigen auch nicht. Die beiden hatten nie einen Hehl aus ihrer eher schwierigen Beziehung gemacht, doch sie hatten sich – Caroline zuliebe – Mühe gegeben, ihre Abneigung dem anderen gegenüber für sich zu behalten, bis sie schließlich nach ihrem Tod zu Freunden geworden waren.

Ich kann ihn nicht leiden, hatte John einmal zu Caroline gesagt, nachdem sie einen Abend mit Ralph verbracht hatten. *Warum gehört er noch gleich zu unseren Freunden?*

John, sei nicht immer so zynisch, hatte Caroline geantwortet und war aus ihrem Cocktailkleid geschlüpft. *Du weißt genau, dass Ralph mir während der Eröffnung meiner Galerie sehr geholfen hat. Zugegeben, er mag hin und wieder etwas anstrengend sein, doch ich bin ihm wirklich sehr dankbar.* Sie hängte das Kleid auf einen Bügel und verstaute es in ihrem Schrank.

John setzte sich aufs Bett und schaute Caroline dabei zu, wie sie ihren halbnackten und schlanken Körper elegant durch ihr gemeinsames Schlafzimmer und ins Bad bewegte. *Mhm*, grummelte er und knöpfte sein Hemd auf.

Hör auf damit. Die paar Mal, die wir Ralph sehen, wirst du dich wohl zusammenreißen können. Carolines Stimme schallte durch die gekachelten Wände des Badezimmers.

Ich glaube, er steht immer noch auf dich, sagte John und wollte sein Hemd auf den Stuhl werfen, auf dem er seine getragene Kleidung für gewöhnlich ablegte, bevor er sich – nur in Boxershorts – unter der Bettdecke verkroch. Sein Wurf verfehlte den Stuhl und das Hemd landete auf dem Boden.

Lass ihn doch, antwortete Caroline und kam aus dem Bad. Sie blieb im Türrahmen stehen und blickte John mit gerunzelter Stirn an. *Bist du etwa eifersüchtig?* Sie lächelte ihr verführerisches Lächeln, dem John schon so viele Male verfallen war. *Der große John Grey Greyson ist eifersüchtig auf einen dürren Künstler?*

Ich bin nicht eifersüchtig, polterte John. *Ich sage nur, was ich denke.* Er hob die Hände in die Luft. *Das ist kein Verbrechen.*

Ich stehe nicht auf ihn, sagte Caroline. *Nur auf dich. Und wenn du mit mir unter die Dusche kommst, dann beweise ich es dir.* Sie öffnete ihren BH, stieg aus ihrem Slip und ließ beides auf den Boden fallen.

John sprang vom Bett auf, ging zu ihr hinüber und küsste sie lange und leidenschaftlich. Ihre nackte Haut war warm und fühlte sich gut auf seiner an.

John?, sagte sie und löste ihre Lippen von seinen. *Das Hemd räumst du aber später noch weg, oder?*

»Alles in Ordnung?« Mahmuts Stimme holte ihn jäh in die Wirklichkeit zurück.

»Mhm?« John blinzelte. »Oh, ja, sicher«, sagte er und zuckte dann mit den Schultern. »Ich musste gerade nur an einen Abend mit Caroline und Ralph denken.« Er blickte dann vom sorgenvollen Gesicht seines Freundes zu Ralphs Haus.

Ein dunkler Schatten schien über dem Dach zu schweben und der Tod, der darunter Einzug gehalten hatte, drohte auf die Straße zu schwappen wie flüssiger Teer.

»Kanntest du ihn gut?«, fragte Mahmut, nachdem John sich wieder in Bewegung gesetzt hatte. Obwohl es von seinem Auto bis zum Haus kaum mehr als fünfzehn Meter waren, versuchte er, sie so langsam wie möglich hinter sich zu bringen.

»Offensichtlich nicht«, antwortete John, sah Mahmut jedoch nicht an. »Nach Carolines Tod haben wir uns angefreundet und viel Zeit bei gemeinsamen Grill- und Footballabenden verbracht. Ich dachte, ich kannte ihn. Ich dachte, er wäre mein Freund.«

»Tut mir leid, Grey. Wann hast du ihn das letzte Mal gesehen?«

»Was soll das werden? Ein Verhör?«, fauchte John, besann sich aber sofort wieder. »Sorry.« Er schüttelte den Kopf. »Es ist nur …«

»Nur was?«

»Ein komisches Gefühl.« Er blieb stehen und sah sich auf der Straße um. Sie war ruhig, fast abgelegen. Eine gute Wohngegend. Nahe an der Stadt, aber dennoch weit genug entfernt, um vom Trubel nichts mitzubekommen. Sie erinnerte John in gewisser Weise an Brookmont, wo Helen wohnte. Hier lebten Familien, Unternehmer und Singles.

Es gab Schulen und Kindergärten, Parks und Einkaufsmöglichkeiten. Man konnte hier einiges unternehmen und doch war die Stadt mit ihrer Hektik und ihrem Wachstum niemals gänzlich außer Reichweite.

»Kannst du dieses komische Gefühl auch näher erläutern?«, fragte Mahmut.

John zuckte mit den Schultern. »Gerade noch nicht«, log er. Er konnte dieses Gefühl sehr gut beschreiben. Er hatte den Eindruck, dass Harper es nun direkt auf die Leute aus seinem Umfeld abgesehen hatte. Doch er wollte Mahmut nicht verunsichern und behielt seinen Gedanken erst einmal für sich.

»Wie du meinst«, seufzte Mahmut und ging weiter. »Was haben wir?«, fragte er in die Runde, als sie Steve und Daniela erreichten.

»Das Opfer heißt Ralph Cleansom, dreiundfünfzig, ledig, keine Kinder«, begann Daniela. »Er war Künstler und hat mit seinen Werken ein Haufen Geld verdient. Er führt eine Galerie hier in D.C., eine in New York und fördert zahlreiche humanitäre Projekte.«

»Ein wahrer Held«, sagte Steve verbissen. »Wäre da nicht Stanley Harper gewesen, der ihn besuchte.« Er verschränkte die Hände vor der breiten Brust und kniff die Augen zusammen. »Wieder einer dieser Perversen, die wir wahrscheinlich niemals erwischt hätten, wäre Harper nicht gewesen.« Er schüttelte den Kopf. »Vielleicht sollten wir ihn einfach machen lassen, bis der Krebs ihn holt.«

»Du weißt, dass wir das nicht können«, sagte Daniela.

»Und warum nicht?«, polterte Steve.

»Weil es falsch wäre«, sagte John knapp. Plötzlich wirkte er müde. »Das weißt du.«

»Grey …«, begann Steve, schüttelte dann aber resigniert den Kopf und seufzte. »Vermutlich hast du recht.« Er nickte zum Gebäude hinüber, in dem gerade zwei Beamte von der Spurensicherung in ihren weißen Overalls verschwanden. »Es ist übel. Sehr sogar. Dieses Mal hat er seine ganze Wut rausgelassen. Gut möglich, dass wir hier den absoluten Overkill haben.«

»Er wird emotional«, sagte John und wandte sich dem Haus zu. »Handelt rational und unüberlegt. Es geht ihm nicht mehr nur darum, eine Botschaft für den Rest der Welt zu verbreiten, er macht aus dieser Sache etwas Persönliches. Es ist eine Botschaft für mich.«

»Wieso für dich?«, wollte Steve wissen. »Waren seine Botschaften an dich nicht schon deutlich genug?«

»Nicht, wenn es um ihn geht.« John ging los, das sonderbare Gefühl begleitete ihn.

»Was will er dir denn zeigen?«, hakte Steve nach und schloss zu ihm auf.

»Nur eine Vermutung. Aber vielleicht, dass es Leute in meinem direkten Umfeld gibt, die seinem Opferprofil entsprechen.« Er warf einen kurzen Blick auf das Haus und das Gefühl des Versagens machte sich in ihm breit.

»Wer denn noch?«, fragte Steve und fuhr sich mit Unbehagen im Blick über den Nacken, als befürchtete er, dass er womöglich der Nächste sein könnte.

»Warte mal, Grey«, sagte Daniela. Sie klang fast erschrocken. »Ralph Cleansom. Ich wusste doch, dass der Name mir bekannt vorkommt. War das nicht der Kerl von Carolines Beerdigung?«

Kapitel 59

Es war ein wunderschöner, eiskalter Wintermorgen. Der Himmel war blau, es lag frischer Schnee, die Sonne schien hell und wärmte ihm das kalte Gesicht. Es war der perfekte Tag, um Erinnerungen zu schaffen, die für die Ewigkeit halten sollten. Wäre da nicht die Beerdigung von Caroline gewesen.

Alle waren da. Freunde, Familie, Kollegen, sowohl von Caroline als auch von John. Alle, denen sie etwas bedeutet hatte, waren gekommen, um sich von der lebensfrohen und liebevollen Person zu verabschieden, die so grausam aus ihrem noch jungen Leben gerissen worden war. Der Platz auf dem Friedhof, der für Caroline vorgesehen war, war zugleich schön und doch unauffällig. Er befand sich am Fuße eines kleinen Hügels, auf dem im Sommer Blumen blühten und der Rasen üppig grün war. Der Weg, den die Prozession gegangen war, führte an einer Vielzahl verschiedener Bäume vorbei.

John mochte diesen Ort.

Cameron hatte ihn ausgesucht. Seine siebzehnjährige Tochter wirkte seit dem Tod ihrer Mutter plötzlich so groß, so erwachsen. Sie hatte eine Grabrede vorbereitet, die ihre Mutter als wundervolle und zärtliche Frau würdigte und die allen Anwesenden ein Gefühl davon vermittelte, wie es sich anfühlte, von ihr umsorgt und geliebt zu werden. Auch John hatte etwas vorbereitet.

Doch als er vor Carolines geschlossenem Sarg stand, schaffte er es nicht, auch nur ein einziges Wort herauszubringen.

Er brachte es einfach nicht über sich, sich von ihr zu verabschieden, ihr die Worte zu sagen, die sie verdient hatte.

Er war nicht dazu bereit, sie gehen zu lassen.

Zu spät bemerkte er die Tränen, die ihm über das Gesicht liefen, als seine Knie nachgaben. Schluchzend lehnte er sich gegen Carolines Sarg und versuchte, ein letztes Zeichen ihrer Anwesenheit zu spüren. Er hatte nie an Gott oder die Existenz überirdischer Kräfte geglaubt. Dieser Moment hätte ihn daran glauben lassen können.

Doch es kam nichts.

Als Cameron ihm schließlich auf die Beine half und ihn gemeinsam mit Mahmut wieder zu seinem Stuhl führte, fühlte er sich schwach und hilflos. Er hätte es verhindern können, es verhindern müssen.

Für die restliche Beisetzung saß John fast schon teilnahmslos auf seinem Stuhl. Selbst als der Sarg hinabgefahren wurde und der Pfarrer das Vaterunser sprach, rührte sich John nicht. Auch als die restlichen Gäste aufstanden, sich eine Handvoll Erde nahmen und sie auf den Sarg fallen ließen, blieb er vollkommen reglos sitzen. Erst als alle weg und auf dem Weg zur Location waren, wo der vollkommen absurde Leichenschmaus stattfinden sollte, schaffte es John, sich zu erheben und zum Sarg hinüberzugehen. Eine ganze Weile stand er vor dem Sarg, mit gefalteten Händen, und weinte bitterliche Tränen des Verlustes. Er weinte so lange, bis keine Tränen mehr kamen und er das Gefühl hatte, dass er von innen heraus zu vertrocknen begann.

Und dann, nach einer schieren Endlosigkeit, nahm er eine Handvoll Erde, hielt sie über das Grab und starrte in das dunkle Loch, in dem die sterblichen Überreste seiner Frau verrotten würden. »Ich liebe dich, Caroline«, sagte er leise, öffnete seine Hand und ließ die Erde nach unten fallen.

Mit einem dumpfen Geräusch trafen die Erdklumpen auf das polierte Holz aus Weißesche. John holte tief Luft, dann drehte er sich um und ging davon. Auf seinem Weg nickte er zwei Friedhofsmitarbeitern kurz zu, die in einiger Entfernung und mit gebührendem Respekt darauf gewartet hatten, dass er sich entfernte.

»Herzliches Beileid«, murmelte einer von ihnen, der andere schaute nur betreten zu Boden.

Nachdem John an ihnen vorbeigegangen war und sie das

Grab erreicht hatten, konnte er sie die restliche Erde auf den Sarg schippen hören. Als John die Location erreichte – ein kleines Restaurant, in dem Caroline und er ihr erstes Date verbracht hatten –, wurde er direkt von einer Horde trauernder Menschen belagert. Es gab etliche Beileidsbekundungen, viele gut gemeinte Schultergriffe und mehr Hände, die geschüttelt werden wollten, als John zu zählen im Stande war.

Scheinbar jeder Gast hatte etwas zu Caroline zu sagen. Eine entfernte Cousine von ihr, die John nur zwei oder drei Mal zuvor gesehen hatte, erzählte ihm etwas über irgendeinen Sommerurlaub in irgendeinem Ferienort, in irgendeinem Teil von Amerika. Ein Onkel von Caroline berichtete ihm über das quirlige junge Ding, das sie einmal gewesen war, bevor sie zu der schönen Frau geworden war, in die John sich verliebt hatte. Viele ihrer gemeinsamen Freunde erinnerten ihn schmerzhaft an viele tolle Abende, die sie gemeinsam verbracht hatten.

Es wurde gelacht, gegessen und auf ihr Wohl angestoßen und als John das alles zu viel wurde, setzte er sich in die hinterste Ecke des Lokals und starrte gedankenversunken auf seinen Ehering, den er mit Zeigefinger und Daumen der rechten Hand unablässig drehte.

Mahmut und der Rest seines Teams kamen zu ihm, brachten ihm etwas zu essen und zu trinken, das er jedoch nicht anrührte, und verkrümelten sich dann wieder, nachdem er sie angefaucht hatte. Selbst Cameron, die sich zu ihm setzen und einfach nur in den Arm genommen werden wollte, bekam seine üble Trauer zu spüren.

Doch John verstand die Zeichen nicht, die sie sendete, und es sollte noch Jahre dauern, bis er begreifen würde, wie schrecklich er sich ihr gegenüber verhalten hatte. Als John nach einigen Stunden – so kam es ihm zumindest vor – aufstand und sich zur Bar begeben wollte, um seine Trauer mit Alkohol zu ertränken, stellte sich ihm ein Mann in den Weg. Er war großgewachsen, schlank, mit Dreitagebart und einem wohlgeformten Gesicht, der stets auf sein Äußeres achtete.

Aber an diesem Tag war es anders.

Eine kränkliche Blässe hatte seine Haut befallen, die Haare waren fettig und dunkle Ringe lagen unter den rot geränderten braunen Augen. Eine starke Alkoholfahne ging von ihm aus und sein schwarzer Anzug wirkte schmuddelig.

»Ralph«, sagte John knapp und wollte sich an ihm vorbeischieben, doch der Jugendfreund von Caroline versperrte ihm mit ausgebreiteten Armen den Weg.

»Es ist eine Schande«, lallte er und durchbohrte John mit vorwurfsvollen Blicken. »Es ist eine Schande, dass sie tot ist.«

Die Gespräche um sie herum verstummten und die Stimmung kippte von befangener Trauer zu vorsichtiger Anspannung.

»Gibt es etwas, das du mir sagen möchtest, Ralph?«, fragte er und sah aus dem Augenwinkel, wie sich sein Team langsam auf sie zubewegte.

John gab ihnen mit einem knappen Kopfschütteln zu verstehen, dass er die Lage unter Kontrolle hatte.

»Da gibt es einige Dinge, die ich dir nur zu gerne sagen würde«, spie Ralph ihm entgegen. Nach und nach drehten sich die Köpfe zu ihnen um.

»Dann sag, was du zu sagen hast«, erwiderte John kühl. Seine Hände ballten sich so stark zu Fäusten, dass seine Knöchel knackten und die Nägel unangenehm ins Fleisch seiner Handflächen drückten.

»Es ist falsch, dass Caroline unter der Erde liegt und von Würmern zerfressen wird«, begann Ralph mit erstickter lallender Stimme, die sich vor Aufregung und Zorn fast überschlug. »Sie hatte noch so viel Lebensenergie übrig und ihr Geist war noch nicht bereit, diese Reise anzutreten.«

»Das hast du dir ja schön zurechtgelegt«, sagte John trocken.

»Ich habe sie gewarnt, mit dir auszugehen. *Tu das nicht*, habe ich zu ihr gesagt. Dieser Mann bringt nur Ärger. Dieser Mann wird dich in dunkle Abgründe ziehen, aus denen nicht einmal ich dich noch retten kann. Aber hat sie auf mich gehört?« Ralph stieß ein bitteres Lachen aus. »Scheiße, nein. Sie wollte dich, mit allem, was dazugehört. Ein Mann vom FBI, hat sie einmal zu mir gesagt. Das ist doch aufregend, oder nicht? Und eine Zeit lang glaubte ich wirklich, ich hätte mich getäuscht. Doch weißt du was?« Ralph breitete die Arme aus. »Weißt du was, jetzt stehen wir hier, am Tag ihres Begräbnisses und ich habe mich nicht geirrt.«

»Schön vorsichtig mit deinen Worten, Ralph.« John spürte den unbändigen Zorn, der in ihm aufstieg, den er seit Tagen mit sich herumschleppte. Harper war zwar gefasst, aber John hatte dafür den schrecklichsten Preis zahlen müssen, den er sich hätte vorstellen können. Aus dem Augenwinkel sah er Cameron, die an der Bar stand und eine Cola in der Hand hielt.

Die Trauer in ihrem Blick mischte sich mit Angst, ihr Mund stand halb offen und ihre Augen waren weit aufgerissen. *Tu es bitte nicht*, sagte ihr Blick.

»Oder was? Verhaftest du mich und steckst mich in eine Zelle?« Ralph streckte seinen Zeigefinger aus und stieß John gegen die Brust. »Du solltest in diesem Sarg liegen.« Er stieß ihm erneut gegen die Brust. »Du hättest von diesem Monster aufgeschlitzt werden sollen.«

Die Wut kochte in John hoch und sprudelte durch seinen Kopf wie heißes Wasser in einem Topf.

»Und nur du allein trägst die Schuld an ihrem Tod.« Ralph stieß ein drittes Mal zu und holte zu einem weiteren Mal aus. »Du hast sie umgebracht. Du und deine ignorante Art. Ich wünschte, du wärst tot und nicht sie … ah!«

Ralph schrie auf, als John seinen Zeigefinger packte und ihn brach.

Kapitel 60

John blickte auf die Leiche seines Freundes Ralph Cleansom.

Wie auch die restlichen Opfer von Stanley Harper war er nackt an einen Stuhl gefesselt; der Mund war ihm mit Panzertape zugeklebt worden.

Eine dunkelrote und bereits geronnene Blutlache hatte sich unter dem Leichnam auf dem hellgrauen Langflor-Teppich gebildet und der allseits bekannte Geruch von Kupfer hing schwer in der Luft.

Ralphs Kopf war ihm auf die Brust gesackt und seine an den Schläfen ergrauenden langen Haare hingen ihm wirr ins Gesicht. Als John auf ein Knie hinabging, um ihm ins Gesicht zu schauen, stellte er fest, dass Ralphs Augen geöffnet waren und die Lider ebenfalls mit dünnen Streifen des Panzertapes festgeklebt waren, damit er sie nicht schließen konnte.

John las insgesamt dreizehn Namen, die Harper mit seinem Kris – dem traditionellen Dolch mit der geschwungenen Klinge – in Ralphs Haut geritzt hatte. Brust, Arme, Beine, Bauch und Stirn waren mit den blutigen Schriftzügen bedeckt und über dem Loch in der Wand, das ins Wohnzimmer führte, standen die blutigen Worte auf Latein: *Lasciate ogni speranza, voi ch'entrate.*

Doch ansonsten war das Haus von Ralph Cleansom so, wie John es kannte. Es war zu groß für eine Person, fast schon protzig, mit drei Schlaf- und fünf Badezimmern. Drei Etagen und ein vollständig ausgebauter Dachboden sowie ein komplettes Kellergeschoss mit Küche und Wellnessoase.

Ein Künstler braucht die Freiheit, sich an verschiedene Orte zurückziehen und auf seine geistigen Ergüsse warten zu können, hatte Ralph erklärt, als John und Caroline ihn einmal besucht und über das üppige Haus gestaunt hatten. *Ich muss mich hierhin oder dorthin bewegen können, ohne auf Grenzen zu stoßen.* Deswegen gab es in Ralphs Haus keine Türen, sondern nur Vorhänge, die die einzelnen Zimmer voneinander trennten.

John stand auf und sah sich um. Das Erdgeschoss bestand aus einem riesigen Wohn- und Essbereich mit angrenzender offener Küche, die fast so groß war wie sein gesamtes Apartment und nur aus hochwertigem Equipment bestand.

Überall lagen offene Bücher über Kunstgeschichte, berühmte Maler und längst verstorbene Bildhauer herum und die weißen Wände waren von irgendwelchen Gemälden verhangen, die weder Johns Geschmack trafen, noch sein Interesse weckten. Er hatte sich nur für Kunst interessiert, weil Caroline das getan hatte. Doch seit ihrem Tod war sein Interesse mehr und mehr verschwunden. Seine einzigen beiden Kunstgegenstände waren Bilder.

Eines hatte Caroline selbst gemalt, das andere war eine Kopie des Boulevards of Broken Dreams, den John auf einem Trödelmarkt für zwei Dollar gekauft hatte.

Ralph Cleansoms Geschmack hingegen war deutlich teurer und extravaganter. An einigen der Bilder hingen sogar noch die Preisschilder. Vom Wohnzimmer, das mit ebenso teuren Möbeln und Kunstgegenständen ausgestattet war, wie die Küche, ging es über eine breite Fensterfront mit Schiebetür hinaus auf die überdachte Terrasse. Teure Möbel aus Teak, helle Steinplatten, ein üppiger grüner Rasen und eine große Akazie.

Ralph hatte einmal einen ganzen Abend damit verbracht, Caroline und John über das Leben und die Werke berühmter verstorbener Künstler zu langweilen. Zumindest hatte John es als äußerst langweilig empfunden. Hinter dem ausladenden Wohnzimmer, das man durch die Haustür betrat, befand sich ein breiter Flur, von dem aus man über eine ebenfalls ausladende Treppe in die oberen Geschosse und den Keller kam. John war nur wenige Male in der oberen Etage gewesen, als Ralph eine Party gegeben hatte, um die Eröffnung seiner Galerie zu feiern und vor seinen Freunden und engeren Bekannten damit anzugeben und allen zu zeigen, dass er sich für deutlich privilegierter hielt.

Doch das war nur der Eindruck, den Ralph nach außen hin vermittelte. Als John ihn nach Carolines Tod besser hatte kennenlernen dürfen, wurde ihm bewusst, dass Ralph ein ganz angenehmer Zeitgenosse war. Die Freundschaft zu ihm war zwar hin und wieder etwas anstrengend, weil sie kaum gemeinsame Interessen hatten, aber John hatte sich trotzdem mit ihm arrangiert.

Die Trauer um Caroline verband sie.

Ralph hatte es John auch zu verdanken, dass er Helen kennengelernt hatte, weil er ihn so lange damit genervt hatte, sich endlich Hilfe zu suchen, dass John schließlich zu einem Treffen einer Trauergemeinde gegangen war. Er kannte Ralph, er mochte Ralph. Umso erschreckender, dass er nun ein Opfer von Stanley Harper geworden war.

»Was denkt ihr?«, fragte John in die Runde und erhob sich.

»Dass sein Tod kein Verlust für die Gesellschaft ist?«, sagte Steve grimmig und hielt John das Dossier unter die Nase, welches Stanley Harper von jedem seiner Opfer anfertigte.

»Sei nicht so ein unsensibles Arschloch, Barney«, fauchte Daniela und warf John einen flüchtigen Blick zu. »John hat gerade einen Freund verloren.«

»Schon gut.« John zögerte einen Augenblick, dann nahm er die Akte in dem typischen braunen Papier entgegen und schlug sie auf. Sein Magen zog sich krampfhaft zusammen und ihm wurde schwindelig. Wieso hatte er das nicht gesehen? Hatte ihn die gemeinsame Trauer um Caroline blind gemacht? Oder hatte er es nicht sehen wollen? John schluckte, biss die Zähne fest aufeinander und begann zu lesen. Zu jedem der dreizehn Namen, die sich auf Ralphs Haut befanden, gab es eine entsprechende Seite in dem Dossier und auf jeder der Seiten befand sich in der oberen rechten Ecke ein kleines Bild der Person, die zu dem Namen gehörte. Es waren Opfer, die alle demselben Typ entsprachen: Jung, zwischen achtzehn und fünfundzwanzig, sportlich, blond und hübsch. Männer wie Frauen. Auf der letzten Seite gab es eine Liste mit weiteren Namen.

John zählte insgesamt siebenundzwanzig.

»Habt ihr die Namen überprüft?«, fragte John.

»Sind noch dabei.« Steve nickte und verschränkte die Arme vor der Brust. »Was wir bisher wissen, klingt ziemlich übel. Die

Namen auf seiner Haut sind Todesfälle. Offiziell als Selbstmorde eingestuft, aber, wenn man dem Dossier glauben darf, dann sind diese jungen Menschen Opfer von Vergewaltigungen geworden. Drei Frauen haben eine Aussage bei der Polizei gemacht, aber es konnte nichts nachgewiesen werden.«

»Sie wurden unter Drogen gesetzt«, schloss John und wünschte sich, Harper hätte falschgelegen. Wenigstens ein Mal. »Das hat Harper mir am Telefon gesagt.«

»Korrekt.«

»Daniela?«, wandte sich John an seine Kollegin. »Was denkst du?«

»Dass Ralph Cleansom keinerlei Gegenwehr geleistet hat. Ich vermute, Harper hat ihn überrascht.« Sie ging um die Leiche herum und deutete auf den Hinterkopf des Toten. »Siehst du das, Grey?« John ging ebenfalls um Ralphs verunstalteten Körper herum. »Stumpfe Gewalteinwirkung. Vielleicht vom Griff einer Pistole, aber ich bin da keine Expertin.« John blickte auf die blutige Wunde an Ralphs Hinterkopf.

»Was wissen wir sonst noch?«, fragte John und blickte auf den Namen auf Ralphs Brust. *Ariana Leeman.* Es war der größte auf Ralphs Körper. John öffnete das Dossier und blätterte durch, bis er Ariana Leeman fand.

Auf dem Foto blickte sie ihm fröhlich entgegen. Sie war bildhübsch, mit kleinen Grübchen und dunkelblauen Augen, die perfekt in das ebenmäßig glatte Gesicht und zu den blonden Haaren passten.

Sie war Schülersprecherin gewesen, Anführerin des Cheerleader-Teams ihrer Schule und hatte sich für viele gemeinnützige Projekte eingesetzt. Zum Zeitpunkt ihres Todes war sie zweiundzwanzig gewesen.

»Die Kollegen von der Spurensicherung sagen, dass Harper sich vermutlich Zugang über die Terassentür verschafft hat«, fuhr Daniela fort. »Es gibt keine Einbruchsspuren.«

»Was denkst du?«, fragte Mahmut John.

»Dass ich das nicht habe kommen sehen.«

»Mach dir bloß keine Vorwürfe.« Mahmut kam zu John herüber und legte ihm die Hand auf die Schulter. »Niemand von uns würde so etwas kommen sehen. Und das müssen wir auch nicht.«

Doch John dachte anders.

Er hätte es kommen sehen müssen; hätte Ralph besser beobachten müssen. Er hatte schon immer darauf geachtet, wen er in sein Leben ließ. Bezeichnend, dass das erste Mal, dass er nicht darauf achtete, ein Psychopath in seine Nähe gekommen war. Doch anstatt etwas zu sagen, warf er Mahmut ein knappes Lächeln zu und blickte Daniela an. »Was wissen wir über den Lieferwagen?«

»Brandstiftung«, antwortete sie.

»Also beseitigt er seine Spuren mit Absicht?«, fragte Steve laut. »Wozu? Ich dachte, wir sollten ihn schnappen?«

»Will er auch«, erwiderte John. »Aber er hat noch etwas zu erledigen.«

»Und was soll das sein?«

John erzählte ihnen von der gemeinsamen Freundin, auf die Harper mehrere Male zu sprechen gekommen war, und von dem Gefühl, das er diesbezüglich hatte, aber nicht genau erklären konnte.

»Eine gemeinsame Freundin?«, fragte Daniela, nachdem John fertig war. »Wer kann das sein?«

»Keine Ahnung.« John zuckte mit den Schultern. »Aber so, wie ich Harper einschätze, muss es irgendwo einen Hinweis auf diese Freundin geben. Nach allem, was wir wissen, über ihn, seine Art und Weise, seinen Größenwahn. Er würde so etwas nicht in den Raum werfen, wenn es nichts Verwertbares für uns gibt.«

»Ergibt Sinn«, sagte Mahmut und rieb sich das Kinn. »Zumindest irgendwie.« Er seufzte. »Das ist doch alles scheiße.«

»Wem sagst du das?« Daniela ging drei Schritte von Ralph Cleansoms Leiche weg und blickte sich im Wohnzimmer um. »So langsam beginne ich zu glauben, dass wir ihn niemals finden werden.«

»Ganz deiner Meinung, Spicy«, entgegnete Steve, was ihm einen bösen Blick von Daniela einbrachte. »Konnten Dean und Selina schon etwas mehr Licht ins Dunkel bringen?« Die Frage ging an John. »Irgendetwas, das die komische erdrückende Hinweislast ein wenig auffächert?«

John zuckte mit den Schultern und schüttelte anschließend den Kopf. »Nein, nichts. Ich bezweifle ehrlich gesagt, dass uns der Lagerraum und das Apartment weiterbringen. Unsere beste

Chance, Harper zu schnappen, sind die Akten und Fotos im Büro. Zumindest denke ich das. Wer auch immer mit Harper zusammenarbeitet hat ganz bestimmt nicht jedes einzelne Dokument durchgesehen.«

»Langsam bekommt die Dritter-Mann-Theorie von dir einen unangenehmen Beigeschmack. Und was heißt das nun?« Steves Stimme klang zornig und müde. »Abwarten und Tee trinken?«

»Ich fahre zurück ins Büro«, sagte John und stieß ein Seufzen aus. Beim Gedanken an die ganzen Papierstapel und Fotoalben wurde ihm übel. »Daniela und Steve, ihr seht euch hier noch etwas um. Greift der Spurensicherung unter die Arme und schaut euch dann die Autopsie an.«

»Innereien«, flüsterte Steve. »Yeah.«

John ignorierte seine Aussage und wandte sich an Daniela. »Kannst du herausfinden, ob es in der Nähe Verkehrskameras gibt? Wir müssen wissen, wie Harper hierhin gekommen ist. Er wird kaum gelaufen sein. Eventuell wurde ja auch ein Fahrzeug in den letzten zwölf Stunden als gestohlen gemeldet. Irgendwo in der Nähe des Ortes, an dem man den ausgebrannten Wagen gefunden hat.«

»Bin schon dabei«, sagte Daniela und nickte. Kurz darauf hielt sie ihr Smartphone in der Hand und telefonierte. John sah ihr zu, während es an seinem Handgelenk vibrierte. Er blickte fragend auf seine Smartwatch, die eine Nachricht von Cameron anzeigte.

Hey, Dad, wie steht es um die Ermittlungen? Andrew sagte mir, du wolltest mich sprechen? Sorry, dass ich mich jetzt erst melde, aber die Arbeit und die Vorbereitungen fressen ziemlich viel Zeit. Und Nerven.

Melde dich, wenn du Zeit hast.

Cam

John blickte eine geraume Weile auf seine Uhr und überlegte, ob er seiner Tochter direkt eine Antwort schicken sollte, entschied sich dann aber dagegen.

Er durfte sich durch nichts ablenken lassen. Nicht, solange Harper nicht endgültig gefasst war.

»Also schön«, sagte er dann. »Mahmut, du kommst mit mir. Vier Augen sehen besser als zwei. Wir sollen uns …«

In diesem Moment kam eine Mitarbeiterin der Spurensicherung zu ihnen. Die Frau trug einen weißen, halb durchsichtigen Ganzkörperoverall, eine dicke Hornbrille, die ihre Augen unnatürlich vergrößerte, und hatte die schwarzen Haare unter der Kapuze zu einem strengen Zopf zusammengebunden.

John schätzte sie auf Ende dreißig.

Keine Schminke, die Kleidung war funktionell. John kannte Menschen wie diese zur Genüge. Sie waren darauf bedacht, ihren Job gut zu machen, wobei ihnen Lob oder Lorbeeren egal waren. Im privaten Umfeld waren sie oftmals Einzelgänger, die fast ausschließlich für die Arbeit lebten. Die Frau blickte jeden von Johns Team abschätzend an, wartete, bis Daniela das Handy weggesteckt hatte, und kniff die Augen zusammen. Als sie zu sprechen begann, war ihre Stimme so leise, dass John kaum etwas verstehen konnte.

»Wir haben etwas gefunden.«

»Scheiße! Ehrlich?«, sagte Steve, was ihm einen bösen Blick einbrachte.

»Und was?«, fragte Mahmut.

»Etwas, was Sie sich ansehen sollten.«

»Zeigen Sie es uns bitte«, forderte John die Frau rasch auf, bevor Steve noch einen bissigen Kommentar loswerden konnte. Die Frau nickte und verschwand im Flur, der an das Wohnzimmer angrenzte.

Deutlich konnte man das Rascheln ihrer Plastiküberzieher hören, die sich an ihren Füßen befanden. John und die anderen folgten ihr.

»Wo gehen wir hin?«, fragte Daniela.

»In den Keller. Natürlich. Wohin auch sonst?«

»Halt die Klappe, Barney«, sagte John wütend. Er wollte das, was er gleich erfahren würde, auf keinen Fall sehen. Am liebsten wäre er schreiend aus dem Haus gestürmt.

Doch er wusste, dass er keine andere Wahl hatte. Er dachte an Caroline und wusste, dass sie nicht gutheißen würde, was er vorhatte, wenn er Harper erwischen würde, bevor es der Krebs tat.

John und die anderen folgten der Frau von der Spurensicherung über die Treppe in den Keller.

»Achten Sie bitte auf Ihre Schritte«, sagte sie mit einer plötzlichen Rauheit in der Stimme, die nicht zu ihrem vorherigen Sprachstil passte. »Ich habe keine Lust, Verfahrensfehler melden zu müssen.«

»Wow«, flüsterte Steve so laut, dass sie es hören konnte. »Der Übereifer in Person.«

Sie warf ihm einen übelgelaunten Blick zu, erwiderte aber nichts. »Hier entlang, bitte.« Sie deutete auf eine von drei Türen, die sich im Keller befanden. Die Decke war so hoch, dass man ohne Probleme aufrecht stehen konnte, und das Licht hier unten war angenehm hell. Die Tür, auf die sie deutete, führte in das hauseigene Spa von Ralph Cleansom. John und Caroline waren ein paar Mal hier unten gewesen. Es gab einen Pool, einen Whirlpool und eine finnische Dampfsauna, auf die Ralph zu seinen Lebzeiten besonders stolz gewesen war.

Die zwei anderen Räume führten zu einem Atelier – wovon es auf jeder Etage eines gab – und einem großen Lagerraum, in dem Ralph Konserven, Farben und andere Artikel aufbewahrt hatte, die er für seine Arbeit brauchte.

Die Frau öffnete die Tür und betrat den Spa. Steve stieß ein leises anerkennendes Pfeifen aus. »Hier lässt es sich doch gut aushalten«, sagte er. »Meint ihr nicht?«

»Klar, abgesehen von der Leiche im Erdgeschoss«, gab Daniela zurück.

»Vielleicht sollte ich die Branche wechseln«, überlegte Steve laut und kratzte sich am Kinn, was ein schabendes Geräusch ertönen ließ, als seine Finger über die Stoppeln glitten. »Als Künstler scheint es sich wirklich gut zu leben.«

»Du willst Künstler werden?« Daniela klang spöttisch, während die Frau sie um den Pool herumführte, der gut zehn Meter lang und fünf Meter breit war. Die Ränder waren mit vergoldeten Platten ausgelegt und auf dem Grund des kristallklaren Wassers konnte John ein buntes Mosaik erkennen, dessen Farben sich im Wasser brachen.

Ralph musste es erst während der letzten Monate beauftragt haben. Vier bequem aussehende Liegen standen neben dem Pool und auf einem offenen Regal lagen etliche Handtücher. An einem Garderobenständer hingen vier Bademäntel. Einer in Weiß, drei in Grau. In den Ecken des riesigen Raumes standen vier große Palmen, die Luft war vom Chlorgeruch erfüllt und eine angenehme Wärme stieg vom gekachelten Fußboden auf.

»Klar, warum nicht?« Steve deutete auf die Schwarz-Weiß-Fotografien, die an den weißen Wänden hingen und ausnahmslos nackte Frauen zeigten, die sich in erotischen Posen räkelten. »So etwas könnte ich auch. Ich habe eine ziemlich gute Kamera.«

»Du bist ekelhaft, Barney.«

»Wieso ekelhaft? Bist du etwa eifersüchtig, Spicy?«

»Träum weiter, du …«

»Kinder, das reicht jetzt«, schritt Mahmut ein.

»Was sollen wir uns ansehen?«, fragte John die Frau. Sie führte sie mit zielstrebigen Schritten auf die Sauna zuführte, die auf der rechten Seite des Raumes stand.

»Etwas sehr Interessantes«, gab sie geheimnisvoll zurück.

»Ach wirklich?«, maulte Steve und stieß danach ein lautes »Autsch« aus, als Daniela ihm den Ellbogen wuchtig in die Seite rammte.

Die Frau blieb vor der Saunakabine stehen und legte ihre rechte Hand auf den hölzernen Knauf. Dann blickte sie über die Schulter, blinzelte und öffnete die Tür.

Ein Schwall warmer, abgestandener Luft, die nach Salbei und Honig roch, schlug John entgegen und zwang ihn, die Augen abzuwenden.

»Ja, leck mich doch am Arsch«, keuchte Steve.

John wartete noch einen Augenblick, dann schaute er in den Innenraum der Sauna. Ihm stockte der Atem. Das Inventar der Sauna bestand aus hochwertigem Eschenholz und maß gut vier mal vier Meter. Es gab rechts und links jeweils drei übereinanderliegende Bänke und ein Wandpanel, mit dem man die Farbe der Beleuchtung ändern konnte.

An der gegenüberliegenden Wand befand sich der Saunaofen. Doch er stand nicht dort, wo John ihn in Erinnerung gehabt hatte. Stattdessen war er an die linke Seite verschoben worden und gab den Blick auf eine hölzerne Luke frei, die aufgeklappt worden war, und durch die man über eine Treppe noch tiefer nach unten gelangte. Ohne ein weiteres Wort zu verlieren, betrat John die Sauna und ging geradewegs auf die Treppe zu. Sein Herz schlug wie verrückt, als er sich der Klappe näherte, aus der eine wabernde Finsternis emporzusteigen schien.

Wie von selbst legte er die Rechte auf den Griff seiner Waffe, als würde er erwarten, dass das personifizierte Böse jeden Augenblick aus der Dunkelheit springen und ihn angreifen könnte.

Als er den Rand der Klappe erreichte, blieb er stehen und spähte hinab.

»Was denkst du, finden wir dort unten?«, fragte Mahmut.

Empfindungen von Verrat und Vertrauensbruch machten sich in John breit und ein unangenehmes Ziehen stieg aus seinem Magen auf.

»Die Geheimnisse von Ralph Cleansom«, antwortete er grimmig, dann stieg er hinab.

Kapitel 61

Schon auf der ersten Stufe war John der durchdringende Geruch von Bleiche und Desinfektionsmittel aufgefallen, der sich noch einmal um ein Vielfaches verstärkte, als er die Füße auf den kalten Betonboden setzte.

Jetzt befand er sich in einem Raum mit knapp vier mal vier Metern Durchmesser. Von der Decke baumelte eine Baustellen-leuchte, die kaum genug Licht spendete, um alle Einzelheiten des Raumes erkennen zu können. Schatten tanzten über die kahlen Wände und verliehen dem Raum etwas Grauenvolles.

Kälte kroch Johns Beine hinauf, ließ ihn frösteln und als er ausatmete, musste er feststellen, dass sich sein Atem vor seinem Gesicht wölkte. Er kam sich vor, als wäre er durch ein Portal ge-treten und in einer anderen Welt rausgekommen. Rechts und links standen jeweils zwei Regale, die bis zum Rand mit DVD-Hüllen gefüllt waren und in der Mitte des kleinen Raumes befand sich eine Videokamera auf einem Stativ, die auf ein schmales Bett gerichtet war.

»Will ich wissen, was wir hier haben?« Steves Stimme hallte durch den kleinen Raum, dass John zusammenzuckte und ihn grimmig ansah.

»Sieht aus wie der Grund, warum er auf Harpers Liste ge-landet ist.« Daniela ging langsam auf die Kamera zu. Ihre Stimme klang leise, mitfühlend und im Vorbeigehen berührte sie John am Arm.

Es war eine gut gemeinte Geste, doch John hätte ihr in die-sem Moment am liebsten den Arm ausgerissen.

Warum habe ich von alledem hier nichts geahnt?

Vorsichtig und mit übergestreiften Handschuhen klappte sie den kleinen Bildschirm auf und schaltete die Kamera ein. Einige Sekunden vergingen, dann drehte sie sich zu John und den anderen um. Ihr Blick war düster. »Großer Gott.« Ihr Blick ruhte einen Augenblick zu lange auf John, dann trat sie einen Schritt zur Seite, damit er und die anderen das sehen konnten, was Daniela meinte. Sie waren zu weit weg, um Details auf dem kleinen Bildschirm erkennen zu können, doch John erkannte, dass es sich um ein Standbild handelte.

»Spiel es nochmal ab«, sagte John und ging näher an die Kamera heran. Sein Herz schlug wie verrückt und ein Kribbeln breitete sich in seinen Fingerspitzen aus, als er die Hände zu Fäusten ballte. Ein brennendes Gefühl stieg in seiner Brust auf. Mit zusammengekniffenen Augen starrte er auf den Monitor, auf dem ein Mädchen zu sehen war, das mit im Schoß zusammengefalteten Händen auf dem Bett saß. Ihre Beine waren nackt und sie trug nur einen Bademantel, der jedoch nicht geschlossen war, sodass man ihre blanken Brüste sehen konnte.

Daniela nickte und drückte auf den kleinen Knopf, der mit einem Pfeilsymbol versehen war. Kurz darauf lief ein Flimmern über den kleinen Monitor und das Video startete.

Einige Sekunden vergingen, in denen nur das rasselnde Atmen der Person zu hören war, die hinter der Kamera stand. Es klang erregt, abgehackt, falsch. Die Augen des Mädchens starrten ins Nichts, waren ausdruckslos und leer.

»Sie steht unter Drogen«, sagte Steve leise, dann erklang die Stimme von Ralph Cleansom.

»Wie heißt du, meine Hübsche?« Die Stimme troff praktisch vor zurückhaltender Geilheit. John konnte Ralph vor sich sehen, wie er hinter der Kamera stand, vor Erregung zitterte und sich mit einer Hand im Schritt rumspielte, während er mit der anderen die Kamera bediente. »Sag deinen Namen.«

Das Mädchen zuckte zusammen und hob den Blick, schaute geradewegs in die Kamera und schien John hilfesuchend, flehend anzustarren. Er musste sich konzentrieren, um den Blick nicht von ihr abzuwenden.

»Jane Heath«, sagte sie mit erstickter Stimme, wandte ihren Blick aber nicht von der Kamera ab.

»Und wie alt bist du, Jane?«

»Neunzehn«, antwortete sie und stöhnte leise. John kam es so vor, als würde sie in diesem Augenblick nichts fühlen.

»Großer Gott«, flüsterte Daniela erneut.

»Gut, Jane. Du machst das sehr gut.« Ralph Cleansoms Stimme schien noch erregter, sein Atem ging keuchend, rasselnd, war voll von unterdrücktem Stöhnen. »Du bist eine wahre Schönheit. Die Jungs in deinem Alter sind sicher verrückt nach dir. Und die älteren auch.«

Ein unkontrolliertes Stöhnen drang an Johns Ohren.

»Was für ein Schwein«, stieß Mahmut flüsternd hervor.

»Hattest du schon einmal Sex?«, hörten sie Ralph weiter fragen. Jane schüttelte den Kopf. »Ich möchte, dass du es in die Kamera sagst«, keuchte Ralph und unterdrückte erneut ein Stöhnen. Seine Stimme geriet bei jedem weiteren Wort in Ekstase.

Wahrscheinlich war ihm in Augenblicken wie diesen einer abgegangen.

»Nein«, flüsterte Jane und John konnte sehen, wie eine Träne über ihr kindliches Gesicht kullerte, sich an ihrem Kinn sammelte und in ihren Schoß tropfte.

»Hab keine Angst, Jane. Du hübsches, hübsches Mädchen.«

»Ich kann mir das nicht mehr ansehen«, sagte Daniela wütend, drehte sich um und stürmte davon.

»Du brauchst keine Angst haben. Ich werde ganz zärtlich zu dir sein. Am Anfang wird es vielleicht etwas wehtun, aber ich verspreche dir, danach wirst du es genießen.« John konnte hören, wie ein Gürtel geöffnet wurde und wie kurz darauf eine Hose zu Boden glitt. Ein Schaudern ergriff von John Besitz und er musste sich zwingen, weiter auf den kleinen Bildschirm zu schauen. Er zwang sich, sich jedes noch so kleine Detail in sein Hirn einzubrennen, damit er es nie wieder vergaß.

Als Strafe, weil er von Ralphs Grausamkeiten nichts mitbekommen hatte. Ob sein Freund wohl auch jemanden hier unten gehabt hatte, wenn John zu Besuch gekommen war? Ob er es sogar als Kick angesehen hatte, mit einem ehemaligen FBI-Agenten befreundet zu sein? Hatte ihn das zusätzlich geil gemacht? John musste ein Würgen unterdrücken und kämpfte gegen die Tränen des Zorns an, die seine Augen füllten.

Das hier war mit das Schlimmste, das John in all seinen Jahren jemals gesehen hatte.

»Möchtest du denn, dass ich dein Erster bin, Jane?«, fragte Ralph. Janes Augen wurden groß, ihr Körper begann zu zittern, als würde sie einen inneren Kampf ausfechten; als würde sie sich gegen die Drogen in ihrem Körper wehren. Eine ganze Minute schien das so zu gehen, in der sie Ralphs Stöhnen hören konnten, doch dann brach ihr Wille und sie nickte.

»Sag es in die Kamera, Jane. Sag mir, dass du mich willst.«

Jane hob den Kopf und schaute direkt in die Kamera.

John hatte das Gefühl, als würde sie ihn anschauen. Nur ihn. Und ihn um Hilfe bitten. *Bitte, Mr, retten Sie mich.*

»Ich«, flüsterte sie mit zitternder Stimme und fuhr sich langsam mit der Zunge über die Lippen. Es war keine besonders erotische Geste, eher ein unterbewusstes Befeuchten der Lippen, doch Ralph schien das Ganze etwas anders zu sehen, denn er grunzte noch lauter.

»Ich will dich«, sagte Jane schließlich mit ihrem leeren Blick und ihrer bröckelnden Stimme. Eine weitere Träne kullerte über ihr Gesicht. »Ich will, dass du mein Erster bist.«

»Sag mir, was ich mit dir tun soll«, flüsterte Ralph und John konnte anhand seiner Stimme hören, dass er kurz vor dem Höhepunkt stehen musste.

Das Mädchen schwieg. Ihr Blick wirkte verzweifelt.

Ralph seufzte. »Zieh dich aus und spreiz die Beine.«

Jane streifte widerwillig ihren Bademantel ab und öffnete die Schenkel ein Stück. Ihre Haut war weiß wie Kalk, unschuldig und rein. Ralph betätigte den Zoom der Kamera, sodass der Bildausschnitt nun direkt auf Janes Brüste und ihre Scheide fokussiert war. »Weiter. Zeig mir deine Pussy.«

Sehr langsam und mit gequältem Gesichtsausdruck kam sie Ralphs Aufforderung nach. Dabei liefen dicke Tränen über ihr Gesicht.

»Und jetzt sag mir, was ich mit dir anstellen soll«, zischte Ralph und wirkte ein wenig ungeduldig.

»Schlaf mit mir«, flüsterte sie zitternd und, noch während sie die Worte aussprach, verstellte Ralph den Winkel der Kamera so, dass er ihr Gesicht einfing.

»Du willst, dass ich dich ficke?«, raunte Ralph.

Anstelle einer Antwort nickte Jane kaum merklich und warf einen hilfesuchenden Blick in die Kamera.

Dieser Ausdruck im Gesicht des Mädchens brachte John fast um den Verstand. Sie wusste, dass das Erlebnis sie brechen würde. Dass sie einem kranken Psychopathen ausgeliefert war. Dass sie keinen anderen Ausweg aus dieser schrecklichen Situation sah, als sich ihrem Peiniger hinzugeben.

Vollgepumpt mit Drogen, mit Alkohol, mit Angst und Panik.

Ohne, dass er es verhindern konnte, musste John sich vorstellen, wie Cameron Opfer eines solchen Monsters wurde. Zum ersten Mal verspürte er so etwas wie Genugtuung dabei, dass Stanley Harper diesen Mistkerl aus dem Weg geräumt hatte. Hoffentlich hatte Ralph unsägliche Schmerzen erleiden müssen, bevor das Leben aus ihm gewichen war, und für einen kurzen Moment wünschte John sich, dass Stanley Harper auch ihn erwischen würde.

All diese Jugendlichen, schoss es ihm in den Kopf. *Wie blind muss ich gewesen sein?*

»Willst du das?«, hörte John Ralphs Stimme. Sie klang näher an der Kamera und war vor Erregung ganz leise. »Willst du das wirklich? Soll ich dich richtig ficken?«

»Ja«, hauchte sie tonlos.

Die Kamera zoomte wieder zurück und fing Janes Körper in der Totalen ein. Sie hatte sich des Bademantels entledigt und mit dem Rücken an die kahle Wand gelehnt.

Ralph stieß ein erregtes, tierisches Grunzen aus, dann trat er vor die Kamera. Er war nackt und ging langsam auf sie zu. Er blieb stehen, drehte den Kopf und blinzelte zwei Mal in die Kamera, dann grinste er.

Es war ein böses, wölfisches Grinsen, das seine Augen nicht erreichte und dennoch war es voller dunkler Freude.

John zitterte am ganzen Leib und wäre am liebsten durch die Kamera gesprungen, um dem dort noch lebenden Ralph Cleansom die Scheiße aus dem Leib zu prügeln.

Er sah es Ralph an. Wie sehr er es genießen würde. Jede Sekunde, jeden Stoß. Vom ersten Eindringen in ihren jungfräulichen Körper bis hin zu seinem Orgasmus.

»Jane, meine liebe, unschuldige Jane«, sagte er in die Kamera. »Dieser Moment wird uns für immer verbinden. Ich werde an ihn zurückdenken, wann immer ich mir unser gemeinsames Tape ansehe. Du bist meine Muse. Ich werde ein Kunstwerk erschaffen und es nach dir benennen.« Dann drehte er sich um und ging auf Jane zu. »Es wird vollkommen sein.«

In dem Moment, in dem er sich zu Jane auf das Bett legte, stoppte Mahmut das Band. »Das reicht«, sagte er mit erstickter Stimme. Tränen glitzerten in seinen dunklen Augen.

»Lass es weiterlaufen!«, befahl John.

»Grey, hör auf. Tu dir das nicht an.«

»Spiel es wieder ab!«

»Nein! Es ist genug. Du hättest es nicht ahnen können.«

»Fick dich«, wisperte John, dann drehte er sich um und stürmte nach draußen.

Kapitel 62

Als John und Mahmut aus dem Aufzug stiegen, hatte John das Gefühl, ein Lastwagen hätte ihn frontal und mit voller Wucht gerammt. Sein Schädel schmerzte und seine Augen brannten. Ein schaler Geschmack füllte seinen Mund und jeder, wirklich jeder einzelne Knochen in seinem Körper schmerzte so sehr, als würde er sich gerade von einer schlimmen Verletzung erholen. Auf dem Weg vom Tatort zum Büro hatte John die Zeit genutzt und kurz mit Cameron gesprochen.

Es war ein schönes Gefühl, ihre Stimme zu hören, und obwohl er wusste, dass wieder ein Haufen Arbeit auf ihn wartete, wollte er sich den kurzen Moment der Zufriedenheit so lange wie möglich beibehalten.

Aber weder Mahmut noch John hatten etwas zum Ableben von Ralph gesagt. Beide wussten, wie viele Vorwürfe John sich wegen seiner Unwissenheit machte und kein Wort, keine Geste, würde das Gefühl des Versagens mindern können, das von seinem Geist Besitz ergriffen hatte.

»Also dann«, sagte Mahmut, als sich die Türen des Fahrstuhls hinter ihnen geschlossen hatten. »Stürzen wir uns mal wieder in die Berge nichtssagender Akten.« Er seufzte kopfschüttelnd. »Ich koche Kaffee.« Mahmut sah John an. »Willst du auch etwas essen? Ich bestelle eine Pizza.«

»Warum nicht«, sagte John und zuckte müde mit den Schultern. »Alles wie immer.«

Mahmut verzog das Gesicht. »Ich werde nie verstehen, warum jemand freiwillig Ananas auf seiner Pizza haben möchte. Früchte gehören nicht auf eine Pizza.«

»Und was sind Tomaten?«, fragte John.

»Das zählt nicht.« Mahmut schüttelte den Kopf, zückte sein Handy und stapfte in Richtung Küche davon. Dabei murmelte er etwas vor sich hin.

John schaute ihm einen kurzen Moment nach, dann begab er sich in das Großraumbüro seines alten Teams. Ihm schwirrte der Kopf. Noch immer standen die Kartons aus dem Lager kreuz und quer herum. Eine Vielzahl von Akten und Fotoalben lag auf den wenigen Schreibtischen verteilt. Er stieß ein Stöhnen aus und rieb sich die Schläfen, als seine Smartwatch vibrierte. Mit gerunzelter Stirn blickte er auf die Nachricht, die auf dem kleinen Display angezeigt wurde: *Herzlichen Glückwunsch. Du hast heute 10.000 Schritte gemacht.*

Er schüttelte den Kopf, schaltete das Display aus und ging geradewegs auf einen der Kartons zu, um sich die darin befindlichen Beweise anzuschauen. Noch während er den Karton vom Boden hochhob, fragte er sich, ob sein Ansatz der richtige war oder ob sie Gefahr liefen, sich in der Vielzahl von Papierkram zu verlieren, mit der man sie ganz offensichtlich zuschütten wollte. Ein Stöhnen kam über seine Lippen, als sich die Trauer über Ralphs Tod und der Zorn auf sich selbst zu einem Wust aus undefinierbaren Gefühlen vermischten.

Ablenkung musste her; ganz dringend.

John drehte sich mit dem Karton im Kreis und suchte nach einer freien Ecke im Büro, die nicht von Papierstapeln belagert war.

Neben seinem alten Schreibtisch wurde er fündig und bewegte sich langsam darauf zu. Bei jedem seiner Schritte achtete er darauf, dass er die Papierstapel, die sich während ihrer ersten Suche an diesem Tage gebildet hatten, nicht umstieß.

Als er die freie Ecke erreichte und den Karton abgestellt hatte, kehrte Mahmut zurück ins Büro. In seiner linken Hand trug er zwei Kaffeetassen, aus denen es dampfte, in der rechten hielt er sein Handy und telefonierte.

»Kannst du mir sonst noch was sagen?«, fragte er. Sein Gesicht sprach Bände.

John vermutete, dass entweder Selina oder Daniela am anderen Ende waren und ihn über den Stand der Dinge informierten.

»Alles klar«, sagte Mahmut dann und nickte. »Ich sag's ihm.« Dann richtete er den Blick auf John. »Daniela will wissen, ob sie herkommen und uns helfen sollen.«

»Nein«, sagte John knapp. »Sie sollen für heute Schluss machen. Sag ihnen, dass wir uns morgen in aller Frühe hier treffen.«

Mahmut atmete laut aus, sagte aber nichts.

Er hätte es wahrscheinlich begrüßt, wenn sie tatkräftige Unterstützung beim Durchsuchen der Akten bekommen hätten.

John konnte es verstehen, wollte allerdings vermeiden, dass zu viele Hände und Füße durch die Kartons pflügten und sie dadurch womöglich etwas übersehen könnten. Außerdem ertrug er die mitleidigen Blicke der anderen nicht mehr.

»Hast du gehört, Daniela? Ihr sollt für heute Schluss machen. Dean und Selina?« Mahmut sah John fragend an, was dieser mit einem Nicken beantwortete. »Ja, die beiden sollen sich auch ausruhen. Sagst du Bescheid? Gut, danke. Bis morgen.« Mahmut legte auf, steckte sein Handy ein und blickte dann eine ganze Weile mit fragend hochgezogenen Brauen auf die beiden Tassen in seinen Händen. »Wenn wir nur zu zweit sind und das eine Nachtschicht wird, hole ich die Maschine besser hier hin.« Er stellte die Tassen auf einem der hellgrauen Metallschränke ab, die das Büro schmückten. Ein leises Klirren hallte durch den Raum. »Mein alter Schreibtisch, oberste Schublade«, sagte er zu John und drehte sich dann um, um die Kaffeemaschine zu holen.

John runzelte die Stirn.

Mit wenigen Schritten erreichte er Mahmuts Schreibtisch, ein hellbrauner Holzklotz, der, wie die anderen auch, schon deutlich bessere Tage gesehen hatte. Er zog die oberste Schublade auf und grinste, als er die Flasche Scotch sah, die sich darin befand.

Sie war gut zur Hälfte geleert, eine dünne Staubschicht befand sich auf dem Glas. Ohne sein Zutun schlichen sich Erinnerungen von längst vergangenen Abenden in seine Gedanken, an denen Mahmut und er die Letzten im Büro gewesen waren und einen besonders harten Fall abgeschlossen hatten.

Auf ein Monster weniger, hatte Mahmut immer gesagt und sein Glas in die Höhe gehalten.

Und auf die vielen weiteren, die da noch kommen mögen, hatte John jedes Mal geantwortet.

Es war immer nur ein kleiner Schluck und dieser war auch nicht besonders lecker. Es schmeckte mehr nach Brennspiritus. Doch es war ein kleines Ritual, mit dem sie den schalen Geschmack eines Falles von den Zungen spülten, bevor sie sich Hals über Kopf in den nächsten stürzten. Mit einem leisen Klirren stellte John die Flasche auf den Tisch und holte die zwei staubigen Gläser aus der Schublade. Flüchtig wischte er sie an seiner Hose ab, öffnete die Flasche und verzog das Gesicht, als der markante Duft des Scotchs in seine Nase stieg.

Er schenkte einen kleinen Schluck in jedes Glas, verschloss die Flasche und wartete, bis Mahmut zurückkehrte.

Kapitel 63

Dean Colt öffnete die Haustür und stieg langsam die Stufen in den zweiten Stock hinauf, wo sich sein Apartment befand. Sein Magen knurrte und seine Augen schmerzten vom angestrengten Sehen auf zu viele Monitore.

Er brauchte dringend eine Pause.

Dean beschloss, sich unter die Dusche zu stellen, vom Chinesen an der Ecke etwas zu essen zu holen und dann eine Serie auf Netflix zu streamen, ehe er ins Bett gehen würde, um am nächsten Morgen wieder dort weiterzumachen, wo er aufgehört hatte: nämlich Stanley Harper zu jagen.

Und dieses Mal ohne Tricks.

Als er seine Wohnung erreichte und gerade die Tür aufschließen wollte, fegte ein eisiger Windhauch durch das Treppenhaus und ließ ihn frösteln. Dean schloss die Haustür auf, betrat sein Apartment und wollte das Licht einschalten, doch es funktionierte nicht. Wahrscheinlich war wieder eine Sicherung rausgeflogen, was in Anbetracht des Alters des Hauses nichts Ungewöhnliches war. Hin und wieder funktionierte der Lichtschalter im Flur nicht, was sich aber schnell beheben ließ.

Dean stieß ein genervtes Stöhnen aus und erwischte sich wieder bei dem Gedanken, einfach umzuziehen. In ein neues, moderneres Haus. Vielleicht sogar in einen anderen Bundesstaat. Seit Harpers Festnahme vor fünf Jahren hatten sich die Dinge verändert. *Er* hatte sich verändert. Und vielleicht wurde es endlich Zeit, etwas anderes zu machen. Er stellte seine Tasche auf den Boden, zog seine Jacke aus und ging langsam in Richtung des Wohnzimmers, als er es hörte.

Ein leises, blechernes Kratzen, dann spielte die Musik.

Dean stieß ein Keuchen aus. Er griff nach seiner Waffe im Holster, zog sie und sah aus dem Augenwinkel, wie eine Gestalt aus dem Durchgang zur Küche kam.

Ein harter Schlag gegen die Schläfe, dann wurde es schwarz um ihn.

Kapitel 64

Stöhnend kam Dean zu sich und öffnete die Augen.

Grelles Licht blendete ihn und ließ ihn den Kopf abwenden, verschwommene Schemen tanzten vor seinem Gesicht. Er blinzelte, schüttelte den Kopf und begann langsam zu begreifen.

Scheiße.

Er war noch immer in seinem Apartment. Aber er war nackt und an einen Stuhl gefesselt.

»Guten Abend, Agent Colt.«

Das blanke Grauen packte Dean und entlockte ihm ein lautes Keuchen, während sich sein Blick ruckartig auf den Mann richtete, der ihm gegenüber auf einem alten Sessel saß und Dean mit vor dem Mund gefalteten Händen beobachtete. Im Hintergrund konnte Dean das blecherne Kratzen des Schallplattenspielers hören und er wusste, was das zu bedeuten hatte: Er würde sterben.

»Was ... was wollen Sie?«, fragte er und spürte, wie ihm sein sonst so klarer Verstand abhandenkam. Er wollte nicht sterben. Nicht hier, nicht heute, nicht so. Warum, zum Teufel, war Harper hier?

»Ich denke, dass Sie sich das selber ganz gut erklären können«, antwortete Harper. »Doch ich möchte von Ihnen wissen: Bereuen Sie es?«

»Was?«

»Was Sie getan haben.« Harpers Stimme war vollkommen gelassen.

»Was ich getan habe?« Dean stieß ein Keuchen aus. »Sind Sie wahnsinnig? Sie sind hier der Serienkiller.«

»Ist das so?« Harper lachte leise. »Ist es nicht vielmehr so, dass Sie mich dabei unterstützt haben? Dass Sie John und Ihr eigenes Team hintergangen und dafür gesorgt haben, dass ich tun konnte, was ich tat?«

»Sie wollen mich töten, weil ich Ihnen geholfen habe? Das ist lächerlich. Sie sollten mir lieber danken.«

»Früher wäre ich dankbar gewesen. Glauben Sie mir. Aber Caroline Greysons Tod hat alles verändert.« Harper stand auf und ging langsam auf Dean zu. »Fühlen Sie so etwas wie Reue, wenn Sie an Johns Frau denken?«

Dean öffnete den Mund, um etwas zu entgegnen, presste dann aber die Lippen fest aufeinander und schluckte.

»Sie war unschuldig und ich bereue, was ich getan habe. An jedem Tag, in jeder Sekunde. Aber mir wurde bewusst, dass nicht nur ich allein die Schuld an dem trage, was passiert ist. Sondern Sie auch.« Harper blieb vor Dean stehen, beugte sich vor und blickte ihm tief in die Augen. »Ich weiß, dass Sie nicht allein gehandelt haben. Da gab es noch jemanden, oder?«

Dean riss die Augen auf. Woher wusste er das?

»Kommen Sie, Agent Colt. Das ist Ihre Möglichkeit, endlich reinen Tisch zu machen. So, wie ich es auch tun werde.«

»Sie sind wahnsinnig«, wisperte Dean. »Was ich getan habe, tat ich nur aus einem Grund: Weil ich an Ihre Philosophie geglaubt habe. Ich habe Ihnen geholfen. Ist das etwa der Dank dafür?« Er rüttelte an seinen Fesseln, doch sie waren zu fest. »Sie wollen mich töten? Dann nur zu. Aber Sie werden nichts aus mir herausbekommen. Ich würde es wieder tun.«

»Ich hatte gehofft, dass Sie das sagen würden.« Harper drehte sich um und ging zu seiner Tasche, aus der er sein Kris herausholte.

Deans Herz setzte einen Schlag aus und seine Gedanken überschlugen sich, als ihm bewusst wurde, dass es aus dieser Situation kein Entkommen gab. Er würde sterben. Hier und heute.

Großer Gott, schoss es ihm in den Kopf. *Was habe ich getan?*

»Ich werde Ihnen nur einen einzigen Namen in den Körper ritzen: Caroline Greyson. Und wenn ich mit Ihnen fertig bin, werden sie bereuen.« Harper legte Deans Handy neben seinen Stuhl und startete die Tonbandapp. »Sie werden Ihre Taten gestehen und werden verraten, wer noch mit drin steckt. Diese Aufnahme werde ich John Greyson zukommen lassen. Dann wird er es endlich verstehen.«

»Sie sind krank«, zischte Dean. »Ich werde niemals bereuen, was ich getan habe.«

»Das werden wir noch sehen. Aber eines ist sicher, Agent Colt. John Greyson wird mir vergeben, wenn ich ihm gezeigt habe, wie böse die Menschen in seinem direkten Umfeld sind. Der Künstler, Sie. Er wird es verstehen; er wird mir danken.«

»John wird Sie töten, Sie dummes Stück Scheiße.«

Harper antwortete nicht mehr.

Er hob das Messer und setzte die Klinge an Deans Brust.

Der Schmerz war lodernd und alles einnehmend und als Harper zu schneiden begann, langsam und tief, bereute Dean wahrhaftig, was er getan hatte.

Kapitel 65

John wühlte sich durch den Karton. Es war der dritte, den er seit ihrer Rückkehr ins Büro durchsuchte und wie er erwartet hatte, hatten sie nichts Verwertbares gefunden.

Seine Motivation, die nach der Pizza, die er in Rekordzeit gegessen hatte, bei etwas mehr als null lag, war so rasant abgestürzt, dass er drauf und dran war, die ganze Sache einfach auf sich beruhen zu lassen.

Auch Mahmut, der mittlerweile den siebten Kaffee in sich hineinkippte und immer wieder sehnsüchtige Blicke in Richtung der Flasche Scotch auf seinem Schreibtisch warf, konnte John die fehlende Motivation ansehen.

Er blickte auf die Uhr und seufzte. Es war kurz nach elf und der Schlafmangel machte sich auch an diesem Abend wieder bemerkbar. »Lass uns aufhören«, sagte er und unterdrückte das erneute Gähnen. »Wir sollten morgen weitermachen. Heute finden wir nichts mehr.«

»Dein Wort in Gottes Ohr.« Mahmut stöhnte laut und sackte in seinem Stuhl zusammen. »Ich ertrage den Geruch dieser alten modrigen Papiere und Fotos nicht mehr.« Er legte die Akte, die er in der Hand hielt, auf seinen Schreibtisch und stand auf. Mit einem hörbaren Knacken und lauten Ächzen streckte Mahmut seinen Rücken durch und ließ anschließend seine Halswirbel knacken.

Er schob seinen Stuhl zurück, der daraufhin gegen einen Aktenstapel rollte, der sich auf dem Boden aufgetürmt hatte. Mit einem lauten Rascheln rutschten die Akten herunter und verteilten sich auf dem Teppich. Einige der Inhalte rutschten heraus.

»Ach, Scheiße«, fluchte Mahmut und blickte hilfesuchend zu John. »Tut mir leid. Ausgerechnet einer der Stapel, die ich noch nicht durchgesehen habe.«

»Schon gut«, seufzte John und stand ebenfalls auf. Mit einem flüchtigen Blick betrachtete er das entstandene Chaos und wollte sich gerade umdrehen, als sein Blick auf eine Zeitung fiel, die aus einer der Akten gerutscht war. Seine Augen weiteten sich.

»John?«

Er sprang hastig nach vorne, stieß dabei Mahmut fast um. Seine Hand griff nach der Zeitung.

»John? Was ist los?«

Doch John antwortete nicht. Die Frequenz seines Herzschlags schnellte in die Höhe und in seinem Kiefer breitete sich ein schmerzhaftes Ziehen aus. Die Augen huschten über das Erscheinungsdatum: *08. April 2007*. Dann glitten sie über das Bild auf der Titelseite.

Ohne ein weiteres Wort drehte John sich um und stürmte davon. Hinaus auf den Flur und zum Aufzug. Hastig und schnell drückte er den Knopf, doch als der Aufzug nicht kam, fluchte er laut und benutzte stattdessen die Treppe. Drei Stufen auf einmal nehmend, bahnte er sich seinen Weg durch die Stockwerke nach oben. Mit voller Wucht rammte er die schwere Metalltür auf, orientierte sich keuchend und wandte sich dann nach links.

Aus dem Treppenhaus konnte er Mahmuts Stimme hören, die ihn rief. John ignorierte sie. Er brauchte Gewissheit und die würde er nur an einem einzigen Ort in diesem Gebäude finden.

Er sprintete den Flur entlang.

Die Deckenbeleuchtung war auf ein Minimum reduziert worden; sein Schatten tanzte im spärlichen Licht über die Wände, schien unendlich langgezogen zu sein. Der Atem ging keuchend, der Schweiß lief ihm in die Augen. Ein Mitarbeiter der Putzkolonne, der mit seinem Wagen um eine Biegung kam, rief ihm etwas nach, als John ihn beinahe umgerannt hätte.

»John«, rief Mahmut, der nun auch den Flur erreicht hatte. »Wo zur Hölle willst du hin?«

Er rannte weiter und blieb vor einer geschlossenen Tür am Ende des Flures stehen.

Sie bestand aus massivem Holz.

Auf einem silbernen Schild stand in schwarzen Lettern: *Erin Willson. FBI Director.*

John drehte den Knauf, doch die Tür war verschlossen. Er überlegte nicht. Mit dem rechten Fuß trat er unterhalb des Türschlosses zu. Es knackte laut, doch die Tür gab nicht nach.

»John. Um Himmels willen«, schrie Mahmut. .

John trat erneut zu. Die Wände zitterten und ein stechender Schmerz jagte durch sein rechtes Bein. Doch die Tür hielt noch immer stand.

»Hör mit dem Scheiß auf!«

John trat ein drittes Mal zu.

Die Tür flog krachend aus dem Schloss. Holz splitterte und John taumelte nach vorne. Instinktiv schaltete er das Licht ein und überbrückte die wenigen Meter von der Tür bis zu Erin Willsons Schreibtisch.

Mit großen Augen starrte er auf die fotobehangene Wand dahinter.

Die Zeitung hielt er noch immer in seinen Händen.

»Verdammt nochmal«, keuchte Mahmut, als er ihn erreicht hatte. »Bist du von allen guten Geistern verlassen? Was denkst du ...«

Wortlos hielt John ihm die Zeitung hin, ohne den Blick von der Wand zu nehmen.

Mahmut nahm sie keuchend entgegen und runzelte die Stirn. »Was?«, begann er und blickte auf das Foto. »Wer soll das sein?«

»Sie dir das Bild dort an.« John zeigte auf eines der Fotos an der Wand. Es zeigte Erin, wie sie einen Preis entgegennahm. Zu dieser Zeit war sie noch deutlich jünger als heute, doch ihr Blick war derselbe. Rastlos, ehrfurchtgebietend und einschüchternd.

»Scheiße«, flüsterte Mahmut, als es ihm dämmerte. »Ist das Harper?«

Die beiden Bilder waren – bis auf einige Ausnahmen – identisch. Während das Foto an der Wand nur Erin, einen Würdenträger und einige Mitglieder einer hochdekorierten Delegation zeigte, war das in der Zeitung um drei Leute erweitert.

Erin Harper mit General Iceberg und dem Sicherheitsstab der Marines. Links im Bild: Erins Adoptivbruder Stanley, lautete die Unterschrift.

»Sie sind Adoptivgeschwister?«, keuchte Mahmut.

Plötzlich wusste John, wer die gemeinsame Freundin war und wohin Harper als nächstes wollte. »Erin ist sein nächstes Ziel!«

Kapitel 66

Erin Willson nahm einen Schluck von ihrem Gin, stellte das Glas auf den Beistelltisch neben ihrem Sessel ab und blätterte die Seite ihres Buches um.

Sie genoss Abende wie diese, an denen sie die Geschehnisse des Tages einfach vergessen und ein wenig abschalten konnte. Auch, wenn sie in den letzten Jahren rar gesät waren.

Das schaffte Erin am besten mit einem guten Drink und einem erstklassigen Buch. Erin stand auf die Klassiker: Krieg und Frieden; Stolz und Vorurteil; Schuld und Sühne.

An diesem Abend hatte sie begonnen, Der Name der Rose von Umberto Eco zu lesen. Zweifelsohne ein Meilenstein der Literatur und ein makelloses Beispiel dafür, dass Filme den geschriebenen Werken oftmals um Längen hinterherhinkten. Ganz gleich, welche Stars die Rollen besetzten.

Ihr Mann, Austin, pflegte immer zu sagen, dass man die Zeit, die man in ein Buch investierte, besser nutzen könnte, als seine Augen über Seiten fliegen zu lassen. Wenn man den Inhalt des Buches kennen wollte, sollte man sich besser den dazugehörigen Film anschauen – dann hätte man nur zwei Stunden seines Lebens verschwendet. Erin sah das Ganze etwas anders.

Doch sie hatte schon vor langer Zeit aufgehört, mit Austin darüber zu diskutieren. Überhaupt lief es in ihrer Ehe nicht mehr rund und sie bestand nur noch, weil keiner von ihnen Zeit und Lust hatte, sich anderweitig umzusehen oder gar mit einer Scheidung auseinanderzusetzen. Seit Erin den Job als Direktorin des FBIs angenommen hatte, blieb kaum noch Zeit für Austin und selbst wenn, dann verbrachte sie die Zeit lieber allein mit einem

Buch und einem Gin in ihrem Lesezimmer. Sie hatten sich einfach auseinandergelebt.

Ihr Handy, das neben ihr auf dem kleinen geschmackvollen Beistelltisch lag, vibrierte.

Sie hob die Brauen, sah von ihrem Buch auf und schaute mit fragendem Blick auf das Display. Wer rief sie um diese Zeit noch an? John Greyson, stand in großen Lettern auf dem Bildschirm.

»Nicht jetzt, John«, flüsterte sie, drückte den Anruf weg und schaltete das Handy auf stumm. »Ich habe Feierabend.« Sollte er ihr doch auf die Mailbox sprechen. Denn, was immer es auch war, es konnte sicher bis morgen warten; dieser Abend gehörte ihr. Erin blätterte gerade die Seite mit einem Gefühl vollkommener Zufriedenheit um und wollte nach ihrem Glas greifen, als sie ein Geräusch hörte. Es schien aus dem oberen Stock zu kommen.

Es klang wie ein dumpfes Knallen, gefolgt von einem erstickten Schrei. Sofort schrillten bei Erin sämtliche Alarmglocken. Sie schlug ihr Buch zu, stand auf und ging leise zur Tür. Ihre Zweitwaffe befand sich in einem Safe im Esszimmer; ihre Schritte knarzten auf dem alten Parkettboden, den sie immer gemocht hatte. In diesem Moment wünschte sie sich allerdings, dass sie Austins Wunsch nach Erneuerung nachgekommen wäre. Ihr kam es so vor, als würde jeder Schritt ihrer nackten Füße einem Gewittersturm gleichkommen.

Dann, endlich, erreichte sie das Esszimmer. Ihr Herz schlug ihr bis zum Hals, als sie den großen Mahagonitisch umrundete und sich neben der Hausbar vor dem Sekretär in die Hocke sinken ließ. Sie öffnete die Tür, drehte am Zahlenschloss des darin befindlichen dunkelgrauen Safes und öffnete ihn, als sie das bekannte Klicken hörte.

Sie wollte gerade hineingreifen, als ihr der Atem stockte.

Ihre Zweitwaffe war weg. Jemand war in ihrem Haus. Ohne jeden Zweifel. Und er kannte die Kombination.

Austin. Großer Gott. Sie stieß ein Keuchen aus, stand hastig auf, wirbelte herum und starrte in den Lauf einer Waffe.

»Erin«, sagte Stanley Harper mit sanfter, fast freundlich anmutender Stimme. Er hatte ein verzücktes Lächeln auf den Lippen und in seinem Gesicht stand ehrliche Freude. Wären da nicht die Waffe in seiner Hand, auf die er den Schalldämpfer geschraubt hatte, und die gesprungene Brille, in der sich das gedimmte Licht des Esszimmers spiegelte, die seine Freude in etwas Grausames verwandelte.

Er wirkte gehetzt und müde, als hätte er seit Wochen nicht geschlafen. Seine Kleidung war voller Dreck und Blut. Er stank erbärmlich und doch wirkte er auf eine Art und Weise ausgeglichen, die Erin nicht verstand. »Es ist lange her«, sagte er langsam und ohne sein Lächeln zu verlieren.

»Nicht lange genug«, erwiderte Erin bissig. »Was willst du hier, verdammt?«

»Liebste Adoptivschwester«, sagte Harper mit schnarrender Stimme. »Es wird Zeit, dass die Welt den Grund deines Erfolges erfährt. Es wird Zeit, die Karten auf den Tisch zu legen.« Er stellte den Koffer, den er mit sich trug, auf den Tisch und öffnete ihn. Ein verzücktes Grinsen stahl sich auf seine Züge, als er hineinblickte. Dann atmete er tief ein und nahm den Rucksack von seiner Schulter. Er legte ihn neben den Koffer auf den Boden und öffnete ihn auch.

Die Pistole war dabei unentwegt auf Erin gerichtet.

»Ich weiß nicht, was du meinst«, sagte sie mit fester Stimme. »Was hast du mit Austin gemacht?«

»Bitte, Erin. Wir wissen beide, dass das nicht der Wahrheit entspricht. Was deinen lieben Ehemann angeht, so sei unbesorgt. Er lebt. Ich habe ihn nur bewusstlos geschlagen.« Er schüttelte sich. »Eigentlich ist es nicht meine Art, die Dinge so zu regeln, das solltest du auch wissen. Doch mir läuft die Zeit davon.«

Erin atmete flach, ihre Gedanken überschlugen sich und sie blickte sich hektisch nach einem Ausweg um, während ihr Adoptivbruder in seiner Tasche nach etwas suchte.

»Stanley. Warum bist du hier? Ist das der Dank, dass ich dich habe gewähren lassen? Dass dir Greysons Team nicht direkt auf die Spur kam? Du konntest ungestört deine Mission verfolgen, während meine Leute falschen Fährten hinterherliefen. Ich habe dafür gesorgt, dass Dean Colt deine Spuren so weit verwischt, dass man dich nicht geschnappt hat.«

»Ich weiß.« Harper nickte und setzte dabei eine gewinnende Miene auf. »Ich habe mir schon eine ganze Weile gedacht, dass du damals deine Finger im Spiel hattest. Die Vermutung wurde mir auch bereits bestätigt.«

»Was soll das bedeuten?«

»Dein junger Agent ist tot.«

Erin stieß ein Keuchen aus. »Du hast Dean getötet?«

»In der Tat. Aber es beruhigt dich vielleicht zu wissen, dass es schnell gegangen ist und dass er dir bis zum Ende die Treue gehalten hat.«

»Du bist ein Monster«, antwortete Erin entsetzt. »Ich hätte dich niemals unterstützen dürfen.«

»Dennoch hast du es getan. Und genau das ist das Problem, Erin«, sagte Harper und zog eine Akte aus seiner Tasche. Sie war dick und mit etlichen Blättern gefüllt. »Du hast schon immer enormen Druck auf Leute ausgeübt, sie manipuliert und kontrolliert. Du hast deine Macht dazu genutzt, deinen Willen zu bekommen, hast andere nach deiner Pfeife tanzen lassen. Dein Agent, der Caroline Greysons Tod verantwortet, ist nur die Spitze des Eisbergs.«

»Du hast sie getötet, nicht Dean.«

»Ich weiß, wie viele Lebensläufe und Leben dein Aufstieg gekostet hat. Jedes Detail habe ich gespeichert, nachdem ich unsere Verbindung löschen sollte.« Er sprach weiter, ohne auf ihre Worte einzugehen. »Unsere Verwandtschaft ist aus sämtlichen Datenbanken und Archiven gelöscht. Niemand kann sie zurückverfolgen.«

»Wo hast du sie gespeichert?«

Harper stieß ein heiseres Lachen aus, das Erin frösteln ließ. »Netter Versuch, Erin. Aber ich werde es dir nicht sagen. John Greyson muss verstehen, warum ich das alles mache. Der Künstler, Dean Colt, du. Ihr seid Menschen, die ihn gebrochen haben. Und er wusste es nicht einmal. Doch ich kann es ihm zeigen. Und dann wird er mir vergeben.«

»John Greyson vergibt nicht.«

»Doch, das wird er. Wenn ich hier fertig bin.« Er legte die Akte auf den polierten Tisch und schob sie langsam zu Erin hinüber. »Sieh es dir an.«

»Was soll das sein?«, fauchte Erin.

»Du weißt genau, was das ist«, erwiderte Harper und machte

mit der Waffe eine auffordernde Geste. »Sieh es dir an!«

»Das werde ich ganz sicher nicht.« Erin, die die Hand bereits nach der Akte ausgestreckt hatte, zog sie zurück und ballte sie zur Faust. »Wie hast du es gemacht? Wie bist du entkommen?«

Harper stieß ein leises verächtliches Schnauben aus. »Das spielt keine Rolle. Wichtig ist, dass ich hier bin, nicht wahr? Dass ich John zeigen kann, wie korrupt, wie grausam sein Umfeld ist. Das *Wie* ist egal.«

»Ich finde, es spielt eine ziemlich große Rolle. Du solltest eigentlich tot sein. Für deine Verbrechen hingerichtet.«

»Für Verbrechen, zu denen du mich ermutigt hast; die du gedeckt hast. All die Jahre.«

»Verschwinde von hier, Stanley«, spie Erin ihm entgegen. »Du hast bekommen, was du wolltest. Du konntest deine Mission fortführen, mit meiner Hilfe. Du wusstest, worauf du dich einlässt, als du mir deine Wahnvorstellung einer Welt frei von Korruption präsentiert hast. Und ich habe dich gedeckt, dich unterstützt, weil es meinen Zielen entsprach. Doch als du John Greysons Frau getötet hast, bist du zu weit gegangen.«

»Denkst du, das weiß ich nicht?«, schrie Harper so plötzlich, dass Erin zusammenzuckte, und schlug mit der Hand auf den Tisch. »Denkst du, ich weiß nicht, dass ich einen Fehler begangen habe? Denkst du, dass das spurlos an mir vorbeigegangen ist? Nein.« Seine Stimme bebte vor Zorn. »Jeden einzelnen Tag in meiner Zelle habe ich um Caroline Greyson getrauert. Ich habe mich selbst gehasst. Und dich, Erin, weil du mir diese Freiheiten gewährt hast.«

»Bist du deswegen ausgebrochen?«, wollte Erin wissen. »Hast du deswegen den Gefängnisdirektor erpresst, damit er dir die Pistole zuspielt? Wolltest du Rache an mir?«

»Oh, Erin.« Harper schüttelte den Kopf und lächelte. »Rache ist nur das eine. Ich will auch die Vergebung für den Tod von Caroline Greyson. Sie war unschuldig. Aus Selbstsucht habe ich sie aus dem Leben gerissen. Ich bin zu weit gegangen; ich sehe meinen Fehler ein. John Greyson wird das auch, wenn wir beide hier fertig sind.« Sein Lächeln wurde finster.

»Sie werden kommen«, sagte Erin. Ihre Stimme zitterte. »Sie werden herausfinden, wer dein nächstes Ziel ist.«

»Natürlich werden sie das«, antwortete Harper und zuckte mit den Schultern. Es war eine beiläufige Geste. »Immerhin arbeiten die Besten an diesem Fall.« Er lächelte. »Doch wenn sie sehen, was du getan hast, was der Grund für deinen rasanten Aufstieg ist, werden sie verstehen.«

»Was ich getan habe?« Erin brachte ein heiseres Lachen hervor. »Ich habe nichts getan. Das warst alles du. Nur du allein, Stanley.« Sie schüttelte den Kopf und schob die Akte von sich. »Du kannst mir nichts nachweisen.«

»Wie ich schon sagte. Die Besten arbeiten an diesem Fall. Sie werden die Zusammenhänge erkennen, wenn sie mein kleines Dossier über dich lesen. Briefe, Verbindungsnachweise, Todesanzeigen. Sie werden ihren Job machen und die Puzzlestücke zusammensetzen.« Er legte die Pistole auf den Tisch und nestelte in dem ranzigen Lederkoffer herum. Kurze Zeit später erklang eine kratzende Melodie, bei der es Erin kalt den Rücken hinunterlief.

Ihr Adoptivbruder, Stanley Harper, der einst ein so fröhliches Kind gewesen war, wiegte sich im Takt des Liedes hin und her und erweckte dabei den Eindruck, als würde er sich in einer Art Trance befinden.

Erin betrachtete ihn eingehend. Kleine Schweißperlen standen auf seiner fahlen Stirn, die Augen wirkten glasig und traten aus den Höhlen hervor. Seine Lippen waren trocken und aufgerissen, die Kleidung, die er trug, war zerschlissen und dreckig. Er war ein Wrack. Ein Schatten seines früheren Selbst und trotzdem las sie in seinem Gesicht diesen Ausdruck purer Entschlossenheit. Dann setzte der Gesang ein und Erin lief ein weiterer Schauer über den Rücken.

Den Fischer fechten Sorgen und Gram und Leid nicht an; Er löst am frühen Morgen mit leichtem Sinn den Kahn. Mit leichtem Sinn den Kahn.

Harpers Lippen bewegten sich in stummer Verzückung zu dem deutschen Text des Liedes und obwohl Erin wusste, was es bedeutete, traf sie die Erkenntnis wie ein Schlag ins Gesicht: Sie würde sterben.

Da lagert rings noch Friede auf Wald und Flur und Bach. Er ruft mit seinem Liede die gold'ne Sonne wach. Er ruft mit seinem Liede die gold'ne Sonne wach. Da lagert rings noch Friede auf Wald und Flur und Bach. Er ruft mit seinem Liede die gold'ne Sonne wach.

»Warum?«, fragte sie laut über den Klang der uralten Musik hinweg und musste erschrocken feststellen, wie dünn und brüchig sich ihre Stimme anhörte. »Warum jetzt? Nach all den Jahren?« Sie versuchte Zeit zu schinden. In der Hoffnung, John und seine Leute würden doch noch zu ihrer Rettung herbeieilen. Ihre Hände zitterten, ihr Mund fühlte sich trocken an.

Doch Harper antwortete nicht. Er war zu sehr mit seiner Ekstase beschäftigt.

Er singt zu seinem Werke aus voller frischer Brust, die Arbeit gibt ihm Stärke, die Stärke Lebenslust. Die Stärke Lebenslust.

Nun bewegte Harper die Lippen nicht mehr nur stumm. Der Kopf glitt in den Nacken, er schloss die Augen ganz und breitete die Arme aus. Die Worte des Liedes kamen nun auch über seine Lippen. Es klang wie ein Kanon des Grauens. Wie ein Gesang direkt aus den Tiefen der Hölle.

Bald wird ein bunt Gewimmel in allen Tiefen laut. Und plätschert durch den Himmel, der sich im Wasser baut. Und plätschert durch den Himmel, der sich im Wasser baut.

»Stanley«, rief Erin über den Gesang hinweg. »Warum? Habe ich dir nicht alle Freiheiten gegeben, damit du tun kannst, was du vor all der Zeit mit deinem Vater begonnen hast?« Ihr Blick fiel auf die Pistole, die auf dem Tisch lag. Es waren nur vier, vielleicht fünf Schritte, die sie von der tödlichen Waffe trennten.

Vielleicht konnte sie sie erreichen, während Stanley noch in seiner Trance war, ihn erschießen und die Beweise verschwinden lassen, die er hatte?

Sie machte einen langsamen Schritt auf ihn zu. Vorsichtig, darauf bedacht, ihn in seiner Trance nicht zu stören.

Bald wird ein bunt Gewimmel in allen Tiefen laut. Und plätschert durch den Himmel, der sich im Wasser baut.

Ein weiterer Schritt auf ihren Adoptivbruder und die rettende Pistole zu. Stanleys Augen öffneten sich halb. Erin verharrte mitten in ihrer Bewegung und hielt den Atem an. Dann rollten seine Augen nach innen und gaben den Blick auf das trübe Weiß der Augäpfel frei.

Ein grässlicher Gestank von Schweiß und Krankheit, der sich mit dem von fehlender Körperhygiene paarte, schwappte zu Erin herüber und nahm ihr den Atem.

Doch wer ein Netz will stellen, braucht Augen klar und gut, Muß heiter gleich den Wellen und frei sein wie die Flut. Und frei sein wie die Flut.

Harper wurde lauter, übertönte den Gesang der Schallplatte und schien sich in Erins Kopf festzusetzen.

Nur noch zwei Schritte.

Jetzt eine rasche Bewegung und sie würde die Pistole in ihre Gewalt bringen, Stanley überwältigen, ihn erschießen und das alles beenden.

Ein für alle Mal.

Sie würde als Heldin gefeiert werden. Gut möglich, dass sich ihr neue großartigere Möglichkeiten boten, als nur Director des FBIs zu bleiben. Vielleicht sogar ein Posten in der Politik?

Ja! Ihr Herz schlug schneller, sie spürte, wie es in ihr zu kribbeln begann.

Dort angelt auf der Brücke die Hirtin. Schlauer Wicht, gib auf nur deine Tücke, den Fisch betrügst du nicht.

Erin streckte die Hand nach der Pistole aus. Langsam, um bloß keine Aufmerksamkeit zu erregen, als mit einem Mal – ganz unvorhersehbar – die Musik endete.

Es geschah so abrupt, dass Erin zusammenzuckte und wie erstarrt stehen blieb.

Mit dem ausgestreckten Arm, der nur wenige Zentimeter vor dem kalten tödlichen Stahl in der Luft verharrte, starrte sie ihn an. Stanley Harper ließ den Kopf sinken, öffnete langsam die Augen und blickte verzückt in den Raum. Er wollte gerade etwas sagen, als sein Blick auf Erin fiel, die vor ihm stand. Innerhalb eines Wimpernschlags verschwand die Verzückung vollständig aus seinem Gesicht und wich Zorn. Ein Knurren drang aus seinem Mund, sein Arm zuckte in Richtung der Pistole. Erin reagierte und sprang vor.

Sie war schnell. Doch nicht schnell genug.

Ihre Hand prallte auf seine, die die Waffe vor ihr erreichte. Doch so leicht wollte sie sich nicht geschlagen geben. Die zweite Hand ballte sie zur Faust, schlug dem Mann ins Gesicht. Harper jaulte, Erin spürte, wie seine Nase unter ihrem Schlag brach. Blut quoll daraus hervor und Tränen schossen ihm in die Augen. Doch verbissen hielt er die Waffe fest. Seine freie Hand griff Erin in die Haare, zog ihren Kopf unbarmherzig zurück. Sie schrie; er brüllte. Gemeinsam führten sie einen skurrilen Tanz auf, deren Mittelpunkt die kalte Pistole in Stanley Harpers Händen war.

Sie zerrten aneinander, schlugen auf Körper und Gesichter ein, doch ganz gleich, wie sehr Erin sich auch bemühte, sie konnte der Kraft und der Entschlossenheit ihres Gegners nichts entgegensetzen.

Er stieß einen Schrei aus, ein Schuss löste sich aus der Waffe und ein stechender Schmerz jagte durch Erins linken Fuß.

Sie schrie auf, Schwärze breitete sich an den Rändern ihres Sichtfeldes aus und sie brach wimmernd zusammen. Eine dunkle Blutlache breitete sich unter ihrem Fuß aus, in dem sie ein klaffendes Loch erkannte.

Ihr wurde schwindelig, als sie das viele Blut sah, das in nicht enden wollenden Schüben aus ihrem Körper gepumpt wurde. Tränen strömten ihr Gesicht hinab, sie fühlte sich, als würde sie von innen heraus verbrennen. Nie zuvor hatte sie solche Schmerzen erleiden müssen.

»Du ... hast es«, keuchte Harper, »nicht anders ... gewollt.«
Sie blickte zu ihm hinauf, weinend, schluchzend, ihren Fuß umklammernd, die Hände voller Blut. Er richtete die Pistole auf sie und stellte einen der Stühle vor sich, der bei ihrem kurzen Kampf umgestürzt war. Er wischte sich zitternd über die Oberlippe und deutete auf den Stuhl. Blut sickerte unaufhörlich aus seiner gebrochenen Nase. »Zieh dich aus. Und setz dich«, forderte er sie keuchend mit nasaler Stimme auf. Drohend wedelte er mit der Waffe. Es war ein grotesker Anblick.

»Bitte«, wimmerte sie und versuchte verzweifelt, das Blut daran zu hindern, aus ihrem durchlöcherten Fuß zu strömen. Sie zitterte am ganzen Leib.

»Sofort«, schrie Harper so laut, dass Erin zusammenzuckte und hoffte, irgendwer in der Nachbarschaft hätte es gehört und würde die Polizei informieren. Doch sie wusste, dass das nicht der Fall war. Die Menschen kümmerten sich lieber um ihren eigenen Kram. Wahrscheinlich hätte sie es genauso gemacht.

Erin zögerte, dann stand sie auf und begann sich zu entkleiden. Dabei schluchzte sie unaufhörlich.

Kapitel 67

Washington D.C.
3. November
23:37 Uhr Ortszeit

»Verdammte Scheiße!«

John schleuderte sein Handy durch die Luft und drückte aufs Gaspedal. Mit einem Rumpeln landete das Smartphone irgendwo unter der Vorderbank. »Sie geht einfach nicht ran.« Er kniff die Augen zusammen. »Wahrscheinlich ist Harper schon da.«

»Bei mir geht sie auch nicht ran«, sagte Mahmut und nahm sein Handy runter. Eine Mischung aus Furcht und Panik hatte von seiner Stimme Besitz ergriffen. »Wir müssen ... pass doch auf!«

John wich einem ausscherenden LKW aus, überholte ihn auf der mittleren Spur der Interstate und stieß einen Fluch aus, während er das Tempo des Wagens noch einmal beschleunigte. »Wie weit ist es noch?«, rief er über das Tosen des Motors hinweg.

»Knapp zehn Minuten«, antwortete Mahmut voller Anspannung. »Nächste Ausfahrt raus und dann ... großer Gott!«

John überholte einen Kleintransporter auf dem Standstreifen und wäre dabei um ein Haar mit einigen Wassertanks kollidiert, die überall am Rand der Interstate standen. Im letzten Augenblick riss er das Lenkrad herum und brachte den Impala zurück auf die Spur, was ihm ein erzürntes Hupen des Kleintransporters einbrachte. Doch ihm war es egal. Es ging in diesem Augenblick um Leben und Tod.

»Wie konnte uns das nur entgehen?«, rief er wütend. »Wie konnten wir nicht erkennen, dass Erin und Harper sich kennen?«

»Keine Ahnung«, rief Mahmut über das Jaulen des Motors und hielt sich mit einer Hand am Armaturenbrett fest. »Vielleicht waren wir blind für unser direktes Umfeld?«

»Scheiße, Mut«, rief John und hupte einen Fiat aus dem Weg. »Blind trifft es ziemlich gut. Ich war blind; bei Erin, bei Ralph. Das war es, was Harper mir nach Carolines Tod zeigen wollte. So will er meine Vergebung erlangen. Indem er mein Umfeld säubert.«

»Das klingt ziemlich übel«, sagte Mahmut und hielt sich nun mit beiden Händen am Armaturenbrett fest. »Wer weiß, wen er noch auf seiner Liste hat. Da vorn ist die Ausfahrt. Doch wozu das Ganze? Warum hat er es dir nicht schon beim ersten Mal gezeigt? Warum jetzt?«

John zog das Lenkrad nach rechts, sein Impala wechselte mit quietschenden Reifen die Spur. »Weil die Sache mit dem Mord an Caroline persönlich geworden ist. Er fühlt sich nun mit mir verbunden. Noch mehr als ohnehin schon.« Der Wagen raste die Ausfahrt hinab und hielt auf eine Ampel zu, die gerade auf Rot schaltete. John ignorierte das Signal und lenkte den Wagen nach rechts, wobei er fast einen Unfall riskiert hätte.

»Beim Allmächtigen, John. Willst du uns umbringen?«

»Wieso Erin?«, fragte John und überfuhr eine weitere rote Ampel.

»Keine Ahnung«, erwiderte Mahmut und wählte er noch einmal die Nummer der Direktorin. »Direkt die Mailbox. Scheiße. Das bedeutet nichts Gutes.«

»Meinst du, sie hat ihn ermutigt?«

»Erin?« Mahmut blickte John fassungslos an. »John, ich bitte dich. Komm schon. Ich kenne niemanden, der gerechter ist und alles Böse mehr verurteilt als sie.«

»Vielleicht sehen wir nicht tief genug. Wie du schon sagtest, wir waren blind. Gerade die letzten Tage sollten uns wieder einmal gezeigt haben, dass wir Menschen nur vor den Kopf gucken können. Vielleicht hat sie ihn gewähren lassen und im Gegenzug hat er Menschen aus dem Weg geräumt, die etwas gegen sie hatten? Könnte doch sein. Wieso sonst sollte er sie umbringen wollen?«

»Aber John, du sprichst hier von der Direktorin des FBIs. Meinst du nicht, dein Verdacht ist etwas weit hergeholt?«

John antwortete nicht. In seinen Gedanken spielten sich die fürchterlichsten Szenarien ab. Er würde Erin zur Rede stellen.

Vorausgesetzt, sie kamen noch nicht zu spät.

John parkte den Wagen mit quietschenden Reifen unmittelbar vor dem Haus der Willsons. Sollte Harper ruhig wissen, dass sie kamen.

Er schaltete den Motor aus, sprang aus dem Wagen und lief über den nassen Rasen des Vorgartens zur Eingangstür. Bilder aus seiner Vergangenheit strömten in seinen Geist ein. Er erkannte die Parallelen zum Mord an Caroline. Er hielt seine Waffe im Anschlag und löste, ohne wirklich darüber nachzudenken, den Sicherungshebel.

Mahmut folgte ihm in kurzem Abstand.

Ein schaler Geschmack breitete sich in Johns Mund aus. So, als hätte er viel zu viel Kaffee getrunken und sein Herz schlug schnell. Zu schnell.

»Ich kann kein Licht erkennen«, flüsterte Mahmut, als er neben John ankam. »Entweder schläft Erin oder Harper ist drin und verzichtet auf großes Tamtam.«

Oder er ist schon wieder weg, dachte John grimmig.

Er warf seinem Freund einen flüchtigen Blick zu. »Harper ist hier. Ich weiß es«, sagte er und war erstaunt, wie kalt und abgebrüht seine Stimme klang. Das Zittern und die Angst, die er während der gesamten Fahrt verspürt hatte, waren verschwunden. Er war vollkommen ruhig, vollkommen klar.

John legte seine linke Hand an den Türknauf, nickte Mahmut kurz zu und drehte ihn.

Mit einem leisen Knarren schwang die Tür auf. Und sämtliche Eindrücke drangen auf John ein.

Kapitel 68

Washington D.C.
3. November
23:51 Uhr Ortszeit

John kam sich vor, als würde er in eine völlig andere Welt eintauchen. In eine Welt, die parallel zu der ihren existierte.

Der dunkle Flur hinter der Eingangstür war mit einem dunklen, schmalen Läufer ausgelegt, rechts an der Wand befand sich ein Garderobenschrank mit Spiegel. Kunstvolle Bilder hingen an der Wand auf der linken Seite und eine Lampe aus Kristallglas baumelte von der Decke. Einige Meter hinter der Tür führte eine Treppe in den oberen Stock. Ihr gegenüber befand sich eine Zimmertür, die zum Gästebad gehörte.

John kannte Häuser wie diese.

Er hatte sich mit Caroline etliche solcher Gebäude angeschaut und sich schließlich für ein ganz ähnliches entschieden. Doch all das nahm John nur dank des schwachen Lichts wahr, das vom Ende des Flures durch die schmalen Schlitze einer angelehnten Tür fiel. Die Geräusche von Johns Schritten wurden vom Läufer verschluckt, als er das Haus betrat, und sein Atem blieb ihm im Hals stecken. Jeder seiner Sinne war zum Zerreißen gespannt, er kontrollierte jeden seiner Muskeln bis zur mentalen Erschöpfung. Als er am verspiegelten Garderobenschrank vorbeiging, zuckte er zusammen.

Sein Körper wirkte – vermutlich durch die Dunkelheit und den schwachen Lichteinfall – seltsam verzerrt. Es hätte nicht viel gefehlt und er hätte seine Waffe in die Höhe gerissen und auf den Spiegel und seine Silhouette darin gefeuert.

Mahmut tippte ihm auf die Schulter, um zu signalisieren, dass er unmittelbar hinter ihm war. John schluckte, riss seinen Blick vom Spiegel los und ging langsam weiter.

Als er an der Treppe vorbeiging, hörte er es.

Ein Wimmern, ein Kratzen und diese schreckliche, blecherne Musik.

Ein Schauder jagte ihm über den Rücken und er warf einen kurzen Blick über die Schulter zu Mahmut. Dabei tippte er sich mit dem Zeigefinger der linken Hand ans Ohr und zeigte dann mit zwei Fingern nach vorne auf die Tür. Er hob seine Waffe und legte die linke Hand an die rechte, um das Zittern seines Armes zu kontrollieren.

Langsam bewegte er sich weiter auf die angelehnte Tür zu. Das Wispern auf der anderen Seite wurde lauter, ebenso wie die blecherne Musik.

Da lagert rings noch Friede auf Wald und Flur und Bach. Er ruft mit seinem Liede die gold'ne Sonne wach. Er ruft mit seinem Liede die gold'ne Sonne wach. Da lagert rings noch Friede auf Wald und Flur und Bach. Er ruft mit seinem Liede die gold'ne Sonne wach.

Johns Nackenhaare sträubten sich. Es war lange her, dass er diese Musik zum letzten Mal gehört hatte. Damals, vor mehr als fünf Jahren, um die Faszination Harpers für die Werke Schuberts zu verstehen. Er hatte sie niemals teilen können. Vielleicht lag es an ihrem Alter, vielleicht an der blechernen Qualität der Schallplatten. Vielleicht aber auch an den Ereignissen, mit denen John sie verband. Er streckte seine Hand nach der Türklinke aus, doch er zögerte.

»Was ist?«, wisperte Mahmut hinter ihm mit zitternder Stimme.

John dachte an die Opfer von Stanley Harper.

Die alten; die neuen; die toten; die lebenden.

Er dachte an Ralph Cleansom, an Caroline, an Cameron. Er dachte an Mahmut, an Latifa, an ihre Kinder und an den Rest seines Teams. Er dachte an sein altes Team und an die Gefühle von Hass und Wut und Trauer, denen er sich über viele Jahre hingegeben hatte.

Zum Schluss dachte er an Helen. Wie sehr er sie hatte leiden lassen und wie sehr er ihre Beziehung manipuliert hatte, weil er nicht von der Vergangenheit ablassen konnte. Dann dachte er an den Moment zurück, als Caroline ihm gesagt hatte, dass sie mit Cameron schwanger war.

Dieser Moment voller Glück war es, der ihn für einen kurzen Augenblick die Monster hatte vergessen lassen, die er damals schon gejagt hatte und die zwischen Licht und Dunkelheit wandelten. Nie wieder hatte er einen Moment solch vollkommenen Glücks gespürt. Und dann entschied er sich, die Vergangenheit ein für alle Mal ruhen zu lassen.

Es würde enden. Noch in dieser Nacht.

Das schwor er sich.

»Bist du bereit?«, zischte er Mahmut zu und öffnete, ohne die Antwort seines Freundes abzuwarten, die Tür.

Kapitel 69

John erinnerte sich noch genau, wie er zum ersten Tatort von Stanley Harper gerufen wurde. Er war damals schon ein erfahrener Agent, der einiges gesehen hatte. Doch dieser Ort des Verbrechens, diese Leiche, war anders als alles zuvor.

Christopher Duncan, ein früherer Kollege beim MPDC, hatte das Team damals persönlich aus dem Bett geklingelt. Nichts Ungewöhnliches, wenn man die jahrelange Zusammenarbeit bedachte. Doch irgendetwas in Duncans Stimme hatte John aufhorchen lassen.

Hätte man ihn damals gefragt, hätte er dieses Flackern in Duncans Stimme nicht beschreiben können. Heute wusste er es besser. Also hatte er sich angezogen, Caroline einen Kuss gegeben und war in seinen Impala gestiegen, um raus nach Bethesda zu fahren.

Kaum, dass er aus seinem Wagen gestiegen war, hatte Christopher Duncan ihn bereits abgefangen. Er war kreidebleich gewesen und sein Blick huschte immer wieder in die dunklen Schatten auf der ruhigen Straße, auf der das damalige Opfer gewohnt hatte.

Die Siedlung lag fernab der Stadt, in einer ruhigen Gegend, in der sich die Einflussreichen gerne ihren Lebensabend versüßten. Zwei ehemalige Bürgermeister, drei Stadträte und etliche andere Männer und Frauen lebten in dieser Gegend. Umso erschreckender, dass sich hier ein derart grausames Verbrechen abgespielt hatte. Während Christopher Duncan John in knappen Worten über das informiert hatte, was man im Inneren des Hauses vorgefunden hatte, hatte sich John auf der Straße umgeblickt.

Ein halbes Dutzend Polizeiautos, ein Krankenwagen und mehr Schaulustige in Morgenmänteln und Pyjamas, als er zählen konnte. Erschrockene und fassungslose Blicke im Schein der vielen Blaulichter. In diesem Moment hätte John bewusst sein müssen, dass der Fall anders, als die anderen war.

Doch das begriff er erst in dem Augenblick, in dem die Sache persönlich wurde. Erst in der Sekunde, in der er Carolines blutüberströmten Körper in den Händen hielt und um sie weinte. Erst, als er Harpers Wimmern und das Klicken der Handschellen hörte, die Mahmut ihm angelegt hatte.

Da wusste John, dass dieser Fall sein ganzes Leben verändern würde.

Die Tür flog auf und prallte so heftig gegen die Wand, dass John erwartete, sie würde in tausend kleine Teile zerspringen.

Ohne zu zögern, sprang er in den Raum und verschaffte sich einen raschen Überblick, wie er es schon etliche Male zuvor getan hatte. Mahmut folgte ihm in einem halben Meter Abstand. Das Licht war gedimmt, der große Esstisch in der Mitte des Raumes wirkte makellos und auf Hochglanz poliert. Ein Feuer flackerte im Kamin an der rechten Wand und das silbrige Licht des Mondes drang durch die nicht ganz geschlossenen Vorhänge und warf einen gespenstischen Schatten auf den handgewebten Perserteppich.

Doch all das war nur das erste Ergebnis, der erste Eindruck seines flüchtigen Blickes. Seine Augen blieben kurz auf dem tragbaren Plattenspieler hängen, der am Ende des Tisches aufgebaut worden war, und hefteten sich dann auf den Rücken des Mannes, der ihm die letzten fünf Jahre seines Lebens zur Hölle gemacht hatte.

Stanley Harper.

Er trug nichts weiter als eine alte Unterhose und eine Lederschürze, die er sich um den Hals gehängt und hinter dem Rücken mit einem festen Knoten zusammengebunden hatte. Etliche Narben zierten Harpers Rücken. Lang, dünn, als wäre er in seiner Kindheit mit dem Rohrstock verprügelt worden und fast keimte Mitleid in John auf.

Doch dann erhaschte er einen Blick auf Erin Willson, die blutend, schluchzend und splitterfasernackt an einen Stuhl gefesselt war. Ihre Zehen waren gekrümmt, Blut lief ihre Oberschenkel hinab. Ihre Haare waren von ihrem eigenen Schweiß verklebt, ihr Blick leer und gebrochen und ein Stück Stoff steckte in ihrem Mund.

Sämtliche Eingeweide in Johns Körper zogen sich krampfartig zusammen, als er die Namen sah, die Harper ihr bereits in die Haut geritzt hatte. Noch strömte zu viel Blut aus den Wunden, als dass man sie hätte lesen können. Doch ganz gleich, wie dieser Abend enden sollte, Erin Willson würde für immer entstellt sein.

»Harper«, rief John über das blecherne Dröhnen des Plattenspielers hinweg, den Harper zu voller Lautstärke aufgedreht hatte. Ein Wunder, dass noch kein Nachbar die Polizei gerufen hatte.

Harpers Kopf ruckte in die Höhe.

Erins Augen flackerten, als sie begriff. Sie nahm ihren letzten Rest verfügbarer Kraft zusammen und stemmte sich gegen die Fesseln. Sie schrie durch den Knebel hindurch, zappelte und warf ihren Kopf so stark von rechts nach links, dass ihre schweißnassen Haare mit dumpfen Geräuschen gegen ihre Stirn klatschten. Dann begann Harper zu sprechen. Leise, doch laut genug, dass die blecherne Musik in den Hintergrund rückte und obwohl John sein Gesicht nicht sehen konnte, wusste er, dass er grinste.

Die Waffe in seiner Hand zitterte, während er aus dem Augenwinkel wahrnahm, dass Mahmut sich langsam um den massiven Esstisch herum und auf Harper zubewegte.

»John, mein alter Freund«, begann dieser. »Es freut mich, dass Sie mich gefunden haben. Auch, wenn der Zeitpunkt etwas ungünstig ist.« Er kicherte und seine Hände bewegten sich weiter.

Erin schrie auf und warf den Kopf in den Nacken.

Ihre Beine zitterten unkontrolliert und Urin lief an ihnen hinab.

»Hören Sie auf, Harper!«, zischte John und richtete die Waffe auf seinen Hinterkopf. »Es ist vorbei. Lassen Sie von ihr ab, drehen Sie sich langsam zu mir um und nehmen Sie die Hände hoch.«

Harper kicherte erneut.

Wieder jenes Kichern, das in John eine abgrundtiefe Panik auslöste. Es lief ihm kalt den Rücken hinunter, während ihm zeitgleich heiß wurde.

»Das kann ich nicht. Und das wissen Sie.« Harper hob langsam die Hände über den Kopf und drehte sich um. Das Kris lag in seiner rechten Hand. Blut troff von der Klinge auf den Parkettboden. Die lederne Schürze, die er trug, war ebenfalls mit Blut beschmiert.

»Legen Sie das Messer hin!«, rief Mahmut, der sich bereits den halben Weg durch das Esszimmer gebahnt hatte. Auch er hielt seine Waffe mit beiden Händen auf Harper gerichtet. Doch im Vergleich zu John, der von sämtlichen Emotionen und Gefühlen gepackt worden war, schien er vollkommen ruhig zu sein. John kannte ihn allerdings gut und wusste, welch Orkan in seinem Innern toben musste.

Stanley Harper beachtete ihn nicht. Sein Blick war starr auf John gerichtet. Er machte keine Anstalten, das Messer wegzulegen, und ging einen Schritt zurück.

»Das Messer, Harper«, rief Mahmut. »Legen Sie es hin und verschränken Sie die Arme hinter dem Kopf. Oder wir eröffnen das Feuer.«

Ein flüchtiges Grinsen. Harpers einzige Reaktion auf Mahmuts Aussage.

In John rasten die Gedanken wie Güterzüge über eine perfekt ausgebaute Eisenbahnstrecke.

»Wieso das alles?«, fragte er. »Wieso Ralph? Wieso Erin? Hätten Sie mich nicht einfach in Ruhe lassen können? Mussten Sie mir noch mehr nehmen? War Caroline nicht genug?«

»Ist das nicht offensichtlich?«, erwiderte Harper. »Diese *Menschen* in ihrem Leben haben Ihnen etwas vorgemacht. Die ganzen Jahre über haben sie Ihr Vertrauen missbraucht. Ralph Cleansom hat Jugendliche missbraucht, während er mit Ihnen befreundet war. Und Sie hatten keine Ahnung. Ich habe Sie davon befreit. Ich habe Ihnen eine Last abgenommen.«

»Nein!«, sagte John. »Sie haben mir eine weitere Last aufgebürdet. Nun weiß ich, was Ralph getan hat. Und nichts dagegen getan zu haben, wird mich für den Rest meines Lebens verfolgen. So wie Carolines Tod.«

»Ich wollte das alles wieder gut machen. Das müssen Sie mir glauben. Ich möchte mich aufrichtig bei Ihnen entschuldigen. Für das, was ich Ihnen angetan habe. Ihre Frau zu nehmen, war nicht gerecht.«

»Nicht gerecht?«, schrie er. »Nicht gerecht ist, dass Sie noch immer leben, während Caroline von Würmern zerfressen wird. Sie sollten eigentlich tot sein, Stanley. Nicht sie. Aber ich verspreche Ihnen, dass Sie sehr bald ihr Schicksal teilen werden.«

»Ich wollte nie mehr als Ihre Vergebung. Das ist das, was ich mir am sehnlichsten wünsche. Deshalb habe ich auch nach Ralph Cleansom weitergemacht.«

»Was soll das heißen?«, fragte Mahmut. »Haben Sie noch jemanden umgebracht?«

»Ich habe es für Sie getan.« Harper sah John unverwandt an.

»Was haben Sie für mich getan?«

»Ich habe Sie von dem befreit, der die falschen Fährten gelegt hat.«

Mahmut sog scharf die Luft ein und ein Gefühl donnernder Ohnmacht bemächtigte sich John.

»Was hast du getan, du Hurensohn?«, schrie Mahmut.

»Ich habe es für Sie getan. Damit Ihnen endlich Gerechtigkeit widerfährt. Ich habe Dean Colt getötet. Es sollte eine Überraschung für Sie sein.«

»Sie sind wahnsinnig«, zischte Mahmut.

»Großer Gott«, keuchte John und schüttelte mit dem Kopf. »Wieso?«

»Weil er Ihnen unsägliche Schmerzen bereitet hat. Weil auch er dafür verantwortlich war, dass ich dazu in der Lage war, Ihre Frau zu töten. Ich habe Sie von ihm befreit. Ich habe getan, wozu Sie niemals in der Lage gewesen wären. Ich habe Ihnen geholfen.«

»Das habe ich niemals verlangt!«

»Nicht mit Worten. Aber ich fühle Sie, John. Sie haben unter dem gelitten, was man Ihnen angetan hat. Nicht nur, was ich getan habe, sondern auch, was Agent Colt und Erin getan haben.«

Die Nachricht von Deans Tod hätte er erahnen müssen; sie hätte ihn schockieren müssen. Aber das tat sie nicht. In gewisser Weise war er sogar froh, dass Dean tot war.

John spürte, wie die Grenzen zwischen wahr und falsch vor seinen Augen verschwammen. Er spürte, wie die Bestie, die in seinem Innern lauerte, lauter wurde.

Die Versuchung, ihrem Schreien nachzugeben, wurde beinahe übernatürlich groß.

»Legen Sie das Messer weg, Harper«, zischte Mahmut mit bebender Stimme.

»Es tut mir leid, John. Was ich Ihnen damals angetan habe. Aber Sie wissen, dass ich nicht aufhören kann. Noch nicht. Es gibt zu viel Unrecht, zu viel Korruption auf dieser Welt. Sie wissen das, nicht wahr?« Harper machte einen weiteren Schritt zurück. Nun war er mit Erin auf derselben Höhe. »Wissen Sie, was sie getan hat?«

Er warf seiner Adoptivschwester einen raschen vernichtenden Blick zu, unter dem sie zusammenzubrechen schien. Als er weitersprach, war seine Stimme nicht mehr ruhig. Sie war voller Hass und tiefer Verachtung. »Wissen Sie, wie viele Menschen wegen ihr leiden mussten, wie viele Leben sie zerstört hat, um an diesem Punkt in ihrem Leben zu gelangen?« Er deutete auf ihren nackten Körper. »Sam Mermian, Tony Artworth, Michelle Stevenson, um nur einige der Namen zu nennen. Und Caroline Greyson.« Er ließ die linke Hand sinken und blickte John wieder an. »Sie hat Agent Colt die Befehle gegeben, meine Spuren zu verwischen und falsche Fährten zu legen.«

»Wissen Sie, wie an den Haaren herbeigezogen das klingt?«, sagte Mahmut.

John blickte in Erins Gesicht, das bei Stanley Harpers Worten ohne Regung war.

Und damit sagte sie ihm, dass er die Wahrheit sprach.

»Agent Colt hat es mir bestätigt, bevor ich ihn getötet habe. Eine ganze Weile war er sogar ohne Reue. Doch dann ist er eingeknickt.«

»Harper, hören Sie sich eigentlich selber reden?«, platzte es aus Mahmut heraus. »Wissen Sie eigentlich, was Sie hier tun? Sie ist die verfluchte Direktorin des FBIs. Ganz gleich, was Sie machen, aus diesem Haus gibt es kein Entkommen.«

»Denken Sie das wirklich?« Jetzt blitzten Harpers Augen zu Mahmut herüber.

Die Gläser seiner Brille, die von Blut und Schweiß verunreinigt waren, fingen das schwache Licht im Zimmer ein und spiegelten es. Unmöglich zu erkennen, was seine Augen ausdrückten.

»Denken Sie wirklich, dass es einen Unterschied macht, ob sie die Direktorin Ihrer unbedeutenden Behörde ist? Es macht keinen Unterschied. Egal, ob Richterin, Leiterin einer Behörde oder sogar die Präsidentin höchst selbst.« Beiläufig zuckte er mit den Schultern und nahm langsam den rechten Arm herunter. »Wie lange wird darüber wohl in den Medien berichtet? Einen Tag? Eine Woche?« Harpers Atem ging schneller. »Es spielt keine Rolle, weil es niemanden interessiert. Alle Vergehen werden totgeschwiegen.«

»Was auch immer es ist, Stanley«, begann John, »wir werden es untersuchen. Das verspreche ich Ihnen. Doch legen Sie endlich den Dolch weg.«

»Untersuchen? Welche Beweise brauchen Sie denn noch? Ich gebe Ihnen alles, zeige Ihnen, was wirklich hinter Ihrem Rücken vor sich geht, und Sie wollen es noch immer nicht wahrhaben?« Harper seufzte und schüttelte den Kopf. »Ihr Kollege hat Unrecht. Niemand von uns ist wirklich unschuldig. Außer Caroline. Ich möchte mich noch einmal in aller Form bei Ihnen entschuldigen. Ich hatte kein Recht, ihr Leben zu beenden. Ich habe mich von meinen Gefühlen leiten lassen, weil Sie mich nicht verstehen wollten. Doch ich frage Sie, John, wo liegt der Unterschied zwischen Ihnen und mir?«

John wollte schreien, sich auf ihn stürzen und ihm jeden verfluchten Knochen brechen. Er wollte ihm ins Gesicht schlagen, wieder und wieder, bis er nicht mehr dazu in der Lage wäre, ihren Namen in den Mund zu nehmen und ihr Andenken mit seinen dreckigen Worten zu besudeln. Doch stattdessen hörte er sich sagen: »Der Unterschied zwischen uns, Stanley, ist, dass ich an Regeln gebunden bin. An Gesetze. Ich habe geschworen, sie zu achten und zu schützen. Wenn nötig sogar mit meinem Leben. Doch Sie, Sie haben das nicht. Ihnen ist es nicht so heilig, wie es uns ist.«

Die Bestie in John brüllte bei jedem seiner Worte lauter.

Noch konnte er sie im Zaum halten.

Doch wie lange mochte das noch so gehen?

Wie lange konnte er sich noch gegen ihre Kraft wehren? Er wusste, was geschehen würde, wenn er ihr nachgeben sollte.

Dann würde er zum Rächer werden.

»Das mögen Sie so sehen«, sagte Harper betont langsam. »Ich sehe das anders. Wie ich Ihnen schon einmal sagte, sind Sie und ich die zwei Seiten derselben Münze. Wir kämpfen für dieselbe Sache. Nur sind Sie an die Gesetze gebunden, die Sie schützen. Ich dagegen kämpfe auf der anderen Seite. Sie und ich sind uns gar nicht so unähnlich.«

»Sie und ich könnten unterschiedlicher nicht sein«, platzte es aus John hervor. »Denn mein Leben hat einen Sinn. Trotz allem, was Sie mir und meiner Familie angetan haben. Sie sind nur ein Schandfleck.« Johns rechte Hand zitterte so stark, dass er all seine Kraft mit der linken aufbringen musste, um die Pistole ruhig zu halten.

»Wenn Sie das so sehen, dann erschießen Sie mich. Hier und jetzt. Machen Sie allem ein Ende. Aber dann werden Sie niemals erfahren, was ich Ihnen noch zeigen kann.«

»Was soll das bedeuten?«, fauchte John. »Wovon reden Sie?« Er machte drei Schritte in den Raum hinein und stieß mit dem Becken gegen die Tischplatte. Ein dumpfer Schmerz jagte durch seine Hüfte, dich er ignorierte ihn. Seine Konzentration galt einzig und allein Harper.

»Grey, hör nicht auf ihn«, erklang Mahmuts Stimme irgendwo tief in seinem Hinterkopf. »Er spielt mit dir. Wie damals mit uns allen. Lass nicht zu, dass …«

Vor allem, antwortete John in Gedanken, *werde ich nicht noch einmal zulassen, dass du mich davon abhältst, diesen Mistkerl davonkommen zu lassen.*

Dann brüllte er Harper an: »Was meinen Sie damit?«

»Finden Sie es heraus.«

Und plötzlich ging alles furchtbar schnell.

Kapitel 70

Vor Schreck erstarrt war John zum Zusehen verdammt.

Harper wusste, dass er sich in eine ausweglose Situation manövriert hatte. Er war in diesem Augenblick wie ein verwundetes Raubtier, das mit dem Rücken zur Wand stand. Er hatte absolut nichts mehr zu verlieren. Er würde sterben und es war ihm egal, ob das heute, morgen oder in drei Jahren durch eine Kugel oder seine Erkrankung geschehen würde.

Er brach sämtliche Muster und Vorgehensweisen, die Johns Team über ihn herausgefunden und studiert hatten.

Erneut.

Der Killer machte einen Satz nach hinten und für einen kurzen Augenblick lösten sich die Spiegelungen in seinen Brillengläsern in Luft auf. Purer Wahnsinn lag in seinem Blick, als er sich hinter Erin stellte, sein Kris hob und wie der Teufel grinste.

Nein, wollte John schreien, doch seine Kehle war wie zugeschnürt.

Als würde ihm jemand die Luftröhre abdrücken.

Er wollte seine Waffe abfeuern und Harper sein ganzes Magazin in den Schädel jagen, aber sein Körper verweigerte ihm den Dienst.

»Grämen Sie sich nicht«, sagte Harper mit einem verzückten, fast schon feierlichen Unterton in der Stimme. »Sie hat es verdient. Und wieder ist die Korruption der Welt ein Stück weniger geworden.«

Erins Augen wurden groß, sie wimmerte, Tränen liefen ihre Wangen hinab und hinterließen feuchte Spuren auf ihrem von Blut und Schweiß gezeichneten Gesicht.

John konnte ihre Todesangst förmlich spüren.

Eine rasche Bewegung von Harpers Arm, ein reißendes Geräusch und Erins Wimmern, das zu einem Gurgeln wurde.

»Nein«, schrie Mahmut und drückte ab.

Peng. Peng. Peng.

Die Kugeln schlugen krachend in der Wand ein, eine streifte Stanley Harpers linken Arm.

John keuchte, als er das Blut sah, das aus der klaffenden Wunde aus Erins Kehle und über ihren nackten Körper strömte. Ihre Augen waren panisch weit aufgerissen, die gurgelnden Laute, durch den Knebel gedämpft, waren an Absurdität nicht zu überbieten.

Peng. Peng. Peng.

Harper lachte, packte seinen Rucksack und stürmte geduckt unter dem Kugelhagel aus Mahmuts Pistole aus dem Zimmer. Als die gegenüberliegende Wohnzimmertür zufiel, gewann John die Kontrolle über seinen Körper zurück.

Er stürmte auf Erin zu, erreichte sie kurz nach Mahmut, der seine Waffe fallengelassen und seine Hände auf die Wunde an ihrem Hals gepresst hatte.

Blut quoll zwischen seinen Fingern hindurch.

Es war eine Geste purer Verzweiflung. John wusste, dass sie Erins Leben nicht retten konnten.

Ihre Blicke glitten voller Panik zwischen den beiden Agenten hin und her.

»Ruf einen Krankenwagen!«, schrie Mahmut über ihr Röcheln und das blecherne Kratzen der Schallplatte hinweg. »Verdammt, John. Tu etwas. John?« Mahmut blickte hektisch von seinen blutigen Händen auf John und wieder zurück. »Grey? Was tust du denn?«

»Das einzig Richtige«, antwortete John und wandte sich um.

»Was redest du da?«, fragte Mahmut hektisch. »Wir müssen ihr helfen.«

»Ich muss Harper hinterher«, sagte John und war erstaunt, wie kühl seine Stimme klang. »Ich …«

»John, scheiße. Red keinen Mist und hilf mir.« Mahmut stand auf und wollte John am Arm zurückhalten.

Dieser riss sich los und richtete seine Waffe auf Mahmut.

»Lass mich gehen!«, zischte John. »Wir waren schon einmal an diesem Punkt. Ich will dir nicht wehtun.« John spannte den Hahn.

Sein Herz schlug wie verrückt, seine Gedanken rasten.

In Mahmuts Augen blitzte Furcht auf, die sich zu Panik und schließlich zu Todesangst entwickelte.

Alles innerhalb eines Herzschlags. Er wusste nicht, ob John zum Äußersten gehen würde. Und John wusste es auch nicht.

Würde er wirklich seinem engsten Freund eine Kugel in den Körper jagen, um den Mann zu fassen, der ihm sein Leben zerstört hatte? Ein bitterer Geschmack legte sich auf Johns Zunge und der Ausdruck in Mahmuts Augen brach ihm fast das Herz.

»Halte mich nicht auf«, sagte er leise. »Bitte. Ich muss es zu Ende bringen.«

Erins Röcheln wurde lauter, brachte die blecherne Musik für einen kurzen Augenblick zum Verstummen und erstarb. Ihr Kopf sackte nach vorne und die Luft wich aus ihrem Körper.

Was blieb, war das leise, aber stetige Gluckern ihres Blutes, das aus ihrer Kehle sickerte.

Mahmut hob die Hände, presste die Lippen aufeinander und nickte knapp.

John wollte ihm danken, sagte aber nichts, sondern wirbelte auf dem Absatz herum und stürmte Harper hinterher.

In seinem Kopf blieb das laute monotone Schlackern der Schallplatte, die sich um sich selbst drehte, und der Blick in Mahmuts Augen. Ein Blick, der nicht von Verständnis, aber von Akzeptanz zeugte.

Als John durch die Tür hinaus ins Freie stürmte, konnte er gerade noch die Rücklichter von Harpers Wagen sehen, die wie die Augen eines gierigen Raubtiers im Dunkel der Nacht aufflackerten.

Kapitel 71

Washington D.C.
3. November
23:59 Uhr Ortszeit

Die Bestie in seinem Innern schrie auf.

Der Motor des Impalas heulte, als John das Gaspedal durchdrückte und Stanley Harper durch die Nacht folgte.

Seine Hände krallten sich in das abgegriffene Lederlenkrad, die Zähne hatte er so fest aufeinandergepresst, dass sein Kiefer schmerzte. Wie ein Wahnsinniger raste er dem Wagen hinterher und missachtete dabei sämtliche Verkehrsregeln. Er überfuhr rote Ampeln, hupte die Nachtschwärmer der Stadt zur Seite und riss das Lenkrad herum, um fahrenden oder parkenden Autos auszuweichen.

John hatte nur noch sein Ziel im Auge. Tief in seinem Innern wusste er, dass er zum Äußersten gehen würde, um es zu erreichen.

Caroline würde endlich gerächt werden.

Ein schwaches Vibrieren seiner Smartwatch riss ihn aus den finsteren Gedanken. Ein flüchtiger Blick zeigte ihm, dass Mahmut ihn anrief. Zum dritten Mal. Ein Schnauben drang ihm aus dem Mund, er ignorierte das Vibrieren und wich einem Ford aus, der wie aus dem Nichts aus einer Seitenstraße auftauchte. Das Hupen überdeckte er mit dem lauten Aufheulen des Motors.

Sie rasten durch das East End, vorbei am Kapitol und am Supreme Court, durch Capitol Hill und hinauf auf die Interstate 695. Hier war deutlich mehr los, als noch auf den Straßen der Stadt und mehr als einmal konnte John gerade noch einem plötzlich ausscherenden Wagen ausweichen.

Mit halsbrecherischer Geschwindigkeit jagten die beiden Autos über die viel befahrene Interstate. Ihnen beiden schien es vollkommen egal zu sein, ob sie jemand anderen gefährdeten.

Der Wagen, den Harper am Tag zuvor gestohlen hatte, schrammte viele Male an anderen Fahrzeugen vorbei. Funken sprühten in den Nachthimmel. Eines der Autos, das Harper gerammt hatte, geriet ins Schlingern und prallte gegen einen Kleinbus. Reifen quietschten und Qualm stieg auf, als beide Fahrer auf die Bremse traten.

Doch sowohl Harper als auch John rasten weiter. John verschwendete nicht einen Gedanken daran, dass den Insassen möglicherweise etwas passiert sein könnte.

Eine gefühlte Ewigkeit fuhr John dem Serienkiller hinterher. Sie wechselten auf die Interstate 295 nach Süden und kurz darauf auf die 495 nach Osten, die sie jedoch rasch wieder verließen, um auf den Highway 210, den Indian Head, zu fahren.

Ihr Weg führte sie unablässig nach Süden, raus aus der Stadt; fort vom Trubel. John war schon lange nicht mehr südlich von Washington gewesen und konnte sich kaum noch an die Umgebung erinnern.

Doch er erinnerte sich, dass er mit Caroline einmal hier gewesen war, um ihr dort, im Piscataway Park, unweit des gleichnamigen Piscataway Creek, einen Heiratsantrag zu machen. Sie hatte schon Ja gesagt, bevor er auf sein Knie gefallen war und den Ring hervorgeholt hatte. Er hatte sich damals so unfassbar ungeschickt angestellt, dass ihn der bloße Gedanke daran zugleich tief bewegte, wie auch zornig machte.

Und dann klingelte ein Handy.

John fuhr so erschrocken zusammen, dass er seinen Impala fast in einen LKW gelenkt hätte, und starrte erschrocken zwischen der dunklen Straße und dem alten Klapphandy hin und her, das er aus der Jackentasche gezogen hatte. Wütend öffnete er es. »Harper. Bei Gott«, schrie er. »Bleiben Sie stehen, bevor womöglich noch ein weiterer Unschuldiger draufgeht.«

Stille.

Zumindest für einen kurzen Augenblick. Dann hörte John ein rasselndes Atmen, gefolgt von einem krächzenden Husten. »Keine Sorge. Wir sind fast da.« Gleichzeitig schlingerte der Wagen, in dem Harper saß, gefährlich hin und her.

In einiger Entfernung konnte John das leuchtende Schild eines 7-11 sehen, der am Highway stand.

Kurz dahinter erblickte er den Piscataway Creek.

Das Licht des Mondes spiegelte sich auf der Wasseroberfläche. Die Erinnerung an längst vergangene Tage flammte wieder in ihm auf und ein schrecklich dumpfer Schmerz legte sich auf seine Seele und auf sein Herz.

John drückte das Gaspedal bis zum Anschlag durch. Der Motor jaulte auf und der Impala machte einen Satz nach vorn, während die Beschleunigung der 225 Pferdestärken John in den Sitz drückte. »Was haben Sie vor, Stanley? Was wollen Sie mir beweisen?«

»Sie werden es bald erkennen.«

»Stanley. Sagen Sie mir, was Sie vorhaben.« Johns Wut wurde grenzenlos, während Harpers Wagen, der nun nicht mehr weit entfernt war, bremste und nach rechts auf eine schmale Straße abbog. »Es ist vorbei. Sie können nirgendwo mehr hin. Halten Sie an und wir beenden es. Hier und jetzt.«

John erreichte die Abzweigung.

Die Reifen des Impalas quietschten und Rauch stieg auf, als er eine Vollbremsung hinlegte, das Lenkrad mit einer Hand rumriss und den Wagen um die Ecke rutschen ließ. Der Gestank von verbranntem Gummi stieg ihm in die Nase und das alte Lederlenkrad, an das er sich so verbissen geklammert hatte, hinterließ blutige Schwielen auf seiner Handfläche.

Die Scheinwerfer des Oldtimers erfassten Harpers seitlich geparkten Wagen ein gutes Stück die schmale Straße herunter. Wie ein scheues Reh im Licht eines heranrasenden LKWs stand er vor ihm.

»Wir sind da«, hörte er Harpers Stimme aus dem alten Klapphandy dröhnen. »*Lasciate ogne speranza, voi ch'intrate.*«

Diese Worte … John stieß einen Schrei aus, ließ das Handy fallen und beschleunigte den Wagen erneut. Mit beiden Händen krallte er sich am Lenkrad fest und eine unangenehme Hitze der Wut und des Hasses breitete sich in seiner Brust aus, die alles und jeden zu verschlingen schien. John konnte keinen klaren Gedanken mehr fassen, alles Glück, jede noch so schöne Erinnerung, die er an diesen Ort hatte, schien aus seinem Gedächtnis gelöscht worden zu sein. Harper hatte ihm diesen, für ihn heiligen Ort verdorben.

Er konnte nur noch an eines denken: An den Tod dieses wahnsinnigen Mannes, der ihm alles genommen hatte.

Nur noch eine Wagenlänge trennte die beiden Autos voneinander. Ganz deutlich konnte John Stanley Harpers Gesicht hinter der verdreckten Scheibe der Fahrertür sehen, das ihm mit einer Mischung aus wahnsinniger Verzückung und panischer Angst entgegenblickte.

Der Motor des Impalas heulte auf. John schrie seinen ganzen Hass hinaus. Und trat das Gaspedal durch.

Kapitel 72

Ein Ruck ging durch Johns Körper. Seine Stirn prallte gegen das Lenkrad und ein stechender Schmerz jagte durch seinen Schädel. Er hörte Glas splittern und Metall, das sich unter der einwirkenden Kraft verformte. Er hörte sich selbst schreien, hörte den Aufprall seines Impalas gegen die Karosserie von Harpers Fluchtwagen.

Glasscherben regneten auf ihn nieder, zerschnitten ihm das Gesicht, die Hände, die Kleidung. Der Airbag ging auf und prallte mit der Wucht eines wütenden Stiers in Johns Gesicht.

Ihm blieb die Luft weg, als sein Kopf nach hinten geworfen wurde und er mit dem Rücken gegen die harte Sitzbank prallte.

In seinem Nacken knackte es bedrohlich.

Dann wurde die Welt um ihn herum schwarz.

John stöhnte und riss die Augen auf. Wie lange war er weggewesen? Eine Sekunde? Eine Minute? Noch länger? Grelle Sterne tanzten vor seinem Gesicht, in seinen Ohren piepte es. Der metallische Geschmack von Blut breitete sich in seinem Mund aus. Er hatte unsägliche Schmerzen.

Er brauchte einige Momente, bis die hellen Punkte vor seinen Augen weggeblinzelt waren; er sich wieder orientieren konnte. In seinem Schädel dröhnte es. Er fasste sich an die Stirn. Seine Haut war warm und klebrig und als er seine Hand betrachtete, erkannte er Blut.

Entsetzlich viel Blut, das aus einer Wunde an seinem Kopf strömte und ihm über das Gesicht lief.

Sein Kopf sackte auf seine Brust, Blut troff in zähen Fäden aus dem Mundwinkel und lief seine Jacke hinab. Seine Smartwatch vibrierte.

John riss abermals den Kopf hoch und blickte aus der geborstenen Windschutzscheibe. Einige Splitter des dicken Glases hingen noch im Rahmen.

Harpers Auto lag einige Meter entfernt auf der Seite. Einer der Scheinwerfer von Johns Impala funktionierte noch und warf sein flackerndes Licht auf das Wrack. Motten verirrten sich im Lichtkegel und warfen zitternde Schatten voraus.

Eine riesige Delle zeigte sich auf der Fahrerseite, sämtliche Scheiben schienen ebenfalls geborsten zu sein.

John fasste sich an den Schädel, stöhnte und wurde wieder ohnmächtig.

Er öffnete die Tür und stürzte auf den Boden. Sein Mund füllte sich mit Dreck. Kalt und feucht. Er hustete, spuckte Blut, richtete sich stöhnend auf, lehnte sich keuchend an die zerstörte Karosserie. Sein ganzer Körper zitterte und jeder einzelne Knochen fühlte sich so an, als wäre er in tausend kleine Stücke zersplittert.

Drei Anläufe und das Nutzen seiner letzten Kraftreserven benötigte er, um aufzustehen. Mit einem Schrei der Anstrengung stemmte er sich hoch und ließ sich mit dem Rücken erneut gegen das Wrack seines Chevrolet Impalas fallen.

Einige Augenblicke, die ihm wie eine Ewigkeit vorkamen, blieb er mit geschlossenen Augen stehen und horchte in sich hinein. Die Nase war gebrochen, sein rechtes Bein sendete anhaltende Schmerzimpulse durch den Körper und die Schnitte in seinem Gesicht pochten in der kalten Nachtluft. John öffnete die Augen, unterdrückte den Anflug von Übelkeit und schluckte die saure Galle auf seiner Zunge hinunter.

Traurig betrachtete er sein Werk. Sein Impala war ein einziger Schrotthaufen. Eines der letzten Überbleibsel seines früheren Lebens war zerstört. Wut übermannte ihn und schwemmte für einen kurzen Moment die Schmerzen fort. Dann fiel Johns Blick auf das Auto, das er gerammt hatte, und binnen eines Sekundenbruchteils befand er sich wieder in der grausamen Realität.

Im Hier und Jetzt.

John stieß sich ab, machte zwei taumelnde Schritte und stürzte. Der Aufprall war hart und hinterließ so starke Schmerzen, dass John aufschrie und am liebsten liegen geblieben wäre. Doch er kämpfte sich wieder hoch. Er wollte mit eigenen Augen die Leiche von Stanley Harper sehen. Und irgendwo tief in seinem Innern hoffte John, dass Harper noch am Leben war und unvorstellbare Qualen erlitt.

John hustete. Kalter Schweiß und Blut liefen ihm über die Stirn, sein Atem ging stoßweise, als er sich weiter dem Wagen näherte. Heißer Dampf stieg aus der Motorhaube seines Impalas auf und in der Ölpfütze, die sich unter dem Wagen ausbreitete, spiegelte sich der Mond. Es stank nach Benzin, nach verbranntem Gummi und nach Blut. John schleppte sich zu Harpers Wagen und zog die Waffe aus dem Holster. Er versuchte, so flach wie möglich zu atmen, doch jeder Schritt war eine Qual für ihn und seinen geschundenen Körper.

Mit einem leisen Klicken entsicherte er die Pistole und ignorierte das Vibrieren der Smartwatch am Handgelenk.

John hob die Waffe mit beiden Händen in die Höhe. Sein Herz schlug ihm bis zum Hals, das Blut rauschte in seinen Ohren und Adrenalin jagte durch seinen Körper. Er hatte ihn. Endlich. Nach all der Zeit würde er Carolines Tod endlich rächen können.

John blinzelte und wischte sich den Schweiß von der Stirn. Mit der Zunge fuhr er sich langsam über die blutigen Lippen. Der durchdringende metallische Geschmack jagte ihm einen Schauder über den Rücken. Sein Blick war vollkommen auf die zersprungene Windschutzscheibe fokussiert. Jeder Schritt schmerzte, sein Körper schrie nach Ruhe, nach Medikamenten, nach Schlaf.

John erreichte den Wagen und spähte hinein. Die vielen kleinen Risse im Glas machten es ihm schwer, etwas erkennen zu können. Hektisch suchte er nach einer Stelle, die ihm die Sicht erleichtern würde.

Als er eine gefunden und hindurchgespäht hatte, setzte sein Herz einen Schlag aus.

Der Wagen war leer.

John hob seine Waffe und feuerte sie ab.

Bei jedem Schuss schrie er vor Wut und als die Scheibe unter lautem Klirren in tausend kleine Scherben zerbarst, hatte er die sichere Gewissheit: Der Robin-Hood-Killer war verschwunden.

Ein großer Blutfleck und die lederne Schürze auf dem Fahrersitz waren alles, was noch von ihm übriggeblieben war.

Harper lag nicht tot in seinem Wagen.

»Verdammte Scheiße!«, schrie John und blickte voller Zorn auf seine Smartwatch, als sie erneut vibrierte.

Das Display war gesprungen, doch ganz deutlich konnte er Mahmuts Namen darauf aufblitzen sehen. Kurz überlegte er, ob er rangehen sollte, entschied sich aber dagegen.

Was auch immer sein Freund ihm zu sagen gehabt hätte,

John wollte es nicht hören. Er raufte sich die Haare, packte seine Waffe noch fester.

»Harper!«, schrie er wütend und verzweifelt.

In der Dunkelheit der Nacht, die nur vom Mond und vom flackernden Licht der Scheinwerfer der zerstörten Autos erhellt wurde, lief John wie ein gehetztes Tier auf und ab. Seine Gedanken rasten, während der Gestank des auslaufenden Öls immer durchdringender wurde.

»Harper. Wo sind Sie?«

Irgendwo im Piscataway Park konnte er einen Schwarm Vögel aufsteigen hören.

War John womöglich deutlich länger ohnmächtig gewesen als gedacht? Verzweifelt blickte er auf seine Uhr. 01.12.

John hatte weder ein Gefühl dafür, wann er ohnmächtig geworden noch wie lange er tatsächlich weg gewesen war.

Er blieb stehen, sein Blick glitt über die zerstörten Autos, den verlassenen Parkplatz, auf dem er sich befand, den Piscataway Creek, der in einiger Entfernung ruhig und spiegelglatt dalag und den Park, der ihn vom Wasser trennte.

Wieder wollten die Erinnerungen an die gemeinsame Zeit mit Caroline aufflammen.

Wieder erstickte er sie im Keim.

Dann, wie durch Zufall, drehte John den Kopf nach rechts und in einem einzigen Sekundenbruchteil wurde so viel Adrenalin in seinem Körper freigesetzt, dass sämtliche Schmerzen vergessen waren.

John erblickte eine dunkle Lache, die sich unter dem geborstenen Dachfenster gebildet hatte. Eine feine, aber nicht zu übersehene Blutspur führte zum Park hinunter.

Und zum See.

Kapitel 73

John rannte, als wäre der Teufel hinter ihm her. Sein Atem wölkte sich vor seinem Gesicht, während er, die Waffe vor sich haltend, durch den Park hetzte. Die Blutspur, der er folgte, wurde vom grellen Licht des Mondes auf groteske Art und Weise erhellt, sodass es so aussah, als läge flüssiges Silber auf dem dunklen Boden.

Johns Gedanken rasten, sein Herz hämmerte und das Adrenalin, das durch seinen Körper jagte, ließ die Schmerzen des Unfalls als dumpfes, unterschwelliges Pochen zurückbleiben.

Seine Stiefel knirschten auf dem gefrorenen Untergrund und seine Lederjacke gab schrammende Geräusche von sich. Das Blut rauschte in seinen Ohren und er hörte das laute Atmen wie durch einen Filter aus Watte. Immer deutlicher tauchte das vollkommen still daliegende Gewässer vor ihm auf.

Der Mond stand groß und silbern am Himmel und schien es sich für das kommende Schauspiel bequem gemacht zu haben. Als würde er wissen, was geschehen würde.

Und John wusste es auch.

Er hatte dieses Szenario wieder und wieder durchgespielt, er hatte es in seinen Träumen gesehen und ganz gleich, wie oft sich in seiner Vorstellung der Ort dieses Endspiels auch verändert haben mochte, es gab immer nur ein einziges Ergebnis.

Das war *sein* Endspiel.

Die Bäume zogen an ihm vorbei, der Untergrund veränderte sich. Von fest zu weich und schließlich zu schlammig. Die Blutspur machte einen Knick nach rechts, auf einen Holzsteg zu, der an einen der Wege grenzte.

Im Park gab es viele dieser Stege, die es Touristen, Fischern und Einheimischen ermöglichten, ohne Probleme zum Wasser zu gelangen.

Auch John war mit Caroline einen dieser Stege entlangspaziert, während er fieberhaft versucht hatte, sich an die Worte zu erinnern, die er ihr sagen wollte.

Damals hatte er sich sogar die Mühe gemacht, eine kleine Rede zu schreiben. Nichts Großes. John war kein Mann der großen Worte. Aber sie wären von Herzen gekommen. Aber schon auf der Fahrt zum Piscataway Park hatte er jedes einzelne dieser Worte vergessen, so nervös und ängstlich hatte ihn die Vorstellung gemacht, Caroline könne seinen Antrag ablehnen.

Der Klang seiner Schritte auf dem Holzsteg riss ihn jäh in die Wirklichkeit zurück. Schweiß rann ihm in die Augen und brannte in den Schnitten auf seiner Haut. Und dann, endlich, sah er ihn.

Stanley Harper. Er kniete am Ende des Stegs und starrte auf das Wasser.

»Harper!«, schrie John. »Bleiben Sie, wo Sie sind.« Die Worte klangen vollkommen absurd und überflüssig.

Harper hätte nirgendwo anders hingekonnt. Er wusste das und John wusste es auch. Er kam keuchend zum Stehen und hob die Waffe mit beiden Händen vor seine Brust.

Eine dunkle Blutlache hatte sich unter Stanley Harpers Knien ausgebreitet und sein Körper wirkte sonderbar steif. Sein Rucksack lag neben ihm.

»Ich will Ihre Hände sehen, Harper.«

Doch er rührte sich nicht.

Er blickte weiter starr auf das Wasser und nur der sich wölkende Atem vor seinem Gesicht zeigte John, dass er noch lebte.

»Es ist vorbei«, sagte John mit einer Kälte in der Stimme, die ihn vor sich selbst erschaudern ließ. »Das Versteckspiel ist vorbei. Ihre Mission ist zu Ende.«

»Eine wunderschöne Nacht, nicht wahr?« Harpers Stimme zitterte vor Kälte und Schmerzen. »Kühl und klar. Es sind Nächte wie diese, die das Licht der Wahrheit auf unsere Welt werfen.«

»Hören Sie mit dieser gequirlten Scheiße auf, Harper«, fauchte John und machte langsam einen Schritt auf ihn zu. Seine Pistole hielt er dabei mit beiden Händen fest umklammert.

Nur ein Zug mit dem Zeigefinger. Nur ein Zug und es ist vorbei.

Sein Finger krümmte sich um den Abzug.

»Nehmen Sie die Hände hoch, Wichser. Sofort. Es ist vorbei.«

Harper drehte den Kopf. Langsam, fast schon stoisch und blickte John über seine linke Schulter hinweg an. Auch er hatte etliche Wunden und Schrammen im Gesicht. Über seinem linken Auge befand sich eine Platzwunde.

»Es ist niemals vorbei«, sagte er betont ruhig, als würde er mit einem unwissenden Kind sprechen. »Möchten Sie die eine Sache wissen, die ich Ihnen niemals erzählt habe?«

»Nein«, sagte John und biss die Zähne so fest aufeinander, dass seine Kieferknochen knackten.

»Was mein Vater getan hat, als ich ihn nach all den Jahren endlich fand?«, redete Harper unbeirrt weiter. »Als ich meinen ersten Mord verübte?«

»Halten Sie das Maul!«

»Er hat gelacht«, fuhr Harper fort, als hätte er Johns Worte überhaupt nicht wahrgenommen. »Er hat mich ausgelacht. Mir gesagt, dass ich das System nicht verstehe, während ich ihm den Namen meiner Mutter ins Fleisch geritzt habe. Und wissen Sie was?« Harper blickte wieder auf das vor ihm liegende Wasser. Sanfte Wellen wühlten die glatte Oberfläche auf und der eiskalte Windhauch, der aufkam, ließ John frösteln. »Er hatte recht. Ich habe das System lange nicht verstanden. Unser System, das von Korruption und Lügen geprägt ist.«

»Sie wiederholen sich, Harper.« John ging weiter um ihn herum. Sein Herz hämmerte nach wie vor wie verrückt. So stark, dass ihm bereits die Brust schmerzte.

»Sie sollten es doch mittlerweile besser wissen«, sagte der Serienkiller und seufzte traurig. »Haben Sie nichts aus den vergangenen Tagen gelernt?«

»Nichts, was ich nicht schon wüsste.« John drückte Harper seine Pistole an die Schläfe. »Ich wusste schon längst, dass Sie ein kranker Bastard sind. Und das nicht erst, seit Sie die Krebsdiagnose erhalten haben. Sie sind ein Geschwür. Ein Geschwür, das man aus dieser Welt schneiden muss, damit sie ein Stück weit besser wird.«

Harper stieß ein Schnauben aus. »Ich hätte Sie für schlauer gehalten. All diese Jahre im Gefängnis habe ich mich für das gehasst, was ich Ihnen angetan habe. Ich habe mir geschworen, niemals einen unschuldigen Menschen zu verletzen. Ich habe mich von meinen Emotionen kontrollieren lassen. Von meinen animalischen Instinkten. Ich betete jeden einzelnen Tag um Vergebung. Um Ihre Vergebung.«

»Tut mir leid, dass ich Sie enttäuschen muss«, presste John hervor. Tränen sammelten sich in seinen Augen. »Aber ich werde Ihnen niemals vergeben. Weder im Leben noch im Tod.«

»Und das, obwohl ich Ihnen gezeigt habe, dass selbst Ihr Umfeld vor Korruption und Lügen nur so strotzt. Ralph Cleansom, Agent Colt, Erin. Sie alle haben ein perfides Spiel gespielt und am Ende verloren. Ich habe Ihnen gezeigt, dass die Reichen und Mächtigen ihre Macht nutzen, um die Schwachen zu unterdrücken und noch reicher zu werden.« Er warf John einen vernichtenden Blick zu. »Legen Sie endlich Ihre Scheuklappen ab. Sehen Sie denn nicht, dass wir sie alle bekämpfen müssen?« Blutiger Schaum bildete sich vor Harpers Mund, während er sich mehr und mehr in Rage redete. »Sehen Sie denn nicht, dass nur wir beide die Macht haben, das alles zu beenden? Sie und ich. Nur wir …«

John hatte genug und donnerte Harper so heftig die Pistole an die Schläfe, dass er aufstöhnte und zur Seite umkippte. »Das reicht«, schrie John, beugte sich vor und zerrte Harper am Arm zurück auf die Knie. »Sie haben mir alles genommen. Und erwarten noch immer, dass ich Ihnen vergebe? Dass ich Sie verstehe?« Er spuckte ihm ins Gesicht. »Ich will, dass Sie jämmerlich verrecken, Sie elende Missgeburt.«

Harper wischte sich über die Schläfe und betrachtete das Blut an seinen Fingern, das sich mit Johns Speichel vermischt hatte. Ein verzerrtes Lächeln kräuselte seine Lippen.

»Also wollen Sie nicht wissen, wer noch in Ihrem Umfeld ist, der auf meiner Liste steht?«

John erschauderte.

Doch er wusste, dass Harper nur mit ihm spielen wollte.

»Wir werden es herausfinden. Unsere fähigsten Leute sitzen bereits dran. Ob heute, morgen oder erst in einem Jahr; das ist egal. Und dann werden wir auf unsere Art und Weise damit umgehen.«

»Es ist wirklich bedauerlich, dass Sie so denken.« Harper neigte verständnislos den Kopf und legte seine blutige Hand in seinen Schoß. »Wenn Sie so weiterdenken, werden Sie niemals aus dem Hamsterrad unseres Systems herauskommen. Ich habe versucht, es Ihnen zu zeigen. Ich habe es wirklich versucht. Und es bricht mir das Herz, dass Sie nicht dazu im Stande sind, es zu begreifen.«

»Oh, ich habe begriffen«, hörte John sich sagen und plötzlich waren seine Hände vollkommen ruhig. »Ich habe begriffen, dass es heute nur auf eine Art und Weise enden kann.« Er spannte den Hahn seiner Waffe und mit dem Klicken tauchte Carolines Gesicht vor seinem geistigen Auge auf.

In ihren kalten leblosen Augen stand der blanke Horror, ihr Mund war zu einem stummen Schrei geöffnet.

Jener Ausdruck hatte sich in sein Gedächtnis gebrannt, ließ ihn nachts schweißgebadet aufwachen und Angst vorm Einschlafen haben.

»Ich habe damals die Fotos in Ihrem Haus gesehen. Von diesem wunderschönen Ort. Und ich habe mir vorgenommen, dass dies der perfekte Ort ist, an dem Sie mir vergeben.«

»Niemals werde ich Ihnen vergeben.«

»In gewisser Weise tun Sie das, wenn Sie mich töten.«

»Eine letzte Frage habe ich noch.« John bebte. »Wie haben Sie es gemacht? Wie konnten Sie entkommen?«

Ein Lächeln kräuselte Harpers Lippen. »Ist das nicht offensichtlich?«

»Sie hatten Hilfe. Jemanden, der all die Dinge in Ihrem Namen angemietet hat. Jemanden, der uns mit unnötigen Informationen zugeschüttet hat, damit Sie dort weitermachen konnten, wo Sie aufgehört haben, oder?«

Harpers Lächeln wurde breiter. Sein Schweigen war für John Antwort genug.

»Wir werden diese Person finden«, zischte er.

»Ist das nicht ironisch?«, sagte dann Harper und schloss die Augen. »Sie beenden mein Leben an dem Ort, an dem ihr gemeinsames mit Caroline begann.«

Er machte seinen Frieden mit seiner ausweglosen Situation und John machte seinen damit, einen wehrlosen Mann hinzurichten.

»Da gibt es nur ein Problem«, sagte John verbissen. »Das hier ist der falsche Steg.«

Kapitel 74

350 bis 450 Meter pro Sekunde.

So schnell ist eine Kugel aus einer 9mm Pistole. Auf der Akademie hatte John gelernt, dass das schneller, als der Schall ist. Man begriff früh, welche Macht man damit in den Händen hält. Und man erfuhr, wie laut eine abgefeuerte Waffe tatsächlich ist. Deshalb trug man bei Schussübungen Ohrenschützer.

Mit dem Betätigen des Abzuges traf der Schlagbolzen auf das Zündhütchen im Patronenboden. Die Treibladung im Zündhütchen detonierte, wodurch eine große, schier unvorstellbare Menge kinetischer Energie freigesetzt wurde und die Patrone in Bewegung setzte.

Dieser Vorgang, für das menschliche Auge kaum zu erkennen, passierte innerhalb weniger Millisekunden.

Der darauffolgende Knall war ohrenbetäubend.

In der Stille der Nacht hörte er sich an, als würde in Johns unmittelbarer Nähe eine Bombe explodieren. Der Rückstoß seiner Pistole war so gewaltig, dass er meinte, ihm würde die Hand abgerissen werden. Ein Schwall an Gefühlen prasselte auf ihn ein. Wut, Hass, Furcht, Trauer.

Er taumelte zurück, während er fast schon fassungslos dabei zusah, wie Harpers Kopf durch die brachiale Kraft der Pistolenkugel nach rechts geschleudert wurde.

Ein lautes Knacken ertönte, Harpers Körper erschlaffte. Seine Augen rollten nach innen; er prallte auf den Holzsteg.

Das Echo des Schusses hallte laut in Johns Ohren wider, der, schwer atmend mit erhobener Waffe, über dem reglosen Körper stand.

Er fühlte sich leer, ausgelaugt, alt.

Irgendwo stob ein Schwarm Vögel krächzend in den eisigen Nachthimmel auf. Die Wirkung des Adrenalins ebbte ab. Zitternd sog er die kalte Luft in seine Lungen und betrachtete, durch den wolkigen Schleier seines Atems, den Körper von Stanley Harper. Er konnte seine Augen nicht von ihm abwenden, als erwarte er, dass Harper jeden Augenblick aufspringen würde.

Er stieß ihn mit dem Fuß an. Einmal, zweimal, dreimal.

Keine Reaktion.

John atmete erleichtert aus, schloss die Augen und legte den Kopf in den Nacken. Ein lautes Platschen war zu hören, als Harpers Körper in den Piscataway Creek fiel.

Johns Augen öffneten sich schwerfällig, der Blick folgte dem Leichnam des Mannes, der sein Leben ruiniert und der ihm alles genommen hatte.

Die Smartwatch vibrierte. Er musste nicht hinsehen, um zu wissen, dass Mahmut ihn erneut anrief.

Das wievielte Mal das wohl sein mochte? John kramte das Handy aus der Hosentasche. Das Display war zersprungen und er benötigte einige Anläufe, bis er es schaffte, den Anruf entgegenzunehmen.

»Großer Gott, Grey«, hörte er die vertraute Stimme seines Freundes auf der anderen Seite. Sie war voller Sorge und Trauer. »Bist du von allen guten Geistern verlassen? Wo zum Geier steckst du?«

»Piscataway Creek«, antwortete John knapp.

»Und Harper?«, fragte Mahmut.

»Es ist vorbei. Er ist tot.«

Er legte auf. Dann blickte er zum Mond hinauf. Die Waffe hielt er noch immer in seinen Händen.

Was für eine wunderschöne Nacht.

Kapitel 75

»Ich befinde mich hier live vor Ort am Piscataway Creek, wo vor zwei Tagen Stanley Harper, der Robin-Hood-Killer, von dem ehemaligen FBI-Agenten John Greyson erschossen worden ist. Greyson, der vor fünf Jahren seine Frau, Caroline Greyson, an Stanley Harper verloren hat, scheint seine Chance auf persönliche Rache genutzt zu haben. Zuvor hatte Harper Ralph Cleansom, einen Freund von Greyson, Dean Colt, ein Mitglied seines alten Teams, und Erin Willson, die Direktorin des FBIs, umgebracht.

Im Hintergrund sehen Sie, wie trauernde Menschen Blumenkränze am Ende des Stegs abgelegt haben, an dem Stanley Harper von John Greyson erschossen worden ist. Stimmen werden laut, die verlangen, dass sich John Greyson für sein Handeln verantworten muss.

Wie und ob es dazu kommt, bleibt jedoch abzuwarten.

Derweil suchen Polizeitaucher nach der Leiche des wohl berüchtigtsten Serienmörders in der Geschichte der USA.

Bislang ohne Erfolg. Wir halten Sie über die weiteren Entwicklungen auf dem Laufenden. Das war Damian Perkins für NBC4 Washington, Ihr Lokalsender vor Ort.«

Kapitel 76

Samuel Jennings stand an der großen Glasfront und blickte auf die Stadt hinunter, die im Schneechaos zu versinken drohte.

Er war groß, muskulös und schien besser im Außendienst aufgehoben zu sein, als sich hinter einem Schreibtisch verbarrikadieren zu wollen. Sein Anzug war eher funktionell als traditionell und wirkte so, als hätte er sich noch nicht ganz mit seiner neuen Rolle abgefunden.

Er hatte auch noch immer seine Waffe am Körper. Und obwohl er sie in einem Schulterholster verborgen unter seinem Jackett trug, konnte man die Lederriemen sehen, die sich darunter abzeichneten.

John hatte schon von ihm gehört und musste sich eingestehen, dass es in seinen Augen und zum jetzigen Zeitpunkt keinen besseren für den Posten des FBI Directors gab. Jennings war ein Macher. Und er würde, nachdem der Korruptionsskandal um Erin Willson und ihren kometenhaften Aufstieg seit mehreren Wochen auf sämtlichen Titelseiten aller Zeitungen war, zu altem Glanz und zu alter Stärke führen.

John schloss die Tür, räusperte sich und blickte sich in dem Zimmer um, das einmal Erin Willsons Büro gewesen war.

Die Fotos an der Wand, die Trophäen, die sie während ihrer Jahre als Leiterin des FBIs gesammelt hatte, sogar der Stuhl und der Schreibtisch waren verschwunden. Letzteres war gegen einen funktionellen, höhenverstellbaren Tisch ausgetauscht worden. In einer Ecke standen mehrere Umzugskartons, auf denen *Archiv* geschrieben stand. Alles in allem war die neue Einrichtung als spartanisch zu bezeichnen.

Ein Schreibtisch, auf dem sich ein Laptop befand; ein Stuhl; ein Garderobenständer; ein schmaler Aktenschrank. Keine Bilder, keine Trophäen.

John lächelte in sich hinein. Dieser Mann würde das FBI definitiv in eine andere Richtung führen.

Samuel Jennings drehte sich um. Auf seiner Stirn lagen tiefe Denkfalten, seine Augen waren klar und versprühten einen gewissen Tatendrang. An seiner rechten Wange hatte er eine langgezogene Narbe, die in blassem Rosa schimmerte und sich von seiner dunklen Haut abhob.

»John«, sagte er und setzte ein kurzes Lächeln auf, bei dem er makellos weiße Zähne entblößte, kam ihm entgegen und reichte ihm die Hand. »Schön, dass wir uns endlich persönlich kennenlernen.« John erwiderte die Geste und nickte knapp. »Ihr Ruf eilt Ihnen voraus.«

»So wie Ihnen«, erwiderte John.

»Ich würde Ihnen ja einen Stuhl anbieten, aber wie Sie sehen …« Er machte eine knappe Handbewegung in den Raum hinein und wandte sich um, um hinter seinen Schreibtisch zu gehen. »Außerdem bin ich ein Freund davon, die Dinge im Stehen zu regeln. So kommt man weniger in Versuchung, vom Thema abzuweichen.« Jennings blickte John eindringlich an. »Ich wollte mit Ihnen sprechen, um Ihnen persönlich zu sagen, dass wir die Suche nach Harpers Leiche einstellen. Es ist jetzt drei Wochen her, dass Sie ihn erschossen haben, und unsere Taucher sowie die der Polizei haben den gesamten Piscataway Creek abgesucht. Ohne Erfolg.«

John hätte erwartet, dass er bei Jennings' Aussage etwas spüren würde. Ein Ziehen in der Magengrube oder einen dumpfen Schmerz in seinem Schädel; irgendetwas. Doch da war nichts. Nichts außer einer tiefen Leere in seinem Innern, die alles verschlang wie ein schwarzes Loch.

»Sie wirken ziemlich gefasst«, stellte Jennings weder missmutig noch überrascht fest. Es war eine einfache Feststellung ohne jede Emotion.

»Danke, Sir, dass Sie mich informieren«, sagte John und musste sich bemühen, nicht mit den Schultern zu zucken. Ihm war egal, wo sich Harpers aufgedunsener Leichnam befand.

Ob er von Fischen zerfressen auf dem Grund des Piscataway Creeks lag oder Meilen flussaufwärts angespült werden würde.

Er hatte ihm in den Kopf geschossen.

Aus nächster Nähe.

»Sir«, sagte John nach einem Augenblick des Schweigens. »Bei allem gebührenden Respekt. Aber Sie haben mich nicht nur herbestellt, um mir das zu sagen. Das hätte mir auch Agent Nasser mitteilen können. Oder ein einfacher Anruf hätte ausgereicht.«

»Das stimmt.« Samuel Jennings' linker Mundwinkel kräuselte sich im Anflug eines Lächelns, das er aber gleich wieder hinunterschluckte. Er war nicht der Typ für Emotionen. »Ich habe Sie hergebeten, weil ich etwas für Sie habe.«

Er zog die einzige Schublade seines Schreibtisches auf und kramte zwei Gegenstände hervor. Eine Marke und eine Pistole. Demonstrativ legte er sie auf den Tisch und sah John an.

»Ich möchte Ihnen Ihren alten Job zurückgeben.«

John zog die Brauen hoch.

»Wir wollen Ihr altes Team, Ihre …«, er machte eine kurze Pause und räusperte sich, »Ihre *Greyhounds* wiederbeleben. Und bevor Sie etwas erwidern«, sagte er rasch und hob die Hand, als John etwas sagen wollte, »sollten Sie wissen, dass jedes einzelne Mitglied Ihres Teams bereit ist, wieder mit Ihnen zusammenzuarbeiten.«

Er sagte es zwar nicht, aber John konnte in seinen Worten hören, dass er lieber jedes noch lebende Mitglied gesagt hätte.

»Nun, wie dem auch sei«, fuhr Jennings fort. »Wir wollen Sie zurück. Ihre Quote war herausragend und durch Sie alle konnten die Bewohner dieser Stadt ein wenig besser schlafen. Überlegen Sie es sich.« Er deutete auf die Marke und die Waffe. »Diese beiden Dinge werde ich bis zu Ihrer Antwort für Sie aufbewahren.«

»Ich muss darüber nachdenken«, erwiderte John.

»Natürlich«, sagte Jennings ohne seine Enttäuschung über diese Antwort preiszugeben. »Lassen Sie sich Zeit.« Er hatte alles gesagt, was er zu sagen hatte, und reichte John die Hand.

John fand ihn immer sympathischer.

Er schwang keine großen Reden, versuchte nicht, John unnötig zu überzeugen. Er wusste, dass John ihm eine Antwort –

ganz gleich, in welcher Hinsicht – liefern würde. Und dabei war es ihm egal, ob er diese Antwort in einer Stunde, einem Monat oder einem Jahr bekam.

»Danke, Sir.« John schüttelte ihm die Hand, drehte sich um und verließ das Büro.

Kapitel 77

»Hast du dich schon entschieden?«

John blickte von seiner Kaffeetasse auf und blinzelte. Helens Worte hatten ihn überrascht und aus seinen Gedanken gerissen. »Weswegen?«, fragte er und nahm einen Schluck aus seiner Tasse. Der Kaffee war mittlerweile eiskalt und John musste ein Schaudern unterdrücken. Er hasste kalten Kaffee. Sogar noch mehr als Pfefferminzkaugummis.

»Du weißt genau, weswegen«, sagte Helen und lächelte sanft. »Wegen des Jobangebots.«

»Ach, deshalb. Noch nicht.« John zuckte mit den Schultern und stellte seine Tasse auf dem Esstisch ab. Sein Blick glitt an ihrem Gesicht vorbei nach draußen, wo ein dichter Schneesturm tobte. Allein der Anblick der tanzenden weißen Flocken ließ ihn frösteln.

»Du solltest dich bald entscheiden«, drängte Helen, beugte sich vor und legte ihm die Hand auf den Unterarm. Ihre Berührung war warm und zart und verdrängte die Kühle, die sich John zu bemächtigen drohte.

»Ich weiß.« Er nahm ihre Hand in seine und strich ihr zärtlich über die Fingerknöchel.

Seit Harpers Tod waren Wochen vergangen.

Wochen, in denen sich John mehr und mehr auf Helen und ihre gemeinsame Beziehung eingelassen hatte. Er hatte es ihr versprochen und er hatte sich daran gehalten. Sie redeten mehr, auch über seine Gefühle, und er sagte es geradeheraus, wenn ihn etwas bedrückte. Und auch, wenn er sich nur langsam öffnete, machte er doch jeden Tag weitere Fortschritte.

Kleine Dinge, die Helen bemerkte und die sie sehr glücklich machten. Sie arrangierte sich mit seiner langsamen Verwandlung und wusste, dass sie Caroline niemals ersetzen würde; das wollte sie auch gar nicht. Sie wollte einfach nur, dass John ehrlich zu ihr war und sich ihr öffnete. Solange er das tat, konnte sie gut damit leben.

»Habe ich dich eigentlich schon gefragt, was du darüber denkst?«, wollte John von ihr wissen und blickte ihr in ihre tiefgrünen Augen, um die sich über die Jahre hinweg kleine, kaum erkennbare Krähenfüße gebildet hatten.

Helen trug sie mit Stolz und machte keinen Hehl daraus, dass sie mit Würde alterte.

»John Greyson«, sagte sie mit gespielter Entrüstung, zog ihre Hand weg und legte sie sich auf die Brust. »Fragst du mich etwa nach meiner Meinung?«

»Nun«, machte John, der nicht so recht wusste, wie er darauf reagieren sollte, und grinste schief. »Ich glaube schon.«

»Du weißt, wie man eine Frau umgarnt«, erwiderte sie breit lächelnd und lehnte sich in ihrem Stuhl zurück, der hörbar ächzte. Er war eines der wenigen Überbleibsel aus ihrem früheren Leben. Sie verschränkte die Arme vor der Brust und blickte ihn durchdringend an. »Ich denke«, sagte sie langsam, »du solltest ihn annehmen.«

»Wie bitte?« John riss ungläubig die Augen auf. »Ist das dein Ernst?«

»Hast du jemals erlebt, dass ich etwas nicht ernst meine?«, erwiderte sie und schüttelte dann den Kopf. »Das ist mein voller Ernst.« Sie beugte sich vor und nahm ihre Tasse in beide Hände, ließ ihn jedoch nicht aus den Augen. »Macht es mir Angst, was du tust? Natürlich. Aber viel mehr Angst hat es mir gemacht, wie du in all der Zeit warst; nicht du selbst. Es hat dich regelrecht aufgefressen.« Sie nippte an ihrem Kaffee und blickte ihn weiter über den Rand ihrer Tasse hinweg an. »Aber was du tust, ist wichtig. Es macht mir zwar Angst, aber noch mehr Angst habe ich, zu wissen, dass solche Monster wie Stanley Harper frei da draußen rumlaufen.« Sie zuckte mit den Schultern. »Du liebst, was du tust. Mehr als diese komische Detektei, die du gegründet hast und die, unter uns gesagt, nicht besonders gut läuft.«

»Dieser Job ist aber schlecht mit meinem Privatleben zu vereinbaren. Ganz zu schweigen von unserer Beziehung. Ich werde hin und wieder verreisen müssen, einige Nachtschichten schieben und mich in Akten vergraben, ganz zu schweigen von der Gefahr für mein Leben. Und für deins.«

»Aber es ist ein Teil von dir. Und ich bin schon ein großes Mädchen«, gab sie augenzwinkernd zu bedenken.

»Vielleicht hast du recht«, sagte John nach einiger Zeit. Er stand auf, ging um den Tisch herum und gab Helen einen Kuss auf die Stirn. Sie schmiegte ihren Kopf an seine Brust und seufzte hörbar.

»Du weißt, dass ich recht habe, John Greyson«, sprach sie leise. »Hast du schon mit Cameron darüber gesprochen?«

»Noch nicht«, antwortete John. »Sie ist mit den Hochzeitsvorbereitungen beschäftigt. Außerdem befindet sich Andrew gerade im Trainingslager. Soweit ich weiß. Da möchte ich sie nicht unnötig auf andere Gedanken bringen.« Es klang wie eine billige Ausrede.

Helen blickte ihn an und zog die Brauen hoch, erwiderte aber nichts darauf.

Fakt war, dass John Angst vor Cams Reaktion hatte. Dieser Job hatte ihr alles genommen. Ganz gleich, wie viel Gutes John damit auch getan hatte.

»Ich werde das Haus verkaufen«, sagte John plötzlich wie aus der Pistole geschossen.

Er hatte schon lange mit dem Gedanken gespielt, es loszuwerden. Es war ein Mausoleum, das voller Erinnerungen steckte. Gute wie auch schlechte. Lange Zeit hatte er nicht gewusst, ob die Entscheidung, die er insgeheim getroffen hatte, die richtige war.

Doch nun, da die Worte laut ausgesprochen durch den Raum und seinen Schädel hallten, wusste er, dass es das Beste war.

Für ihn, für Helen und für Cameron.

Sogar für Caroline.

»Was?« Dieses Mal war es Helen, die ungläubig reagierte und fast ihre Tasse fallen gelassen hätte. »John, was … bist du sicher?« Sie stellte die Tasse hin und stand auf. »Ich meine, seit wann denkst du schon darüber nach?«

»Seit einer Weile. Es ist einfach das Beste für uns alle.« Er nahm ihre Hände in seine. »Es fühlt sich richtig an.«

»Und Cameron?«

»Sie wird es verstehen«, sagte John und als er die Worte aussprach, wusste er, dass er den Job, seinen Job, annehmen würde.

Er zog Helen an sich und gab ihr einen weiteren Kuss auf die Stirn.

»Ganz egal, was mit dir passiert ist«, flüsterte Helen und schmiegte sich an ihn, »hör bloß nicht damit auf.«

Niemals, wollte er sagen, entschied sich dann aber dagegen, als ihm ein Gedanke kam. Er würde reinen Tisch machen. Mit allem. Und das Verkaufen des Hauses war nur der Anfang.

»Zieh dich an.« Er atmete tief ein. »Wir machen einen Ausflug.«

»Bei dem Wetter?«, fragte Helen ungläubig und blickte in das Schneegestöber hinaus, das vor dem Fenster tobte. Sie runzelte die Stirn.

»Ja, bitte. Mir zuliebe.«

Sie blickte ihn fragend an, musterte ihn erneut von oben bis unten und gab schließlich nach. »Also schön«, sagte sie. »Wo soll's denn hingehen?«

»Zum Friedhof.« John konnte selbst kaum glauben, dass er die Worte aussprach. »Es gibt dort jemanden, den ich dir vorstellen möchte.«

Kapitel 78

»Du bist wunderschön, Cam.«

John traute seinen Augen kaum, als seine Tochter sich langsam zu ihm umdrehte. Sie trug ein wundervolles weißes Kleid, ohne besonders viel Schnickschnack. Dezent und doch wunderschön.

Der Rücken war offen, die Schultern frei. Ihre glänzenden schwarzen Haare waren zu einer aufwendigen Hochsteckfrisur geformt, in die ein bunter Blumenkranz mit Klammern und Spangen eingeflochten waren. Das Make-up war einfach und zugleich auffällig und in ihren Augen lag ein Glanz, wie er schöner nicht hätte sein können.

John stand vor seiner Tochter.

Und seine Tochter war zu einer wunderschönen Frau geworden. Eine Frau, die im Begriff war, ihr ganzes restliches Leben mit ein und demselben Mann zu verbringen, und ganz gleich, ob er ihren zukünftigen Ehemann nun leiden konnte, er respektierte ihre Entscheidung.

»Dad«, sagte sie und als sie lächelte, versetzte es Johns Herz einen Stich. In jenem Augenblick sah sie aus wie ihre Mutter. »Es freut mich, dass dir das Kleid gefällt. Ich hatte erst Bedenken, dass es vielleicht zu schlicht sein könnte, aber ...«

»Machst du Witze, Cam?«, unterbrach John sie. Er kam auf sie zu und gab ihr vorsichtig einen Kuss auf die Wange. »Es ist perfekt. Du bist perfekt.«

»Danke, Dad.« Sie strich ihm über die Arme und blickte ihn von oben bis unten an. »Der Anzug sieht gut aus. Ist er neu?« Sie lächelte ihm aufrichtig zu und ein warmes Gefühl breitete sich in seinem Innern aus. Ein Gefühl, das in diesem Augenblick alles in bester Ordnung war und nichts und niemand diesen Moment zerstören konnte.

»Sozusagen. In dem Anzug habe ich deiner Mom das Ja-Wort gegeben.« John lächelte verklärt und unterdrückte die Gefühle, die sich seiner zu bemächtigen drohte. Es war Cams großer Tag und da war kein Platz für das Schwelgen in der Vergangenheit.

»Wunderschön«, sagte Cam und zupfte das Einstecktuch zurecht, das sich in der Brusttasche seines Sakkos befand. Ihr Blick glitt über seine Brust, blieb auf seiner rechten Seite hängen und verfinsterte sich kurz. »Die lässt du auf den Hochzeitsfotos aber weg, oder?«

»Versprochen«, sagte er und strich mit der Hand über die Pistole, die er verborgen unter seinem Anzug in einem Schulterholster trug. »Entschuldige«, sagte er verlegen und zuckte mit den Schultern. »Berufskrankheit.«

Sie blickte ihn skeptisch an, drehte sich dann um und schaute auf die Uhr. »Wie lange bleibst du?«, wollte sie wissen und nahm ihren Brautstrauß in die rechte Hand. »Haben wir nach der Hochzeit noch etwas Zeit? Oder musst du wieder zurück?«

»Wir haben noch Zeit«, sagte er, ging auf sie zu und umfasste ihre Schultern. »Ich werde erst in einer Woche zurück erwartet. Ich habe Jennings gebeten, mit meiner Wiedereingliederung so lange zu warten, bis ich meine privaten Angelegenheiten geregelt habe.«

Sie drehte sich zu ihm um und lächelte. Dann drückte sie sich an ihn und atmete hörbar aus. »Ich bin froh, dass du hier bist, Dad«, flüsterte sie und John schluckte den Kloß hinunter, der sich augenblicklich in seinem Hals gebildet hatte.

»Ich auch«, krächzte er und gab ihr einen Kuss auf den Kopf, sorgsam darauf bedacht, ihre Frisur nicht durcheinanderzubringen.

Dann blickte er zur Uhr, die über dem großen Spiegel hing. »Wir sollten uns auf den Weg machen. Es ist so weit. Bringen wir dich vor den Altar.«

Johns Herz klopfte wie verrückt, als er und Cam Arm in Arm um 12:44 Uhr hinter der geschlossenen Flügeltür der Kirche standen. Er warf einen flüchtigen Blick auf seine Tochter, die freudestrahlend und verklärt lächelnd ins Nichts zu blicken schien.

Was wohl in ihrem Kopf vorgehen mochte?

John versuchte, sich fieberhaft daran zu erinnern, was er vor all den Jahren gedacht und gefühlt hatte, als er auf der anderen Seite der Tür am Altar gestanden und auf Caroline gewartet hatte. An viel konnte er sich nicht erinnern. Vorwiegend an das Gefühl der Unwissenheit, ob sie wirklich kommen und ihm das Ja-Wort geben würde.

Es waren die schrecklichsten Augenblicke seines Lebens gewesen. Und zugleich die Schönsten.

Er blickte zu den beiden Messdienern, die zum richtigen Zeitpunkt die Türen öffnen und ihnen Einlass in den Innenraum der Kirche gewähren sollten, wo die versammelten Hochzeitsgäste auf sie warteten. John würde Cameron zum Altar führen, sie Andrew übergeben und ihm die Hand schütteln.

Und er würde ihn dabei keinen Augenblick aus den Augen lassen. Während er die beiden Jugendlichen betrachtete, die ihnen die Tür öffnen sollten, musste er feststellen, dass er sie auf potentielle Gefahren scannte, und nannte sich gedanklich einen Idioten.

Heute würde nichts schiefgehen.

Nein. Nicht heute.

Er war alles wieder und wieder durchgegangen. Hatte mehrfach die Notausgänge kontrolliert und war alle Fluchtwege abgegangen. Er war auf jede Eventualität vorbereitet.

Deshalb auch die Waffe, die er mit sich trug. Cam mochte es nicht gefallen und auch Helen mochte ihre Zweifel gehabt haben, als sie ihn an diesem Morgen gesehen hatte, doch John wollte nichts dem Zufall überlassen.

»Ich bin froh, dass du Helen mitgebracht hast«, flüsterte Cam und drückte seinen Arm. »Sie tut dir gut.«

»Ich denke auch«, sagte John leise und streichelte ihre Hand. »Ich hoffe, das ist in Ordnung. Sie soll deine Mom nicht ersetzen, es ist nur …«

»Keine Sorge, Dad«, flüsterte Cameron, »ich verstehe es.«

Sie schaute zu ihm hoch und lächelte jenes wundervolle Lächeln, das ihm in ihrer Kindheit immer das Herz hatte schwer werden lassen. Dann schlugen die Glocken.

Hell und laut, sodass es in Johns Kopf widerhallte, und er musste sich zusammenreißen, um nicht loszuheulen. In wenigen Minuten würde seine Tochter, sein kleines Mädchen, seine Prinzessin verheiratet sein. Sie würde ein wundervolles Leben haben, Kinder zur Welt bringen und viele, viele wunderbare Momente erleben.

Dessen war sich John bewusst.

Nach dreizehn Schlägen verstummten die Glocken, hallten noch für einen Moment in seinen Gedanken nach, dann setzte die Musik ein.

Der Hochzeitsmarsch, das Lied der Lieder, bei dem er an seine eigene Hochzeit denken musste. Eine Gänsehaut, die einen unangenehmen Kälteschauer mit sich brachte, kroch Johns Rücken hinauf und er vernahm ein Raunen von der anderen Seite der Tür.

Bildete er es sich nur ein oder klang es aufgebracht? Beinahe furchtsam?

Die beiden Jugendlichen nickten sich knapp zu, dann öffneten sie zeitgleich die Türen und gaben den Blick auf den Innenraum frei. Über dreißig Bänke standen zu beiden Seiten des Mittelganges. Alle waren mit Freunden, Verwandten und Bekannten gefüllt, die in diesem Moment ausnahmslos standen. Die Mittagssonne brach durch das Buntglasfenster hinter dem großen Kreuz und tauchte die gesamte Kirche in warmes Licht. Vor dem Altar stand der Priester, rechts und links jeweils drei Brautjungfern – alles Freundinnen von Cameron – und drei Trauzeugen. John erhaschte einen kurzen Blick auf Helen, die in der ersten Reihe stand und ihn fragend und mit hochgezogenen Augenbrauen anschaute. Etwas kaum zu Deutendes lag in ihrem Blick. John und Cameron setzten sich langsam in Bewegung.

Und dann sah John, was ihn störte: Andrew war nicht da.

»Wo ist er?«, fragte Cameron. Ihre Stimme zitterte. »Wo ist Andrew?«

John drückte ihre Hand fester, suchte die Bänke, den Altar, sogar das Kreuz nach ihm ab. Ob er kalte Füße bekommen hatte?

»Dad?«

John blickte in die Gesichter der Gäste. Sie alle hatten denselben fragenden Blick, den er schon bei Helen gesehen hatte. Erneut dieses Raunen, das durch die Gäste ging.

John schnappte Gesprächsfetzen auf.

»… wo ist er?«

»… ob er kalte Füße bekommen hat?«

»… er war doch vor einer Stunde noch hier. Er hat uns doch in Empfang genommen.«

Kalter Schweiß brach auf Johns Stirn aus und hinter seinen Ohren bahnte sich jenes ihm bekannte Kribbeln an, als hätte er in einen riesigen Zuckerwürfel gebissen. Ein Kratzen drang aus den Lautsprechern.

Die ruhige und bekannte Melodie des Brautmarsches endete.

So abrupt, dass es fast schmerzte, und machte etwas anderem Platz. Das Kratzen blieb, doch es klang blechern, alt. Johns Herz setzte mehrere Schläge aus, sein Atem stockte und das Blut gefror in seinen Adern. Mitten in der Bewegung erstarrte er, hielt Camerons Arm so fest gepackt, dass sie aufkeuchte.

Er warf ihr einen flüchtigen Blick zu, den sie erwiderte.

Sie schien zu begreifen, dass etwas nicht stimmte.

Dann setzte die Musik ein und als die ersten Worte krächzend aus den Lautsprechern drangen, schien unter John der Boden wegzubrechen.

In einem Bächlein helle, da schoss in froher Eil, die launische Forelle vorüber wie ein Pfeil.

Kapitel 79

John fand sich in einem Alptraum wieder.

Sein ganzer Körper zitterte.

Er war nicht fähig, sich zu rühren. Um ihn herum hörte er die aufgebrachten Stimmen der Hochzeitsgäste, die panisch durcheinander riefen. Er sah Helen in ihrem wunderschönen türkisen Kleid, die ihn mit weit aufgerissenen Augen anstarrte, die Hände vor den Mund geschlagen. Er spürte Cameron, die an ihm zog und zerrte, die seinen Namen rief, ihm sagte, er sollte doch etwas tun. Er sah bunte Kleider, maßgeschneiderte Anzüge, herausgeputzte Menschen. Er sah das Kreuz, den Priester, das Fenster aus Buntglas, durch das immer noch die Mittagssonne in die Kirche drang.

Es war ein entsetzliches Bild.

Eine Hochzeitsgesellschaft in helle, panische Aufruhr versetzt. Und über allem schwebte der grausam blecherne Klang von Schuberts Werk.

Ich stand an dem Gestade und sah in süßer Ruh, des muntern Fischleins Bade im klaren Bächlein zu, des muntern Fischleins Bade im klaren Bächlein zu.

John taumelte auf eine drohende Ohnmacht zu. Die Ränder seines Blickfeldes wurden schwarz, seine Gedanken rasten und der Geschmack von saurer Galle legte sich auf seine Zunge. Wie konnte das sein?

Wie konnte Harper noch leben?

»Dad? Dad!«

Johns Starre löste sich, seine Knie wurden weich, er taumelte einen Schritt vor und riss Cam mit sich. Gerade noch rechtzeitig konnte er ihren Sturz abfangen. Er umfasste ihre Schultern und musste erschrocken feststellen, wie kalt und feucht ihre Haut war. Große Tränen liefen aus ihren Augen, ihr Blick war verklärt, panisch, ängstlich.

Der schwarze Kajal hinterließ dunkle Spuren auf ihrer Haut, ihre verfärbten Tränen sammelten sich an ihrem Kinn, lösten sich und tropften hinunter auf ihr strahlend weißes Kleid, wo sie zu einem schwarzen Fleck auf ihrer Brust wurden, der ihn an getrocknetes Blut erinnerte.

»Was hat das zu bedeuten«, schluchzte sie. »Wo ist Andrew?«

»Warte hier«, sagte John zu ihr.

John öffnete sein Sakko und zog die Pistole aus dem Holster. Rasch überprüfte er das Magazin, entsicherte sie und nahm sie in beide Hände. Einige der weiblichen Gäste schrien kurz auf, als sie die Waffe erblickten.

Ein Fischer mit der Rute, wohl an dem Ufer stand, und sah's mit kaltem Blute, wie sich das Fischlein wand.

John lud die Waffe durch, das Klicken klang übernatürlich laut in seinen Ohren, dann wirbelte er herum.

»Dad?«

»Bleib hier, Cam«, rief er und stürmte los. Als er an den beiden Jugendlichen vorbeirauschte, die sich vollkommen verwirrt anschauten, sagte er zu ihnen, in seinem besten und verständlichsten Spanisch, das er in der Hektik aufbringen konnte, sie sollten niemanden durch die Tür lassen. Dann blickte er sich hastig auf dem kleinen Gang um. In seinen Gedanken ging er wieder und wieder die letzten Augenblicke im Leben Harpers durch. Die Momente, kurz bevor John ihn hingerichtet hatte.

Ohne Reue, kaltblütig.

Wie konnte es sein, dass er noch lebte? Oder war es womöglich gar nicht Harper? War es Andrew, der ihm einen grausamen Streich spielte?

Unvorstellbar, dass Cameron ihm mehr Details verraten hatte. Oder etwa doch? Aus Rache für seine Missachtung nach Carolines Tod? *Nein! Ausgeschlossen!* So grausam war sie nicht ...

John rief sich den Grundriss der Kirche ins Gedächtnis. Er hatte ihn die letzten Tage mehrfach studiert und wusste, dass es im ersten Stock einen Technikraum gab.

Harper – oder wer auch immer für diesen grausamen Scherz verantwortlich war – musste dort sein. John wandte sich nach rechts und sprintete los.

Solang dem Wasser helle, so dacht ich, nicht gebricht, so fängt er die Forelle mit seiner Angel nicht. So fängt er die Forelle mit seiner Angel nicht.

Nach wenigen Metern mündete der schmale Gang vor einer geschlossenen Tür.

Während die Worte des Liedes laut durch die Kirche und durch Johns Kopf hallten, riss er sie auf. Dahinter befand sich eine noch schmalere hölzerne Treppe, die ihn in den ersten Stock bringen würde. Drei Stufen auf einmal nehmend rannte er hinauf. Dabei schrammten seine Schultern rechts und links an den Wänden entlang. Ein Reißen ertönte, als der Stoff seines Sakkos zerfetzt wurde.

Am Ende der Treppe drang helles Licht in den Gang. John übersprang die letzten vier Stufen, taumelte, von seiner eigenen Geschwindigkeit mitgenommen, nach vorne und prallte mit der linken Schulter gegen die Wand des Korridors.

Ein stechender Schmerz jagte durch seinen ganzen Körper. Der Aufprall hätte ihm fast die Pistole aus der Hand gerissen.

John stieß ein Knurren aus, drückte sich von der Wand ab und rannte weiter den Gang entlang.

Sein Atem ging stoßweise, er keuchte, Schweiß lief ihm von der Stirn. Seine Gedanken überschlugen sich immer wieder, während sich die Szene mit Harper unendlich viele Male vor seinem inneren Auge abspielte.

Eine schmale, in dunklem Braun gehaltene Holztür tauchte rechts in der Wand auf. *Technikraum* stand in geschwungenen Lettern daneben auf einem silbernen Schild. John zögerte keinen Augenblick, blieb nicht stehen, sammelte seine Kräfte nicht, dachte nicht über Worte oder Taten nach.

Er prallte mit voller Wucht, aus vollem Lauf gegen die Tür, die splitternd und krachend aus ihren Angeln flog.

Und als er in den Raum taumelte, wusste er, was passiert war.

Er hatte Harper in den Kopf geschossen, in die linke Schläfe.

Die Kugel war an der Stelle eingeschlagen, an der man Stanley Harper die Titanplatte eingesetzt hatte.

Doch endlich ward dem Diebe die Zeit zu lang. Er macht das Bächlein tückisch trübe und eh ich es gedacht, so zuckte seine Rute, das Fischlein zappelt dran. Und ich mit regem Blute, sah die Betrogene an. Und ich mit regem Blute, sah die Betrogene an.

Kapitel 80

Der Gestank von Blut.

Das war das Erste, was John wahrnahm.

Dieser grässliche und alles einnehmende metallische Geruch, der sich wie ein Vorhang über ihn legte, nachdem er den Technikraum betreten hatte.

Das Zweite, was er wahrnahm, war der schwache Fiebergeruch. Kränklich und ranzig, als hätte jemand eine besonders starke Erkältung gehabt und danach weder geduscht noch seine Kleidung gewechselt.

Als Drittes fiel ihm das viele Blut auf, das sich auf dem Boden befand. So entsetzlich viel davon.

Als Viertes bemerkte er die Leiche des jungen Kirchenmitarbeiters, der für die Technik zuständig war. Juan – so war sein Name – lag mit aufgeschlitzter Kehle links in der Ecke und starrte aus weit aufgerissenen Augen zur Tür. Noch immer strömte das Rot aus seiner Kehle, wenngleich es nur noch ein dünnes Rinnsal war. Seine Arme hingen schlaff an seinem Körper hinunter und sein Mund stand weit offen.

Als Fünftes sah John den Plattenspieler, der auf einem kleinen Tisch stand. Ein Mikrofon, das an der Technikanlage angeschlossen werden konnte, stand davor.

Johns Blick glitt weiter durch den Raum, er hob seine Waffe und sah Harper. Er war es wirklich.

Stanley Harper, der Robin-Hood-Killer, war noch am Leben.

Doch er war schrecklich entstellt.

Seine linke Gesichtshälfte schien weggerissen zu sein. Der Schädelknochen und die Titanplatte, die ihm bei einer lebensrettenden Operation eingesetzt worden war, kamen fast zur Gänze zum Vorschein

Ein feuchter Glanz ging von dem Metall aus, in dem John ganz deutlich die Delle sehen konnte, die das Projektil geschlagen hatte. Harpers linkes Auge war so blutunterlaufen, dass die Pupille kaum noch sichtbar war, sein linker Mundwinkel hing schlaff herunter.

Seine Nase war mehrfach gebrochen und auf seiner Stirn zeichnete sich ein tiefer Schnitt ab, der quer über das ganze Gesicht lief. Sein gesamter Körper zitterte und seine linke Hand war auf die Schulter des Mannes gelegt, der auf einem Stuhl gefesselt vor ihm saß: Andrew, Camerons zukünftiger Ehemann.

Johns Magen zog sich zusammen. Ein Gefühl der Ohnmacht kam mit aller Brutalität über ihn und wieder glaubte er, ihm würde der Boden unter den Füßen weggerissen werden. Andrews Kopf war ihm auf die Brust gesunken, seine Augen waren geschlossen. Der Mund stand offen und ein zäher Faden aus Blut und Speichel troff ihm auf die Brust. Harper hatte sich nicht die Mühe gemacht, ihn auszuziehen, sondern hatte ihm lediglich das Hemd aufgeknöpft und einige Namen in sein Fleisch geschnitten.

»John«, nuschelte Harper undeutlich. Der Speichelfluss aus seinem Mund verstärkte sich. »Es ist schön, Sie zu sehen.«

»Warum er? Warum der Mann meiner Tochter?« John hob die Waffe und zielte auf Harpers Gesicht. »Haben Sie nicht genug Leid verursacht? Warum können Sie nicht endlich verrecken?«

»John, Sie haben es immer noch nicht begriffen.« Stanley Harper schüttelte den Kopf und hob seine Arme. In der rechten Hand hielt er ein Käsemesser. »Ich bin hier, um Ihnen zu helfen. So, wie ich es immer wollte.« Er machte eine Pause, griff Andrew in die Haare und zog seinen Kopf auf brutale Art und Weise in die Höhe.

Andrew stöhnte und öffnete zitternd die Augenlider. »John.«

»Ralph Cleansom, Dean Colt, Erin Willson, dieses widerliche Exemplar«, fuhr Harper fort und ließ Andrews Kopf wieder los, der schwach nach vorne sackte. »Alles Leute in Ihrem Umfeld, von deren dunklen Geheimnissen Sie nichts geahnt haben.«

»Dunkle Geheimnisse? Er?« John deutete mit dem Kinn auf Andrew. »Kommen Sie, Stanley. Er mag zwar ein eingebildeter

Mistkerl sein, der außer Fußballspielen kaum etwas anderes kann, aber er ist kein schlechter Mensch.«

»Dann«, sagte Harper fast schon traurig und schüttelte erneut den Kopf, »haben Sie eine schlechtere Menschenkenntnis, als ich dachte.« Er deutete auf einen kleinen Gegenstand, der neben dem Grammophon auf dem Tisch lag. Es war ein USB-Stick. »Darauf finden Sie alles, was Sie über den Mann wissen müssen, dem Sie fast ihre Tochter anvertraut hätten.«

»Was soll das heißen?«

»Das soll heißen, dass unser gemeinsamer Weg hier zu Ende ist. Töten Sie mich. Das ist es doch, was Sie wollen, oder?« Harper lächelte gewinnend.

Großer Gott, dachte John. *Das ist es, was er die ganze Zeit wollte. Und das, was ich will …*

»Töten Sie mich. Ich habe Ihnen so viel genommen. Verschaffen Sie sich endlich Erleichterung.«

»Halt's Maul!«

»Tun Sie es. Und Sie werden sich besser fühlen.«

»*Andrew!*«

John wirbelte herum und sah Cameron, die wie aus dem Nichts im Türrahmen auftauchte. Natürlich hatte sie nicht auf ihn gehört. Und er hätte es an ihrer Stelle auch nicht getan. Sie schlug die Hände vors Gesicht und stieß einen erstickten Schrei aus. Ihr Kleid war von ihrem Kajal verunstaltet. Tränen liefen über ihr Gesicht.

Sie wollte nach vorne stürzen, ihrem Liebsten in tiefer Verzweiflung zur Hilfe eilen, doch John hielt sie zurück.

»Ah, perfekt«, sagte Harper und klatschte in die Hände. »So kann ich Ihnen beiden direkt erzählen, was ich über ihn herausgefunden habe.«

»Halt's Maul.«

»Dad? Was meint er?«

»Dieser Mann ist nicht der, für den Sie ihn halten.«

»Du sollst das Maul halten!«

Doch Harper schwieg nicht.

Er grinste breit, wodurch noch mehr Speichel aus seinem Mund tropfen ließ, und heftete seinen Blick direkt auf Cameron. »Dieser Mann, denn Sie so lieben, Cam …«

»Wage es nicht, das Wort an sie zu richten, du elender Bastard.«

»Dann tun Sie es endlich!«, schrie Harper. »Haben Sie endlich den Mut zu tun, was getan werden muss, und töten Sie mich. Ich habe es verdient.«

John stieß Cameron so hart von sich, dass sie gegen den Türrahmen prallte und einen dumpfen Schmerzlaut von sich gab. Doch er nahm es kaum wahr. Er ging geradewegs auf Harper zu, hob seine Waffe und …

»Dad. Nicht!«

»John, bitte. Töten Sie mich. Denken Sie an Ihre Frau, an Ihre Tochter. Ich ha-«

Peng.

Der Knall hallte so laut in der Kirche wider, dass John glaubte, sein eigenes Trommelfell würde zerreißen.

Seine Nerven waren so gespannt, dass er alles um ein Vielfaches intensiver wahrnahm. Er spürte den Rückstoß der Pistole bis in seine Eingeweide; er sah, wie die Kugel den Lauf verließ und auf Harper zuschoss, er konnte das Mündungsfeuer sehen, konnte das Schwarzpulver riechen.

Er schaute dem Projektil dabei zu, wie es beinahe wie in Zeitlupe an Andrews Wange entlangschrammte und in Harpers Brust eindrang. Blut spritzte, ein Reißen ertönte und Harper riss die Augen auf.

Dann schien sich plötzlich alles, wie im Zeitraffer abzuspielen. John machte einige Schritte auf Harper zu, der ihn fassungslos anstarrte. Hinter sich konnte er Cameron schreien hören. Andrews Kopf wurde nach rechts geschleudert.

Peng.

Die zweite Kugel drang in Harpers linke Schulter ein.

Von der Wucht des Aufpralls wurde der Mann nach hinten geschleudert und prallte gegen die Wand. Er schrie gurgelnd auf, Blut quoll ihm aus dem Mund, lief schäumend sein Kinn hinab und strömte über seine zerschlissene Kleidung.

Peng.

Wieder ein Schuss in die Brust.

John glaubte Knochen splittern und Muskeln reißen zu hören.

Harpers Mund stand grotesk weit offen, seine Augen schienen regelrecht hervorzuquellen.

Peng. Peng. Peng.

Ein Schuss ging in den Hals. Die nächsten beiden in seinen Bauch.

Harpers Körper wurde unter den Einschlägen hin und her geschleudert, prallte immer wieder gegen die Wand, an der sich bereits riesige Blutflecken befanden. In seinem verzweifelten Todeskampf riss er seine linke Hand hoch und presste sie auf das Loch in seiner Kehle. Sein Herz pumpte das Blut spritzend aus der klaffenden Wunde.

John stürmte weiter auf ihn zu, während Harper an der Wand hinabrutschte und eine blutige Spur hinterließ. Er lief geradewegs an Andrew vorbei, ohne ihn auch nur eines Blickes zu würdigen. Kurz darauf stand er über Harper und blickte ihn voller Hass an. Harper starrte ungläubig zurück, sein Atem ging keuchend und gurgelnd. Und während er dort lag, sterbend, röchelnd, in seinem eigenen Blut, hätte John fast Mitleid mit ihm gehabt. Aber nur fast.

John drückte wieder ab.

Peng. Peng. Peng.

Eine Kugel schlug krachend und reißend zugleich in Harpers rechtem Auge ein. Blut und Augenflüssigkeit spritzten durch die Luft. Harpers Hand, die noch versucht hatte, die Blutung in seinem Hals zu stoppen, erschlaffte und fiel mit einem Platschen zu Boden, wo sie regungslos liegen blieb. Sein Körper sackte in sich zusammen.

Die anderen beiden Geschosse landeten fast an der gleichen Stelle in Harpers Stirn.

Er war tot. Endgültig.

Der absolute Overkill.

John stieß einen Schrei aus und drückte erneut ab.

Klick. Klick. Klick.

Der Schlitten klickte leer; Johns Ohren klingelten.

»Andrew!«, schrie Cameron und ließ sich vor ihrem Liebsten auf die Knie sinken. Ein matschendes Geräusch ertönte, als das weiße Kleid den blutigen Boden berührte und sich im selben Moment vollzusaugen begann.

Er hatte es getan.

Er hatte die Grenze überschritten. Doch er fühlte sich nicht besser. John wurde bewusst, wie sehr Harper darauf fixiert gewesen war, dass er ihn tötete; dass er zu seinem Henker wurde.

Das war die ultimative Form der Vergebung.

Hingerichtet von dem Mann, dem man alles genommen hatte. John schloss die Augen, atmete aus und ließ seine Waffe fallen.

Kapitel 81

Beitrag aus dem Forum Bloodonourstreets.com

G00dN8J4N3DOE:

Das hier wird mein letzter Beitrag:
Wir alle haben gesehen, wie ein Totge-glaubter zurückgekehrt ist. Unsere Hoffnung haben wir an dem Tag verloren, an dem John Greyson Stanley Harper kaltblütig er-schossen hat.
Unser Robin Hood, der die wohl größte Vision unserer Zeit mit sich trug:
Eine Welt ohne Korruption. Er ist tot.
Doch nun ist es an uns, seine Mission fortzuführen.
Ich für meinen Teil kann nun sagen, dass ich es war, die ihm zu seiner Flucht verholfen hat. Die ihm den Gedanken in den Kopf gepflanzt hat, er könnte John Grey-sons Vergebung nur erlangen, indem er ihm aufzeigt, wie korrupt, wie manipulativ dessen Umfeld war.
Und das hat Stanley Harper getan.
Er tötete drei Menschen aus Greysons direkter Umgebung und fiel am Ende eines sehr langen und harten Kampfes durch die Hand eben jenes Mannes, zu dem er aufsah.
Ich werde Stanley Harper niemals ver-gessen.
Ebenso wenig das, was John Greyson mir und meiner Familie angetan hat.

Ich wollte ihn leiden sehen, bis er am Ende um seinen eigenen Tod bettelt. Dieses Mal hat es nicht geklappt.

Aber das wird es.

Schon sehr bald.

#RobinHood4Life

Thr04tCutter_77:

Schöne Worte @G00dN8J4N3DOE. Aber etwas zu hart für meinen Geschmack. Dennoch wird Stanley Harpers Kampf gegen unser krankhaftes System niemals vergessen werden.

Kill'emALL:

Jetzt mal im Ernst, Leute. Weiß jemand, wer @G00dN8J4N3DOE ist? Irgendwie macht mir die Person Angst. Ihre Worte sind krass radikal, treffen aber trotzdem einen Nerv.

G00dN8J4N3DOE hat den Chat verlassen.

Epilog

»Du wirkst nervös«, bemerkte Helen, als John bereits zum dritten Mal sein Hemd zurechtrückte.

»Hm? Was?«, erwiderte er fahrig und schaute an sich hinab. Er wollte, dass alles perfekt war, wenn Cameron ankam.

»Ganz ruhig.« Helen stieß ihm mit dem Ellbogen sanft in die Seite. »Alles wird gut.«

Fast drei Monate waren seit der Hochzeit vergangen. Drei Monate, in denen Cam getrauert und ihre Zelte in Spanien nach und nach abgebrochen hatte, um wieder zurück in die alte Heimat zu kommen.

John hatte ein paar Strippen gezogen, Gefallen eingefordert, etliche Telefonate geführt und ihr einen Job in der Polizeiverwaltung besorgt. Es war zwar keine tolle Arbeit, Akten zu sortieren, aber es wurde angemessen bezahlt und sollte für den Anfang ausreichen, um sich ein neues Leben aufzubauen. John hatte ihr sogar angeboten, übergangsweise bei Helen und ihm zu wohnen.

Doch das hatte Cameron dankend abgelehnt. Also hatte John sein kleines Apartment renoviert, die alten und ranzigen Möbel durch neue ersetzt und ein gemütliches Zuhause für seine Tochter geschaffen.

Die ersten Wochen nach der Trennung von Andrew waren für alle Beteiligten sehr schwer gewesen.

Cameron hatte John zwar nicht offiziell die Schuld an dem gegeben, was bei ihrer Hochzeit vorgefallen war, aber die Gespräche, die sie geführt hatten, waren deutlich kühler als zuvor gewesen.

Kein Wunder.

War Camerons ganze Welt doch innerhalb eines einzigen Herzschlags zusammengebrochen. Schon wieder.

Doch nachdem John sich die Inhalte des USB-Sticks angeschaut hatte, hatte er Cameron darüber informiert. Denn, wie sich herausgestellt hatte, war Andrew, der Fußballprofi und Person des öffentlichen Lebens, an einer Reihe von Gruppenvergewaltigungen inklusive Filmaufnahmen beteiligt gewesen.

Sie hatten die Infos an die örtlichen Behörden ausgehändigt, die nur kurze Zeit später ihn und die Mittäter festgenommen und verurteilt hatten.

»Dann muss ich Harper wohl dankbar sein«, hatte Cam verbittert gesagt, nachdem John ihr einige Ausschnitte aus den Videos gezeigt hatte.

Auch er hatte so etwas wie Dankbarkeit gegenüber des getöteten Serienkillers gefühlt. Auf dem USB-Stick fand sich auch eine Audiodatei, die Harper vor Deans Tod aufgenommen hatte.

In der hatte der ermordete Agent erklärt, warum er vor Harpers Festnahme so gehandelt hatte, was wiederum Harpers Geschichte bestätigte.

Erin Willson hatte Dean befohlen, das Team absichtlich auf falsche Fährten zu locken, um somit Harper die nötige Zeit zu verschaffen.

»Wann kommt sie denn endlich?«, fragte John ungeduldig und spürte, wie sich die Frequenz seines Herzschlags erhöhte.

»Großer Gott«, antwortete Helen. »Sie kommt schon. Nur die Ruhe.«

John lächelte sie verlegen an, als die Türen vom Gate endlich aufgingen und die ersten Leute hindurchströmten. Er reckte sich, sah über die Köpfe der Touristen und Heimkehrer hinweg und endlich erblickte er sie.

Cameron strahlte, als sie ihn sah.

John erwiderte das Grinsen, hob den Arm und winkte wie ein Verrückter.

»Hey, Dad«, sagte Cam, als sie bei ihm ankam.

Er nahm sie in die Arme und gab ihr einen Kuss auf die Stirn. Danach begrüßte sie Helen.

»Wie war der Flug?«, fragte John und spürte, wie nervös er noch immer war.

»Lang und anstrengend«, sagte sie und blickte zwischen ihm und Helen hin und her. »Aber es ist schön, wieder hier zu sein.«

»Ich bin auch … Sekunde«, sagte er, als seine Smartwatch vibrierte und den eingehenden Anruf ankündigte.

»Er trägt sie immer noch?«, hörte er Cameron lachend zu Helen sagen.

»Tag und Nacht«, antwortete sie und lächelte.

John kramte sein Handy hervor und seine Miene verfinsterte sich kurz, als er Mahmuts Namen auf dem Display las.

»Was gibt's?«, nahm er den Anruf entgegen.

»Hey, Grey«, sagte Mahmut knapp. »Ist Cams Flieger schon gelandet?«

»Sie ist gerade aus dem Gate gekommen«, erwiderte John. An Mahmuts Stimme hörte er, dass es kein freundschaftlicher Anruf war.

»Tut mir leid, dass ich eure Zusammenkunft unterbrechen muss, aber wir haben einen neuen Fall.«

John warf einen flüchtigen Blick zu Helen und Cameron, die über irgendetwas lachten und ihm wurde das Herz schwer. Er wollte die nächsten Tage eigentlich nur mit seiner Tochter verbringen, aber er hatte von Anfang an gewusst, worauf er sich eingelassen hatte.

»Das ist der Job«, sagte John knapp. Cam und Helen schenkten ihm nicht zu deutende Blicke zu.

»Komm lieber schnell her«, sagte Mahmut. »Ist eine ziemlich üble Sache. Jennings ist auch hier. Die Order kommt von ganz oben.«

»Gib mir eine Stunde«, sagte John. »Der Verkehr um diese Zeit ist echt die Hölle.«

»Alles klar, bis nachher.« Mahmut legte auf. John steckte sein Handy weg und warf erst Helen, dann Cameron einen entschuldigenden Blick zu. »Tut mir leid«, sagte er. »Aber ich muss los.«

»Geh nur«, sagte Helen und gab ihm einen Kuss. »Schnapp dir den bösen Kerl.«

»Ich komme so schnell zurück, wie es geht.« John umarmte seine Tochter. »Tut mir leid«, sagte er noch einmal.

»Schon okay, Dad.« Cameron erwiderte die Umarmung und lächelte. Doch die Enttäuschung konnte sie nicht ganz aus ihrem

Blick verbannen. »Helen und ich kommen schon zurecht.«

John lächelte, dann wandte er sich um und ging davon.

»Sollen wir eine Kleinigkeit essen gehen?«, konnte er Helen noch fragen hören.

»Sehr gerne.«, antwortete Cameron. »Ich sterbe vor Hunger.«

ENDE

Content Notes

Ich bin mir darüber bewusst, dass dieses Buch Themen behandelt, die eventuell triggernd sein könnten.

Diese können explizit oder auch nur angedeutet sein.

Ich möchte, dass sich meine Leser:innen darüber klar sind.

- Tod
- Mord
- Blut
- physische, psychische und sexualisierte Gewalt
- Verlust

Möglicherweise ist die Liste unvollständig.

Einwände und Korrekturen bzw. Erweiterungen bitte an: wiese-books@web.de

Disclaimer

Die Handlungen und handelnden Personen sowie einige der Orte sind frei erfunden. Jegliche Ähnlichkeit mit lebenden oder realen Personen ist nicht beabsichtigt und wäre rein zufällig.

Die Meinungen der Charaktere spiegeln nicht die Meinungen des Autors wider.

Danksagung

Als ich mich entschied, den Weg der Veröffentlichung zu wagen und ins Selfpublishing zu gehen, hätte ich niemals gedacht, wie viel Arbeit das Ganze ist. Am Anfang dachte ich immer, Selfpublishing kann jeder. Aber dem ist nicht so.

Es ist unglaublich viel, was da mit dranhängt.

Nicht nur, dass man den Roman schreiben und wieder und wieder überarbeiten muss, nein. Es gibt so viel mehr zu beachten.

Man muss sich um das Lektorat kümmern und dafür unter den vielen verschiedenen Dienstleistern den auswählen, der am besten zu einem passt. Man muss die Gestaltung des Covers beauftragen, einen Distributor auswählen, über den die Bücher erscheinen, die Datei für das eBook formatieren und und und.

Vom Marketing ganz zu schweigen.

Kurz gesagt: Es ist ein langer, steiniger und von vielen Rückschlägen und Selbstzweifeln geprägter Weg, bis man sein eigenes Buch zum ersten Mal als gebundenes Exemplar in den Händen hält.

Doch all die Arbeit, die vielen Stunden vor dem Monitor, das Umschreiben, Löschen und Bezweifeln mancher Szenen, haben sich am Ende gelohnt.

Und auf diesem Weg gab es Menschen, die mir unglaublich geholfen haben, damit ich meinen Traum vom Buch realisieren konnte. Menschen, ohne die ich es niemals geschafft hätte.

Allen voran möchte ich Conny danken, die mich immer unterstützt und mir die nötige Zeit zum Schreiben gelassen hat. Ohne sie wäre dieses Buch vermutlich niemals erschienen.

Ein großer Dank geht an meine Testleser, die mich ermutigt haben, weiterzumachen und die mir gesagt haben, wie viel Spaß es ihnen gemacht hat, All Their Sins zu lesen.

Vielen Dank auch an Constanze von Coverboutique, die meinem Roman ein Gesicht verliehen hat. Ich hatte am Anfang eine ganz bestimmte Vorstellung, wie dieses Cover aussehen sollte. Doch als ich es dann endlich erhielt, war es um so vieles besser, als ich es erwartet hätte.

Theresa Solderits bekommt auch ein Dankeschön. Sie wurde nämlich mit dem Korrektorat dieses Romans beauftragt und hat ihn noch einmal ein Stück besser gemacht.

Last but not least möchte ich den beiden Lisas danken, die mich bei diesem Roman unterstützt haben.

Lisa Bitzer, die mich, jemanden, der eigentlich immer nur Fantasy schreiben wollte, dazu überredet hat, über meinen Tellerrand zu schauen und doch einfach mal ein anderes Genre auszuprobieren.

Dass ich All Their Sins überhaupt erst geschrieben habe, verdanke ich ihr. Auch sehr dankbar bin ich ihr dafür, dass sie mich mit dem Roman in ihrer Agentur aufgenommen und wirklich ihr Bestes gegeben hat, damit dieses Werk bei einem der großen Verlage unterkommt.

Leider hat das nicht geklappt. Dennoch werde ich die tolle Zusammenarbeit mit ihr niemals vergessen.

Es war mir eine wahre Freude.

Und schließlich noch Lisa Kanigowski, meine Lektorin von Kismetbooks, die wirklich unglaublich kompetent, herzlich und einfach nur großartig in dem ist, was sie tut.

Mein Debüt in ihre Hände zu geben, war eine Entscheidung, die ich immer wieder treffen würde.

Ohne sie und ihr gesamtes Team wäre All Their Sins nicht das, was es heute ist.

Ich freue mich auf die weitere Zusammenarbeit und auf die Dinge, die in Zukunft noch kommen.

All Their Sins – vom ersten Wort, über die Entscheidung, den Schritt ins Selfpublishing zu machen, bis hin zu dem Moment, in dem das Buch tatsächlich erschienen ist – war ein riesengroßes

Abenteuer. Und es ist noch nicht vorbei. Ich bereue diese Entscheidung in keinster Weise und bin den Menschen zutiefst dankbar, die das alles möglich gemacht haben.

Und wie geht es nun weiter?

Die Geschichte von John Greyson und seinen Greyhounds ist noch nicht am Ende. Es bleibt spannend, was als nächstes passiert. In meinem Kopf gibt es so noch einige Fälle, an denen sie arbeiten könnten.

Am Ende bleibt noch Folgendes zu sagen:

All Their Sins mag vielleicht nicht für jeden, der es gelesen hat, perfekt sein.

Aber für mich ist es das.

Und das wird es immer bleiben.

Oliver Wiese